현산어보를

이태원 지음

200년 전의 박물학자 정약전

청어람미디어

왜 『현산어보』인가

그동안 이우성, 임형택, 정민 등에 의해 『자산어보茲山魚譜』의 '자茲'를 '현'으로 읽어야 한다는 주장이 꾸준히 제기되어 왔다. 정약전은 책의 서문에서 "흑산이라는 이름은 어둡고 처량하여 매우 두려운 느낌을 주었으므로 집안 사람들은 편지를 쓸 때 항상 黑山을 茲山이라 쓰곤 했다. 茲은 黑과 같은 뜻이다"라고 하며 茲山이란 이름의 유래를 밝힌 바 있다. 비록 '茲'을 '자'로 읽는 것이 일반적이긴 하지만, '茲'이 '黑'을 대신한 글자라면 『설문해자說文解字』나 『사원辭源』 등의 자전에 나와 있듯이 '검을 현玄' 두 개를 포개 쓴 글자의 경우, 검다는 뜻으로 쓸 때는 '현'으로 읽어야 한다는 것이 현산어보설을 주장하는 이들의 논리였다. 나는 이들의 주장이 옳다는 근거를 하나 더 제시하면서 '자산어보'를 '현산어보'로 고쳐 읽기를 감히 제안한다.

  정약전이 말한 집안 사람은 다름 아닌 다산 정약용이었다. 정약용은 〈9일 보은산 정상에 올라 우이도를 바라보며九日登寶恩山絶頂望牛耳島〉라는 시에 "黑山이라는 이름이 듣기만 해도 으스스하여 내 차마 그렇게 부르지 못하고 서신을 쓸 때마다 '玆山'으로 고쳐 썼는데 '玆'이란 검다는 뜻이다"라는 주석을 붙여놓았다. 정약용이나 정약전이 '玆'을 '자'로 읽었는지 '현'으로 읽었는지에 대해서는 그들의 발음을 직접 들어보기 전에는 알 수 없는 일이다. 설사 '玆'의 정확한 발음이 '현'이라 해도 그들이 '자'라고 읽었다고 한다면 그뿐이기 때문이다.

그런데 신안군 우이도에서 구해본 『유암총서柳菴叢書』라는 책에서 이 문제를 해결해줄 만한 결정적인 단서를 발견했다. 이 책의 저자 유암은 우이도에 거주하면서 정약전의 저서 『표해시말』과 『송정사의』를 자신의 문집에 필사해놓았고, 정약용이나 그의 제자 이청과도 친밀한 관계를 유지했던 것으로 추정되는 인물이다. 정약전이나 정약용이 흑산도를 실제로 어떻게 불렀는지 알려줄 수 있는 사람이란 뜻이다. 『유암총서』 중 「운곡선설」 항목을 보면 "금년 겨울 현주玄洲에서 공부를 하게 되었는데"라는 대목이 나오며, 이 글의 말미에서는 "현주서실玄洲書室에서 이 글을 쓴다"라고 하여 글을 쓴 장소를 밝혀놓고 있다. 현주는 흑산도를 의미한다.* 흑산을 현주라고 부른다면 玆山도 당연히 현산이라고 읽어야 할 것이다. 玆山이란 말을 처음 쓴 사람이 정약용이고, 그의 제자 이청이 절친한 친구였다는 점을 생각해볼 때, 유암이 흑산을 현주로 옮긴 것은 정약용이 흑산을 玆山이라고 부른 것과 결코 무관하지 않을 것이다. 아마도 유암은 이청으로부터 흑산도를 현산이라고 부른다는 말을 전해듣고 현주라는 말을 사용하게 되었으리라. '玆山魚譜'는 '현산어보'였던 것이다.

---

* 예전에는 우이도를 흑산도나 소흑산도라고 부르기도 했다.

대학원 재학 시절 최기철 교수님의 육수생물학 강의를 듣게 되었다. 평소 낚시를 좋아하고 물고기에 대한 관심이 많기도 했지만, 무엇보다도 야외실습을 많이 다닌다는 선배의 말에 혹했던 것 같다. 수강생은 단 네 명. 교수님의 거동이 불편하신 터라 댁으로 직접 찾아가 서재에서 강의를 들었다. 강의 내용은 주로 민물고기의 분류에 대한 것이었는데 기대에 어긋나지 않게 흥미진진했다.

『민물고기를 찾아서』를 만난 것도 이 무렵이었다. 쉽고 간결한 문체로 풀어나가는 물고기 이야기도 재미있었지만, 더욱 인상적이었던 것은 책 곳곳에서 등장하는 우리 선조들의 연구 업적이었다. 이제껏 역사를 공부해오면서도 선조들의 과학 연구에 대해서는 첨성대, 금속활자, 측우기 정도의 뻔한 내용들밖에 접하지 못했는데, 이 책에는 물고기에 대해 심도 있는 연구를 수행한 선조들의 모습이 책장마다 펼쳐져 있었고, 이러한 사실이 내게는 무척이나 새롭게 느껴졌다. 이수광 · 서유구 · 홍만선 · 이만영 · 이규경 등의 이름이 익숙해졌고, 『지봉유설芝峰類說』, 『전어지佃漁志』, 『난호어목지蘭湖漁牧志』, 『산림경제山林經濟』, 『재물보才物譜』 등의 여러 고서에 물고기에 대한 내용이 실려 있다는 사실을 알게 되었다.

그러다 우연히 들른 서점에서 진열대 한쪽 귀퉁이에 꽂혀 있던 『玆山魚譜─흑산도의 물고기들』을 발견했다. 『현산어보』라는 책의 존재에 대해서는 익히 알고 있었지만, 번역본이 출간되었으리라고는 짐작조차 못했기에 더욱 반가웠다. 곧장 책을 사들고 집으로 돌아와 책장을 펼쳤다. 밤을 새워 책을 읽으면서 놀라고 또 감탄했다. 200년 전의 책이라고는 상상도 못할 정도의 세밀한 관찰과 기막힌 묘사, 합리적 추론과 광범위한 문헌고증. 나는 책에서 잠시도 눈을 뗄 수가 없었다.

『현산어보』는 200여 년 전에 쓰여진 우리 나라 최초의 해양생물학 서적으로 수백 종에 달하는 해양생물의 특징과 습성, 쓰임새에 대한 내용들을 담고 있다. 역사적인 의미나 자료로서의 가치 때문에 다양한 분야에서 이 책을 주목하고 있으며, 각종 대중 매체를 통해 여러 차례 소개된 탓인지 일반인들도 '현산어보(자산어보)' 라는 이름을 그리 낯설어하지 않는다.

그러나 『현산어보』가 실제로 세간의 관심을 끌게 된 것은 그리 오래된 일이 아니다. 몇몇 국학자나 고서수집가들에게만 알려져 있었을 뿐 대부분의 사람들은 오랫동안 이런 책이 존재한다는 사실조차 모르고 있었다. 부끄러운 일이지만 『현산어보』의 번역 출간을 처음으로 제의한 것도 우리 나라 사람이 아닌 시부자와澁澤라는 일본인이었다. 정문기의 말을 들어보자.

● 『玆山魚譜─흑산도의 물고기들』(정문기 옮김, 1977, 지식산업사) 최초의 『현산어보』 완역본. 4권의 불완전한 필사본을 합쳐서 새로운 교감본을 만들고, 이를 우리말로 번역한 다음 간단한 주석을 붙였다. 이 책에서는 '玆山' 을 '자산' 으로 읽고 있다.

시부자와 씨는 나의 수산고문헌 연구에 대해 우리 나라 누구보다도 잘 알고 있었다. 나의 이 방면 조사연구와 출판이 속히 이루어지도록 합작하자고 하기에 쾌락했다.

정문기는 번역 작업에 더욱 박차를 가했고, 결국 1977년『현산어보』완역본을 출간하게 된다.『현산어보』가 대중 앞에 나서기까지 160년이라는 긴 세월을 기다려야 했던 것이다.

그러나 아직도『현산어보』의 가치를 제대로 밝혀내고 홍보하기 위한 노력은 미미하기 짝이 없다. 다양한 매체에서『현산어보』를 언급하고 있지만 언제나 단편적인 접근과 인용으로 그칠 뿐이다. 정문기ㆍ정석조 부자에 의해 두 권의 번역ㆍ해설서가 출간되었고, 신안군에서는 정약전이 유배 생활을 하던 흑산도 사리에 복성재를 복원하여 정약전과『현산어보』를 관광상품화하려는 노력까지 보이고 있다. 그러나『현산어보』가 탄생하게 된 배경이나 정약전이라는 인물에 대해 심도 깊은 분석이 행해진 적은 거의 없으며, 심지어 책에 나온 생물들이 어떤 종인지에 대해서조차 명확한 규명이 이루어지지 않은 상태이다.

나는 정약전이 어떤 사람이고 어떻게 해서 이러한 책을 만들어내게 되었는지, 당시 우리 학문의 풍토는 어떠했는지, 200여 종이 훨씬 넘는 이 많은 생물들의 진정한 실체가 무엇인지에 대한 궁금증을 참을 수가 없었다. 그래서 결국 혼자서라도『현산어보』에 얽힌 여러 가지 의문들에 대한 답을 찾아

●『詳解 玆山魚譜』(정석조 옮김, 1998, 신안군)『현산어보』의 해설판. 정문기의 번역본에 없는 국명과 학명, 사진 및 그림, 주석을 추가하고 정약전의 행장, 사촌서당기, 정약전과 정약용이 주고받은 편지를 덧붙였다.

보기로 결심했다.

  자료를 수집하고 정리하는 작업은 힘들었지만, 정약전이라는 인물에 대해 조금씩 알아가면서 당시 조선의 르네상스를 이끌었던 실학의 분위기를 느껴 보는 것은 기분 좋은 경험이었다. 알지 못하던 생물의 정체를 밝혀나가는 과 정은 마치 미결사건을 해결해가는 수사관이 된 듯한 기분을 느끼게 했다. 이 렇게 짜릿한 쾌감들로 인해 나는 『현산어보』에 완전히 빠져들고 말았다.

  몇 년 동안 도서관과 서점, 헌책방을 뒤지며 관련 문헌들을 수집했다. 구 입할 수 없는 자료들은 복사하고 필사했다. 그러나 이런 방식의 자료수집에 는 한계가 있었다. 현지에서 나는 생물종, 그 생물들에 대한 방언과 현지인 들의 이해를 파악하기 위해서는 『현산어보』의 배경이었던 흑산도에 직접 가봐야만 했다. 몇 년 전부터 흑산도 여행을 계획해왔지만, 시간과 경비를 마련하기가 힘들었다. 그러나 의외로 기회는 쉽게 찾아왔다. 교직 생활을 시작하면서 방학 기간을 활용할 수 있게 된 데다 출판사로부터 얼마간의 지 원을 약속받았다. 마침내 흑산행 여행길에 오를 수 있게 된 것이다.

  여행 도중 많은 사람들을 만났다. 그들은 협수룩하게만 보이는 길손을 따 뜻하게 맞으며, 무턱대고 던지는 질문에도 보석 같은 답변들을 안겨주었다. 당시 사리 마을의 이장이었던 박도순 씨는 흑산도의 생물과 언어, 민속에 대해 누구보다도 많은 정보를 제공해주었다. 그가 없었더라면 이토록 빠른 시간 내에 작업을 마무리하는 것은 도저히 불가능했을 것이다. 박판균 씨는 주낙업을 하며 직접 잡아본 다양한 물고기들에 대한 이야기를 들려주었다. 특히 상어에 대한 이야기들은 어떤 책으로부터도 얻을 수 없는 귀중한 자료였다. 박정국 씨는 복성재의 역사와 정약전에 대한 구전을 들려주었다. 소중히 보관하고 있던 「사촌서당기沙村書堂記」의 사본을 보여준 것에 대해서도 감사드린다. 박정국 씨 집에서 함께 만난 조복기 씨와 조달연 씨는 물고기에 대한 몇 가지 궁금증을 해결해주었다. 특히 크기가 사람 키의 두세 배에 이르며, 길고 뾰족한 부리를 달고 있는 신비의 물고기 화절육의 정체를 알아내는 데는 두 사람의 증언이 결정적인 역할을 했다. 해변을 거닐다가 만난 꼬마 소녀에게도 특별한 감사의 마음을 전한다. 조그만 슬리퍼를 신고 해변 이곳저곳을 뛰어다니며 사리에서 나는 갖가지 해산물들을 고사리 같은 손으로 잡아주었다. 자기가 잡은 군소를 직접 요리해주겠다며 창자를 빼내던 모습이 지금도 기억에 선하다.

　여행을 떠나면서 가장 알아보고 싶었던 것 중의 하나는 정약전이 『현산어보』를 완성하는 데 큰 힘을 보태주었던 상창대에 대한 정보였다. 창대는 사실상 『현산어보』의 공동 저자로 볼 수 있을 만한 인물인데도, 지금껏 알려져 있는 내용이 거의 없었다. 죽항리 〈우리민박〉 장일남 씨의 소개로 알게 된 오리 장복연 씨는 족보를 뒤져가며 장창대 가문의 내력과 장창대에 관련된 일화를 들려주었다. 그가 알려준 대로 산길을 걸어올라가 장창대의 묘를 발견했을 때의 감동은 대단한 것이었다. 또 장복연 씨는 내가 대둔도에 발이 묶이자 식사와 잠자리를 제공하고, 다음날 배편까지 알아봐주는 정성을 보였다. 다시 한번 감사의 마음을 전한다. 두 번째 대둔도를 찾았을 때는 이영일 씨와 함께였다. 이영일 씨와는 〈흑산도를 사랑하는 사람들〉이라는 인터넷 홈페이지를 통해 알게 되었는데, 대둔도로 가는 배편을 구하기 힘들 때 직접 배를 몰고 와서 데려다주었으며, 틈날 때마다 전화와 이메일을 통해 여러 가지 정보를 알려주었다. 이 책에 실린 사진 중의 상당수도 이영일 씨가 찍은 것이다. 이영일 씨의 외가 쪽에 장창대의 피가 흐르고 있다는 것도 기묘한 우연의 일치라고 하겠다.

신지도의 송문석 씨는 부인과 함께 지석영이 유배 생활을 했던 집에서 살고 있었는데, 신지도의 역사와 그곳에서 나는 생물들에 대해 많은 이야기들을 들려주었다. 다음 기회에 꼭 다시 찾아뵙고 인사드리고 싶다. 신지도에서 나온 다음에는 강진을 찾았다. 귤동 다신계전통찻집의 주인 윤동환 씨와 나눈 대화가 기억에 남는다. 다산에서 직접 채취한 찻잎으로 끓인 차 향이 지금도 코끝을 맴돈다. 강진 보은산 정상을 지키고 있던 산불감시원 아저씨가 들려준 강진의 옛 모습도 그림처럼 머릿속에 펼쳐진다.

우이도 돈목리의 박화진 씨는 이것저것 물어보는 귀찮기만 한 손님을 털털한 웃음으로 맞아주었다. 그물로 잡아올린 물고기들을 하나하나 뒤적여가며 서로가 알고 있는 이름들을 대조했고, 밥상 위에 오른 물고기를 놓고 한참을 토론하기도 했다. 자연산 회를 실컷 맛본 것도 박화진 씨 덕분이었다. 박화진 씨의 부인 한영단 씨를 따라 굴을 따러 나섰을 때는 고동이며 해조류에 대한 생생한 지식들을 전해들을 수 있었다. 성촌의 박동수 씨가 따라놓은 소주 한 사발도 잊혀지지 않는다. 알딸딸한 기분에 무슨 얘기를 나눴는지도 잘 기억이 나지 않지만, 덕분에 죽은 지 얼마 안 되는 싱싱한 상괭이와 마주하는 행운을 얻었다.

우이도 진리에 살고 있는 문채옥 씨는 우이도 역사의 산증인이었다. 최치원과 최익현에 대한 전설을 들려준 것도, 정약전이 살았던 집터와 전해오는 구전에 대해 알려준 것도 그였다. 또 문채옥 씨가 보여준 두 권의 고서는 너무나도 귀하고 소중한 자료였다. 그중 한 권에는 정약전이 쓴『표해시말漂海始末』이라는 글이 실려 있었다. 이 글은 우이도 사람 문순득의 표류담을 취재한 기록이었는데, 정약전과 마주앉아 대화를 나눴을 문순득이 문채옥 씨의 직계 선조라는 사실은 묘한 감흥을 불러일으켰다. 다른 한 권은 더욱 놀라운 것이었다. 이미 실전한 것으로 알려져 있던 정약전의 저서『송정사의松政私議』가 그 속에 필사되어 있었다.『송정사의』를 통해 백성을 아끼고 사랑했던 정약전의 새로운 면모를 확인할 수 있었다. 이 글을 번역해준 영남대 안대회 교수에게도 감사드린다.

〈다산 21〉은 다산의 정신을 21세기에 재창조하자는 목적을 가진 사람들이 만든 인터넷 모임이다. 이 모임을 통해서 정약용의 5대손 정해운 씨를 만날 수 있었다. 정해운 씨는 마재 마을의 역사와 지리, 정약전이 태어난 두호정사터의 위치와 가문에 구전되어 내려오는 정약전의 일화에 대해 이야기해주었다. 역시 이 모임을 통해서 만난 현대실학사 대표 정해렴 씨는『현산어보』를 새로이 해석할 수 있는 기초를 제공해주었다.*

---

* 『현산어보』의 원문에는 '청안晴案'이라는 단어가 자주 나온다. 처음으로『현산어보』를 번역한 정문기 씨나 이를 보완하여『상해 자산어보』를 엮은 정석조 씨는 이를 따로 해석하지 않았고, 나도 무슨 뜻인지 알 수 없어 그냥 넘겨버리고 있던 차였다. 다년간 정약용의 저서를 번역하고 연구해온 정해렴 씨는 청안의 '청'이 정약용의 제자 '이청'이라는 사실을 내게 알려주었다. 이로써『현산어보』가 정약전이 쓴 원문과 이청이 쓴 주석으로 이루어진 책이라는 사실을 알아낼 수 있었다.

    조류 사진을 제공해준 김현태 씨, 거머리말 분류에 도움을 준 한양대 이상용 박사, 파래 분류를 도와준 서울대천연물연구소 배은희 박사에게도 감사의 말을 전한다. 영암에 살고 있는 함성주 씨와 자연다큐멘터리 작업을 하고 있는 손상호 씨의 격려는 작업을 진행하는 데 큰 힘이 되었고, 정명현 씨가 보내준 『현산어보』에 대한 연구 논문도 마지막 교정 작업에 많은 도움이 되었음을 아울러 밝힌다.

    청어람미디어 대표 정종호 씨의 물심양면에 걸친 격려와 지원 없이는 이 책을 펴내는 일이 불가능했을 것이다. 흑산도에서 함께 보낸 겨울 여행과 앵자산에서 정약전의 묘소를 찾아헤매던 기억이 새롭다. 부담스런 글을 맛깔나게 다듬어준 청어람미디어 편집부 식구들과 멋지게 책을 단장해준 북디자이너 조혁준 씨에게도 감사드린다. 얼마 전 운명하신 최기철 교수님께도 애도와 함께 심심한 감사의 마음을 전한다. 애초에 『현산어보』에 관심을 갖게 된 것 자체가 교수님의 영향이었다. 책이 나오면 가장 먼저 찾아뵙고 인사드리리라 마음먹고 있었는데, 출간을 한 달 여 앞두고 그만 돌아가시고 말았다. 몇 달 전 아이들에게 강연하시던 모습이 머릿속을 맴돈다. 마지막으로 내가 하고 싶은 일을 마음껏 할 수 있도록 뒷받침해주신 부모님께 깊이 감사드린다. 함께 떠난 가족 여행들이 내 삶에서 가장 소중한 기억들로 남아 있음을 고백하며 글을 맺는다.

2002년 늦가을
이태원

차
례

흑
산
도

가
는

길

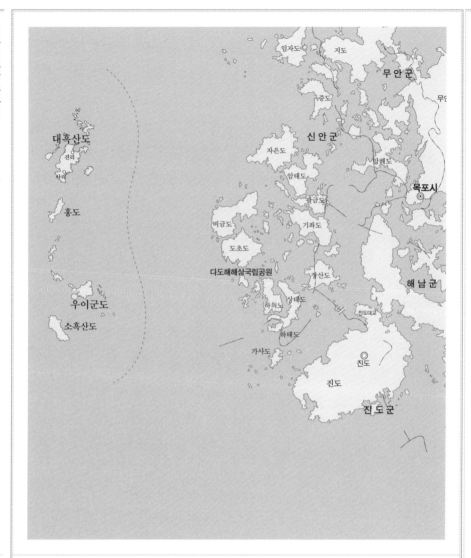

대흑산도
　진리
　사리

홍도

우이군도

소흑산도

임자도
지도
무안군
증도
무안
신안군
자은도
암해도
암태도
목포시
팔금도
비금도
기좌도
도초도
다도해해상국립공원
장산도
해남군
상태도
하의노
진도대교
하태도
진도
가사도
진도
진도군

● 흑산 근해 지도

열차 안에서

대합실은 자정이 가까운데도 인파로 북적였다. 하루종일 장대 같은 소나기가 퍼부은 탓인지 더위는 한풀 꺾였지만, 대기 중에는 여전히 습기가 가득해 숨이 막혀왔다. 이번에도 입석이다. 지난 두 주 동안 가족 여행이다 민물고기 탐사다 해서 정신이 없었고, 일정이 언제 끝날지 모르는 까닭에 예매를 하지 못했다. 낮에 표를 사려고 서울역에 들렀을 때 이미 좌석은 매진된 상태였다. 할 수 없이 목포행 22시 03분 무궁화 입석표를 끊어야 했다.

운이 좋으면 대전까지는 앉아서 갈 수 있으리라 생각하며 등받이에 몸을 기댔지만 헛된 기대였다. 평택에 채 이르기도 전에 연결칸으로 쫓겨나야 했다. 예매를 못한 탓이니 뭐라고 할 말도 없다. 연결칸 계단에 신문지를 깔고 앉았다. 늘 이런 식이다. 길을 나서면 정상적이고 편안한 여행보다는 뭔가 어긋나고 예상을 뛰어넘는 여행이 되어버린다. 이런 여행이 신이 나던 때가 있었다. 좌석을 두고도 연결칸 차창에 기대어 바깥 풍경을 내다보는 것이 즐거웠다. 그래서 늘 여행길은 혼자였다. 일면 고통스러운 여행을 참아줄 친구가 드물었기 때문이다.

　진동과 소음이 심해 피로가 밀려왔다. 그러나 6시간이 안 되는 짧은 시간에 국토의 남단까지 갈 수 있다는 게 어디인가. 잠시 눈을 감고 200년 전 정약전의 모습을 그려보았다. 정약전이 살았던 시절에는 남도길 자체가 엄청난 고행이었다. 길은 험하고 산짐승이나 도적 떼들도 기승을 부렸을 것이다. 게다가 앞날의 운명을 예측할 수 없는 유배길은 그의 머릿속을 온갖 종류의 두렵고 쓸쓸한 상념들로 가득 채워놓았을 것이다. 그도 한걸음에 유배지로 내달렸다면 서러움을 곱씹는 일이 훨씬 덜하지 않았을까.

　추위에 떨며 한참을 버티다 더 이상 견디지 못하고 실내로 들어와 주위를 살폈다. 7년 전의 흑산 여행길과 똑같은 상황이다. 게으른 천성 탓에 좌석이란 언감생심. 당시엔 입석표도 겨우 구해 열차에 올랐다. 다행히 찾던 자리가 있었다. '입석애호가'들에게 객실 양쪽 끝 구석진 자리는 일등석이나 마찬가지다. 비교적 넓은 공간에 신문지를 깔고 적당히 누우면 기차의 종류에 관계없이 일등석 침대칸이 된다. 얼른 자리를 잡고 벽에 기대어 앉았다.

　7년 전에는 그나마도 여의치 않았다. 기차에 올라보니 예의 특등석은 이미 순발력 있는 고수에게 점령당한 후였다. 어떻게든 피로를 풀어야 했기에 등받이를 마주한 일반석 좌석 아래에 신문지를 깔고 몸을 구겨 넣었다. 어찌 어찌하여 몸을 집어넣긴 했는데 발이 차내 복도로 비어져나오는 것은 피할 수 없었다. 그런데 이게 보통 성가신 일이 아니었다. 평소엔 애타게 기다렸던 '이동매점' 아저씨가 그리도 밉게 보일 줄이야. 군것질거리를 가득 실은 손수레가 지나갈 때마다 몸부림을 치며 다리를 접어 넣어야 했다.

 그러나 특등석을 차지하고 앉은 지금은 아무런 걱정이 없다. 시원한 음료수 한 병을 사 마시고 만족한 기분으로 눈을 붙였다.

날아다니는 물고기

목포항여객터미널에 도착한 시각이 오전 4시 30분. 이른 새벽이었지만 터미널 앞 광장은 먼저 도착한 사람들로 가득했다. 짐을 풀고 라면을 끓이는 사람, 공놀이를 하는 사람, 술판을 벌인 사람, 각양각색의 인간 군상들이 몸을 부대끼고 있었다.

고속페리 남해스타호를 예매했다. 밑바닥을 요철 모양으로 만들어 물과 접촉하는 면을 줄이고 속도를 내게 만든 이 쾌속선은 흑산까지 2시간이면 너끈하게 주파한다. 목포에서 흑산까지는 93킬로미터, 뱃길로 230여 리나 된다. 몇 년 전 흑산도로 갈 때는 값이 싼 일반 여객선을 탔는데, 꼬박 5시간이 넘게 걸렸다. 그러나 이 또한 예전의 뱃길에 비하면 빠르고 쾌적한 편이다. 쾌속선이 없었을 때는 목포에서 새벽밥 먹고 출발해 한밤중이 되어서야 흑산도에 닿았고, 돛단배를 타고 다니던 시절에는 일주일이 넘게 걸리기도 했다고 한다.

그나마 잦은 일기 변화는 지리상의 거리를 더욱 멀어지게 한다. 흑산도는

● **목포항여객터미널** 이른 새벽이었지만 터미널 앞 광장은 먼저 도착한 사람들로 가득했다. 짐을 풀고 라면을 끓이는 사람, 공놀이를 하는 사람, 술판을 벌인 사람, 각양각색의 인간 군상들이 몸을 부대끼고 있었다.

5월이 지나야 겨울이 끝났다고 말할 정도로 일교차가 심하고 바람과 안개가 많은 곳이다. 제주도보다 훨씬 가까운데도 뱃길이 워낙 험해서 사람들이 더욱 가길 꺼리던 곳이 흑산도였다. 200여 년 전의 어느 날 정약전은 이처럼 험한 길을 달려가고 있었다.

흑산행 고속여객선은 뱃머리 양편으로 새하얀 물보라를 일으키며 무서운 속도로 달려나가기 시작했다. 파도가 높지 않아서인지 선체는 별다른 요동 없이 수면을 미끄러져 나갔다. 어느새 주위엔 아무 섬도 보이지 않았다. 점점 바다색이 어두워져 심연의 그림자가 스물스물 기어오르는 듯했다. 달려도 달려도 끝이 보이지 않는 난바다의 느낌이었다.

내게 남아 있던 흑산도의 이미지 중 가장 강렬한 것은 대학 3학년 때 같은 하숙방을 쓰던 후배의 여행담 한 토막이었다. 어느 무더운 여름날 오후 함께 마루에 앉아 자연다큐멘터리를 보고 있는데 돌고래가 날치를 뒤쫓는 장면이 나왔다. 나는 가장 보고 싶은 물고기가 날치라며 탄성을 질렀다. 그런데 후배가 아무렇지도 않다는 표정으로 날치를 본 일이 있다고 하는 것이 아닌가. 잔뜩 찌푸린 날 홍도로 가는 중이었는데 날치 떼가 날아올라 뱃전에 떨어지곤 했다는 것이다.

나는 그때까지 우리 나라에 날치가 산다는 생각조차 해본 적이 없었다. 흥분한 마음에 당장 학교 도서관으로 달려갔다. 도감을 뒤져보니 과연 날치가 있었다. 도감에는 날치가 우리 나라 남부 지방의 전 연안에 분포하고 있으며, 날치과에는 날치를 비롯하여 제비날치·새날치·매날치·황날치·

●남해스타호 밑바닥을 요철 모양으로 만들어 물과 접촉하는 면을 줄이고 속도를 내게 만든 이 쾌속선은 흑산까지 2시간이면 너끈하게 주파한다.

상날치 등 6종이 있다는 내용이 나와 있었다.

얼마 후 홍도 여행을 나섰을 때 가장 기대했던 일 중의 하나가 바로 날치를 보는 것이었다. 커다란 날개를 펼치고 은빛 비늘을 번쩍이며 대양을 날아다니는 물고기. 날치는 나에게 그야말로 환상의 물고기였다. 큰 바다로 배를 타고 나가 날치 떼의 모습을 본다면 얼마나 멋있을까. 어린 시절부터 항상 꿈꿔오던 장면이었다. 그러나 불행히도 내게 그런 행운은 찾아오지 않았다. 그러던 중 『현산어보』를 접하게 되었고, 정약전의 묘사는 다시 한번 나를 과거의 환상 속으로 몰아넣었다.

[비어飛魚 속명 날치어辣峠魚]

큰 놈은 두 자가 조금 못 된다. 몸은 둥글고 푸른색을 띠고 있다. 새처럼 날개가 있는데 푸르고 선명한 색이다. 한번 날개를 펼치면 수십 걸음을 날 수 있다. 맛은 매우 담박하고 좋지 않다. 망종(양력 6월 6, 7일) 무렵 해안가로 몰려와 알을 낳는다. 어부들은 횃불을 밝혀 놓고 작살로 이 물고기를 잡는다. 홍도와 가거도에서 나지만 흑산도에서도 가끔 볼 수 있다.

이청의 주 비어의 모양은 가치어(가숭어)를 닮았다. 날개와 같은 큰 지느러미가 있어서 물 위를 날아다닐 수 있다. 밝은 곳을 좋아하는 성질이 있으므로 어부들이 밤에 그물을 쳐놓고 횃불을 밝히면 무리지어 날아와 그물에 걸리게 된다. 때로는 사람들에게 쫓기다가 들판으로 날아가 떨어지기도 한다.

●비어 큰 놈은 두 자가 조금 못 된다. 몸은 둥글고 푸른색을 띠고 있다. 새처럼 날개가 있는데 푸르고 선명한 색이다. 한번 날개를 펼치면 수십 걸음을 날 수 있다.

비어는 곧 문요어文鰩魚이다. 『산해경山海經』에서는 "관수觀水는 서쪽으로 흘러 유사流沙로 들어가는데 이곳에 문요어가 많다. 모양은 잉어와 같은데 물고기의 몸에 새의 날개가 달려 있다. 몸에는 푸른 무늬가 있으며, 목은 희고 부리는 붉다. 밤에만 날아다니는데 그 소리는 난계鸞雞와 같다"라고 했다. 『여씨춘추呂氏春秋』에서는 "관수의 물고기 이름은 요鰩라고 한다. 모양은 잉어 같은데 날개가 있다. 항상 서해에서 헤엄쳐다니다가 밤이면 동해로 날아가서 노닌다"라고 했다. 『신이경神異經』에서는 "동남해 중에는 따뜻한 호수가 있다. 이곳에는 요어鰩魚가 살고 있는데 길이가 여덟 자이다"라고 했다. 좌사는 『오도부吳都賦』에서 "문요는 밤에 날다가 낚싯줄을 건드린다"라고 했고, 『임읍기林邑記』에서는 "비어飛魚는 몸이 둥글고 큰 놈은 1장丈 남짓하다. 날개는 매미〔胡蟬〕와 같으며 떼를 지어 날아다닌다. 초목이 우거진 곳을 날다가 물 위에 내려앉으면 바다 깊숙한 곳으로 헤엄쳐간다"라고 했다. 『명일통지明一統志』에서는 "섬서陝西 지방의 호현鄠縣 노수澇水에 비어飛魚가 있다. 모양은 붕어〔鮒〕를 닮았는데, 이 물고기를 먹으면 치질이 낫는다"라고 했다.

이상의 여러 가지 설을 살펴보면 동·서·남 세 지방에 모두 문요가 산다는 사실을 알 수 있다. 고황顧況은 신라에 사신으로 가는 종형을 보낼 때 쓴 시에서 "남명南溟에 커다란 날개를 드리우더니 서해가 문요를 삼켰구나"라고 했는데 우리 나라에 문요가 살았기에 고황이 이런 시를 지은 것이다.* 또한 『습유기拾遺記』에서는 선인仙人 영봉騫封이 비어飛魚를 먹고 죽은 후 200년이 지나 다시 살아났다고 했다. 단성식段成式은 『유양잡조酉陽雜俎』에서 "낭산낭수朗山浪水에 물고기가 있는데 길이가 한 자이며 하늘을 날 수 있다. 날아오르면 구름 사이를 넘고, 쉴 때는 물속 깊은 곳으로 돌아간

---

* 『장자』 「소요유」 편에는 다음과 같은 내용이 나온다. "북녘 바다에 물고기가 있는데, 그 이름을 곤鯤이라고 한다. 곤의 크기는 몇 천 리나 되는지 알 수가 없다. 이 물고기가 변해서 새가 되면 그 이름을 붕鵬이라고 한다. 붕의 등 넓이는 몇 천 리나 되는지 알 수가 없다. 힘차게 날아오르면 그 날개는 하늘 가득히 드리운 구름과 같다. 이 새는 바다 기운이 움직여 큰 바람이 불 때, 그것을 타고 남명南冥(남쪽에 있는 큰 바다)으로 날아가려 한다." 고황은 문요어를 물고기가 변해서 된 새인 붕에 비유한 것 같다. 그렇다면 그의 시는 "문요가 붕과 같이 커다란 날개를 하늘 가득 드리우고 남명으로 향한다고 들었는데, 알고 보니 서해에 이 물고기가 살고 있구나"라는 정도로 풀이할 수 있을 것이다. 이청은 고황의 시를 보고 서해를 황해로 해석하여 우리 나라에도 문요가 살고 있다는 결론을 내린 것 같다. 그러나 과연 고황이 황해를 우리 나라의 입장에서 '서해'라고 썼을까? 이 구절만으로는 정확히 판단하기가 어렵다.

다"라고 했다. 말이 비록 괴이하기는 하지만 여기에서 말한 비어는 문요를 말한 것이 틀림없다. 또『산해경』에는 "동수桐水에 활어鯖魚가 많은데 그 모양이 물고기 같고 새의 날개가 있다. 물속을 드나들 때 빛을 발한다", "효수纂水는 서쪽으로 흘러 황하에 이른다. 이곳에는 습습지어鱲鱲之魚가 많다. 이 물고기의 모양은 까치와 같지만 열 개의 날개가 있고, 비늘은 날개 끝에 있다", "저산柢山에 물고기가 있는데 그 모양이 소 같고 뱀꼬리를 가졌으며 날개가 있다. 날개가 옆구리 밑에 있어 협어鮯魚*라고 부른다"라는 등의 내용이 실려 있다. 여기에서 말한 종류는 모두 비어를 가리킨다. 그러나『산해경』에서 말하는 물고기들이 모두 실존하는 것은 아니다.

"어부들이 밤에 그물을 쳐놓고 횃불을 밝히면 무리 지어 날아와 그물에 설리게 된다. 때로는 사람들에게 쫓기다가 들판으로 날아가 떨어지기도 한다."

얼마나 현장감 넘치는 묘사인가. 눈앞에 날치의 비늘이 흩날리고 신선한 비린내가 풍겨오는 듯하다.

『현산어보』에 대해 공부하기 시작하면서 어머니와 많은 대화를 나누었다. 외가가 바다에 면해 있어 생생한 지식들을 많이 접할 수 있었기 때문이다. 어머니도 역시 날치에 대한 기억을 간직하고 있었다. 해변에 앉아 있으면 날치가 수면 위로 솟구치는 장면을 자주 볼 수 있었다고 한다. 부러운 경험이 아닐 수 없다. 흑산도의 이영일 씨는 봄철 안개 낀 바다에서 날치가 날아다니는 것을 많이 볼 수 있다고 했다. 가끔은 배 위로 튀어오를 때가 있는

● 문요어 비어는 곧 문요어이다. 『산해경』에서는 "관수는 서쪽으로 흘러 유사로 들어가는데 이곳에 문요어가 많다. 모양은 잉어와 같은데 물고기의 몸에 새의 날개가 달려 있다. 몸에는 푸른 무늬가 있으며, 목은 희고 부리는 붉다. 밤에만 날아다니는데 그 소리는 난계와 같다"라고 했다.

* 鮯은 魵의 가차자假借字이다

데, 어부들은 갑판 위에서 퍼덕이는 날치를 물속으로 다시 던져준다고 한다. 이렇게 놓아주지 않으면 풍랑을 만나게 되기 때문이라는 것이다.

내가 날치를 실제로 본 것은 1998년 여름, 경남 욕지도의 한 작은 마을에서였다. 방파제로 가는 길에 수백 마리의 물고기가 노란 플라스틱 바구니에 담긴 채 버려져 있었는데, 이 물고기들이 바로 날치였다. 멋지게 바다 위를 활공하는 모습 대신 비참한 모습으로 첫 대면을 하게 된 것이다. 하지만 언젠가는 수면 위를 힘차게 날아오르는 날치의 모습을 꼭 볼 수 있으리라 기대해본다.

◉ 슴슴지어 효수는 서쪽으로 흘러 황하에 이른다. 이곳에는 슴슴지어가 많다. 이 물고기의 모양은 까치와 같지만 열 개의 날개가 있고, 비늘은 날개 끝에 있다

날치가 하늘을 날아다닐 수 있는 비결은 무엇보다도 날개 모양으로 발달한 커다란 가슴지느러미에 있다.* 정약전은 이것을 새의 날개와 같다고 표현했다. 날치는 꼬리로 수면을 강하게 쳐서 몸을 공중에 띄운 다음, 지느러미를 활짝 펼치고 글라이더처럼 활공하는 방식으로 비행한다. 즉, 새처럼 날개를 퍼덕여서 날아다니는 것은 아니다.

머리가 눌린 것처럼
약간 납작해 보인다.

입이 작다.

　물고기인 날치가 새처럼 하늘을 날게 된 이유가 무엇인지 궁금해진다. 날치는 다른 큰 물고기들의 먹이가 되는 수가 많다. 만새기와 돌고래는 특히 날치를 좋아하는데, 날치는 이 같은 물속의 천적들을 피하기 위해 공중으로 날아오르는 것이다. 이때 날치 떼가 집단으로 날아오르는 광경은 장관을 이룬다. 날치의 활공 기술은 놀랍기까지 하다. 수면 위 2~3미터 높이의 공중을 나

* 날치류 중에는 가슴지느러미뿐만 아니라 배지느러미까지 크게 발달한 종류도 있다. 이들은 가슴지느러미만을 사용하는 종류보다 더 먼 거리를 비행한다고 알려져 있다.

는데, 때로는 400미터 정도까지 날 때도 있다고 한다. 흑산 주민들의 말을 들어보면 더욱 실감이 난다.

"옛날보단 많이 없어졌지만 배 타고 가다보면 날치 떼를 만날 때가 있소. 1~2미터 높이로 나는데 야, 그거 한번 멀리 날더라고. 한 50미터는 쉽게 날아가요. 와따. 난다. 난다. 올라갔다 언제 내려오나, 언제 내려오나 하고 있는데 벌써 저만큼 가버려. 작은 배를 타고 나갔을 때는 배 위로 올라오거

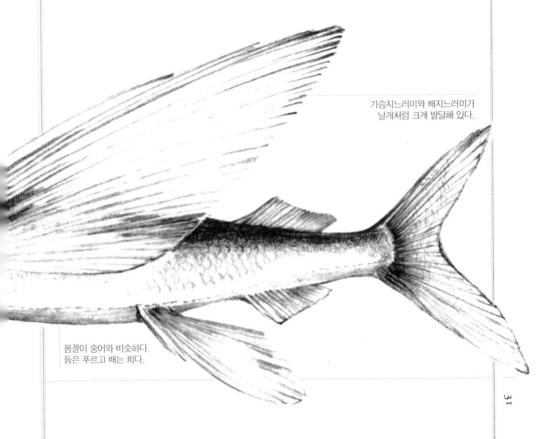

가슴지느러미와 배지느러미가
날개처럼 크게 발달해 있다.

몸꼴이 숭어와 비슷하다.
등은 푸르고 배는 희다.

● **날치** *Cypselurus agoo agoo* (Temminck et Schlegel)

나 배에 부딪칠 때도 있지라."

헤밍웨이의 『노인과 바다』에서 산티애고는 날치에 대해 각별한 애정을 보인다.

노인은 노를 저으면서 날치가 물 위로 튀어나올 때의 부르르 떨리는 진동음과 빳빳한 날개로 어둠 속을 헤치며 날 때의 슛슛 하는 마찰음을 들었다. 날치는 바다에서 소중한 친구가 되어주었기에 노인은 날치를 무척 좋아했다.

그리고 이율배반적이기는 하지만 노인은 날치를 잡아 허기를 채운다.

날치는 깨끗하게 씻어서 언제라도 먹을 수 있게끔 되어 있었다. 노인은 왼손으로 날치를 집어 뼈를 꼭꼭 씹으며 꼬리까지 몽땅 먹어버렸다. 날치란 놈은 어떤 고기보다도 영양분이 더 많다고 노인은 생각했다. 적어도 지금 필요로 하는 기운을 내도록 해줄 수 있다고, 이제까지 할 수 있는 일은 다 했다고 노인은 생각했다. 이놈의 고기를 빙빙 돌게 해서 한바탕 싸워 보자!

거대한 물고기와의 싸움을 앞두고 날치는 노인에게 활력을 제공하는 영양식이었다. 그러나 커다란 물고기와 싸울 일이 없었던 정약전은 날치의 맛

●『노인과 바다』 노인은 노를 저으면서 날치가 물 위로 튀어나올 때의 부르르 떨리는 진동음과 빳빳한 날개로 어둠 속을 헤치고 날 때의 슛슛 하는 마찰음을 들었다. 날치는 바다에서 소중한 친구가 되어주었기에 노인은 날치를 무척 좋아했다.

이 싱겁고 매우 좋지 않다고 아무렇지도 않게 말한다. 주민들의 말도 마찬가지였다.

"초가을에 잡히는데 많이는 안 잡혀요. 조금 먼 바다까지 나가야 보이제. 홍도나 소흑산도 같은 데 말이여. 맛도 없소. 팍팍해서 기름기도 없어. 천한 고기여."

정약전은 날치가 망종 무렵(양력 6월 6, 7일) 해안가로 몰려와 산란한다고 말했는데 정확한 관찰이다. 실제로 날치는 4~10월에 걸쳐 연안의 해초 속에 산란한다. 정약전도 사리 마을에 날치가 몰려와 산란하는 모습을 보았을지 궁금해진다.

서긍과 정약전

물이 점점 검푸른색으로 변하더니 갑자기 안개가 자욱하게 밀려왔다. 구름
속을 달리는 느낌이었다. 얼마나 지났을까. 서서히 안개가 물러가며 멀리
거무스레한 육지의 형체가 떠올랐다. 흑산도였다. 흑산이란 이름도 바다에
서 본 모습이 검은색을 띠고 있다고 해서 붙여진 것이다.

　흑산은 꽤 유서 깊은 이름이다. 아마 흑산도에 대한 가장 오랜 기록 중의
하나는 1123년 서긍의 『고려도경高麗圖經』에 나오는 내용일 것이다. 서긍은
송 휘종의 사신으로 고려를 방문한 뒤, 보고 체험한 것들을 책으로 엮은 사
람이다. 다음은 그가 배 위에서 흑산도를 바라보며 쓴 글이다.

　흑산은 백산 동남쪽에 있어 바라보일 정도로 가깝다. 처음 바라보면 극
히 높고 험준하며, 바싹 다가가면 산세가 중복되어 있는 것이 보인다. 앞
의 작은 봉우리 하나는 가운데가 굴같이 비어 있고 양쪽 사이가 만입했는
데 배를 감출 만하다. 옛 바닷길에서 이곳은 사신의 배가 묵는 곳이었으

므로, 관사가 아직 남아 있다. 그러나 이번에는 여기에서 정박하지 않았다. 산 위쪽에는 주민들의 부락이 있다. 나라 안의 대죄인으로 죽음을 면한 자들이 흔히 이곳으로 유배되어 온다. 중국 사신들의 배가 이곳에 도착하면 밤에 산마루에서 봉횃불을 밝혀 신호를 보내는데, 여러 산들이 차례로 호응하여 신호가 왕성에까지 이르게 된다. 신시 후에 배가 이곳을 지나갔다.

높고 험준하게 솟아 있는 흑산도의 모습은 정약전에게 심한 두려움을 안겨 주었을 것이다. 게다가 흑산도는 고려시대부터 나라 안의 대죄인들이 유배되어 올 만큼 외진 곳이 아니던가. 정약전은 『현산어보』의 서문에서부터 그 심정을 이렇게 표현하고 있다.

　현산兹山은 흑산黑山이다. 나는 흑산에 유배되어 있었다. 흑산이라는 이름은 어둡고 처량하여 매우 두려운 느낌을 주었으므로 집안 사람들은 편지를 쓸 때 항상 흑산을 현산이라 쓰곤 했다. 현兹은 흑黑과 같은 뜻이다.

정약전은 사랑하는 가족과 떨어져 지내는 외로움과 누구보다도 자신을 잘 이해해주던 동생 정약용과 헤어져 지내는 안타까움을 술로 달래며 살아야 했다.
정약전에 비해 서긍의 입장은 전혀 다른 것이었다. 서긍은 외국인인 데다 정약전보다 700년 가까이 앞선 시대에 흑산도를 찾았다. 가슴속에는 황명을 받고 자신이 속국으로 생각하는 고려를 방문한다는 자부심이 가득했을 것이다. 그런데 서긍의 일생에는 묘하게도 정약전을 떠올리게 하는 부분들이 있다. 두 사람은 모두 독서를 좋아하여 고금의 전적을 광범위하게 섭렵했으며, 박식하고 매사를 보는 눈이 매우 예리하다는 평가를 받았다. 정약전이 시대를 초월한 저작인 『현산어보』를 남겼듯이 서긍은 당시 고려의 모습을 풍부하고 세밀하게 다룬 『고려도경』을 지어 관계 연구가들의 지대한 관심을 끌고 있다. 또한 『현산어보』가 흑산 근해의 해양생물들을 200여 개가 넘는 항목으로 나누어 설명했듯이, 서긍도 자신이 관찰한 고려의 모습을 28개 문, 300여 항목으로 나누어 자세하게 설명했다.

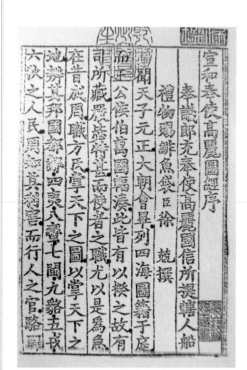

● 서긍의 『고려도경』 정약전이 시대를 초월한 저작인 『현산어보』를 남겼듯이 서긍은 당시 고려의 모습을 풍부하고 세밀하게 다룬 『고려도경』을 지어 관계 연구가들의 지대한 관심을 끌고 있다. (서울대학교 규장각 소장)

서긍은 서화에 뛰어난 재능을 지니고 있었다고 전해진다. 고려 여행 후 1년
여의 세월에 걸쳐 완성한 『고려도경』 40권은 신품으로까지 일컬어졌던 그
의 그림들로 장식되어 송 휘종의 찬탄을 이끌어내고 높은 벼슬까지 보장받
게 했다. 그런데 『현산어보』도 다양한 해양생물들의 모습을 그림으로 표현
하고 설명을 덧붙인 도감 형식의 책이었다는 이야기가 있다.

　사실 『현산어보』의 원래 모습에 대한 정확한 정보는 전하지 않는다. 애석
하게도 원본 자체가 존재하지 않기 때문이다. 처음으로 『현산어보』를 번역
한 정문기도 원본을 찾을 수 없어 여러 사본을 대조하고 보충하는 수고를
감내해야만 했다. 정문기는 네 명의 각기 다른 소장자들로부터 사본 한 권
씩을 얻었는데, 책마다 기록되어 있는 내용과 분량이 달라 이를 합쳐 새로
운 사본을 만들어냈다고 한다. 현재로서는 이것을 가장 원본에 가까운 내용
으로 생각할 수밖에 없다.*

　꽤 인기를 끌었던 황인경 씨의 소설 『목민심서』에는 『현산어보』의 원본이

---

* 최근 서울대학교 과학사 및 과학철학 협동 과정의 정명현 씨는 「정약전丁若銓(1758~1816)의 자산어보茲山魚
譜에 담긴 해양박물학의 성격」이라는 논문에서 『현산어보』 8개 사본을 대조하여 새로운 교감본을 제시했다.

유실된 과정과 그림이 사라지게 된 배경이 설명되어 있다. 정약전이 죽은 후 묘지기의 집에서 벽지로 발라져 있는 『현산어보』가 뒤늦게 발견되었는데, 이때 유실되지 않은 부분만을 골라 모아 다시 정서했기 때문에 원본과 그림이 남아 있지 않다는 내용이다. 정약전의 문중에서도 이런 이야기가 전해져 온다고 한다. 이를 근거로 한 것인지는 모르지만 KBS방송국에서 제작한 다큐멘터리 〈흑산도 리포트─정약전의 『자산어보』〉에서도 같은 내용이 나온다.

그러나 『현산어보』의 사본들 어디에도 그림에 대한 언급은 없다. 그렇다면 대체 무엇을 근거로 『현산어보』의 도감설을 주장하는 것일까? 아마도 정약용이 정약전에게 보낸 한 통의 편지가 이러한 추정의 근거가 되었던 것같다.

책을 저술하는 일은 절대로 소홀히 해서는 안 되니 반드시 십분 유의하심이 어떻겠습니까? 『해족도설海族圖說』은 무척 기이한 책으로, 이것은 또 하찮게 여길 일이 아닙니다. 도형圖形은 어떻게 하시렵니까? 글로 쓰는 것이 그림을 그려 색칠하는 것보다 나을 것입니다.

이 편지에 등장하는 『해족도설』이 『현산어보』의 전신이었다는 것은 거의 확실하다. 정약전은 원래 글과 함께 색칠을 한 그림을 넣을 생각이었던 것 같다. 그런데 정약용은 오히려 그림을 그리지 말고 글로 쓰라고 충고하고

● **다산 정약용** 정약전은 원래 글과 함께 색칠을 한 그림을 넣을 생각이었던 것 같다. 그런데 정약용은 오히려 그림을 그리지 말고 글로 쓰라고 충고하고 있다.

있다. 필사가 불가능하고 인쇄가 힘든 그림보다는 누구나 쉽게 필사하고 인쇄하여 돌려볼 수 있는 형태를 바랐던 것일까? 만약『현산어보』의 원본에 그림이 없었다면 이 편지 때문에 정약전이 처음의 구상을 바꾼 것이 틀림없다. 한 장의 짤막한 편지가『현산어보』의 운명을 바꾸어 놓았던 것이다. 정약용의 회신이 아니었더라면 우리는『현산어보』가 아니라『해족도설』이라는 역사상 유래없는 해양생물도감을 유산으로 물려받았을지도 모른다는 생각에 아쉬움이 더한다.

태어나지 못한 걸작

정약전이 도판을 그렸다면 어떤 그림이 되었을까? 아마도 매우 사실적인 그림이 탄생했으리라. 이는 정약전과 정약용을 낳은 어머니가 시 · 서 · 화 삼절로 유명한 공재 윤두서의 손녀라는 점을 생각해보면 어느 정도 수긍이 가는 일일 것이다.

  다재다능했던 정약용은 당시의 화가들과 그들의 작품을 냉철하게 평가하는 미술평론가의 모습을 보이기도 했다. 정약용은 그림을 볼 때 언제나 사실성을 가장 중요한 기준으로 삼았으며, "서툰 화가들이 기교를 부리면서 뜻만 표현하고 형태는 그리지 않는다"라고 하여 당시로서는 진보적이라고 할 수 있는 사실주의 비평 태도를 보였다. 정약용은 그리려는 대상과 닮으면 닮을수록 훌륭한 그림이 된다고 생각했다. 그는 「발취우첩跋翠羽帖」이란 글에서 윤두서의 사실적인 그림과 당시 화가들의 비사실적인 그림을 다음과 같이 대조해서 평가했다.

● 윤두서의 자화상 그의 작품에서는 꽃 · 나무 · 새 · 짐승 · 벌레 할 것 없이 모두 화법의 묘리에 맞어서 섬세하고도 생동감이 넘친다. 저 서투른 화가들이 모지라진 붓에다가 먹물만 잔뜩 찍어 기괴하게 되는대로 휘두르면서 뜻만 그리고 형은 그리지 않는다고 자처하는 그림과는 비할 바가 아니다. (해남 녹우당 소장)

그의 작품에서는 꽃·나무·새·짐승·벌레 할 것 없이 모두 화법의 묘리에 맞아서 섬세하고도 생동감이 넘친다. 저 서투른 화가들이 모지라진 붓에다가 먹물만 잔뜩 찍어 기괴하게 되는대로 휘두르면서 뜻만 그리고 형은 그리지 않는다고 자처하는 그림과는 비할 바가 아니다. 윤공은 언제나 나비·잠자리 같은 것들도 손에 잡아들고 그 수염과 분가루 같은 미세한 것까지 자세히 살펴보고는, 그 모양을 그리되 꼭 실물을 닮은 뒤라야 붓을 놓았다.

고양이 그림을 잘 그려 '변고양이'라고까지 불린 변상벽의 그림을 보고서는 그 놀라운 사실성에 대해 시를 지어 격찬하기도 했다.

　　　형형색색 섬세하여 참닭이 틀림없고
　　　도도한 기상 또한 막을 수 없네
　　　듣건대 이 그림 막 그렸을 때
　　　수닭들이 잘못 알고 법석했다오

● 변상벽의 〈암닭과 병아리〉, 〈고양이와 참새〉 고양이 그림을 잘 그려 '변고양이'라고까지 불린 변상벽의 그림을 보고서는 그 놀라운 사실성에 대해 시를 지어 격찬하기도 했다. (국립중앙박물관 소장)

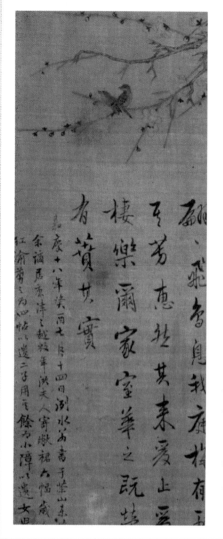

그가 옛날 고양이를 그렸을 때도
쥐들을 혼내줄 만하였겠구나

　정약용은 자신이 직접 그림을 그리
기도 했는데 부인이 보내온 치마에 그
려넣은 〈매조서정도梅鳥抒情圖〉는 사실
성이 뛰어난 걸작으로 평가받고 있다.
　정약전의 그림 실력은 어떠했을까?
정약전이 애초에 『현산어보』를 『해족
도설』로 기획했다는 것은 그만큼 그
림에 자신이 있었다는 의미로두 해석
할 수 있다. 수백 종의 생물에 대해
그림을 그리고 색칠을 한다는 것은
그림에 능숙하지 못한 이로서는 엄두
도 못낼 일이기 때문이다. 그가 그림
을, 그것도 극히 사실적인 그림을 그
렸다는 사실을 정약용이 쓴 복암伏菴
이기양李基讓 묘지명에서 확인할 수
있다.

● 〈매조서정도〉 정약용은 자신이 직접 그림을 그리
기도 했는데 부인이 보내온 치마에 그려넣은 〈매조
서정도〉는 사실성이 뛰어난 걸작으로 평가받고 있
다. (고려대학교 박물관 소장)

옛날에 돌아가신 중형(정약전) 집에서 암실방에다 유리를 장치해놓고 거꾸로 된 그림자를 취하여 그림의 초본을 뜬 일이 있다. 복암 선생이 뜰 가운데 의자를 놓고 태양 쪽을 향해 앉아 계셨는데, 털끝만큼이라도 살짝 움직여버리면 사진으로 본뜰 길이 없으므로 공은 응고된 듯, 마치 진흙으로 빚은 모형 인간처럼 오래도록 조금도 움직이지 않았다.

윗 글은 바늘구멍사진기를 이용해 그림을 그리는 장면을 묘사한 것이다. 바늘구멍사진기는 오늘날 우리가 쓰고 있는 사진기의 원형으로 어두운 방의 지붕·벽·문 등에 작은 구멍을 뚫고 그 반대쪽 벽에 외부의 풍경을 투사시키거나 일식日蝕을 조사하는 데 이용한 것으로 추정되는 장치다. 처음에는 정약전의 집에 설치한 것과 같이 넓은 장소를 요구했지만, 점차 소형화되고 휴대성이 좋아져 현재의 카메라와 유사한 모양으로 발전했다.

광학상의 업적으로 유명한 아랍의 과학자 알 하젠(Al Hazen, 965?~1038)이 바늘구멍사진기의 원리를 가장 먼저 밝힌 것으로 알려져 있으며, 레오나르도 다 빈치(Leonardo da Vinci, 1452~1529)나 베이컨(Roger Bacon, 1212~1294)도 이를 실험하고 나름대로의 의견을 제시한 바 있다. 보다 후대의 과학자인 포르타(Giovanni Battista Della Porta, 1535?~1615)는 바늘구멍사진기를 그림을 그리는 도구로 사용할 것을 권했고, 그로부터 100여 년 후 휴대용 바늘구멍사진기가 개발되어 실제로 그림을 그리는 도구로 사용되기 시작했다.

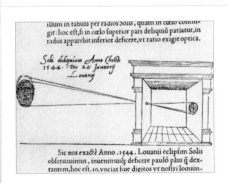

◉ 바늘구멍사진기 바늘구멍사진기는 오늘날 우리가 쓰고 있는 사진기의 원형으로 어두운 방의 지붕·벽·문 등에 작은 구멍을 뚫고 그 반대쪽 벽에 외부의 풍경을 투사시키거나 일식을 조사하는 데 이용한 것으로 추정되는 장치다.

바늘구멍사진기의 원리는 동양에서도 오래 전부터 알려져 있었다. 기원전에 씌어진 『묵자墨子』에는 바늘구멍사진기를 이용한 실험과 빛이 바늘구멍을 지나 맺는 상이 거꾸로 뒤집힌다는 사실에 대한 기록이 남아 있다. 우리 나라에서도 세종시대에 이미 태양의 고도를 측정하는 데 바늘구멍사진기의 원리를 실제로 이용한 바 있다. 그러나 바늘구멍사진기를 이용해 그림을 그린 것은 정약전의 경우가 최초가 아닌가 생각된다.

다음은 정약용이 쓴 「칠실관화설漆室觀畵說」이라는 글의 일부를 옮긴 것이다.

빛이 들어올 만한 창과 출입구를 다 막아 방안을 칠흑같이 하되 오직 한 구멍만 남겨 렌즈를 그 구멍에 장치한다. 그리고는 눈처럼 하얀 종이판을 렌즈와 두어 자 거리에 대어 비추면* 집 앞의 여울과 산봉우리의 아름다움, 그리고 죽수화석竹樹花石이 무더기로 겹쳐 있는 모습과 담장과 울이 죽죽 뻗어 있는 풍경이 모두 판지 위에 비친다. 짙고 옅은 청록색, 성긴 가지, 조밀한 잎의 형태와 색깔이 자연 그대로 선명하고 위치가 정연

● 바늘구멍사진기에 대한 광고 포스터 바늘구멍사진기는 실용적인 용도 외에 오락용으로도 큰 인기를 끌었다. 이 포스터에서는 암실로 꾸며놓은 방안에서 바깥 풍경을 투사시켜 훔쳐보고 있는 사람들을 묘사하고 있다.

* [원주] 렌즈에 따라 거리를 조정한다.

한 한 폭의 그림이 되어 섬세하기가 이를 데 없으므로 고개지顧愷之, 육탐미陸探微같이 유명한 화가들도 흉내내지 못할 천하의 기이한 볼거리다. 사물의 형체는 거꾸로 비치며, 바라보면 황홀한 느낌이 든다. 만약 어떤 사람이 실물과 조금도 다르지 않은 초상화를 그리려 한다면 이보다 좋은 방법이 없을 것이다. 그러나 뜰에 단좌하여 마치 흙인형처럼 움직이지 않을 수 있는 사람이 없다면 바람에 흔들리는 나뭇가지를 묘사하는 것만큼이나 그리기가 어려울 것이다.

정약용은 바늘구멍사진기를 사용하여 세밀한 초상화를 그릴 것을 제안했지만, 모델이 고정된 자세를 유지하기가 힘들다고 생각하여 포기했다. 그러나 정약전은 자신의 집에서 이를 실제로 시도했다. 이기양은 초인적인 자제력을 보여 실험에 도움을 주었다.

개략적인 그림을 그리기 위해서였다면 이처럼 정지된 자세가 필요하지는 않았을 것이다. 몸에 난 터럭 하나라도 놓치지 않겠다는 지독한 사실주의 정신이 있었기에 특별한 모델을 데려오고 특수한 장치를 사용하려 한 것이다. 바늘구멍사진기라는 과학의 힘을 빌리긴 했지만 그리는 것은 역시 사람이다. 솜씨 있고 세밀한 손놀림이 아니면 이런 초상화는 감히 시도조차 하기 힘들 것이다. 그리고 정약전은 이를 해냈던 것으로 보인다. 오늘날 서양의 극사실주의 화가들이 슬라이드 영사기를 이용해 극히 사실적인 그림들을 그린다는 사실을 생각할 때 정

● 바늘구멍사진기를 이용한 그림 그리기 과학자인 포르타는 바늘구멍사진기를 그림을 그리는 도구로 사용할 것을 권했고, 그로부터 100여 년 후 휴대용 바늘구멍사진기가 개발되어 실제로 그림을 그리는 도구로 사용되기 시작했다.

약전을 한국 극사실주의 회화의 선구자라고 볼 수도 있지 않을까?

이 책이 마무리되어 갈 무렵 삽화로 쓸 사진을 촬영하기 위해 다산초당을 찾았다. 촬영을 마치고 내려오는 길에 다신계전통찻집에 들렀는데, 찻집 주인 윤동환 씨와 정약용에 대한 얘기를 나누던 중 문득 벽에 걸려 있는 그림에 눈길이 가 닿았다. 한눈에도 예사롭지 않아 보이는 그림이었다. 자리에서 일어나 그림 앞에 붙어 있는 표찰을 확인하고는 더욱 놀라고 말았다. 그림의 작자가 정약전이라고 나와 있었던 것이다. 윤동환 씨에게 물어보니 절두산 순교박물관에 전시되어 있는 그림의 사본을 구해서 걸어놓은 것이라고 했

다. 다시 한번 그림을 들여다보았다. 그림 속의 호랑나비와 염소는 살아 있는 듯 생생한 모습이었다. 정약전이 그림에도 재능이 있었다는 사실이 증명되는 순간이었다.

사실주의 화풍을 숭상하던 정약용이 만약 형이 그림을 그리겠다는 생각을 지지해주었다면 어땠을까 하는 생각이 떠나질 않는다. 그림은 그만두고 글로만 쓰라는 내용이

● 정약전의 화조도와 영모도 그림 속의 호랑나비와 염소는 살아 있는 듯 생생한 모습이었다. 낙관에 십자가를 진 사람의 문양이 있는 것으로 보아 정약전이 종교 활동에 열심이던 시절에 그린 그림인 듯하다.

아니라, 그림을 그리되 좀더 사실적으로 그리라고 충고했다면 『현산어보』의 운명은 어떻게 달라졌을까? 안타까움이 가슴을 짓누른다. 자신의 외증조부 윤두서처럼 따개비나 성게를 들고 세밀히 관찰한 후 그림이 실물과 똑같이 닮은 후에야 손을 놓았다면 대단한 걸작이 완성되지 않았을까?

서긍의 『고려도경』도 결국에는 『현산어보』와 마찬가지로 기구한 운명의 길을 걷게 된다. 서긍은 휘종에게 바친 것 외에 책 한 부를 따로 만들어 자신의 집에 보관하고 있었지만, 1126년 금나라의 침략으로 인한 혼란 속에서 사라져버렸다. 같은 마을에 살던 한 사람이 난리 직전에 책을 빌려가서 돌려주지 않았는데 그만 난리통에 잃어버리고 만 것이다. 그 후 10년째 되던 해 우여곡절 끝에 책이 다시 발견되었다. 그러나 이미 그림과 글씨가 상당 부분 손상된 후였다. 다행히 글은 여러 사람들이 옮겨 적어 둔 것이 있었지만, 그림은 완전히 소실되고 말았다.

서긍은 그림을 다시 그리겠다고 다짐만 하다가 끝내 손도 대지 못하고 세상을 떠났다. 영원히 그림 부분이 사라지고 만 것이다. 그래서 결국 『고려도경』은 책 이름에만 도圖자가 남아 있는 유명무실한 그림책이 되어버리고 말았다. 세상에 빛을 보지 못하고 이름만 남긴 『해족도설』과 같은 운명을 겪은 것이다. 이후에도 『고려도경』은 판각되었다가 유실된 후 발견되거나 불완전한 사본들이 돌아다니는 등 『현산어보』와 그 운명의 궤를 같이하고 있다.

과학과 윤리학

정약용은 『해족도설』에 대한 편지에서 책의 구성 방식에 대해서도 충고를
하고 있다.

> 학문의 종지에 대해 먼저 그 대강을 정한 뒤 책을 저술하여야 유용하게
> 될 것입니다. 대체로 이 도리는 효제孝悌로 근본을 삼고 예악으로 꾸미고
> 감형 · 재부 · 군려 · 형옥을 포함하고 농포 · 의약 · 역상 · 산수 · 공작의
> 기술을 씨줄로 삼아야 완전해질 것입니다. 무릇 저술할 때에는 항상 이를
> 살펴야 하는데 여기에서 벗어나는 것이라면 쓸 필요도 없습니다. 『해족도
> 설』은 이런 항목으로 살펴볼 때 몇몇 연구가의 수요가 될 것이니 그 활용
> 이 매우 절실합니다.

이용후생의 측면을 강조한 것까지는 이해할 수 있고 실제로 정약전이 이
를 반영하기도 했다. 그런데 정약용은 느닷없이 '효제'를 근본으로 삼으라

고 말한다. 생물학과 실학적 성격이 농후한 『현산어보』를 구상했을 정약전에게 효제를 근본으로 하라고 말한 속뜻은 무엇이었을까?

 정약용은 500여 권이 넘는 책을 저술한 엄청난 다작으로 유명하지만, 시를 짓는 데도 출중하여 많은 사람들은 정약용을 조선 후기를 대표하는 대시인으로 꼽기를 주저하지 않는다. 정약용의 시에는 다양한 생물들이 등장하는데, 이를 가만히 들여다보면 효제를 중시하라고 말한 뜻을 짐작할 듯도 하다. 정약전이 쓴 『현산어보』의 오적어 항목과 정약용의 〈오징어와 백로〉라는 시를 비교해보자.

 오징어 한 마리가 물가에 놀다
 우연히 백로와 마주쳤다네
 희기로는 한 조각 눈결이요
 맑은 물과 같이 빛나는구나
 오징어 머릴 들어 백로에게 말하기를
 자네 뜻 무엇인지 알 수가 없네
 기왕에 고기 잡아 먹으려면서
 깨끗한 절개 지켜 무얼 하려나
 내 뱃속엔 언제나 먹물이 있어
 뿜어대면 주위가 캄캄해지지
 고기 떼들 눈이 흐려 헤매다니고

꼬리치며 가려 해도 갈 곳을 몰라

입을 벌려 삼켜도 알지 못하니

나는 늘 배부르고 고기는 늘 속는다네

자네 날갠 깨끗하고 깃도 유별나

아래 위로 하얀데 누가 속겠나

간 곳마다 고운 모습 물에 비쳐서

고기 떼들 먼 데서도 다 도망가네

진종일 서 있은들 무얼 하겠나

아픈 다리 주린 배 항상 괴롭지

까마귀 찾아가 날개 빌려서

적당히 검게 하여 편하게 살지

그래야 고기 많이 잡을 수 있어

여편네 먹이고 새끼 먹이지

백로가 이를 듣고 대답하기를

자네 말도 일리가 있는 듯하나

내게 주신 하늘 은혜 결백함이고

스스로 믿기에도 결백함이라

한 치조차 못 되는 밥통 채우려

얼굴과 모양을 바꾸겠는가

오면 먹고 달아나면 쫓지 않으리

꿋꿋이 서 천명대로 살 뿐이네
오징어 화를 내고 먹물을 내뿜으며
어리석다 백로여, 굶어죽어 마땅하리

오징어와 백로의 형태적·생태적인 특징을 가미하기도 했지만, 이러한 내용은 어떤 교훈을 주기 위한 주변 장치에 불과하다. 〈여름날에 소회를 적어 족부 이조 참판에게 올리다〉란 시에서는 다양한 생물종과 그들의 생태적 특징들을 죽 나열하고 있다.

입 끌고 먹이 찾는 오리 모양이며
처진 날개로 뛰노는 까치와도 같아
곱사등이가 차이고 짓밟히며
불쌍한 자에게 재롱을 바란다네
좀이 계수나무를 시들게 만들고
쉬파리는 뒷간에 모여드는 법
님의 덕은 덩굴밭에 버려지고
도둑이 늪지대에 숨어 있으며
성품이 뱀처럼 표독한 자도 있고
다람쥐같이 잔재주 많은 자도 있어
덩굴처럼 저절로 뻗은 세력이지

먼 인척 힘 빌린 것 아니라네
이불에는 황금실이 촘촘하고
자리는 수를 놓은 융단이며
따오기 새기기 싫어하는 각박한 풍속
기후 변하여 구욕새도 집 짓는다네

그리고 글의 말미에서 자신이 쓴 시의 내용이 생물이 아니라 세상의 인정에 대하여 서술한 것임을 밝히고 있다. 정약용은 『현산어보』도 이런 형태의 교훈을 담고 있는 책이 되기를 바랐던 것은 아닐까?

유교의 최고 덕목은 인仁이다. 정약용은 이 인을 바로 효제라고 보았다.

효제란 바로 인이다. 인이란 총괄해서 하는 말이고, 효제란 분할해서 하는 말이다. 인이란 효제로부터 시작되기 때문에 "효제란 인을 하는 근본이다"라고 했다.

효제자孝悌慈를 인으로 보기도 하지만, 정약용은 그중에서도 특히 효제가 인의 중심임을 강조했다. '자'라는 것은 짐승들도 할 수 있는 바이기에 효제와 함께 놓을 수 없고, 임금과 신하와의 관계, 부부 사이의 관계, 나이 든 사람과 젊은 사람의 관계, 친구 사이의 관계도 중요한 덕목이지만 정약용은 효제를 실천함으로써 이들이 모두 저절로 달성될 수 있다고 보았다. 효도를 하면 반드시 충성스럽게 되고, 공경을 하면 반드시 공손하게 되며, 부부의 화합과 친구간의 신의는 굳이 힘쓰지 않아도 저절로 이루어진다고 생각했다. 공자의 도는 천하의 사람 하나하나가 효성스럽고 공손하도록 하는 것이니 사람마다 친한 이를 친하게 대하고, 어른을 어른답게 대하면 천하가 잘 다스려질 것이라고 보았다.*

정약용은 실천의 철학자였다. 인간의 마음속에 선으로 기울어지는 경향과 악으로 기울어지는 경향이 동시에 존재한다는 사실을 과감하게 인정했다. 욕심은 악의 근원이지만 실제로 존재하는 것이었다. 그러나 선과 악은 본질적으로 결정되어 있지는 않았다. 정약용에게 선과 악은 실천을 통하여 형성되는 것이었고, 사람이 가진 자유 의지가 선악을 결정짓는 요인이었다. 이러한 주장은 주자를 부정했다고 하여 사문난적으로 몰려 죽임을 당한 백호 윤휴로부터 생활 속에서 효제를 실천한 녹암 권철신을 거쳐 그의 제자들인 정약전과 정약용에게까지 계승 발전되어온 것이었다.

권철신의 학통을 직접 이은 정약전도 이러한 사상을 가졌던 것이 분명하다. 그러나 정약전이 구상한 『현산어보』는 이전의 전통적인 학문 범주를 뛰어넘는 것이었다. 정약용도 생물에 대해 깊은 관심을 기울였지만, 그 관심은 윤리학의 연장선상에 있었다. 만약 정약용이 흑산도에 유배를 당해 『현산어보』를 쓰게 되었다면 지금과는 전혀 다른 책이 되었을 가능성이 많다. 정약용은 철학자적인 특성을 많이 가졌다. 자신이 접하는 모든 사물과 현상을 범주로 나누고 체계화하기를 좋아했다. 이러한 성향이 자연과학에 집중

* 정약용이 효제의 실천을 강조한 배경에는 큰 뜻이 담겨 있었다. 당시 대부분의 성리학자들은 인의예지의 중요한 덕목들이 원래부터 사람의 마음속에 간직되어 있다고 생각했다. 그리고 사람과 동물이 이러한 덕목을 똑같이 가지는지, 사람마다 선하고 악한 정도가 다른 이유는 무엇인지, 사람이 도덕적일 수 있는 원리는 무엇인지 궁금해했다. 철학적인 문제에 지나치게 집중함으로써 성리학은 점차 백성들의 구체적이고 실질적인 삶과는 전혀 동떨어진 학문이 되어갔다. 조선 개국 초창기의 백성을 위한 개혁 성향과 전통문화를 꽃피운 젊은 역량은 자취를 감추고 성리학은 정치논리에 따라 지배층이 백성들 위에 혹은 반대파 위에 군림할 수 있는 사상적 무기로 변했다. 정약용은 이를 참을 수 없었다. 인의예지라는 것은 원래부터 사람 내부에 있는 것이 아니라 실천한 후에야 비로소 생겨나는 것이라고 지적하며 이론보다는 실천의 중요성을 강조했다. 또한 신분에 관계없이 누구나 인의예지를 실천하기만 하면 성인이 될 수 있다고 하여 양반의 절대적 권위를 부정했다. 그런데 이 인의예지의 실천이 바로 효제로부터 시작되는 것이었다.

되었더라면 분명 대단한 자연과학자가 되었겠지만, 정약용의 관심은 다른 곳에 있었다. 『본초강목本草綱目』류의 그림과 전혀 교훈적이지 못한 내용들만 담긴 책은 유용하되 자신의 이상과는 거리가 먼 것이었다. 정약용에게는 정치와 수신이 더욱 중요했고, 이를 정약전에게도 요구했다. 그러나 다행인지 불행인지 정약용의 충고에도 불구하고 『현산어보』에는 교훈적인 내용이 거의 등장하지 않는다. 기껏해야 홍어조에서 지나친 음욕을 경계한 것이 거의 유일한 예다. 정약전은 기본적으로 자연과학 자체에 관심이 많았고, 이를 위한 학문적 소양을 충분히 갖추고 있었다. 그리하여 『현산어보』라는 생물학의 결작을 만들어내게 된 것이다.

일주도로를 타고 사리마을로

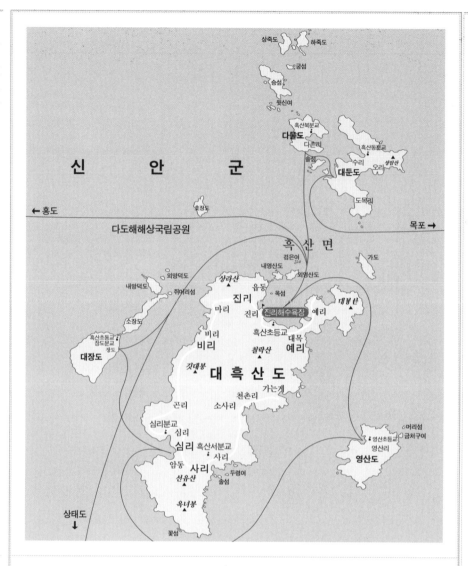

상죽도 · 하죽도

궁섬

승섬

윗신여

흑산북분교
다물도
다촌리
흑산동분교
슐섬
수리
오리 상발산
대둔도

도목리

신 안 군

← 홍도
호장도
목포 →

다도해해상국립공원

흑 산 면
검은여

가도

내영산도
외영산도

외망덕도
상라산 ▲
읍동
옥섬
내망덕도
쥐머리섬
진리
대봉산 ▲
마리
진리 진리해수욕장
예리

소장도
비리
흑산초등교
대목
흑산초동교
장도분교
비리
칠락산 ▲
예리
장도
깃대봉 ▲
대 흑 산 도

대장도

천촌리 가는게

곤리
소사리

심리분교
심리
영산초등교
머리섬
금처구여
심리 흑산서분교
영산리
사리
영산도
암동
사리
선유산 ▲
투령여
슐섬

옥녀봉 ▲

상태도
↓
꽃섬

● 흑산도 지도

부리 달린 물고기

조금만 늦었어도 예리항에 내리지 못할 뻔했다. 9시 30분, 흑산도에 도착했다는 선내방송이 흘러나왔지만 무거운 배낭 때문에 미리 나서고 싶지 않았고, 내리라는 지시도 따로 없어 그냥 앉아 있었다. 주변 사람들이 내리기 시작하면 천천히 따라 내리려는 심산이었다. 그런데 아무도 일어서려는 기색이 없었다. 조급해진 마음에 짐을 챙겨 갑판으로 나섰을 때는 배가 막 항구를 떠나려는 참이었다. 가쁜 숨을 몰아쉬며 바지선으로 뛰어내린 후 수협 위판장 앞의 평상에 짐을 내려놓고 앉았다.

배를 꽉 메운 관광객들은 모두 홍도를 찾는 이들이었다. 역사적으로 보나 문화적으로 보나 홍도는 큰 섬 흑산도와 비교가 되지 않는다. 홍도의 기암괴석이 유명하다고는 하지만 흑산의 해안선도 그에 못지않다. 흑산도가 외면당하고 있는 것은 대부분의 여행객들이 편한 여행, 입소문으로 퍼진 정형화된 여행만을 바라기 때문일 것이다.

바로 앞 부둣가에서는 한 가족이 낚시를 하고 있었다. 뭔가 자꾸 잡아올

◉ 흑산항여객터미널 조금만 늦었어도 예리항에 내리지 못할 뻔했다. 조급해진 마음에 짐을 챙겨 갑판으로 나섰을 때는 배가 막 항구를 떠나려는 참이었다.

리기에 궁금해서 다가가보니 손바닥 크기에 못 미치는 조피볼락과 노래미를 낚아놓고 있었다. 수면 위에는 10여 센티미터 안팎의 길쭉한 물고기들이 떼를 지어 헤엄쳐다니고 있었다. 앞으로 툭 튀어나온 부리, 상체는 거의 움직이지 않고 꼬리 뒷부분만을 열심히 흔들어대고 있는 모양새가 틀림없는 학공치였다.

내가 학공치를 처음 본 것은 울산에 있는 어느 방파제에서였다. 사람들이 잔뜩 몰려 낚시를 하고 있었는데, 동작이 요란하고 가끔씩 아이들의 환성이 들리는 것으로 보아 뭔가가 잡히는 모양이었다. 가까이 다가서서 어망 속을 들여다보니 깨끗하게 생긴 길쭉한 물고기들이 가득했다. 학공치였다. 바다 쪽으로 시선을 돌리자 수면은 온통 학공치 떼가 일으키는 물결로 어지러웠다. 미리 뿌려놓은 밑밥을 먹기 위해 학공치 떼가 모여들고, 사람들은 그 사이로 낚시를 던져 넣어 연신 물고기를 낚아올리고 있었다. 『현산어보』에 등장하는 침어가 바로 이 학공치다.

[침어鱵魚 속명 공치어孔峙魚]

큰 놈은 2장丈* 정도이다. 몸은 가늘고 길어서 뱀과 같다. 아랫부리는 3~4치 정도인데 침과 같이 가늘다. 윗부리는 제비부리와 같다. 빛깔은 흰색 바탕에 푸른 기가 있다. 맛은 달고 산뜻하다. 음력 8~9월에 바닷가 가까운 곳까지 들어왔다가 다시 물러간다.

● 유영하는 학공치 수면 위에는 10여 센티미터 안팎의 길쭉한 물고기들이 떼를 지어 헤엄쳐다니고 있었다.

* 2자의 오자인 듯하다.

이청의 주 『정자통正字通』에서는 침어鱵魚, 침자어針觜魚, 『본초강목』에서는 강공어姜公魚, 동연어銅吮魚라고 했다. 이시진은 "이 물고기는 부리에 침이 하나 있는데 사람들은 이것을 강태공의 낚싯바늘이라고 말한다. 그러나 이것은 견강부회한 것이다. 모양은 회잔어(뱅어)와 같지만 부리가 뾰족하고 침과 같은 작고 검은 뼈가 하나 있다는 점이 다르다"라고 했다. 『동산경東山經』에서는 "황수況水는 북으로 흘러 호수로 들어가는데 그곳에 침어가 많다. 모양은 피라미〔鯈〕와 닮았고 부리는 침과 같다"라고 했다. 이것은 모두 지금의 공치어를 말하는 것이다. 몸에 비늘처럼 흰 것이 있지만 진짜 비늘은 아니다.

학공치는 봄부터 가을에 걸쳐 우리 나라 남부 연안에서 많이 잡힌다. 보통 얕고 잔잔한 바다에 떼지어 살면서 회유하는데, 봄·여름에 걸쳐 북상하

윗부리는 짤막한 것이 제비부리를 닮았다.　얇고 벗겨지기 쉬운 비늘이 있다.

아랫부리는 기다란 침처럼 생겼다.　등은 푸르고 배는 희다.　등지느러미와 뒷지느러미가 대칭을 이루며 뒤쪽으로 치우쳐 있다.

◉ 학공치 Hyporhamphus sajori (Temminck et Schlegel)

◉ 침어 몸은 가늘고 길어서 뱀과 같다. 아랫부리는 3~4치 정도인데 침과 같이 가늘다. 윗부리는 제비부리와 같다.

고, 수온이 내려가는 가을·겨울철에 남쪽으로 내려온다. 몸매는 유선형으로 늘씬하며 아래턱에는 이름에 걸맞게 학처럼 기다란 부리가 달려 있다. 학공치의 긴 아랫부리 끝은 살아 있을 때는 선명한 붉은색을 띠고 있지만 죽으면서 검은색으로 변한다. 정약전은 학공치의 몸색깔을 흰색 바탕에 푸른 기가 있다고 묘사했다. 실제로 학공치의 등은 청록색이고 배는 은백색으로 빛나므로 적절한 표현이라고 할 수 있겠다.

정약전은 학공치를 무린류, 즉 비늘 없는 물고기로 분류했다. 이청도 학공치의 몸에 비늘처럼 흰 것이 있지만 진짜 비늘은 아니라고 했다. 그러나 이것은 잘못된 설명이다. 학공치는 유린류로 분류하는 것이 옳다. 학공치의 비늘은 얇고 벗겨지기 쉬워 눈에 잘 띄지는 않지만 진짜 비늘이 분명하기 때문이다. 학공치로 회를 떠 보면 비릿하고 성가시게 칼에 딜라붙어 떨어지지 않는 비늘을 쉽게 확인할 수 있다.

학공치를 흔히 꽁치라고 부르기도 한다. 그러나 사실 두 물고기는 전혀 다른 종류이다. 모두 가늘고 긴 체형을 하고 있지만, 꽁치의 주둥이는 상하의 길이가 거의 같고 학공치만큼 길게 튀어나와 있지 않으므로 쉽게 구별할 수 있다. 서유구도 『전어지』에서 같은 방식으로 꽁치와 학공치를 구별하고 있다.

동·남·서해에 모두 이 물고기가 있다. 모양이 갈치 같으며, 길이가 1척 정도이고, 넓이는 길이의 약 10분의 1이다. 등은 청색이고 배는 미백

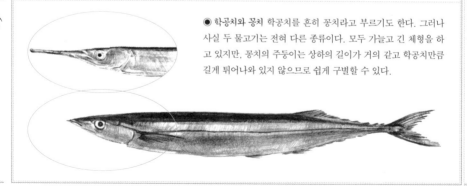

● 학공치와 꽁치 학공치를 흔히 꽁치라고 부르기도 한다. 그러나 사실 두 물고기는 전혀 다른 종류이다. 모두 가늘고 긴 체형을 하고 있지만, 꽁치의 주둥이는 상하의 길이가 거의 같고 학공치만큼 길게 튀어나와 있지 않으므로 쉽게 구별할 수 있다.

색이다. 비늘이 잘고 주둥이가 길다. 두 눈이 서로 가지런하다. 속칭 공치어貢侈魚라고 한다. 침어류에 속하는 것으로 또 한 종이 있는데, 모양은 비슷하나 빛깔이 청색이고 주둥이가 학처럼 매우 길므로 속칭 학치어라고 부른다.

학공치는 보통 4~5월경 수심이 얕고 해조류가 많은 곳에 알을 낳는다. 학공치의 알에는 끈이 붙어 있어 해조류에 잘 달라붙는다. 막 부화한 새끼는 보통 물고기처럼 짧은 주둥이를 갖고 있지만, 한 달쯤 지나면 주둥이가 빠른 속도로 자라나기 시작한다. 이때 아래턱 주둥이의 성장이 더욱 빠르므로 정약전이 말한 것처럼 '아랫부리는 침과 같고 윗부리는 제비부리와 같은' 형태가 된다.

학공치를 부르는 이름 중에 강공어姜公魚라는 것이 있다. 옛 주나라의 강태공이 학공치의 뾰족한 아래턱 주둥이로 물고기를 낚았다고 해서 붙여진 이름이다. 흔히 강태공이 곧은낚싯바늘로 물고기는 낚지 않고 자신을 알아줄 세상을 기다렸다고 알고 있지만, 사실은 이와 다르다. 곧은바늘도 엄연히 물고기를 잡기 위한 바늘이기 때문이다. 낚시 기술이 현재만큼 발달하지 않았던 과거에는 이런 형태의 낚싯바늘이 널리 사용되고 있었다. 이시진의 『본초강목』이나 서유구의 『난호어목지』에서도 침어, 즉 학공치의 뾰족한 주둥이 뼈를 낚싯바늘로 사용했다는 기록이 나온다. 역시 강태공은 곧은바늘로 세월을 낚은

● **강태공의 낚싯바늘** 학공치를 부르는 이름 중에 강공어라는 것이 있다. 옛 주나라의 강태공이 학공치의 뾰족한 아래턱 주둥이로 물고기를 낚았다고 해서 붙여진 이름이다.

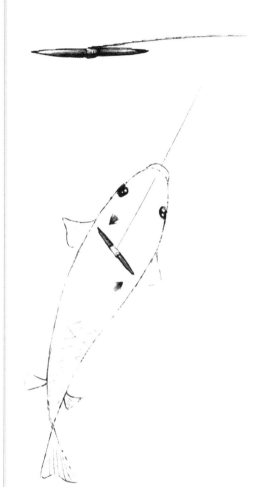

것이 아니라 물고기를 낚고 있었던 것이다.

정약전은 학공치의 맛이 달고 산뜻하다고 표현했다. 『우해이어보』에서도 회가 매우 맛있다고 기록되어 있는 것으로 보아, 선조들이 예로부터 학공치를 즐겨 먹어왔다는 사실을 알 수 있다. 실제로 잘게 썰어 초고추장에 찍어 먹는 학공치회의 맛은 매우 뛰어나다. 지방이 거의 없고 단백질이 많아 담백하며 향도 좋다. 학공치는 가을이 깊어 갈수록 맛이 좋아지며, 가을철 5대 생선회 중 하나로 인정받고 있다.

● **직침의 원리** 곧은바늘의 원리는 간단하다. 우선 양끝을 날카롭게 다듬은 一자 모양의 바늘 중간에 낚싯줄을 묶은 다음, 낚싯바늘을 물고기가 잘 삼킬 수 있도록 낚싯줄과 나란히 하여 미끼를 끼우는데 물고기가 이를 삼키면 바늘이 낚싯줄과 수직으로 놓이면서 양 끝이 살에 박히게 되어 있다.

산 위에서 내려다본
숭어 떼

사리행 일반버스에 올랐다. 관광버스도 다니지만 여행의 참맛을 느끼기 위해서는 주민들의 구수한 사투리를 들을 수 있는 일반버스가 제격이다. 게다가 값도 싸다. 승객이 얼마 없어 군데군데 빈자리가 있었다. 버스는 진리, 읍동을 지나 꼬불꼬불한 고갯길을 오르기 시작했다. 앞자리에는 친척간으로 보이는 조그만 아이 둘이 앉아 쉴 새 없이 재잘거리고 있었다.

"저기 말리는 게 뭐야?"

"톳, 톳이야. 먹는 거야. 저기 봐. 돌 쌓아 놓은 것 보이지? 저게 반월성이다. 지난 태풍 때 돌담이 아래로 많이 흘러내렸대."

여남은 살 먹어보이는 녀석이 한두 살 어려보이는 아이에게 꽤 어른스럽게 설명하고 있다. 한참을 떠들어대던 아이들은 비리 마을 앞에서 내리더니 두 팔을 벌리고 바람과 같이 언덕 아래로 내달았다. 늘 바다를 보며 자라는 아이들의 마음속에는 매연과 소음에 찌든 도시 아이들과는 다른 무언가가 자리잡고 있을 것이다. 어른이 되어서도 가슴속에 바다를 품고 살아가기를 기원했다.

"야! 저기 봐라. 고기가 떠 있네."

앞자리에 앉은 이의 말에 고개를 돌렸다. 손가락이 가리키는 방향을 따라 창 밖을 내려다보니 정말 해안에서 3, 40미터쯤 떨어져 있는 곳에 하얀 물고기들이 떼지어 있는 것이 보였다. 꽤 먼 거리인데도 길쭉한 체형이 느껴질 만큼 큰 놈들이었다. 물고기들은 마치 일광욕이라도 하는 듯 수면 위에 평화롭게 떠 있었다. 앞자리에 앉은 사람들은 물고기가 숭어일 것이라고 의견을 모았다. 후에 만난 사리 마을의 이장 박도순 씨도 이 물고기를 숭어로 보았다. 숭어란 놈이 그렇게 물 위에 떠 있는 것을 좋아한다는 것이다. 그리고 독특한 숭어잡이 방법을 얘기해 주었다.

"숭어는 떼로 몰려다녀요. 그물루 잡고 훑치기로도 잡지라. 또 소살로도 잡어라."

소살은 창을 말한다. 숭어가 물 위에 가만히 떠 있을 때가 있는데, 이때 배 위에서 조용히 머물러 있다가 갑자기 찔러서 잡는다고 한다.

박도순 씨의 말을 듣다보니 부산 가덕도의 숭어잡이가 생각났다. 가덕도에서는 그물을 이용하여 숭어를 잡는데, 그 방법이 매우 독특하다. 가덕도 숭어잡이에는 경험 많고 노련한 사람이 필요한데, 이 사람은 해안가의 높은 언덕에 올라 숭어 떼의 움직임을 파악한다. 높은 곳에서 내려다보면 물고기 떼가 푸른 바다를 배경으로 뚜렷이 살아나기 때문이다. 아마 그 시야는 버스에서 내려다본 장면과 비슷할 터이다. 숭어 떼가 몰리면 절벽 위의 사람

● 숭어 떼가 떠 있는 해변 "야. 저기 봐라. 고기가 떠 있네." 앞자리에 앉은 이의 말에 고개를 돌렸다. 손가락이 가리키는 방향을 따라 창 밖을 내려다보니 정말 해안에서 3, 40미터쯤 떨어져 있는 곳에 하얀 물고기들이 떼지어 있는 것이 보였다.

은 황급히 신호를 보내고, 신호를 받은 배 두 척이 빠른 속도로 돌아가며 물고기 떼 주위를 그물로 빙 둘러싼다. 이때 배 위에 있는 사람들은 숭어가 그물 밖으로 도망가지 못하도록 기다란 대나무 막대를 휘둘러 수면을 탕탕 친다. 장대는 속이 비어 가벼운 데다 소리가 커서 숭어몰이에 안성맞춤이다. 겁이 많은 숭어는 소리가 나는 반대쪽으로 몰려다니다가 결국 그물에 걸려들게 된다. 그물이 좁혀짐에 따라 숭어 떼가 은빛 몸체를 퍼덕이며 수면 위로 튀어오르기 시작하고, 갈매기들은 떡고물이라도 없을까 끼룩대며 모여든다. 여기에 어부들의 그물을 끌어당기는 호쾌한 소리가 어울리면 바다는 삽시간에 활기로 넘쳐나게 된다.

때로는 해안에서 어느 정도 떨어진 곳에서 조업이 이루어지기도 한다. 이때는 배 위에서 물고기들의 움직임을 파악해야 하기 때문에 더욱 노련한 눈썰미가 필요하다. 갑작스레 잔물결이 인다든가 푸른 수면이 불그스름하게 물드는 것을 관찰하여 숭어 떼가 있는 곳을 알아내며, 숭어가 뛰는 모습으로 물고기 떼의 크기를 짐작하기도 한다. 수면 위로 높이 뛰어오르는 것보다 다소 낮게 뛰어오르는 편이 훨씬 큰 떼라는 식이다.

참숭어와 가숭어

정약전도 숭어를 관찰했던 모양이다. 숭어는 몇 가지 종류가 있다고 밝힌 후 숭어와 가숭어 두 종에 대해 설명하고 있다.

치어 —몇 종이 있다.

[치어鯔魚 속명 수어秀魚]

큰 놈은 길이가 5~6자 정도이다. 머리는 편평하고 몸은 둥글다. 검은색을 띠고 있지만 배는 희다. 눈은 작고 노란색이다. 성질은 의심이 많고 위험을 피하는 데 민첩하다. 헤엄을 잘 치고 수면 위로 뛰어오르기도 잘한다. 사람의 그림자만 비쳐도 급히 피해 달아난다. 물이 매우 흐리지 않은 곳에서는 절대로 낚시를 물지 않는다. 물이 맑은 곳에서는 그물에서 열 걸음쯤 떨어져 있어도 그 기색을 알아챈다. 그물 속으로 들어온 놈들도 잘 뛰쳐나간다. 그물이 뒤에 있을 때에는 물가로 나가 뻘 속에 숨어 있고 물 쪽으로 가려 하지 않는다. 완전히 그물에 걸린 놈들도 뻘 속에 온몸을 파묻고 숨어서 한쪽 눈으로 동정을 살핀다.

● 치어 큰 놈은 길이가 5~6자 정도이다. 머리는 편평하고 몸은 둥글다. 검은색을 띠고 있지만 배는 희다. 눈은 작고 노란색이다. 성질은 의심이 많고 위험을 피하는 데 민첩하다. 헤엄을 잘 치고 수면 위로 뛰어오르기도 잘한다.

고기 맛은 달고 깊어서 물고기 중에서 최고이다. 잡는 데 특별히 정해진 시기는 없지만, 음력 3~4월에 알을 낳기 때문에 이때에 그물로 잡는 경우가 많다. 뻘이나 흐린 물이 아니면 가까이 다가가기조차 힘들어서 흑산 바다에 가끔 나타나지만 잡기가 거의 불가능하다. 사람들은 숭어 작은 놈을 등기리登其里라고 하며, 가장 어린 놈을 모치毛峙, 모당毛當, 모장毛將 등의 이름으로 부른다.

[가치어假鯔魚 속명 사릉斯陵]

모양은 숭어〔眞鯔〕와 같다. 다만 머리가 약간 크며, 눈도 크고 검은색이라는 것이 다른 점이다. 동작이 매우 날래다. 흑산도에서는 이 종류만 잡힌다. 어린 놈은 몽어夢魚라고 부른다.

이청의 주 『본초강목』에서는 "치어는 잉어를 닮았다. 몸은 둥글고 머리는 납작하며 뼈가 연하다. 강과 바다의 얕은 곳에 서식한다"라고 했다. 『마지馬志』에는 진흙을 먹는 것을 좋아한다고 기록되어 있다. 이시진은 "치어는 색이 검기 때문에 붙은 이름이다. 중국 광동성 사람들〔粤人〕은 숭어를 자어子魚라고 부른다. 동해에서 난다. 노란 기름이 있으며 맛이 좋다"라고 했다. 요즘 사람들이 숭어〔秀魚〕라고 부르는 물고기가 이것이다. 『삼국지주三國志注』에는 "개상은 손권과 회鱠에 대해 이야기를 나누는 자리에서 숭어가 회 중에서 제일이라고 했다. 손권이 바다에서 나는 숭어를 어떻게 구할 수 있겠는가 한탄하자 개상은 사람들을 시켜 정원에 구덩이를 파서 물을 채우게 했다. 그리고 낚시를 드리우자 순식간에 숭어가 잡혀올라왔다"라는 내용의 일화가 소개되어 있다.

숭어는 몸이 홀쭉하고 긴 편이다. 80센티미터 정도까지 자라며 몸색깔은 등 쪽이 회청색, 배 쪽이 은백색이다. 몸통은 옆으로 납작한데 머리 쪽에서는 아래위로 약간 납작해진다. 비늘은 크고 둥글어 시원한 느낌을 주며 비늘 중앙에는 검은 반점이 줄을 지어 늘어서 있다. 우리 나라 전 연해에 분포하며, 염분에 대한 저항력이 강해 민물과 바닷물을 오가며 살아간다. 가을에서 겨울에 걸쳐 바다의 깊은 곳에서 산란하는데, 알에서 깨어난 치어는 무리를 지어 연안으로 몰려온다. 치어는 민물이나 민물과 바닷물이 섞이는 곳에서 살다가 어느 정도 자라면 다시 바다로 나간다. 점차 깊은 곳으로 들어가 겨울을 난 다음, 이듬해 봄이 되면 다시 얕은 곳으로 나오는 생활을 반복한다.

가숭어는 가까운 바다에 서식하다

● 숭어 *Mugil cephalus* Linnaeus

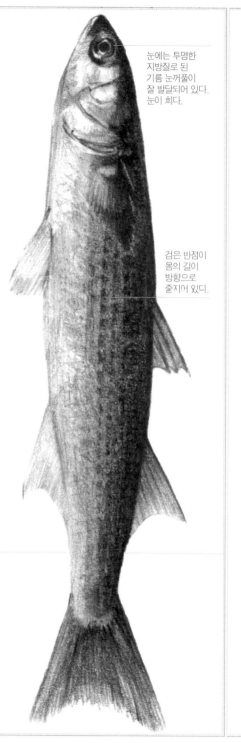

눈에는 투명한 지방질로 된 기름 눈꺼풀이 잘 발달되어 있다. 눈이 희다.

검은 반점이 몸의 길이 방향으로 줄지어 있다.

입술 주위가 붉다.

눈이 노랗다.

검은 반점이
X형의
그물 무늬를
이루고 있다.

가 8~9월부터 점차 담수가 섞여 있는 항만이나 강 하구에 몰려온다. 몸집은 참숭어보다 커서 몸길이가 1미터에 달하는 것들이 흔하다. 몸은 둥근 편이며 꼬리지느러미 끝부분이 숭어보다 깊이 패어 있다. 또한 숭어의 위턱과 아래턱의 길이가 거의 같은 데 비해 가숭어는 입술 주위가 붉고 위턱이 아래턱보다 길다.

박도순 씨도 숭어(참숭어)와 가숭어를 구별하고 있었다.

"여기는 개숭어밖에 없소. 숭어는 뻘 같은 걸 좋아하고 개숭어는 양반을 닮아서 깨끗한 물에서만 놀지라. 개숭어는 잘 안 알아줘요. 값도 싸고 맛도 덜해요. 그래도 물회로 치면 최고로 맛있어라. 여그 사람들은 물회로 잘 먹제."

같은 마을의 박판균 씨는 몸이 납작한 것을 숭어, 동글동글한 것을 개숭어라고 구별했다. 우이도의 박화진 씨는

●가숭어 *Chelon haematocheila* (Temminck et Schlegel)

직접 그물로 잡아올린 물고기를 앞에 놓고, 참숭어와 가숭어의 차이를 설명해주었다.

"여기서는 가숭어가 많이 잡혀요. 가숭어를 그 뭐라더라, 시랭이라 그라제. 가끔 참숭어도 잡혀라. 참숭어는 이만하게 커요. 맛이 좋제."

"참숭어랑 가숭어랑은 어떻게 구별해요?"

"가숭어는 안 그런데 참숭어는 눈이 노라여. 눈 있는 데하고 머리 있는 데하고 노래. 그라고 머리가 더 넓지라. 덩치도 훨씬 크고."

박도순 씨와 박화진 씨 두 사람 모두 정약전의 말과 같이 흑산도에서 가숭어가 주로 잡힌다고 했다. 특히 박화진 씨는 참숭어의 특징으로 눈이 노랗다는 점을 들었는데, 본문의 설명과 정확히 일치하는 내용이다. 그런데여기에서 문제가 발생한다. 눈에 노란 기가 돌고, 몸 전체가 누르스름한 색을 띠는 것은 참숭어가 아니라 가숭어의 특징이기 때문이다. 또한 박화진 씨의 말과는 달리 참숭어보다는 가숭어의 덩치가 훨씬 큰 편이다. 도대체어떻게 된 일일까?

숭어와 가숭어를 구별하기란 쉬운 일이 아니다. 게다가 지방마다 숭어와가숭어를 부르는 방식이 달라 더욱 혼란을 일으킨다. 서울이나 서해안 지방에서는 독특한 향이 있는 가숭어를 숭어보다 높이 쳐서 오히려 참숭어라고부르는 경우가 많은 데 비해 동해안과 경상도 해안 지방에서는 이름 그대로숭어를 참숭어, 가숭어를 가숭어라고 부른다. 아마 지역별로 물고기의 산출량과 맛, 그리고 사람들의 입맛이 틀리기 때문에 생겨난 현상으로 보인다.

◉ 흑산도에서 잡힌 숭어 박도순 씨와 박화진 씨 두 사람 모두 정약전의 말과 같이 흑산도에서 가숭어(실제로는 숭어)가 주로 잡힌다고 했다.

그렇다면 서해안에 살고 있는 박화진 씨는 참숭어와 가숭어라는 이름을 지금과 반대로 사용하고 있는 것인지도 모른다. 박화진 씨가 가숭어라고 잡아 온 것은 분명히 숭어 새끼였고, 박도순 씨가 도감에서 참숭어라고 짚은 종도 사실은 가숭어였다. 정약전도 흑산도 주민들의 말을 듣고 숭어와 가숭어를 지금과 반대로 분류했을 가능성이 높아 보인다.

숭어가 뛰니까 망둥이도 뛴다

어부들 사이에서 숭어는 눈과 귀가 밝은 생선으로 알려져 있다. 그래서 밤에 숭어를 잡을 때는 불빛을 죽여 호박초롱을 켜고, 그물을 내릴 때도 이야기를 하지 않았다고 한다. 이러한 모습은 정약전이 묘사한 바와도 잘 일치한다. 그러나 숭어는 조심성이 많기는 하지만 수면 위로 뛰어오르기를 즐기는 활기찬 물고기이기도 하다. '숭어가 뛰니까 망둥이도 뛴다', '숭어가 뛰니까 전라도 빗자루도 뛴다' 라는 속담은 숭어의 잘 뛰는 습성을 묘사한 말이다. 해변으로부터 그리 멀지 않은 곳에서 펄떡펄떡 뛰어다니는 팔뚝만 한 숭어를 보면서 아이들은 애가 탄다. 그럴 때면 어른들은 여유 있는 미소를 머금으며 "얘들아, 뛰는 고기는 낚시를 물지 않는 법이란다"라며 누군가로부터 들었을 그 대사를 읊어댄다.

잊혀지지 않는 한 장면이 있다. 을숙도의 거대한 방조제는 철새들의 낙원을 단 몇 년 만에 황폐화시켰다. 해마다 몰려오던 수많은 철새들은 보금자리를 잃고 새로운 곳을 찾아 뿔뿔이 흩어졌다. 1997년의 한겨울 철새를 찾

●쇠제비갈매기 흔한 괭이갈매기들 속에 섞여 날렵한 새 한 마리가 눈앞을 스쳐 지나갔다. 오랜만에 보는 녀석이었다. 보통 갈매기보다 크기가 작고 날씬하며 이마에는 검은 두건을 두른 쇠제비갈매기였다.

ⓒ김현태

아 힘들게 찾아간 방조제는 기대와는 달리 쓸쓸한 모습으로 나를 맞았다. 무슨 관광지를 조성한다고 심어놓은 노란 유채꽃들만이 눈에 시렸다. 그때였다. 흔한 괭이갈매기들 속에 섞여 날렵한 새 한 마리가 눈앞을 스쳐 지나갔다. 오랜만에 보는 녀석이었다. 보통 갈매기보다 크기가 작고 날씬하며 이마에는 검은 두건을 두른 쇠제비갈매기였다.[*]

미끄럼이라도 타듯 공중을 오르내리는 모습에 넋을 잃고 바라보았다. 한참 동안을 활공하던 쇠제비갈매기는 갑자기 수면을 스치듯이 날아내려와 저공비행을 시작했다. 몇 미터 지나지 않아 앞쪽에서 물결이 일며 작은 소동이 일어났다. 몇 마리의 커다란 물고기가 수면 위로 튀어오르고 다시 물속으로 잠수하기를 반복하며 쇠제비갈매기의 추격권에서 벗어나려 애쓰고 있었다. 숭어 떼였다. 오후 햇살에 은빛으로 번쩍이는 비늘, 방추형의 몸매. 아름다운 모습이었다. 쫓기던 숭어 무리는 놀리기라도 하듯 낚시꾼들의 앞을 지나가며 모습을 감추었고, 뒤를 쫓던 쇠제비갈매기는 허무한 듯 날아올라 다음 사냥을 위해 자세를 가다듬었다.

쇠제비갈매기가 날아다니는 하늘 아래에서는 낚시질이 한창이었다. 정약전도 이야기했듯이 숭어는 낚시를 잘 물지 않는다. 그래서 생겨난 것이 이른바 훌치기낚시다. 훌치기낚시는 일반적인 낚시와는 다르다. 미끼를 사용하지 않고 갈고리로 숭어의 몸통을 걸어내는 것이다. 제주도 속담 중에 '삼월엔 숭어 눈 어둡다'라는 말이 있다. 숭어는 봄이 되면 눈에 기름기가 잔뜩 끼여 눈꺼풀까지 덮어버린다. 이러한 눈꺼풀은 추위에 반응하여 생겨나

◉ 훌치기에 잡힌 숭어 정약전도 이야기했듯이 숭어는 낚시를 잘 물지 않는다. 그래서 생겨난 것이 이른바 훌치기낚시다. 훌치기낚시는 일반적인 낚시와는 다르다. 미끼를 사용하지 않고 갈고리로 숭어의 몸통을 걸어내는 것이다.

* 꼬리가 깊숙이 두 갈래로 갈라져 있어 제비갈매기라는 이름을 얻었다.

는 것인데, 숭어 외에도 몇 종의 물고기에서 나타난다. 장님이 된 숭어는 얕은 곳으로 떼를 지어 몰려든다. 이때는 투망으로 쉽게 잡을 수 있고, 심지어 대나무 막대기로 두들겨서 잡기도 한다. 이렇게 시력을 거의 잃은 채 몰려다니는 숭어 떼를 향해 갈고리 모양의 낚싯바늘을 던졌다가 급히 잡아당겨 몸통에 걸어서 낚아내는 것이 바로 훌치기낚시다.

선조들은 옛부터 뗏발을 이용해서 숭어를 잡아왔다. 뗏발 어업은 주로 강 하구나 하류에 인접한 수로에서 이루어졌는데, 숭어의 뛰는 습성을 이용한 재미난 어업 방식이다. 배를 타고 강 한가운데로 나간 다음 두 사람이 배에서 내려 70미터에 이르는 굵고 기다란 뗏줄을 메고 양쪽 물가 쪽으로 걸어나가면, 뗏줄이 강물을 가로지르는 형태로 놓이게 된다. 그리고 이 뗏줄 뒤에 뗏발을 띄운다.* 물가 쪽에 선 몰이꾼들이 나무로 물을 때리며 고함을 지르면 놀란 숭어가 강 깊은 곳으로 도망쳐나가기 시작한다. 도망가던 숭어가 뗏줄을 만나면 놀라서 뛰어넘으려 하는데, 떨어지는 곳은 수면이 아니라 넓게 펼쳐진 뗏발이다. 이때를 기다려 몽둥이를 든 사람들이 뗏발에 떨어진 숭어를 때려잡는다.

조수간만의 차가 큰 서해안에서는 보다 쉽게 숭어를 잡을 수 있다. 해안선에 평행하게 그물을 쳐두기만 하면 밀물을 따라 들어왔던 숭어 떼가 썰물 때 빠져나가지 못하고 그물에 걸려들게 되는 것이다. 독살이나 죽방렴을 사용한 어업도 똑같은 방식으로 이루어진다. 이렇게 뻘에서 잡은 숭어는 따로 뻘거리라고 부르는데, 그 맛을 최고로 친다.

* 뗏발은 키를 넘는 갈대를 묶고 대나무로 이를 보강해서 만든 것인데, 물 위에 잘 뜨는 구조로 되어 있다. 뗏줄과 같은 길이로 엮는다.

호박빛 어란

숭어는 낚시꾼과 어부, 쇠제비갈매기뿐만 아니라 그 맛을 알고 있는 모든 사람들에게 인기가 있다. 맛 이전에 오래 전부터 숭어는 선조들에게 특별한 의미를 가지는 물고기였다. 우리 민족은 예로부터 조상에 대한 제사를 중요시했고 제수음식에 대해서도 신경을 많이 썼다. 그래서 제상에 올리는 음식에는 터부가 많았다. 뱀장어나 메기처럼 비늘이 없거나 이상하게 생긴 물고기를 올리지 않았으며, '치' 자 돌림의 생선을 천대하고 '어' 자가 붙은 물고기들만을 제대로 대접했다. 숭어는 비늘이 두텁고 가지런한 데다 맛까지 좋아 가장 먼저 제상에 오르는 물고기 중의 하나였다. 또 전남 지방에서는 경사스러운 혼배상에도 밤과 대추를 물린 숭어 두 마리를 잊지 않고 올렸다고 한다.

많은 사람들이 숭어를 생선회, 회덮밥으로 즐겨 먹는다. 참기름 냄새가 살짝 밴 묵은 김치에 싸먹는 숭어회가 최고라는 이도 있고, 숭어살을 양념한 채소로 말아 쪄서 썰어 먹는 감화보금이 일미라고 주장하는 사람도 있

다. 또한 지역에 따라 숭어를 미역이나 모자반 등의 해조류나 쑥, 냉이, 미
나리 같은 봄나물국에 넣어 먹기도 한다.

숭어의 맛은 계절마다 다르다. 봄·겨울숭어는 달고, 여름숭어는 밍밍하
며, 가을숭어는 기름이 올라서 고소하다. 천정부지로 값이 치솟다가도 산
란기가 지나고 날씨가 더워지기 시작하면 인기가 시들해진다. 고깃살에 수
분이 많아지고 흙 냄새 같은 것이 나기 때문이다. '여름숭어는 개도 안 먹
는다' 라는 말이 생긴 것도 이 때문이다. 그렇지만 제철의 숭어는 예로부터
그 뛰어난 맛과 영양으로 이름을 드날렸다. '한겨울 숭어맛', '겨울숭어 앉
았다 나간 자리 뻘만 훔쳐 먹어도 달다', '숭어 껍질에 밥 싸먹다가 논 판
다', '그물 던질 때마다 숭어 잡힐까.' 숭어를 주인공으로 한 식담에는 끝
이 없다.

숭어는 오래 전부터 선조들의 사랑을 받아왔기에 옛 문헌에도 자주 나타
난다. 조선시대의 지리서에는 수어水魚나 수어秀魚라는 이름이 나온다. 숭어
崇魚도 흔히 쓰이던 이름이다. 한치윤의 『해동역사海東歷史』에서는 발해가
729년에 숭어를 당나라에 조공한 일이 있다고 했으며, 『세종실록지리지世宗
實錄地理志』를 보면 당시 숭어가 경상도와 함경도를 제외한 전 도에서 산출되
었다는 사실을 알 수 있다. 『신증동국여지승람新增東國輿地勝覽』에도 전국 곳
곳에서 숭어가 많이 난다고 기록되어 있다. 또 『세종실록지리지』의 토공조
에는 말린 숭어가 많이 보이는데, 이것으로 미루어 오늘날과는 달리 숭어를
건제품으로 가공하여 소비하는 일이 많았다는 사실을 알 수 있다. 『홍길동

전』으로 유명한 허균은 『성소부부고惺所覆瓿藁』에서 "숭어는 서해 전 해역에 서식하는데 경강京江*의 것이 가장 좋으며, 나주에서 잡은 것은 극히 크고, 평양에서 잡은 것은 언 것이 좋다"라고 하여 지역에 따른 품질 차이까지 언급하고 있다. 서유구는 『난호어목지』에서 숭어를 강에서 나는 물고기 중에 가장 크고 맛있는 물고기라고 격찬했다. 『조선통어사정』에는 19세기 말에 한 일본인이 한 번 그물을 쳐서 숭어 6,000여 마리를 잡아 부산에서 팔았는데, 각각의 크기가 35~60센티미터였다는 기록이 나온다. 이로써 조선시대 말기에도 숭어잡이가 활발히 행해지고 있었다는 사실을 알 수 있다.

숭어는 약재로도 널리 사용되었다. 세종 15년에 완성된 『향약집성방鄕藥集成方』에서는 숭어에 대해 "맛이 달고 평하며 무독하다. 위를 열고 오장을 통리通利하며 오래 먹으면 사람을 비건肥健하게 한다. 이 물고기는 진흙을 먹기 때문에 백약에 기忌하지 않는다"라고 설명한 바 있다. 허준의 『동의보감東醫寶鑑』에도 이와 유사한 대목이 나온다. 이수광의 『지봉유설』에서는 양생서를 인용하여 숭어는 진흙을 먹어 토기가 있으므로 비위를 보한다고 했다. 서유구의 『난호어목지』에서도 숭어는 성질이 진흙 먹기를 좋아하므로 이를 먹으면 비장에 좋다고 밝혔다.

〈갯벌은 살아 있다〉라는 자연다큐멘터리 프로그램에서 숭어가 과연 진흙을 먹는지 확인하는 장면을 본 적이 있다. 이것은 위에 든 예에서 드러나듯 이미 오래 전부터 선조들이 잘 알고 있던 사실이었다. 나도 영암 갯벌에서 수천 수만 마리의 숭어가 물가에 모여 진흙을 빨아 먹고 있는 모습을 관찰

* 뚝섬으로부터 양화도에 이르는 한강의 일대.

한 적이 있다.

진흙 먹기를 즐기는 식성 때문에 숭어의 입은 윗입술이 두툼하고 아랫입술은 삽처럼 생겨 진흙을 떠먹기 좋은 구조로 발달되어 있으며, 위벽은 소화를 잘 시키기 위해 닭의 모래주머니처럼 두텁게 팽창해 있다. 사람들은 숭어의 위를 주판알, 숭어배꼽, 절구통 등으로 부르는데, 잘 씻어 참기름에 찍어 먹으면 오돌오돌 씹히는 촉감과 맛이 일품이다.

옛날 통영 지방에서는 큰 숭어를 잡으면 등을 갈라 두터운 살을 펴서 말렸다. 이때 살결이 상하지 않도록 막걸리로 만든 식초를 발랐는데 아침저녁으로 한 번씩, 그것도 모자라서 약 일주일 간을 그늘에서 말린 후에야 구워 먹었다고 한다. 숭어라는 물고기도, 이를 먹는 사람들의 정성도 예사롭지 않아 보인다. 그런데 숭어어란魚卵은 한술 더 뜬다. 시장에서 흔히 볼 수 있는 어란은 대부분 숭어알보다 값이 싼 민어알로 만든 것이다. 숭어어란이 귀하고 값이 비싸 민어알로 대신 어란을 만들었다는 옛 기록이 남아 있는 것을 보면 오래 전부터 숭어알이 특별한 대접을 받았다는 사실을 알 수 있다. 특히 영암어란은 그 명성이 대단해서 궁중의 진상품으로까지 올랐다.

서해안의 기름진 뻘을 먹고 살이 잔뜩 오른 숭어가 영산강을 거슬러오를 때면 뱃속에는 체중의 5분의 1에 달하는 두 개의 커다란 알집이 들어차게 된다. 이 알집을 가공해서 어란을 만든다.* 서유구의 『난호어목지』에서는 "숭어의 알을 햇빛에 말리면 빛깔이 호박 같은데, 호민이나 귀인이 진미로 삼으며 이를 속칭 건란이라고 한다"라고 했다. 어란을 만드는 과정을 보면

---

* 우리 나라 각지에서 생산되는 숭어 중에서도 영산강 하류의 몽탄숭어를 최고로 쳤다. 이곳에서 생산되는 숭어 알과 숭어는 진상품으로 올랐는데, 현지인들은 드넓은 영산강 하구 갯벌에서 기름진 감탕과 미생물을 흠뻑 먹고 자라기 때문에 맛이 있다고 설명한다.

서유구의 말이 결코 과찬이 아님을 알 수 있다.

우선 숭어의 뱃속에서 알집을 터지지 않도록 조심하면서 꺼낸다. 옅은 소금물에 담가 알집에 붙은 핏물과 이물질을 제거한 다음, 묽은 간장에 하루 정도 담가 빛깔과 맛을 낸다. 이를 다시 꺼내어 여분의 간장을 빼낸 다음 그 위에 나무 판자를 대고 돌을 올려 모양을 잡는다. 이때 조금만 잘못해도 알집이 터지거나 깨지기 때문에 세심한 정성을 기울여야 한다. 며칠간 이런 작업을 반복하면 납작한 어란 모양이 나온다. 모양이 잡힌 어란은 바람이 잘 통하는 그늘에서 말리는데, 하루에 두 번씩 뒤집어가며 참기름을 바른다. 기름기가 스며듦에 따라 어란에는 다갈색의 윤기가 흐르기 시작하고 20일 정도가 지나면 딱딱해진다. 딱딱해진 어란은 뜨거운 물에 2분 정도 담가 보존처리를 한다. 이렇게 해서 서유구가 말한 호박빛의 어란이 만들어지게 되는 것이다.

숭어어란은 값이 비싸 일반인들은 맛보기조차 힘들지만, 최고의 술안줏감으로 인정받는다. 잘 드는 칼로 뒷면이 비칠 정도로 얇게 썰어 헛바닥 위에 올려놓으면 그윽한 향기와 녹아드는 단맛이 일품이라는 것이다. 그러나 이제 숭어가 올라오던 영산강은 하구둑 공사로 막혀버렸고, 영암어란의 명성도 사람들의 기억 속에서 사라져가고 있다.

● 숭어어란 값이 비싸 일반인들은 맛보기조차 힘들지만, 최고의 술안줏감으로 인정받는다. 잘 드는 칼로 뒷면이 비칠 정도로 얇게 썰어 헛바닥 위에 올려놓으면 그윽한 향기와 녹아드는 단맛이 일품이라는 것이다.

숭어를 보지 못한 슈베르트

이시진이 말했듯이 '치어'라는 이름은 숭어의 몸색깔에서 유래한 것이다. 서유구도 『난호어목지』에서 "빛깔이 치흑색緇黑色이므로 치緇자를 따라 치어라고 이름 붙였다"라고 밝힌 바 있다. 수어首魚, 수어秀魚, 숭어崇魚 등의 이름은 모두 뛰어난 물고기라는 뜻을 가지고 있다. 이수광은 『지봉유설』에서 수어秀魚라는 이름의 유래에 대해 다음과 같이 설명하고 있다.

옛날에 중국 사신이 와서 숭어를 먹어보고는 이 물고기의 이름이 무엇이냐고 물었다. 관리가 '수어'라고 대답하자 사신이 이를 '수어水魚'로 알아듣고 물고기의 이름이 물고기라니 그런 대답이 어디 있냐고 비웃었다. 이에 역관 이화종이 나와서 수어는 수어水魚가 아니라 수어秀魚이며, 물고기 중에서 가장 빼어나다고 해서 수어秀魚라고 부르는 것이라고 설명했다. 중국 사신은 그제서야 고개를 끄덕였다.

서유구도 『난호어목지』에서 숭어를 '수어秀魚'로 소개하고 한글로 '슝어'라고 적은 후, 그 모양이 길고 빼어나기 때문에 붙은 이름이라고 설명했다. 이로써 수어秀魚가 우리 나라에서 기원한 이름이라는 사실을 알 수 있다.

숭어는 방언이 많아서 100여 개가 넘는다. 그리고 그 대부분은 숭어가 성장함에 따라 붙여지는 이름이다. 30센티미터 정도는 정어, 4~8센티미터 정도는 모챙이라고 부르는 식이다. 무안 지방에서는 1년생에서 6년생까지를 모치, 참동애, 댕가리, 묵시리, 소숭애, 숭애라고 부르며, 전남 영산강 하구 지방에서는 가장 작은 놈을 모쟁이, 커가는 순서대로 모치, 무글모치, 댕기리, 목시락, 숭어라고 한다. 통영 지방에서는 작은 놈을 모치, 중간치를 모대미, 큰 놈을 숭어라고 하며, 영암 지방에서는 5년생까지를 모치, 묵은못, 딩기리, 모그락, 숭애라고 부른다. 서울에서는 둥어, 모쟁이, 숭어, 대다리, 뚝다리, 격얼숭어(알박이)라고 크기에 따라 6가지로 나누어 부르며, 한강 하류 황산도에서는 11가지로 나누어 부른다. 이 밖에도 강진에서는 모챙이와 숭어 중간 크기를 준거리라고 부르며, 평안도에서는 몇 살을 먹있는지 알 수 없을 정도로 크고 늙은 숭어를 나머레기라고 한다. 부산 하단 포구에서는 60센티미터 이상의 숭어를 어마이, 고무치라고 부르며, 숭어를 잡으러 갈 때 고무치잡이 나간다고 말한다. 전남 도리포에서는 가장 큰 것을 숭어라고 부르고 그보다 작은 것을 눈부럽떼기라고 부르는데 그 유래가 재미있다. 크기가 작다고 해서 "너는 숭어도 아니다"라고 했더니 성이 나 눈을 부릅떴다고 해서 이런 이름이 붙었다는 것이다. 이처럼 많은 별명들은 숭어가

● 무지개송어 송어는 숭어와 전혀 다른 연어과의 물고기다.

우리 민족이 얼마나 아끼고 숭상했던 물고기인지를 보여준다.

그러나 요즘 사람들에게는 숭어가 머나먼 존재가 되어버린 것 같다. 횟집의 좁은 수족관에서 헤엄치는 것을 겨우 볼 수 있을 따름이고, 숭어가 어떻게 생긴 물고기인지도 모르는 이들이 많다. 나름대로 교양을 갖췄다고 자부하는 지식인들이라면 숭어라는 이름에서 슈베르트의 가곡 〈숭어〉(작품 32)를 떠올릴 수 있을 것이다. 그러나 사실은 이마저도 잘못된 것이다. 숭어의 원곡명 forelle은 숭어가 아니라 송어류를 가리키는 이름이기 때문이다. 오스트리아는 내륙에 위치해 있으므로 숭어류를 볼 수 없다. 또한 곡의 내용적인 측면으로 보아도 숭어가 아니라 송어를 이야기하고 있는 것이 분명하다. 이 곡은 독일의 시인이며 음악가인 슈바르트(1739~1791)의 정치풍자시에 곡을 붙인 것으로, 물속에서 한가히 놀던 물고기가 낚시꾼의 교묘한

수작에 속아 잡히고 마는 광경을 그리고 있다. 이는 계류어인 송어를 낚아내는 장면을 묘사한 것이 틀림없다. 따라서 슈베르트의 숭어는 슈베르트의 송어로 고쳐 불러야 할 것이다.

● 슈베르트 숭어라는 이름에서 슈베르트의 가곡 〈숭어〉를 떠올릴 수 있을 것이다. 그러나 사실은 이마저도 잘못된 것이다. 숭어의 원곡명 forelle은 숭어가 아니라 송어류를 가리키는 이름이기 때문이다.

● 영화 〈흐르는 강물처럼〉 포스터 슈베르트의 〈숭어〉는 독일의 시인이며 음악가인 슈바르트의 정치풍자시에 곡을 붙인 것으로 물속에서 한가히 놀던 물고기가 낚시꾼의 교묘한 수작에 속아 잡히고 마는 광경을 그리고 있다. 이는 계류어인 송어를 낚아내는 장면을 묘사한 것이 틀림없다.

정약전의 흔적을 찾아서

버스는 먼지를 사방에 흩날리며 고갯길을 내달아 사리 마을로 들어섰다. 길가에는 〈전남도 지정 민박 마을〉이라는 표지판이 서 있었다. 복성재復性齋로 들어가는 입구 팻말도 보인다. 버스가 종점에 도착하기 전에 미리 내려서 마을길을 따라 걸었다. 마을 모양과 해변의 위치를 먼저 파악하고 싶었기 때문이다. 100여 미터를 걸어가니 해변이 나타나고 정차해 있는 버스의 뒷모습이 보였다. 버스기사는 차 옆에서 검은 선글래스를 낀 남자와 뭔가 한참 얘기를 나누고 있었다. 해변으로 내려가 모래사장을 따라 걸었다. 물이 가득 들어 파도가 바로 앞까지 밀려왔다.

해변을 거닐다 돌아왔을 때 버스는 출발 직전이었고, 기사와 이야기하던 사람은 여전히 그 자리에 서 있었다. 마을 사람인 듯 보여 다가가서 이장님 댁이 어디냐고 물었다. 그러자 자기가 이장인데 무슨 일이냐고 되묻는다. 사리 이장 박도순 씨였다. 정약전에 대해 알아볼 것이 있어서 왔다고 하니 집안으로 들어가자고 권유했다. 깨끗하게 정리된 마루 한편엔 컴퓨터 박스가 놓여 있고, 방 한구석에 있는 책장엔 여러 가지 책들이 빼곡이 꽂혀 있어 시골집답지 않은 분위기를 풍겼다. 찾아온 목적을 다시 한번 말했더니 박도 순 씨는 관심을 보이며 도와주겠다고 했다. 이후의 대화는 일사천리였다. 물어보는 대로 흥미 있는 대답이 흘러나왔고, 이를 녹음하고 정리하느라 정 신이 없을 지경이었다.

먼저 마을에 전해오는 정약전에 대한 이야기나 유물 같은 것이 없냐고 물 어보았다.

"사실 최근에 언론에서 저렇게 떠들기 전까지는 큰 관심이 없었어라. 그 냥 저 위쪽 복성재 있는 곳을 서당터라고 이름만 부르는 정도였지, 정약전 선생이 후학 양성하고 『현산어보』 집필하고 그런 건 몰랐지라. 우리 어머니 는 옛날에 거그서 한문도 배웠다고 하더만 그때 훈장이 정약전 선생 제자 였는지도 모르제. 어쨌든 현재 알려진 사실은 거의 없어라."

예상했던 대로였다. 사실 정약전은 근래 다시 주목받게 되기 전까지는 마 을에서도 거의 잊혀져가던 존재였다. 정약전의 삶이 조금씩 조명되고 찾는 사람이 늘어나자 관광진흥 차원에서 홍보가 진행되기 시작했고, 지금 흑산 사람들에게 알려져 있는 사실도 이런 식으로 걸러져 들어온 것이 대부분이라고 했다. 다만 박도순 씨는 다른 마을에 비해 학문이 높 다고 자랑하는 대목에서 정약전

● 사리 마을 풍경 버스는 먼지를 사방에 흩날리며 고갯길을 내달아 사리 마을로 들어섰다.
● 복성재 팻말 길가에는 〈전남도 지정 민박 마을〉 이라는 표지판이 서 있었다. 복성재로 들어가는 입구 팻말도 보인다.

이라는 이름에 힘을 주어 강조하는 모습을 보였다.

"사리 학문이 낫다고들 하지라. 한문 모르는 사람이 없었제. 자부심들은 대단했어라. 그게 정약전 선생 덕이라는 말은 있소."

혹시 정약전의 행적에 대해 알 만한 사람이 없냐고 묻자 박도순 씨는 한 숨을 쉬면서 한 사람을 떠올렸다.

"그게 젤로 아쉬워요. 박계산 씨라고 아주 이런 데 관심이 많고 개인적으로 연구하던 사람이 있었는데 몇 년 전 타계해버렸소. 그분한테 물어보면 믿을 만한 내용이 나올 텐데 아쉽게 됐지라."

과거 조상들의 흔적이며 중요한 민속문화적 전통들이 이런 식으로 하나씩 사라져가고 있다. 유적이야 세월이 지나도 풍화를 꿋꿋이 버티며 제자리를 지키겠지만, 조상의 숨결을 따라 면면히 이어져온 정신적인 문화는 지속적인 관심과 기록 없이는 불과 한두 세대만 지나도 깨끗이 사라져버린다. 특히 하루가 다르게 급변하고 있는 요즘 같은 시절, 민속학자가 되었든 작가가 되었든 흩어져 있는 구전이나 윗세대들의 지혜를 모으는 작업을 서둘러야 할 것이다. 박도순 씨는 잠깐 뭔가 생각하는 듯하더니 박봉만 씨라는 사람 이야기를 꺼냈다.

"요 뒷집에 박인동 씨라고 사는데 그 집안 어른이 정약전 선생의 제자였다고 해요. 글솜씨 재주 있고 기억력이 좋아서 본도권에서 제사한다 그러면 이분밖에 몰랐다 그라요. 저기 안방에 걸린 시가 박봉만 씨가 쓴 건데 박봉만 씨의 증조부 어른이 그 제자분이라고 하더만."

안방 벽 한쪽에는 박봉만 씨가 지었다는 〈흑산도 유랑기〉라는 제목의 시가 걸려 있었다. 흑산도를 일주하면서 마을의 지리와 풍속을 읊은 내용이었다. 시를 짓는 전통이 정약전으로부터 내려왔을 가능성이 있고, 예전의 흑산 풍경을 그려볼 수 있다는 점에서 중요한 자료라고 생각된다.

박인동 씨의 집안 내력을 조사해보면 정약전이 남긴 흔적들을 찾아낼 수 있을 것 같아 몇 가지 사실을 더 물어보았다. 우선 박봉만 씨는 한의학에 밝아 주민들을 치료해준 적이 많았다고 한다. 정약용과 그 아들들은 의학에 매우 밝았던 것으로 알려져 있다. 특히 정약용의 경우 의학서적을 집필하기도 했으며 유배살이를 마치고 고향에 돌아가 있을 때 세자와 임금의 병을 치료하러 입궐한 적도 있을 정도였다. 이에 비추어볼 때 정약전도 꽤 높은 수준의 의학적 지식을 가지고 있었으리라 추측된다. 또 정약전은 정약용이 써놓은 내용을 바탕으로 구급의학서를 완성하여 동생에게 보내준 일도 있다. 박봉만 씨의 의학 지식도 정약전에게서 물려받은 것이 아닐까?

아직 논란이 많기는 하지만, 일반인들에게 정약전은 천주교 포교 활동을 하다가 유배살이를 하게 된 것으로 알려져 있다. 때문에 흑산도에 천주교가 들어서게 된 시초를 정약전으로 보는 일이 많으며, 어떤 자료에는 흑산도가 다른 섬에 비해 미신이 없고 일찍 성당이 정착한 이유가 정약전의 포교 활동 덕분이라고 나와 있기도 하다. 그러나 여기에 대해서는 몇 가지 의문점이 있다. 우선 당시 정약전이 신자로서의 믿음을 유지하고 있었는지조차 확실하지 않고, 귀양을 와서 감시를 받고 있는 처지에 입소문이 퍼질 것이 뻔한 조그만 섬에서 위험한 활동을 했으리라 보기 힘들다. 또한 무엇보다도 마을 현지에서는 정약전이 포교 활동을 벌였다는 어떤 이야기도 전해내려오고 있지 않았다. 그런데 박봉만 씨가 열렬한 신자였다는 박도순 씨의 말은 정약전이 흑산도에서 포교 활동을 했을 가능성에 대해 다시 한번 고려해보게 한다.

"그 할아버지가 열렬한 신자였제. 아버지 영향을 받았다고 하더만. 조상 숭배 안 한다 그래서 난리였으니께 대단한 신자였지라. 귀신을 모셔다놓은 독을 귀께상자라고 하는디 그걸 불살라버렸소. 그러고 나서 나중에 집안에 우환이 일어나니께 조상을 모시지 않은 탓이다 해서 비난 많이 받았지라."

조상의 신주를 불태운 윤지충의 진산사건을 떠올리게 하는 대목이다. 그런데 박봉만 씨가 생존해 있다면 120~130여 세가 된다고 하니 아버지의 영향을 받았다면 최소 140~150년을 거슬러올라가야 한다. 이때라면 정약전과의 연관성을 생각해볼 수밖에 없다.

더 이상의 추적은 힘들고 무의미할 듯해서 이번에는 주제를 바꾸어 장창대에 대해 물어보았다. 사실 사리에 와서 가장 찾아내고 싶었던 것 중의 하나가 장창대에 대한 정보였다. 장창대는 정약전이 『현산어보』를 저술하는데 가장 큰 도움을 주었던 사람으로, 정약전은 서문에서 그와의 만남을 다음과 같이 밝히고 있다.

나는 어보魚譜를 만들려는 생각으로 섬사람들을 널리 만나보았다. 그러나 사람마다 말하는 바가 달라 어떤 것을 믿어야 할지 알 수가 없었다. 그러던 어느 날 장덕순張德順 창대昌大라는 사람을 만났다. 창대는 늘 집안에 틀어박혀 손님을 거절하면서까지 고서를 탐독했다. 집안이 가난하여 책이 얼마 없었기에 손에서 책을 놓은 적이 없었는데도 소견은 그리 넓지 못했다. 그러나 성격이 조용하고 정밀하여 풀, 나무, 물고기, 새 등 눈과 귀로 보고 듣는 모든 것을 세밀하게 관찰하고 깊이 생각하여 그 성질을 이해하고 있었으므로 그의 말은 믿을 만했다. 나는 마침내 이 사람을 초대하여 함께 묵으며 물고기를 연구하기 시작했다.

외딴 섬에서 홀로 고서를 탐독하고 사물에 대한 세밀한 관찰력과 통찰력을 갖춘 인물. 그는 어떤 사람이었을까?

『현산어보』의 내용을 살펴보면 몇몇 부분에서 장창대의 과학적 사고능력에 감탄을 금치 못하게 된다. 장창대는 어찌 보면 『현산어보』의 내용적인 측면을 거의 다 제공해주었다고도 할 수 있는 중요한 인물이다. 그러나 장창대에 대해서는 이름 석자 이외에 나이라든지 살았던 곳이라든지 그 후의 행적에 관해 전혀 밝혀진 바가 없다. 누구도 큰 관심을 기울이지 않았던 것이다. 나는 장창대가 살았을 가능성이 가장 높은 사리에서 그의 흔적을 찾아보고 싶었다. 그러나 박도순 씨의 대답은 실망스러웠다.

"사리에 장씨 없어라. 임씨 한 집, 차씨 한 집, 장씨는 없어. 김씨, 박씨… 저 진리에 몇 있는 것 같네. 예리에 장수복 씨라고 있고. 장도나 영산도에

● 사리 이장 박도순 씨 그는 정약전 관련 사업에 대한 신안군의 태도에 비판적인 견해를 보였다. 처음에는 뭔가 일이 잘 진행될 것 같더니 금방 열기가 식어버려 대부분의 관련 사업이 유보된 상태라는 것이다.

가면 꽤 있을 텐데. 영산도도 멀지 않어라. 배로 12, 3분이면 가요. 저쪽으로 돌아가면 보이제. 영산도도 흑산군도의 하나지라. 사리, 진리 하는 식으로 영산리라고 불러요. 옛날부터 왔다갔다 그랬으니께. 옛날 우리 어렸을 때만 하더라도 영산도 사람이 고기를 잡어서 일 년에 두 번씩 가을하고 겨울에 염장을 해가지고 나오는데, 그쪽에는 풍선이 없으니까 사리배를 타고 나가서 팔었다구. 그 사람이 영산도 사람일 수도 있겠소."

일단 사리 마을에는 장씨나 그 후손이 살고 있지 않았다. 옛날부터 대흑산도 부근의 섬들을 모두 흑산도라고 불렀다. 섬 사이의 왕래가 자유로웠다면 장창대를 찾는 작업은 훨씬 힘들어진다. 흑산 주변의 영산도, 대장도, 소장도, 대둔도, 심지어 홍도, 가거도까지 살펴보아야 할지도 모르기 때문이다.

박도순 씨는 정약전 관련 사업에 대한 신안군의 태도에 비판적인 견해를 보였다. 처음에는 뭔가 일이 잘 진행될 것 같더니 금방 열기가 식어버려 대부분의 관련 사업이 유보된 상태라는 것이다. 또한 정약전 관련 자료와 『현산어보』에 나오는 생물들을 전시할 계획인 자산문화도서관을 예리에다 세우는 게 말이 되느냐고 비판했다. 그나마 사리 사람들은 윗세대로부터 전해 들은 이야기라도 있고 자료가 될 만한 것도 사리에 더 많을 텐데 왜 예리에다 세우느냐는 것이다. 또 예리가 항구와 가깝고 사람들의 왕래가 편한 것은 인정하지만, 근본적으로 흑산을 관광지로 발전시키려고 한다면 도서관을 사리에 세워야 사람들이 며칠이라도 머무르게 되지, 예리에 세워놓으면 금방 한 번 보고 지나칠 수밖에 없지 않겠느냐고 강변한다.

밖에서 누가 부르는 소리가 들렸다.

"요새 미역 채취 때문에 좀 바빠서요. 좀 나갔다 와야겠소."

마을 사람들이 기다리는 모양이었다. 급한 마음에 도움을 줄 만한 분이 계시는 민박집을 소개해달라고 부탁을 했더니 일단 옆방에 짐을 풀어놓으라고 한다. 배낭을 풀어놓고 마당으로 나왔다.

낚
싯
대
를

드
리
우
고

1

어린 시절의 추억

미역 채취 작업이 끝날 때까지 시간도 때우고 마을 앞에서 어떤 물고기가 잡히나 알아보기도 할 겸해서 낚시를 하러 나섰다. 예리에서 7,000원씩이나 주고 산 비싼 갯지렁이와 간단한 낚시 도구를 챙겨 들고 마을 오른편 선착장으로 향했다. 뭐라도 있나 해서 발로 돌부리를 뒤집어가며 갯가를 걸었다. 땅에 박힌 돌멩이를 들어낼 때마다 빨간 갯지렁이가 땅속으로 파고들었다. 발견했다 싶을 땐 이미 몸의 대부분은 땅속으로 사라지고 난 후다. 몸이 길쭉하게 생긴 것들은 대개 구멍을 파고 사는 동물이다. 가장 적은 노력으로 땅을 파려면 몸체를 길게 늘이고 작은 구멍을 파는 것이 최선이다.

어린아이 둘이 뒤를 따라오더니 자기들도 낚시를 해야겠다며 돌멩이를 뒤집기 시작한다. 재빠른 동작으로 갯지렁이를 잡는 품이 초보가 아니다. 좀 보자고 했더니 고사리손으로 잡은 갯지렁이를 손바닥에 가만히 놓아준다. 도시에서 자란 아이들로서는 생각할 수도 없는 행동이다. 자연스러운 건강미에 흐뭇한 미소가 절로 흘러나왔다.

낚시에 맛을 들여 주말마다 가까운 해변을 찾았던 내 어린 시절이 생각난다. 장비도 장비지만 미끼 살 돈이 있을 리 만무했다. 물때를 적당히 봐서 땅을 파면 크기는 잘지만 갯지렁이가 나오게 마련이다. 물고기 많이 잡을 욕심에 열심히 땅을 파다 보면 어느새 밀물이 들어오기 시작하고 입질도 활발해진다. 이제 물고기를 낚을 차례다. 해변에서 주운 깡통이나 비닐봉지에 몇 마리 되지도 않는 갯지렁이를 소중히 챙겨 넣고 갯바위로 달려가는 것이다.

정약전도 분명히 낚시를 즐겼으리라 생각된다. 정약전의 고향 마재는 남한강 줄기에 자리잡아 온갖 물고기가 풍성하게 나던 곳이었다. 어린 시절 시골 아이들에게 가장 즐거운 놀이라면 역시 물고기잡이를 빼놓을 수 없다. 정약전도 이러한 어린 시절을 보냈을 것이 틀림없다. 다음은 정약용이 여름날 소내에서 지은 시의 한 구절이다.

비갠 뒤에 모래둑 넘치던 물 줄어드니
깎인 잔디 누운 버들 뿌리가 다 드러났네
종다래끼 손에 들고 이웃 노인 따라나가
물고기를 잡느라고 해저문 줄 모르네

형제들과 어울려 물고기를 잡으러 다니던 모습이 선명하게 떠오른다. 정약용이 지은 여러 편의 글들을 살펴보면 그가 어린 시절부터 낚시를 취미로

◉ 손바닥 위의 갯지렁이 어린아이 둘이 뒤를 따라오더니 자기들도 낚시를 해야겠다며 돌멩이를 뒤집기 시작한다. 재빠른 동작으로 갯지렁이를 잡는 품이 초보가 아니다. 좀 보자고 했더니 고사리손으로 잡은 갯지렁이를 손바닥에 가만히 놓아준다.

● 이서지 풍속화 〈고기잡이〉 당장 내가 이 책에 매달려 있는 것도 역시 어린 시절 개울이나 냇가, 바다를 누비며 쫓아다니던 추억이 밑거름이 된 것이다. 어린 시절 자연을 접한 경험은 오랫동안 기억 속에 남아 자연에 대한 친밀감과 그리움을 불러일으킨다.

했고, 유배 생활 중 그리고 해배 후에도 낚시를 계속하고 있었음을 확인할 수 있다. 심지어 물고기 잡는 어부로 생을 마치고 싶다는 얘기까지 나온다.

경신년(1800) 여름, 나는 한가히 지낸 지가 이미 오래되었고, 세상 사람들의 배척도 더욱 심하여 아주 소내로 돌아가려 했다. 어느 날은 처자와 비복을 거느리고 배를 타고 소내에 이르러 날마다 낚시질을 일과로 삼았다.

나는 적은 돈으로 배 하나를 사서 배 안에 어망 네댓 개와 낚싯대 한두 개를 갖추어놓고, 또 솥과 잔과 소반 같은 여러 가지 섭생에 필요한 기구를 준비하여 방 한 칸을 만들어 온돌을 놓고 싶다. 그리고 두 아이들에게 집을 지키게 하고 늙은 아내와 어린아이 및 어린 종 하나를 이끌고 부가범택으로 종산과 초수 사이를 왕래하면서 오늘은 오계의 연못에서 고기를 잡고, 내일은 석호에서 낚시질하며, 또 그 다음날은 문암의 여울에서 고기를 잡을 것이다. 바람을 맞으며 물 위에서 잠을 자고 마치 물결에 떠다니는 오리들처럼 둥실둥실 떠다니다가, 때때로 짤막짤막한 시가를 지어 스스로 기구한 정회를 읊고자 한다. 이것이 나의 소원이다.

정약전도 과히 다르지 않았을 것이다. 흑산도에서는 『현산어보』를 저술하느라 물고기잡이에 더욱 열을 올렸을 것이다. 어린 시절 물고기를 가까이

했던 경험이 없었다면 과연 『현산어보』라는 책이 나올 수 있었을까? 흑산도에서 아무리 많은 물고기를 보았더라도 쉽게 연구해보려는 생각이 들지 않았을 것이다. 어린 시절의 경험이 이제껏 보지 못했던 물고기에 대한 흥미를 불러일으키고 이를 연구하도록 그를 이끌었던 것은 아닐까?

당장 내가 이 책에 매달려 있는 것도 역시 어린 시절 개울이나 냇가, 바다를 누비며 쫓아다니던 추억이 밑거름이 된 것이다. 어린 시절 자연을 접한 경험은 오랫동안 기억 속에 남아 자연에 대한 친밀감과 그리움을 불러일으킨다. 전자오락과 삭막한 도시 생활에 젖어 있는 아이들에게 자연의 중요성을 이해하고 이를 보호하려는 행동을 기대한다는 것은 아무리 생각해도 무리다. 자연을 보고도 무덤덤한 사람보다는 차라리 어린 시절 개구리를 내동댕이치고 새에 돌팔매질을 하던 사람들이 오히려 자연에 대한 애착을 쉽게 가질 수 있지 않을까?

● **정약용의 산수화** 경신년 여름, 나는 한가히 지낸 지가 이미 오래되었고, 세상 사람들의 배척도 더욱 심하여 아주 소내로 돌아가려 했다. 어느 날은 처자와 비복을 거느리고 배를 타고 소내에 이르러 날마다 낚시질을 일과로 삼았다.

갯지렁이의 이빨

초등학교 시절 마산 앞바다에서 낚싯대를 처음 잡았을 때 무엇보다도 인상적이었던 것은 접었다 쭉 펼 수 있는 낚싯대도—그전에는 대나무 민낚싯대나 분리된 대나무 막대를 하나씩 끼워서 쓰는 것만을 보았다—서투른 솜씨에도 계속 걸려나오던 도다리나 망둑어도 아니었다. 나를 놀라게 했던 것은 하얀 강철 갈고리로 자신을 꿰러 덤비는 적에 대항해 이와 비슷하게 생긴 까만 갈고리 모양의 이빨을 내두르며 공격을 계속하던 갯지렁이의 모습이었다. 밟아도 꿈틀거리기만 할 뿐이라던 지렁이가 무시무시한 이빨을 갖고 있다는 것은 내게 차라리 충격이었다. 훨씬 시간이 흐른 후에야 갯지렁이가 환형동물이기는 하지만 지렁이와는 상당히 다른 종족이라는 것을 알게 되었다. 정약전도 유배지에 와서 갯지렁이를 처음 보았을 것이다. 그가 느꼈을 놀라움과 경탄이 나와 같은 것이었음을 예의 무미건조한 문장에서 찾아볼 수 있었다면 나의 착각일까?

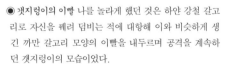

◉ 갯지렁이의 이빨 나를 놀라게 했던 것은 하얀 강철 갈고리로 자신을 꿰러 덤비는 적에 대항해 이와 비슷하게 생긴 까만 갈고리 모양의 이빨을 내두르며 공격을 계속하던 갯지렁이의 모습이었다.

[해인海蚓]

길이는 두 자 정도이다. 몸은 둥글지 않고 납작해서 지네를 닮았다. 가늘고 작은 발이 있으며, 이빨이 있어서 물기도 한다. 조간대의 모래나 돌 틈에서 산다. 물고기의 낚시 미끼로 쓰면 매우 좋다.

해인을 글자 그대로 풀이하면 바다의 지렁이라는 뜻이 된다. 사리 마을에서는 갯지렁이를 '갈기'라고 불렀다. 친구가 "뭐하러 가나?" 하고 물으면 "고기 잡으러 갈기다"(고기 잡으러 갈 것이다)라고 농을 주고받았다고 한다.

예나 지금이나 갯지렁이는 가장 기본적인 낚시 미끼다. 가장 많이 쓰이는 종류는 낚시꾼들이 청거시, 홍거시라고 부르는 것들이다. 한여름부터 가을까지 순천만에서 많이 잡히는 녹색빛의 갯지렁이가 청거시인데, 등 쪽이 암록색으로 푸르기 때문에 흔히 청개비나 청지렁이, 청충, 청무시 등으로 부른다. 청거시의 정식 이름은 '두토막눈썹참갯지렁이'다. 두토막눈썹참갯지렁이는 몸의 마디가 끊어져도 재생이 되며, 몸에는 빛을 내는 야광 물질이 있어서 밤낚시에 효과가 좋다. 홍거시는 참갯지렁이, 혼무시, 본충이라고도 부르는데, 역시 '바위털갯지렁이'라는 정식 이름을 가지고 있다. 몸이 파란 청거시와는 달리 광택이 나는 적갈색을 띠고 있기 때문에 홍거시라고 부른다. 바위털갯지렁이는 어종에 따라 최고의 미끼가 되기도 하지만, 쉽게 상하고 함께 넣어두면 서로 물어뜯어 상처를 내므로 두토막눈썹참갯지렁이보다 보관하기 힘들다는 단점이 있다.

입에는 날카로운 이빨이 있다.

몸은 여러 개의 마디로 이루어져 있다.

몸을 늘였다 줄였다 하며 움직인다.

마디마다 가늘고 작은 발이 나 있다.

    갯지렁이 무리에는 이 밖에도 집을 짓는 무리, 아가미가 독특한 무리, 석회관을 형성하는 무리 등 여러 종류가 있다. 낚시꾼들은 자신이 노리는 어종에 따라 다양한 종류의 갯지렁이를 사용하는데, 그중의 압권은 현지인들이 참갯지렁이라고 부르는 숭어낚시를 위한 갯지렁이다. 허벅지까지 빠지는 뻘에서 도요새가 사냥하는 품을 흉내내며 잡아낸 것을 보면, 1미터가 훨씬 넘는 엄청난 길이에 압도당하게 된다. 충남 천리포에서 본 어떤 낚시꾼은 빨갛고 기다란 갯지렁이를 잡는다며 커다란 쇠지렛대를 들고 다니면서 해변의 바위를 모조리 다 쪼개어놓았다. 과연 쪼개진 바위 속에는 50센티미터가 훨씬 넘어 보이는 갯지렁이가 몸을 사리고 있었다.

    질 좋은 갯지렁이는 낚시 미끼용으로 꽤 비싼 값에 팔려 어민들의 좋은 소득원이 된다. 갯지렁이는 갯벌을 터전으로 생활하는 사람들뿐만 아니라

● 두토막눈썹참갯지렁이 *Perinereis vancaurica tetradentata* Imajima

철새들과 수많은 갯벌 생물들을 함께 먹여 살린다. 또한 뻘 속 곳곳에 구멍을 뚫어 공기 중의 산소가 쉽게 침투할 수 있게 하며, 이를 통해 수질을 정화시키는 것도 갯지렁이가 평소에 하고 있는 일이다. 지렁이가 땅에 생명력을 주어 기름지게 하는 것처럼 갯지렁이들도 여기저기 옮겨다니며 쉴 새 없이 굴을 파고 무너진 흙을 밖으로 나르면서 갯벌이 썩지 않게 막아주는 것이다.

생태계에서는 아무리 하찮게 보이는 생물들이라도 저마다 중요한 역할을 수행한다. 그리고 그 생물들이 사라지고 난 후에야 사람들은 그것들의 중요성을 알게 된다. 남획이나 환경오염으로 인해 갯지렁이가 살기 힘들게 되는 날이 온다면 우리는 또다시 생태계의 복잡성과 상호 연관성을 깨달으며 이미 깨어진 생태적 균형을 아쉬워하게 될 것이다.

농어와 송강농어

미끼를 끼운 후 낚시를 던졌다. 대어를 기대하는 흥분보다는 오랜만에 맛보는 편안하고 여유로운 기분에 한껏 젖어들었다. 잠시 일 생각 따위는 던져버리자. 따가운 햇살도, 물가에서 부서지는 파도소리도 마냥 즐거워 몸과 마음이 한껏 가벼워지는 느낌이다.

  지난 주에 다녀왔던 가족 여행이 생각난다. 모처럼 온가족이 함께 모여 마산시 외곽에 있는 한 해변을 찾았다. 몇 년 전부터 알아놓은 낚시터였는데 이번에는 기대 이상이었다. 한밤중에 도착하여 텐트를 치는 둥 마는 둥 낚시를 드리웠다. 추가 수면과 닿자마자 초록빛 형광이 동심원 물결을 이루며 퍼져나간다. 야광충이었다. 야광충은 적조를 일으키는 생물 중의 하나다. 마냥 좋아할 수는 없는 일이지만 어쨌거나 한밤중 야광충의 향연은 정말 아름답다. 물속에 밀집한 미세한 동물들은 조그만 충격에도 깜짝 놀라 숨가쁘게 형광을 쏘아댄다. 바람이 불어 파도라도 치는 날엔 해변에서 소리 없는 불꽃놀이가 펼쳐진다.

일부러 낚싯대를 아래위로 놀려가며 불빛을 감상하고 있는데, 갑자기 물속에서 커다란 녹색 그림자가 스쳐 지나갔다. 이게 뭔가 놀라워하고 있는데 또다시 빛 덩어리가 나타나더니 낚싯줄을 세차게 잡아끌었다. 입질이었다. 칠흑 같은 어둠 속에서 야광충이 레이더나 어군탐지기 역할을 하고 있었다. 약간의 실랑이 끝에 낚여 올라온 놈은 처음 보는 녀석이었다. 무슨 물고기일까 잠시 고민하다 일단 그물에 집어넣었다. 그 후로도 한참 동안 똑같은 놈이 수도 없이 낚여 올라왔다. 레이더에 비친 잠수함처럼 불이 번쩍이기만 하면 틀림없었다. 잠시 후에는 어김없이 입질이 오고 잡아채면 물고기가 올라왔다. 그러다 제법 큰 놈을 하나 낚아 올렸는데 그제서야 비로소 정체를 알 수 있었다. 농어 새끼였다. 어두운 데다 작은 놈을 제대로 본 일이 없어 금방 알아채지 못했지만 틀림없는 농어였다. 얼마 후 지나가면 사람이 잡아놓은 물고기를 보더니 '까지매기'라고 이름을 가르쳐주었다.*

박도순 씨는 사리에서도 농어가 많이 잡힌다고 했다. 특히 파도가 셀 때 잘 잡히는데, 평소에도 농어는 파도가 닿는 물살이 센 곳에만 노닐고 반대쪽 물살이 잔 곳에는 잘 가지 않는다고 한다. 그래서 낚시꾼들은 주로 파도가 센 곳에 낚시를 드리우려고 애쓰는데, 그 때문에 갯바위에서 농어 낚시하다 물에 빠져 죽는 사람이 많다는 것이다. 정약전은 농어의 겉모습과 생태를 자세히 묘사했으며, 이청은 중국 절강성의 농어에 대해서도 함께 언급하고 있다.

* 농어 새끼는 까지매기 혹은 까슬매기라고도 불린다.

[노어鱸魚]

　큰 놈은 길이가 1장丈 정도이다. 몸이 둥글고 길다. 살진 놈은 머리가 작고 입이 크며 비늘이 잘다. 아가미는 두 겹으로 되어 있는데 얇고 약해서 낚싯바늘에 걸리면 잘 찢어진다. 몸색깔은 희지만 검은 기가 돈다. 등은 검푸르다. 맛이 달고 산뜻하다. 음력 4~5월에 나타나기 시작하며 동지가 지난 후엔 자취를 감춘다. 민물을 좋아하는 성질이 있으므로 장마가 져서 물이 넘칠 때면 낚시꾼들은 바닷물과 민물이 만나는 곳으로 간다. 낚시를 던졌다가 바로 끌어올리면 농어가 따라와서 낚시를 문다. 흑산에서 나는 것은 야위고 작으며, 맛 또한 육지 연안에서 잡히는 것만 못하다. 이곳 사람들은 어린 놈을 보로어甫鱸魚 또는 걸덕어乞德魚라고 부른다.

　이청의 주 『정자통』에서는 "노어는 쏘가리〔鱖〕를 닮았다. 입이 크고 비늘이 잘며, 길이가 몇 치 정도이다. 아가미가 네 개 있으므로 사람들은 이를 사새어四鰓魚라고 부른다"라고 했다. 이시진은 『본초강목』에서 "노어는 절강성〔吳〕 송강松江에서 음력 4~5월경에 가장 많이 잡히는 물고기다. 길이는 겨우 몇 치밖에 되지 않는다. 모양은 쏘가리를 닮았다. 색이 희고 검은 점이 있다"라고 했다. 그러나 중국 절강성의 노어는 길이가 짧고 작으며, 우리 나라의 농어와는 다른 종류이다.

　내가 처음으로 접한 물고기 책이 최기철 교수의 『민물고기를 찾아서』였다. 이 책은 과거와 현재를 넘나들며, 저자 특유의 구수한 입담으로 우리 물고기들에 대한 재미있는 이야기들을 늘어놓고 있었는데, 특히 고문헌들을

● 송강노어 노어는 절강성 송강에서 음력 4~5월경에 가장 많이 잡히는 물고기다. 길이는 겨우 몇 치밖에 되지 않는다. 모양은 쏘가리를 닮았다. 색이 희고 검은 점이 있다.

통해 선조들이 물고기에 대해 갖고 있던 관념을 하나 둘 밝혀내는 작업은 매우 인상적이었다. 역사 교과서에서 보아왔던 선조들은 하나같이 영웅이거나 도덕군자로서 현실적인 생활과는 무관한 모습들이었다. 때문에 우리나라의 역사를 배우면서도 선조들과 나를 연결하는 고리 중 무엇인가가 떨어져나간 듯한 느낌이 들었다. 그러나 고문헌에 등장하는 민물고기 이야기들은 냇가를 첨벙거리며 물고기를 잡고, 잡은 물고기를 들여다보고, 요리까지 척척 해내는 시골 아저씨들의 모습을 선조들의 모습과 겹쳐놓았고, 글을 하나 둘 접할 때마다 조금씩 그들에 대한 친밀감이 자라나기 시작했다.

고문헌에 남아 있는 물고기들의 정체를 규명하는 것도 흥미로웠다. 오늘날 지방마다 한 가지 물고기를 이르는 다양하고 고유한 방언들이 존재하듯 과거에도 물고기를 부르던 여러 가지 이름이 있었을 것이다. 이 물고기들이 현재의 어떤 물고기와 대응하는지 밝혀내는 것은 추리소설만큼이나 흥미진진했다. '효자고기의 정체는?', '미수감미어란 무엇인가?' 이러한 의문들이 하나씩 밝혀질 때마다 저자가 느꼈을 흥분을 공유하는 듯한 기분에 가슴이 두근거렸다. 그런데 이 책을 처음 읽었을 때부터 마음속에 가시처럼 걸려 있던 부분이 있었다. 그것은 '송강노어 사새어'에 관한 이야기였다.[*]

송강노어란 말 그대로 송강에서 잡히는 농어라는 뜻이다. 송강노어는 『고사기古事記』라는 책 때문에 유명해졌다. 이 책에는 장한이라는 사람에 대한 일화가 소개되어 있다. 옛날 오나라에 장한이라는 사람이 살았는데 낙양에서 대사서大司書라는 벼슬을 하고 있었다. 장한은 어느 깊은 여름날 문득 임

---

[*] 송강노어는 중국에서 황하의 잉어, 송화강의 규어鮭魚, 흥개호興凱湖의 백어白魚와 함께 사대명어四大名魚로 불린다. 1976년에 발간된 『장강어류』에는 송강로(현재 중국의 표준명)라고 나오는데, 그 맛을 육미선미肉味鮮美(살의 맛이 대단히 좋다)라고 표현하고 옛날부터 고급 생선으로 대우받고 있다는 사실도 함께 밝혀놓았다. 사새어는 지금도 겨울철의 유명한 요리인 사새어냄비의 재료로 쓰이고 있다.

금에게 고향의 농어 맛이 그리워 못 견디겠다고 하소연하며 관직을 버리고 고향인 송강으로 돌아가버렸다. 이후 이곳의 농어가 '송강농어'로 불리게 되면서 유명해졌다는 내용이다.

우리 나라의 선비들은 이 책을 읽고 송강노어에 대해 많은 관심을 보였다.* 물론 장한은 속세의 번민이 쌓여 단지 고향에 돌아갈 핑곗거리로 송강노어를 입에 올렸을 가능성이 크다. 그렇지만 물고기 맛이 얼마나 좋았길래 벼슬을 버리고 고향으로 돌아갈 핑곗거리가 되었단 말인가. 과연 이 물고기가 우리 나라에도 살고 있을까? 갖가지 의문이 떠올랐을 것이다. 중국에서는 이 밖에도 주나라 무왕이 천하를 통일하기 전 바다를 건널 때 농어가 배 위로 튀어올라왔다는 등의 농어에 대한 고사가 많이 전해오고, 농어를 길조의 물고기로 보는 경향이 있었다.** 농어에 대한 여러 가지 이야기들은 중국 문헌을 연구하던 선조들의 마음을 사로잡았을 것이다.

우리 선조들은 이렇게 중국의 문헌을 통해 접한 농어, 혹은 송강노어에 대해 나름대로의 의견을 내놓았다.

[노어鱸魚] 송강에서 나온다. 4, 5월에는 길이가 겨우 수촌에 지나지 않고, 생긴 모양은 쏘가리와 유사하다. 그러나 몸색이 희고, 검은 점이 있다. 입은 크고 비늘은 잘며, 아가미는 넷이다.*** 지금 농어라고 부르고 있는 것은 노鱸가 아니다.

—이만영의 『재물보』

---

* 고사 속에 나온 동식물들은 시나 문의 좋은 소재가 된다. 시의 교과서라고 할 수 있는 『시경詩經』에 꽤 많은 동식물들이 언급되어 있는 것에서 짐작할 수 있듯이 동식물을 의인화하고 감정을 이입시켜 시의 소재로 이용하는 것은 오래 전부터의 전통이다.
** 사실 길조를 의미하는 농어는 송강노어와는 다른 종류이다. 그러나 대부분의 선비들은 이를 같은 물고기로 여겼다.
*** 옛 문헌에서는 모두 꺽정이의 비늘이 잘다고 표현했지만, 사실 꺽정이는 비늘이 없다. 또한 아가미뚜껑이 복잡하게 발달하여 이중으로 된 것처럼 보이지만, 실제로 꺽정이의 아가미뚜껑은 보통 물고기와 마찬가지로 한 쌍뿐이다. 따라서 아가미가 넷이라는 표현도 잘못된 것이다.

유희는 『물명고物名攷』에서 『재물보』의 내용을 소개하면서 "우리 나라 사람들이 속칭 걱정이라고 부르는 종이 바로 노이다"라고 하여, 국내에도 '송강노어'가 살고 있다는 사실을 밝혔다. 또 서유구의 『전어지』에는 다음과 같은 내용이 실려 있다.

거억정이 또는 노어라고 한다. 사람들이 이야기하는 곽정어霍丁魚가 본 종이다. 강 하구나 조수가 드나드는 곳에 산다. 몸의 길이가 한 자밖에 안 된다. 입은 크고 비늘은 잘다. 살은 희고 맛이 뛰어나 좋은 횟감이다. 곽 정어와 농어는 별종이다.

위에서 소개한 글들을 통해 다음과 같은 사실들을 추측해볼 수 있다. 『재 물보』에서는 송강의 농어만을 소개하고 있는 반면, 『물명고』와 『전어지』에 서는 이름이야 어찌 됐든 노가 우리 나라에서도 산출된다는 것을 이야기하고 있다. 또한 공통적으로 우리 나라에서 부르는 농어가 노가 아님을 역설하고 있다. 그렇다면 송강의 농어는 우리 나라의 어떤 종을 말하는 것인가? 최기철과 정문기는 위의 자료들을 바탕으로 걱정이, 곽정어, 거억정이 등의 이름으로 불리던 꺽정이가 송강노어임을 주장한다.

나는 송강노어가 꺽정이라는 사실이 의심스러웠다. 송강노어가 농어가 아니라는 점은 분명하다. 그 크기에서도 차이가 뚜렷하고, 주로 강에서 산 출된다는 점도 그러하다. 그러나 노어가 쏘가리를 닮았다는 데서 의심을 하

지 않을 수 없었다. 한강에서 직접 꺽정이를 잡아본 적이 있지만,* 그 모습이 쏘가리와는 너무나 판이하게 느껴졌기 때문이었다. 오히려 쏘가리를 닮았다면 꺽지를 말한 것이 아닐까 하는 생각이 더욱 강하게 일었다.

최기철 교수가 저서에서 소개하고 있는 『장강어류長江魚類』라는 책을 구해 보고 싶었지만 기회가 닿지 않았고, 인터넷을 통해 중국 자료들을 뒤졌지만 이 또한 쉽지 않았다. 마침내 내 생각이 틀렸다는 것을 알게 된 것은 한 권의 책을 통해서였다. 부산 보수동 헌책방거리에서 우연히 『중국식물사전中國食物辭典』이라는 책을 발견했다. 주인에게 책장 높은 곳에 얹혀 있는 것을 내려

●꺽정이 몸의 길이가 한 자밖에 안 된다. 입은 크고 비늘은 잘다. 살은 희고 맛이 뛰어나 좋은 횟감이다.

* 한강에도 꺽정이가 많이 서식하고 있지만 일반인들이 이를 발견하기란 쉬운 일이 아니다. 꺽정이는 훌륭한 위장술을 갖고 있기 때문이다. 이러한 위장술은 적을 피하기보다는 먹이를 사냥하기 위해서 발달된 것으로 보인다. 꺽정이의 사냥술은 놀랍기까지 하다. 우선 가만히 엎드려 먹잇감이 다가올 때까지 끈질기게 기다린다. 먹이가 되는 작은 물고기들은 꺽정이의 존재를 눈치채지 못하고 가까이 다가오는데, 심지어 피부에 달라붙은 유기물을 쪼아대는 놈들도 있다. 의뭉스럽게 기회를 노리던 꺽정이는 이러한 순간을 놓치지 않는다. 커다란 입을 벌리고 순식간에 튀어올라 먹이를 삼켜버리는 것이다.

달렸더니 신경질을 내면서 사지 않으려거든 보지도 말라고 하기에 그냥 나와버렸다. 하지만 이 책과의 인연은 여기에서 끝나지 않았다. 마산의 큰 헌책방에서 다시 이 책을 마주하게 되었던 것이다. 긴장하며 페이지를 넘기는 순간 나타난 그림과 '송강노어'라는 글자. 그렇게도 찾아 헤매던 이름 아래 나와 있는 삽화 그림은 의심할 바 없는 꺽정이었다. 학명도 일치했다. 꺽정이, 곽정어, 거억정이가 꺽정이를 부르는 이름들이라는 것도 확실해졌다.

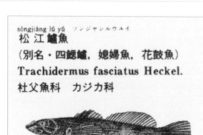

● 『중국식물사전』에 나온 꺽정이 긴장하며 페이지를 넘기는 순간 나타난 그림과 '송강노어'라는 글자. 그렇게도 찾아 헤매던 이름 아래 나와 있는 삽화 그림은 의심할 바 없는 꺽정이었다.

정약용과
한강의 꺽정이

일단 송강노어의 정체는 밝혀졌지만 다른 의문들이 꼬리를 물었다. 우리의 선조들은 꺽정이를 실제로 보았을까? 또한 이 종이 중국의 송강노어라는 것은 어떻게 알 수 있었을까? 먼저 생각해볼 수 있는 가능성은 중국 사람이 우리 나라에 와서 꺽정이를 직접 보고 알려주었으리라는 것이다.

옛 문헌들 중에는 중국에서 온 사신이 우리 나라의 특산물을 요구했던 기록들이 많이 남아 있다. 그런데 중국 사신들이 요구했던 물품 중에 수산물이 차지하는 비율이 꽤 높다. 세종 5년 8월, 명나라 사신 해수海壽와 진경陳敬은 총 70여 명의 대부대를 이끌고 우리 나라에 도착했다. 이들은 청어를 요구했고, 우리가 제시한 물량이 부족하다고 생떼를 피우다 결국 직접 청어를 잡겠다고 함경도 해안으로 향한다. 이때 동행했던 조선인들이 자신들의 뜻대로 움직이지 않는다고 해서 살인을 저지르기까지 하는 등 심한 난동을 부렸다. 정부에서는 별다른 항의도 못하고 오히려 이들에게 줄 김, 말린 연어, 은어, 문어 등의 해산물을 전국에 수배하는 명령을 내렸다. 세종 11년 7

월, 창성昌盛과 윤국尹國 일행에게 제공한 수산물 목록은 더욱 엄청나다. 이들은 준치, 민어, 상어, 삼치, 홍어, 연어, 대구, 숭어, 조기, 청어, 반지, 고등어, 전복, 문어, 오징어, 대하 등의 품목을 요구했고, 정부에서는 이들의 요구를 충족시키기 위해 안간힘을 써야 했다. 이런 과정 중에 송강노어가 우리 나라의 꺽정이에 해당한다는 사실을 자연스럽게 알게 되었던 것은 아닐까? 중국인들이 송강노어를 요구했고, 이를 찾으려다 보니 송강노어의 구체적인 형태와 우리 나라의 농어가 송강노어가 아니라는 사실을 알게 되었으리라는 생각이다.

꺽정이를 알고 있던 우리 나라 사람이 직접 중국에 가서 확인했을 가능성도 있다. 실제로 몇몇 실학자들의 연행록에는 현지에 살고 있는 동식물에 대해 깊은 관심을 기울였다는 대목들이 심심찮게 나온다. 그들은 머나먼 이

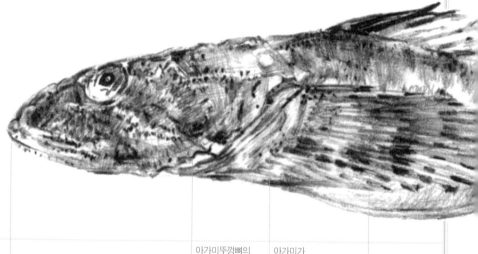

입이 크다.

아가미뚜껑뼈의 가장자리에 가시가 나 있다.

아가미가 두 겹인 것처럼 보인다.

가슴지느러미는 크고 넓적하다

역 땅에서 그토록 맛있다는 송강노어가 우리 나라에도 흔한 물고기라는 사실을 확인하고 깜짝 놀랐을지도 모르겠다.*

꺽정이는 한강 하류에서 다산하는 물고기다. 한강변이 고향인 정약전과 정약용은 꺽정이를 잘 알고 있었을 뿐만 아니라 때로는 잡으러 다니기도 하며 자랐을 것이다. 정약용이 『아언각비雅言覺非』에서 송강노어가 꺽정이임을 밝혔던 것이나, 그의 지도를 받은 이청이 본문에서 꺽정이가 농어와 다르다고 단정할 수 있었던 것은 이와 같은 경험과 지식에 힘입었을 가능성이 크다. 실제로 정약용은 사새어의 정체를 누구보다도 정확히 알고 있었으며, 자신이 그 정체를 밝혀내었다는 점에 대해 상당한 자부심을 가졌던 것 같다.

한강에는 예로부터 노어가 많았는데 내가 식견이 거칠어서 어떤 것이

몸을 가로지르는
검은색의 띠가 있다.

몸에는
비늘이 없다.

● 꺽정이 *Tracchidermus fasciatus* Heckel

* 최근 서울시에서는 꺽정이를 '서울시 관리 야생 동식물'로 지정했다. 개체 수가 줄어들어 특별한 보호와 관리가 필요하다고 생각했기 때문에 내린 결정으로 보인다.

노어인지 미처 몰랐다가 이제 본초 및 고인의 시구를 상고해보고서야 비로소 그 이름을 바로잡았다. 해거도위海居都尉*가 급히 그 물고기를 보고자 하므로 겨우 한 마리를 잡아 회를 쳐 놓고 장난삼아 장구를 지었다.

적막한 물가에 멀리서 온 수레들 모였네
이 행차가 절반은 노어회를 생각함인데
어부도 부마의 높은 지체를 알고서
병혈丙穴의 물풀 언저리를 샅샅이 더듬었으나
서인이 점을 치니 부엌에 고기가 없는지라
손님 대접 못하겠으니 아, 이 일을 어찌할꼬
그러다가 한 자쯤 된 눈먼 놈 하나 잡아오니
온 좌중이 돈이나 얻은 듯 안색이 변하누나
동이 물에 넣어 보니 아직도 발랄하여라
애지중지하거니 어찌 차마 죽일거나
네 아가미 큰 주둥이 자세히 살펴보니
검은 몸에 흰 무늬가 그림과 꼭 맞네그려
크게 저미고 다시 자디잘게 썰어놓으니
한 젓가락에 끝났으나 정은 다하질 않네
부끄러워라 잘못 강호의 주인이 되어
마주해 앉으니 무안하여 아, 낭패로구려

＊ 정조의 부마, 홍현주洪顯周를 가리킴.

이 고기는 본래 돌을 소굴로 삼아서
복어나 쏘가리같이 여울을 타지 않는지라
특별히 그물을 쳐야만 잡아낼 수 있고
꽤나 약아서 작살이나 섶은 잘 피한다네
조선의 한강에는 명물들이 특이하거늘
쥐를 박옥이라 부르듯 어두운 게 많으니
물범을 싸잡아 물소라 함은 한심커니와
삼목을 회나무라 부르는 것도 금치 못해라
조잡한 바닷고기가 헛된 이름을 훔침으로써
억울하게 무시당하나 누가 다시 개탄하랴
오후가 정을 즐겼다는 건 들은 말일 뿐이요
궁벽히 사니 오회가 연하지 못함이 한스럽네
삼한 시대 이후로 이천 년 동안에 걸쳐
진짜 노어가 흙덩이처럼 낮고 천해졌다가
이시진의 글이 오매 비둘기가 매로 변했고
왕운의 시가 나오자 매미 허물 벗듯 하였네
이제는 억울함 풀고 이름 바로잡았나니
박식한 석천石泉*에게서 내가 힘입은 것인데
두 번 다시 장한에게 물을 것도 없이
요즘 어촌에 노어의 명성이 대단해졌네

＊ 신작의 호. 신작은 책을 많이 읽고 고금의 경서에 해박하기로 유명한 학자였는데, 정약용에게 송강노어에 대한 정보를 제공한 것 같다.

정약용이 꺽정이를 관찰하는 장면에서 정약전이 연구하던 모습을 떠올릴 수 있다. 힘들여 잡은 꺽정이를 본초서의 그림과 대조해 보고, 형태를 살피고, 습성을 정확히 파악하고, 정확한 고증에 힘쓰는 모습이 그의 형과 너무도 닮아 있지 않은가.

바다의 농어

정약전의 말을 들어보면 여기에서 농어라고 이름 붙인 종은 지금의 농어가 틀림없다. 농어는 여름철에 많이 나타나는 대표적인 바닷물고기다. 몸은 옆으로 납작하고 긴 편이며, 머리는 비교적 크고, 입은 뾰족하다. 아래턱은 위턱보다 약간 튀어나와 있다. 등은 회청록색, 배는 은백색이며 비늘은 잘다. 어린 놈은 옆구리와 등지느러미에 검은색의 작은 점이 흩어져 있다. 정약전은 농어의 아가미가 두 겹으로 되어 있는데,* 얇고 약하여 낚싯바늘에 걸리면 찢어지기 쉽다고 했다. 농어류의 물고기들은 대개 이런 형태의 아가미를 가지고 있다. 큰 놈은 1미터 이상, 몸무게가 7킬로그램이 넘게 나가는 것도 있다.

농어는 전국 연안에 널리 서식한다. 옛 문헌들에도 이러한 사실이 잘 나타나 있다. 『세종실록지리지』에는 경기도에서, 『신증동국여지승람』에는 함경도를 제외한 전 도에서 잡힌다고 기록되어 있다. 농어는 물살이 세차게 흐르는 거친 바다에서 잘 낚이지만, 정약전이 밝혔듯이 민물을 좋아하여 강

---

* 꺽정이의 경우와 마찬가지로 아가미가 실제로 두 겹인 것은 아니다.

에서도 잡힌다. 농어는 봄·여름에 먹이 활동을 위해 얕은 곳으로 이동하고, 날씨가 추워지면 월동과 산란을 목적으로 깊은 곳으로 이동한다. 이는 농어가 음력 4~5월에 나타나기 시작해서 동지가 지난 후엔 자취를 감춘다고 한 정약전의 말과도 잘 일치한다.

'오농육숭', 즉 오월의 농어, 유월의 숭어라는 말이 있듯이 오월은 농어의 제철이다. 여느 생선들처럼 찜, 찌개, 매운탕, 젓갈 등으로 조리할 수 있지만 뭐니 뭐니 해도 농어는 회로 먹는 것이 제맛이다. 푸르스름한 빛을 띠며 쫄깃쫄깃한 육질을 자랑하는 농어회는 잃었던 봄철 입맛을 되찾게 해준다.

농어는 약재로 사용되기도 했다. 『본초연의本草衍義』에 "농어는 간과 신장을 이롭게 한다"라고 기록되어 있는 것처럼 간장이나 신장 기능이 약화되어 쉽게 피로하고 몸이 잘 붓는 사람에게 좋다. 『동의보감』에는 "농어는 성질이 고르고 맛이 달며 독이 약간 있고 오장을 보한다. 근골을 튼튼하게 해주고 부작용이 없다"라고 기록되어 있다. 농어 쓸개도 '바다의 웅담'으로 불리며 인기가 높다. 연노란빛의 귀한 쓸개주는 아무리 먹어도 숙취가 없고 오히려 위장에 좋다고 전해온다. 실제로 옛날 바닷가의 민가에서는 복통이 났을 때 잘 듣는다며 엄지손톱만 한 농어 쓸개를 처마 밑에 매달아놓고 상비약으로 쓰곤 했다.

농어라는 이름은 한자명인 노어鱸魚에서 나온 말이다. 이때의 '노'는 검다는 뜻의 '노盧'에 물고기 '어魚' 자를 붙여 만든 글자이며, 지금도 중국에서는 농어를 말 그대로 루위[鱸魚]라고 부른다. 정약용은 농어를 농어農魚라 표

● 김홍도의 조어도 농어는 물살이 세차게 흐르는 거친 바다에서 잘 낚인다.

기하고 이를 우리 나라에서 만들어낸 말이
라고 했지만, 이것도 역시 노어가 변한
말일 가능성이 크다.

　그런데 횟집 수족관에서 헤엄치고
있는 농어를 보면 검다기보다는 흰
색에 가깝다는 생각이 든다. 정약전
도 본문에서 농어의 색이 희다고 말
하고 있다. 어떻게 된 일일까? 가
만히 살펴보면 조명이나 보는
방향에 따라 농어의 색이 짙
게 느껴질 때가 있다. 이것
을 보고 우리 선조들은 검다
고 느꼈던 것 같다. 별로 검지 않은
감성돔을 흑돔, 묵돔이라 부르는 것
에서도 이를 짐작할 수 있다.*

　사람들은 왜 노어를 농어란 이름
으로 고쳐 부르게 된 것일까? 정
약용은 『아언각비』에서 당시 이
같은 현상이 꽤 보편적인 것이
었음을 밝히고 있다.

입이 크다.

아가미뚜껑은
엷고, 두 겹인
것처럼 보인다.

몸색깔은 희지만
검은 기가 돈다.

두 개의
등지느러미
사이가
떨어져 있다.

비늘이 잘다.

● 농어 *Lateolabrax japonicus* (Cuvier)

＊ 농어 사진을 찍을 때 배경에 노출을 맞추면
물고기가 노출 부족으로 검게 나오고, 물고기에 노출을
맞추면 노출 과다가 되어버리는데, 농어의 몸색깔이
생각보다 검기 때문에 나타나는 현상이다.

우리 나라에서는 리어鯉魚를 잉어[鯉늠魚], 부어鮒魚를 붕어[鮒늠魚], 노어鱸魚를 농어[鱸늠魚], 사어鯊魚를 상어[鯊늠魚]라고 말한다. 그 밖에도 숭어[秀늠魚], 뱅어[拜늠魚] 등 그렇지 않은 것이 없다.

원래 '어魚'는 중국에서 들어온 말이다. 그런데 이 말의 발음은 우리 나라의 '어' 발음과는 다르다. 우리 나라에서는 '어'의 'ㅇ'이 발음되지 않는 데 비해 중국 발음은 분명한 소리값을 가지기 때문이다. 'ㅇ'은 음절의 첫소리로 나올 때와 끝소리로 나올 때 발음이 다르다. '아야어여'라고 할 때의 'ㅇ'은 아무 소리도 내지 않지만, '강'이나 '방'이라고 할 때의 'ㅇ'은 소리를 낸다. 'ㅇ'이 첫소리에 나올 때는 발음을 해야 하는지 말아야 하는지 불분명하므로 예전에는 'ㅇ' 대신 소리값을 가진 'ㆁ'이라는 글자를 함께 사용했다. 첫소리에 'ㆁ'이 있으면 앞 글자에 받침이 없더라도 받침이 있는 것과 똑같은 효과를 낸다. '어'의 원말이 '어'라면 노어는 당연히 농어로 읽혀져야 할 것이다. 시간이 흘러 'ㆁ'이 없어지고 나자 글자 자체도 리어,* 부어, 노어에서 잉어, 붕어, 농어와 같은 형태로 변하게 되었다.

농어는 농에, 능에 등의 다른 이름으로 불리는 경우가 있다. 또한 크기에 따라 달리 불리기도 하는데, 앞에 나왔던 까지매기가 하나의 예이다. 이 밖에 옆구리에 검은 점이 있는 작은 농어를 껄떠기, 깔따구, 절떡이 등으로 부르는 곳이 많으며, 서유구의 『난호어목지』에서도 이와 비슷한 이름이 나온다. 다음은 갈다기어葛多岐魚에 대한 설명이다.

● 흑산 농어 흑산도는 농어 낚시터로도 유명하다. 해마다 농어철이 되면 루어(인조미끼) 낚시꾼들이 흑산도로 몰려든다.

* 리는 두음법칙에 의해 이가 되었다.

큰 입에 비늘은 잘고 흰 바탕에 검은 점이 있어서 농어와 매우 흡사하다. 그리고 길이는 3~4치 이하로 어떤 이는 농어 새끼라고도 하지만, 사실은 그 자체가 하나의 다른 종류이다.

서유구는 부정했지만 모양을 보면 갈다기어가 농어 새끼라는 사실은 분명해 보인다. 정약전은 농어 새끼를 부르는 이름으로 걸덕어와 보로어를 들었다. 걸덕어는 껄떠기, 깔따구, 갈다기, 절떡이와 같은 계통의 말이 분명하다. 그리고 보로어는 보로, 보농어, 포농어 등을 옮긴 말로 보이는데, 흑산 주민들의 말을 빌리면 이 이름들의 원형은 '봄에 잡힌 농어'란 뜻의 '본농에(봄농어)'일 가능성이 높다고 생각된다. 봄에 잡힌 농어는 아직 어려서 크기가 작으므로 농어 새끼라고도 말할 수 있기 때문이다. 장마통에 잡힌 커다란 농어를 '맛농에(마농어)'라고 부른다는 사실이 이 같은 추측을 뒷받침한다.

귀 달린 물고기

처음으로 입질이 왔다. 줄을 감아보니 조그만 쥐노래미가 한 마리 올라온다. 사진을 찍은 후 놓아주고 다시 낚시를 던졌는데, 던질 때마다 연이어 고만고만한 크기의 것들이 미끼를 물고 올라온다. 노래미와 쥐노래미는 우리나라 해안 어디에서나 살고 있는 흔한 물고기들이다. 해변 갯바위 근처에서 바닷물 속을 가만히 들여다보면 등지느러미에 검은 점이 박힌 새끼들이 물밑바닥이나 바위 표면을 부산하게 돌아다니면서 먹이를 찾고 있는 장면을 쉽게 발견할 수 있다.

노래미는 머리가 뾰족하고 약간 길쭉한 체형을 하고 있다. 황색을 띤 갈색 바탕의 몸체에는 암갈색의 불규칙한 얼룩무늬가 퍼져 있다. 노래미는 연안에 머물러 사는 정착성 물고기이며, 수심 5미터 이내의 해조류와 바위가 많은 연안에서 단독 생활을 한다. 산란기는 10월에서 1월로서 연안의 다소 얕은 곳의 해조류나 암초가 있는 곳에서 산란하며, 산란 후 수컷은 부화될 때까지 알을 보호한다. 새우나 게류 등 작은 갑각류와 갯지렁이류, 물고기

● **쥐노래미** 처음으로 입질이 왔다. 줄을 감아 보니 조그만 쥐노래미가 한 마리 올라온다. 사진을 찍은 후 놓아주고 다시 낚시를 던졌는데, 던질 때마다 연이어 고만고만한 크기의 것들이 미끼를 물고 올라온다.

의 치어 등을 먹는다.

　쥐노래미와 노래미는 매우 비슷하게 생겨서 사람들이 혼동하는 경우가 많다.* 두 종류를 구별하기 위해서는 옆줄과 꼬리지느러미를 보면 된다. 쥐노래미는 몸통에 5개의 옆줄을 가지지만 노래미는 하나의 옆줄을 갖는다. 그리고 쥐노래미의 꼬리지느러미가 안쪽으로 오목한 느낌이 드는 반면에 노래미는 밖으로 볼록하다.

　정약전은 노래미와 쥐노래미를 제대로 구별하고 있었던 것 같다.

[이어耳魚 속명 노남어老南魚]

　큰 놈은 두세 자 정도이다. 몸이 둥글고 길며 비늘은 잘다. 빛깔은 황색 혹은 황흑색이다. 머리에 파리 날개 같은 귀가 두 개 달려 있다. 맛이 담박하다. 돌 사이에 숨어 산다.

[서어鼠魚 속명 주노남走老南]

　모양이 노래미를 닮았지만, 머리가 약간 뾰족하다. 몸빛깔은 붉은색과 검은색이 서로 섞여 있다. 노래미처럼 머리에 귀가 있다. 푸르스름한 살은 매우 담박한 맛이 나는데, 비린 냄새가 심하다.

　물고기는 보통 봄에 알을 낳지만 노래미만은 가을에 산란한다.

---

* 낚시에 잡히는 노래미는 대부분 쥐노래미이지만 일반적으로 노래미로 통칭된다.

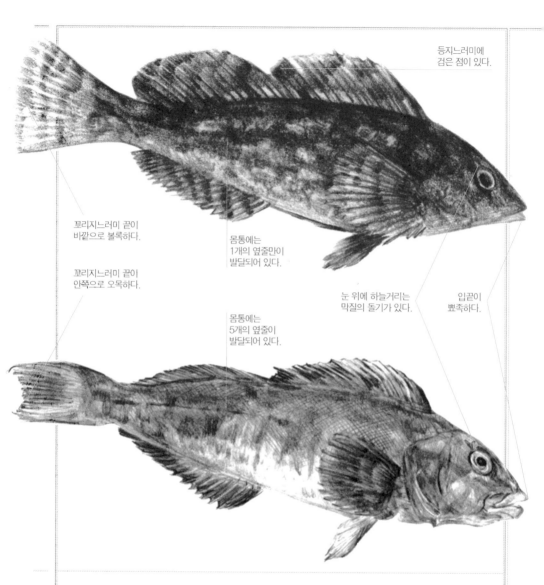

등지느러미에
검은 점이 있다.

꼬리지느러미 끝이
바깥으로 볼록하다.

몸통에는
1개의 옆줄만이
발달되어 있다.

꼬리지느러미 끝이
안쪽으로 오목하다.

눈 위에 하늘거리는
막질의 돌기가 있다.

입끝이
뾰족하다.

몸통에는
5개의 옆줄이
발달되어 있다.

● **노래미** *Hexagrammos agrammus* (Temminck et Schlegel)

● **쥐노래미** *Hexagrammos otakii* Jordan et Starks

　정약전은 노래미에 '이어', 즉 귀가 있는 물고기라는 이름을 붙였다. 그런데 물고기는 사람처럼 겉으로 드러나는 외이 부분이 없고 귓구멍조차도 뚫려 있지 않다. 정약전은 동물을 묘사할 때 상당히 사실적이고 정밀한 모습을 보였다. 귀가 달려 있다고 했으면 분명히 귀처럼 보이는 뭔가가 있었을 것이다. 노래미의 귀는 무엇을 말한 것일까? 횟집 수족관 속에서 헤엄치는 노래미의 모습을 가만히 들여다보면 눈 위쪽 부분에 아가미를 여닫을 때마다 하늘하늘 날리는 돌기를 발견할 수 있다. 아마 감각기능을 담당하는 기관인 것 같은데 정약전은 이것을 보고 귀라고 생각했던 것 같다.

● **노래미의 귀** 횟집 수족관 속에서 헤엄치는 노래미의 모습을 가만히 들여다보면 눈 위쪽 부분에 아가미를 여닫을 때마다 하늘하늘 날리는 돌기를 발견할 수 있다. 아마 감각기능을 담당하는 기관인 것 같은데 정약전은 이것을 보고 귀라고 생각했던 것 같다.

노래미라는 이름의 유래

곳에 따라 노래미를 놀래미, 놀래기라고 부르기도 한다. 그런데 이상하게도 흑산도에서는 노래미 대신 '볼락'이란 말을 많이 쓴다. 박도순 씨의 말에 의하면 원래 이 섬에서는 볼락이란 이름이 통용되고 있었다고 한다. 그러다가 어판장에서 거래를 할 때 표준명을 써야 할 필요가 생기게 되면서 노래미, 쥐노래미라는 말이 등장했다는 것이다. 박도순 씨는 노래미의 종류도 미역볼락과 참볼락으로 나누었다. 미역밭에서 나는 놈은 미역볼락, 돌 밑에서 나는 놈은 참볼락이라고 불렀다. 미역밭에서 자라는 놈은 미역과 비슷한 색을 띠고, 돌 밑에서 자라는 놈은 돌과 비슷한 색을 띠기 때문에 붙은 이름이라고 한다.

그러나 『현산어보』를 살펴보면 박도순 씨의 주장과는 달리 노래미와 쥐노래미가 흑산도에서 예로부터 전해 내려오는 이름임을 알 수 있다. 1800년대 이후의 어느 시점에서 볼락이란 이름이 들어온 것이다. 그렇다면 노래미라는 이름 자체는 애초에 어디로부터 유래한 것일까?

다음은 노래기라는 동물의 어원에 대해 언젠가 PC통신 동호회에 올린 글이다. 노래미의 유래에 대해서도 시사하는 바가 있을 것이다.

　다음은 노래기의 방언들입니다.
〈노내각시, 노내기, 노랑각시, 노래각시, 노래이, 노래지, 노루래기, 노리기, 뇌레기, 뇌르기, 뇌리기, 사내기, 사니기〉
　저는 처음 생각하신 노린내→노래기가 더 적합한 해석이라고 봅니다. 노래기의 가장 큰 특징은 역시 노래기가 뿜어내는 노린내인 것 같고 우리 조상님들도 이를 충분히 인식하고 계셨던 듯합니다. 가깝게는 집안 어른 분들이 하나같이 노래기를 내미(냄새) 나는 벌레라 부르고, 옛부터 내려오는 '노래기 회도 먹겠다'라는 말은 '냄새 나는 것을 먹을 수 있다', 따라서 비위가 아주 좋다는 뜻으로 사용됩니다. 이 밖에도 노래기란 말은 뭔가 더럽고 비위에 거슬리는 것을 표현할 때 자주 들어갑니다. 그렇다면 노내기, 노내각시를 어떻게 냄새와 연결시켜야 할까요?
　이것도 간단히 풀립니다. 노랗다를 예전에는 흔히 '노나(ㄴ)다'라고 쓰고 발음했던 것 같습니다. 노란 뭔가를 '노나…'라고 불렀던 것입니다. 게다가 ㅏ에서 ㅐ로 변하는 음운 변화는 매우 일반적인 현상이므로 노란 것을 노내기, 노내각시로 충분히 표현할 수 있었을 것입니다. 그런데 왜 갑자기 노린내에서

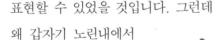

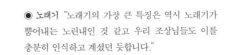

● 노래기 "노래기의 가장 큰 특징은 역시 노래기가 뿜어내는 노린내인 것 같고 우리 조상님들도 이를 충분히 인식하고 계셨던 듯합니다."

노랗다가 튀어나오느냐구요? 사실 노란색과 노린내는 매우 깊은 관계가 있습니다. 짐승의 배설물이든, 곤충이 뿜어내는 방어 물질이든, 식물에서 나오는 분비물이든, 냄새 나는 물질들 중 많은 것들이 노란색을 띠고 있습니다. 따라서 노란색은 좋지 않은 냄새를 낸다는 공식이 선조들의 머릿속에 각인되었을 것입니다. 노랑내와 노린내라는 말은 이 때문에 생긴 것 같습니다. 노랑각시, 노루각시가 노래기의 딴 이름이란 사실도 이해하시겠죠?

노래미라는 물고기가 있습니다. 이 물고기의 새끼를 노래기라고도 합니다. 그런데 이 물고기의 몸빛깔이 노란색을 띠고 있습니다. 동시에 어부들은 이 물고기가 노랑내를 낸다고 합니다. 노루라는 말은 노란 털가죽을 가진 동물이란 뜻으로 추측됩니다. 굳이 사향노루까지 들지 않더라도 노루는 독특한 냄새로 유명한 동물입니다. 더욱 재미있는 것은 복작노루라고도 부르는 고라니의 경우입니다. '고라'라는 말은 예전에 역시 노랗다는 뜻을 가지고 있었습니다. 털빛이 누런 말을 고라말이라고 부르는 것을 보면 이를 알 수 있습니다. 고라니 역시 노루와 같은 뜻을 가진 이름이 될 것입니다. 그런데 좋지 않은 냄새를 이야기할 때 흔히 고랑내, 고린내라는 말을 씁니다. 한때 어원 해석하는 이들 중에는 고린내를 고려취(고려인에게서 나는 냄새)로 해석하는 사람들도 있었지만, 역시 노린내와 같은 기원으로 보는 것이 합리적이겠죠?

향랑각시라는 이름도 역시 냄새를 가장 중요한 특징으로 본 것입니다.

각시는 무슨 뜻일까요? 님의 설명 중에 아주 인상적인 것이 있습니다.

"잠시 일손을 쉬다가 논둑에 걸터앉아 땅을 보니 기다란 벌레가 천천히 걸어가는데 손으로 툭 하고 건드리니, 이 녀석은 방어 수단으로 몸을 똘똘 감고 죽은 척을 합니다. 그렇게 수그러드는 모습이 불쌍한 애기의 모습, 또는 수줍은 각시의 모습을 연상케 했을 겁니다."

과연 위의 설명에 부합하는 노래기의 방언이 눈에 띕니다. 경상도 일원에서 쓰이는 고동각시, 고등각시라는 이름입니다. 고등의 가장 큰 특징 중 하나가 몸체가 껍질 안에 돌돌 말려 있는 것입니다. 물론 껍질도 마찬가지죠? 아, 그리고 사내기는 역시 명확하진 않지만 똥을 싼다, 냄새 나는 분비물을 낸다 쪽으로 해석해보는 것이 옳지 않을까 생각해봅니다.

하여튼 동물 이름 하나하나를 뜯어보면 먼 옛날 그 동물을 가만히 보고 있던 조상님들의 숨결이 느껴지는 것 같지 않습니까?

정약전은 본문에서 노래미의 빛깔이 황색이나 황흑색이라고 했다. 노래미는 이처럼 누런 체색을 특징 삼아 붙여진 이름일 가능성이 높다. 또한 윗글에서 언급한 바와 같이 노린내가 난다는 것도 노래미란 이름을 만드는 데 일조했을 것이다. 노래미의 살에서는 약간의 노린내가 난다. 실제로 흑산도 주민들 중에는 노린내가 난다고 해서 노래미를 먹지 않는 이들이 많다. 정약전 또한 노래미나 쥐노래미의 맛을 '담박하다', '매우 담박하다'라고 표현했다. 그러나 입맛은 늘 변하는 법이다. 요즘 사람들 중에는 노래미를 광

어나 농어보다도 높이 치는 이들이 많다. 더욱이 자연
산으로 얼마 잡히지 않는 노래미는 여러 어종 중에서
도 귀한 횟감으로 분류된다.

정약전은 쥐노래미를 주노남어로 표기했다. 이것은
쥐노래미의 음을 한자로 옮긴 것이 분명하다. 쥐노래
미는 쥐를 닮은 노래미라는 뜻으로 풀이할 수 있는데,
대체 이 물고기의 어떤 특징이 쥐를 닮았다는 것일
까? 정약전은 쥐노래미를 노래미와 구별하면서 머리
가 약간 뾰족하다는 표현을 썼다. 이것이 단서가 될
수 있을 것 같다. 대부분의 경우 머리가 동물의 모습

● 임연수어 임연수어는 전
체적인 몸 형태가 노래미나
쥐노래미와 닮았지만, 이들
과는 달리 꼬리지느러미 끝
이 깊게 갈라져 있다는 것
이 중요한 차이점이다.

● 쥐치 얼굴이 길쭉한 사람
을 말에 비유하고, 코가 납
작한 사람을 돼지에 비유하
듯 입이 튀어나온 사람을 쥐
에 비유하는 것도 전통적인
관습이다. 무엇보다도 똑같
이 주둥이가 뾰족한 물고기
들인 쥐치나 쥐돔의 이름이
이러한 추측을 뒷받침한다.

● 임연수어 *Pleurogrammus azonus* Jordan et Metz

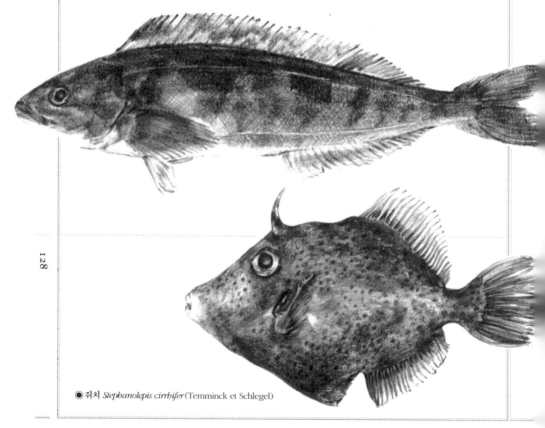

● 쥐치 *Stephanolepis cirrhifer* (Temminck et Schlegel)

을 결정짓는 가장 중요한 요소가 되며, 머리의 중심을 차지하는 것이 바로 주둥이다. 돼지의 특징이 뭉툭한 주둥이인 것처럼 쥐의 특징은 뾰족한 주둥이다. 얼굴이 길쭉한 사람을 말에 비유하고, 코가 납작한 사람을 돼지에 비유하듯 입이 튀어나온 사람을 쥐에 비유하는 것도 전통적인 관습이다. 무엇보다도 똑같이 주둥이가 뾰족한 물고기들인 쥐치나 쥐돔의 이름이 이러한 추측을 뒷받침한다.

노래미나 쥐노래미와 착각하기 쉬운 물고기가 또 한 종 있다. 이면수라는 이름으로 잘 알려져 있는 임연수어가 그 주인공이다. 임연수어는 전체적인 몸 형태가 노래미나 쥐노래미와 닮았지만, 이들과는 달리 꼬리지느러미 끝이 깊게 갈라져 있다는 것이 중요한 차이점이다.

임연수어는 그 이름의 유래가 독특하다. 옛날에 임연수라는 사람이 살고 있었는데, 이 사람이 잘 낚는 물고기라고 해서 임연수어라는 이름이 붙었다는 것이다. 명태를 명천에 사는 태서방이 잘 잡았던 물고기라고 설명하는 것과 같은 방식이다. 민간어원설 중에는 이처럼 사람의 이름을 빗대어 어원을 설명하려는 것들이 많다. 비교적 간단하게 그럴듯한 이야기를 꾸며낼 수 있었기 때문이리라.

장대와 승대

이번에는 낚시를 조금 멀리까지 던져보았다. 복어가 몇 마리 걸려들다가 입질이 뜸하길래 던진 다음에 조금씩 릴을 감아보았다. 포구의 바닥은 거의 모래여서 밑걸림이 전혀 없었다. 얼마간 감았나 싶자 후두둑 다시 입질이 왔다. 이번에는 이상하게 생긴 녀석이 올라왔다. 이놈은 마치 망둑어를 위에서 납작하게 눌러놓은 것 같은 몸꼴을 하고 있었다. 돛양태였다.

돛양태는 등지느러미가 돛처럼 높게 펼쳐져 있다고 해서 붙은 이름이다. 그러나 이는 분류학자들이 사용하는 이름일 뿐 일반인들은 낭태나 장대라고 부르는 경우가 많다.* 『현산어보』에도 장대라는 이름이 등장한다.

[회익어灰翼魚 속명 장대어將帶魚]

크기는 한 자 남짓하다. 모양은 승대어를 닮았다. 머리와 뼈는 약간 편평하고 길다. 몸체와 가슴지느러미는 황흑색이다. 청익어보다는 크기가 다소 작다.

---

* 돛양태류와 양태류 중 몇 종을 통틀어서 장대라고 부른다. 사리 마을에서도 이들을 따로 구별하지 않고 모두 장대라는 이름으로 부르고 있었다.

정약전은 장대어를 승대어에 빗대어 설명하고 있다. 따라서 장대어의 정체를 규명하기 위해서는 먼저 승대어 항목을 살펴보아야 한다.

[청익어靑翼魚 속명 승대어僧帶魚]
큰 놈은 두 자 정도이다. 목이 매우 크고 모두 뼈로 되어 있으며, 머리뼈에는 살이 없다. 몸은 둥글다. 입가에 새파란 수염이 두 개 달려 있다. 등은 붉다. 옆구리에는 부채만 한 날개가 있는데, 접었다 폈다 할 수 있으며 푸르고 매우 선명하다. 맛이 달다.

승대가 어떤 어종인지 추측하는 일은 전혀 어렵지 않았다. '성대' 라는 거의 같은 이름을 가진 종을 알고 있었고, 지금도 성대를 승대라 부르는 곳이 많다는 사실을 이미 확인했기 때문이다. 사리에서도 성대가 잡히고 있었다.
"우리는 씬대라고 부르지라. 주낙에 잡어로 올라오는데 요새는 잘 안 잡혀요."
성대는 모든 점에서 정약전의 설명과 잘 부합한다. 특히 성대의 넓은 가슴지느러미는 부채처럼 생긴 데다 선명한 푸른빛이 감돌고 있어 청익어라는 이름과 잘 어울린다. 정약전은 성대의 등을 붉다고 묘사했다. 성대는 살아 있을 때 보라색과 회색이 섞인 듯한 색깔을 띠고 있지만, 죽으면 곧 고운 진분홍색으로 변하여 '등이 붉다' 고 표현할 수 있게 된다.
성대는 다른 물고기에 비하여 단단하고 각진 머리를 가지고 있어 갑두어甲頭魚라는 이름으로 불린다. 생선을 좋아하는 고양이가 성대 대가리를 물어

● 돛양태 얼마간 감았나 싶자 후두둑 다시 입질이 왔다. 이번에는 이상하게 생긴 녀석이 올라왔다. 이놈은 마치 망둑어를 위에서 납작하게 눌러 놓은 것 같은 몸꼴을 하고 있었다. 돛양태였다.

머리는 크고
매우 단단하다.

가슴지느러미 밑에
3개의 길고 두꺼운
지느러미살이 있다.
성대는 이것을
손이나 발처럼 움직여
물 밑바닥을 걸어다니면서
먹이를 찾는다.

커다란 가슴지느러미는
접었다 폈다 할 수 있는 부채처럼 생겼으며,
선명한 푸른빛이 감돌고 있다.

다놓고 단단해서 먹지도 못하고 한숨만 쉰다는 이야기도 전해온다. 정약전이 목이 모두 뼈로 되어 있다거나 살이 없다고 표현한 것도 이 때문이다.

성대의 몸꼴은 모래무지를 연상케 하는 바가 있다. 눈은 머리 윗부분에 있고, 배 쪽은 편평하여 앉기 쉽다. 성대는 수심 20~80미터의 상당히 깊은 모랫바닥에서 활동하기 때문에 모래무지와 비슷한 체형을 발달시키게 된 것이다. 성대가 움직일 때는 큰 가슴지느러미를 활짝 펴고 물속을 미끄러지듯이 나아간다. 가슴지느러미의 밑부분에는 3개의 길고 두꺼운 지느러미살이 있다. 성대는 이것을 손이나 발처럼 교묘하게 움직여 해저의 모래 위를

● 성대 Chelidonichthys spinosus (M'Clelland)

걸어다니고 바닥을 파기도 한다. 또한 지느러미살의 끝에는 화학물질을 민감하게 감지할 수 있는 부위가 있어 먹이가 숨어 있는 위치를 정확히 찾아낼 수 있다.

성대는 소리를 내는 물고기다. 개구리가 우는 것 같은 소리를 크게 내지른다. 성대의 복강은 크고 위는 주머니 모양으로 두꺼운데, 크고 튼튼한 근육으로 이것을 움직여 소리를 낸다. 그래서 성대가 울 때 가슴 부위에 손을 대어 보면 강한 진동을 느낄 수 있다. 해질 무렵부터 한밤중에 걸쳐 큰 소리를 내는데, 활어망에 많이 넣어두면 시끄러워서 잠을 잘 수 없을 정도라고 한다. 이러한 소리는 같은 종끼리 의사를 전달하기 위해 내는 것이라고 알려져 있다. 영어권에서는 성대를 불평, 불만을 의미하는 Gunard라고 부르는데, 이 이름은 시끄럽게 떠드는 모습 때문에 붙여진 것으로 생각된다.

성대는 그리 흔한 물고기가 아니고 경제성이 있는 어종도 아니다. 고서에서 성대라는 이름을 찾아보기 힘든 것도 이 때문이다. 『동국여지승람』, 『산림경세』 등 물고기와 관련된 내용을 싣고 있는 대부분의 책들은 궁궐에 진상하거나 경제성이 있는 물고기들만 기록하고 있다. 『현산어보』는 이런 점에서 특별히 중요한 가치가 있다. 정약전은 이 책에서 경제어종뿐만 아니라 성대를 포함하여 흑산 근해에서 관찰할 수 있는 거의 모든 어종을 다루고 있다. 그리고 우리는 이를 통해 옛사람들이 다양한 물고기들을 어떻게 이해하고 일상 생활에 활용하고 있었는지에 대해 알 수 있게 되는 것이다.

● 해변에 떠밀려온 성대
성대는 살아 있을 때 보라색과 회색이 섞인 듯한 색깔을 띠고 있지만, 죽으면 곧 고운 진분홍색으로 변하여 '등이 붉다'고 표현할 수 있게 된다.

장대 머리는
며느리나 줘라

정약전은 회익어가 승대어를 닮았다고 했다. 그렇다면 회익어가 성대와 가까운 종류일 가능성이 많아진다.*

정문기의 『한국어도보』와 정석조의 『상해 자산어보』에서는 성대과에 속하는 꼬마달재를 회익어로 추측하고 있다. 꼬마달재는 성대와 겉모습이 매우 비슷하다. 이름에서도 성대와의 유사성을 확인할 수 있다. 달재는 달갱이와 가까운 말이다. 가슴 밑에 철사 같은 지느러미 줄기가 달려 있다고 해서, 혹은 '달강달강' 하는 울음소리를 낸다고 해서 붙여진 이름으로 보인다. 그러나 성대와 비슷하다는 점만으로 꼬마달재를 회익어라고 판단할 수는 없다. 정약전은 회익어의 머리와 뼈가 약간 편평하고 길다고 했는데, 꼬마달재는 이러한 설명과는 달리 오히려 성대보다 몸이 더 높기 때문이다.

역시 회익어는 사람들 사이에서 장대라는 이름으로 흔히 불리는 양태일 가능성이 높다고 생각된다. 우선 양태는 머리와 몸통이 납작하다. 또한 몸체와 가슴지느러미가 성대처럼 화려하지 않고 칙칙한 색이므로 "몸체와 가슴

* 성대는 쏨뱅이목 성대과 성대속의 물고기로 우리 나라에서 이 과에 속하는 종으로는 성대와 함께 밑성대, 쌍뿔달재, 가시달갱이 등 모두 7종이 알려져 있다.

지느러미는 황흑색이다"라고 한 본문의 표현과 잘 맞아떨어진다. 양태의 몸
빛깔은 등 쪽이 암갈색을 띠고 있으므로 '황흑색' 이라고도 볼 수 있다.

　'구시월 장대' 라는 말이 있다. 제철의 양태는 맛이 뛰어나기로 유명하다.
국이나 찜으로 요리하면 상당히 좋은 맛을 내며, 구이나 회로도 좋다. 지리
로 먹으면 복지리 다음으로 맛이 뛰어나다고 한다. 그러나 양태는 대중적으
로 크게 인기 있는 물고기는 아니었다. 오히려 걸핏하면 천대받기 일쑤였는
데, 심지어 양태를 먹으면 눈에 병이 난다는 중상모략까지 생겨날 정도였
다. 양태가 이토록 천대받은 이유는 무엇일까? 우선 양태의 생김새가 그리
식욕을 돋우지 못하는 것이 사실이다. 조그만 눈에 비해 지나치게 커다랗고
납작하게 눌려 있는 머리가 징그러워 보인다. 어두일미라는 말도 있지만 양

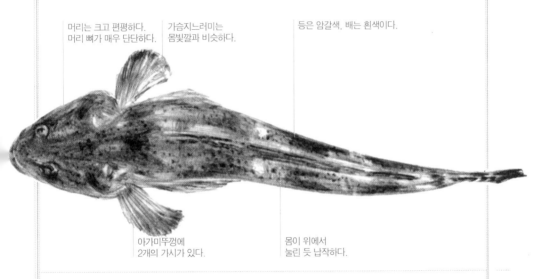

머리는 크고 편평하다.
머리 뼈가 매우 단단하다.

가슴지느러미는
몸빛깔과 비슷하다.

등은 암갈색, 배는 흰색이다.

아가미뚜껑에
2개의 가시가 있다.

몸이 위에서
눌린 듯 납작하다.

● 양태 *Platycephalus indicus* (Linnaeus)

태의 머리에는 먹을 만한 살이 없어 '장대 대가리는 개도 안 물어간다', '장대 머리는 며느리나 줘라'라는 말까지 생겨났다. 수가 많고 억세기까지 한 가시는 성가시기 짝이 없다. 먹기도 귀찮은 데다 조심성 없이 먹다가 자칫 목에 걸리기라도 하면 톡톡히 고생을 하게 된다.

　이제 양태가 회익어라는 사실이 굳어진 것처럼 보인다. 그러나 아직 결론을 내리기엔 이르다. 양태는 50센티미터 이상까지 상당히 크게 자라는 물고기다. 그런데 정약전은 본문에서 회익어의 크기를 한 자 남짓인 데다 성대보다 작다고 밝혔다. 정약전이 양태의 새끼만 보았다고 생각할 수도 있지만, 조금 전에 낚았던 돛양태를 회익어로 보았을 가능성도 무시할 수 없는 이유가 여기에 있다.

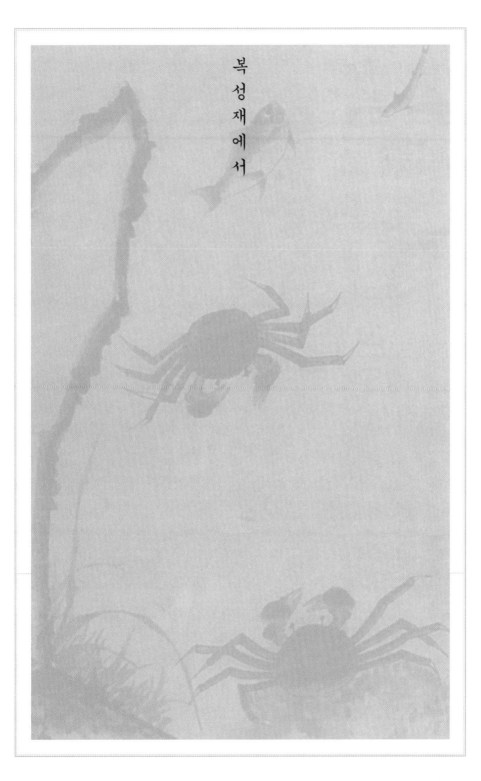

복성재에서

모래미 마을에,
서당을 세운 뜻

계속해서 같은 어종만 올라오기에 낚시를 접었다. 집에 낚시 채비를 갖다 놓고 복성재를 찾아나섰다. 큰 길을 따라가다 보니 산으로 향해 있는 조그만 골목길이 나타났다. 멀리 언덕 위쪽으로 성당이 보이고 복성재로 생각되는 초가 건물이 눈에 띈다. 복성재는 정약전이 유배·생활 중 마을 아이들에게 글을 가르치던 서당이었고, 숙식을 하며 머무르던 장소이기도 했다. 지금의 복성재 건물은 오래 전에 소실되어 터만 남아 있던 것을 최근 신안군에서 복원한 것이다.

비탈진 언덕길을 땀을 뻘뻘 흘리며 올라갔다. 복성재를 찾는 이들이 많느냐는 질문에 박도순 씨가 실망스러운 어투로 내던진 한마디가 떠오른다.

"학생들은 가끔 관심을 가지고 와요. 처

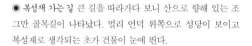

● 복성재 가는 길 큰 길을 따라가다 보니 산으로 향해 있는 조그만 골목길이 나타났다. 멀리 언덕 위쪽으로 성당이 보이고 복성재로 생각되는 초가 건물이 눈에 띈다.

음에는 2미터 50 폭으로 차가 다닐 수 있게끔 구상을 했는데…"

복성재의 전경이 눈에 들어왔다. 지붕에 얹힌 초가도 깨끗했고 정성스레 쌓아둔 돌담이며 투박한 나무문에도 공을 들인 흔적이 역력했다. 다만 원래의 복성재 건물이 과연 이렇게 위풍당당한 모양이었을까 의문이 들기도 한다. 마을의 공공시설인 서당이라고는 해도 귀양온 처지에, 그것도 당시 비주류의 일파로 해배의 희망조차 보이지 않는 상황에서 머물렀던 공간인데 너무 거창하지 않나 싶은 느낌이 든다. 세월이 흘러 돌담엔 이끼가 끼고 회칠을 해놓은 벽에 아이들의 손때가 묻어난다면 나아질 것 같다.

대문을 들어서니 푸드득 소리와 함께 멧비둘기 몇 마리가 날아오른다. 사람의 출입이 잦지 않다는 뜻이리라. 오른쪽에 사랑채가 보이고 또 한 층 계단 위에는 본채가 자리하고 있었다. '사촌서당' 까만 목판에 새겨진 하얀 글씨가 눈에 띄었다. 그 옆으로는 '다산 정약용 서'라는 글씨가 씌어 있었

다. 가슴이 심하게 고동쳐왔다. 마침내 여기까지 왔다. 정약전이 섬마을 아이들을 가르쳤던 곳, 먼 산을 바라보며 외로움을 곱씹었던 곳, 자신의 가족과 동생으로부터 온 편지를 받아들고 눈물을 글썽였던 곳, 그리고 이 모든 고난과 설움을 딛고 『현산어보』를 써 내려가던 곳이 바로 이곳 복성재였다.

● **복성재와 현판** 지금의 복성재 건물은 오래 전에 소실되어 터만 남아 있던 것을 최근 신안군에서 복원한 것이다.
오른쪽에 사랑채가 보이고 또 한 층 계단 위에는 본채가 자리잡고 있다.

　그러나 마루에 앉아 그의 모습을 그려보려던 기분은 이내 착잡하게 가라앉고 말았다. 마루에는 비둘기똥이 가득했고 방안에는 때 지난 신문들만이 을씨년스럽게 쌓여 있었다. 마당에는 바랭이며, 쇠비름 같은 잡초들이 무성했다. 예나 지금이나 정약전의 처지는 외롭기 그지없다. 한숨이 흘러나왔다.

　마루에 신문지를 깔고 앉아 가만히 담 너머 풍경을 바라보았다. 매미소리, 새소리, 파도소리만이 대기 중을 떠돌고 있었다. 언제 다시 날아왔는지 멧비둘기가 겁도 없이 앞마당을 돌아다닌다. 느긋하게 걸어다니는 품이 집비둘기 같다. 덕분에 건물 곳곳이 새똥으로 뒤덮이게 되었지만, 그나마 인적 없는 빈터에 생명력을 느끼게 해주는 것도 이놈들이다. 온몸이 새파란 깃털로 덮여 있는 바다직박구리 수컷 한 마리가 처마 그늘 밑에 내려앉았다. 기지개를 켜고 하품을 하는 품이 전혀 사람을 경계하는 눈치가 아니다. 녀석의 몇 대째 조상을 거슬러 올라가면 정약전 선생과 눈을 마주친 할아버지 새가 있었을지 모르겠다. 한참 동안 호기심 가득한 눈망울로 이쪽을 바라보더니 어느 순간 골짜기 사이로 날아가버린다. 초가처럼 느릿한 산 능선이 마음을 편안하게 만든다. 마룻바닥에 몸을 뉘었다. 잠자리의 날갯짓 소리가 들릴 정도로 고요한 적막에 싸여 편안한 잠 속으로 빠져들었다.

　정약전이 궁벽하고 외딴 섬마을에 서당을 세운 뜻은 무엇일까? 흑산도에서 유배 생활을 보낸 최익현의 『면암집勉庵集』을 보면 당시 정약전이 처한 상황을 어느 정도 짐작할 수 있다.

● 퇴락한 복성재 마루에는 비둘기똥이 가득하고 방안에는 때 지난 신문들만이 을씨년스럽게 쌓여 있었다. 마당에는 바랭이며, 쇠비름 같은 잡초들이 무성했다.

대흑산도, 소흑산도는 본디 귀양살이하는 사람에게 지공하는 사제가 없고 대부분 자비로 하였다. 양식 걱정이 아주 심하므로 부득이 글방 스승이 되어 먹고 살 밑천으로 삼으려 했는데, 책을 끼고 와 배우기를 청하는 자가 10여 인이 되었다. 아침에는 배우고 저녁에는 복습하여 글 읽는 소리가 들려오니 귀양살이의 심회를 달래는 것이 소흑산도*보다는 조금 나았다.

제자를 가르치며 귀양살이의 쓸쓸함을 달래기도 했지만, 또 한편으로는 서당 일 자체가 중요한 생계수단이 되기도 했던 것이다. 이는 최익현이 1877년과 1878년 아들에게 보낸 편지에서도 잘 드러난다.

이제부터는 밥 먹는 것은 걱정이 없을 뿐더러 일 없이 먹는 것과는 차이가 있으니 세상 일을 측량하기 어려움이 이와 같다.

만일 이 섬의 고기잡이와 농사가 실패하면 여러 아이들이 흩어질 염려가 있으니 정말 이렇게 되면 또 마땅히 다른 대책이 있어야 할 터이니 형편을 보아야 할 것이다. 움직이고 안 움직이는 것은 다만 내 한 몸뿐이니 큰 병만 없으면 그다지 걱정할 것은 없을 것이다.

밥 한 끼 걱정이 대단했을 정도로 고달팠던 섬 생활이 머릿속에 그려진

● 복성재 마루에 앉아 바라본 풍경 초가처럼 느릿한 산능선이 마음을 편안하게 만든다. 마룻바닥에 몸을 뉘었다. 잠자리의 날갯짓 소리가 들릴 정도로 고요한 적막에 싸여 편안한 잠 속으로 빠져들었다.

* 우이도를 말한다.

다. 그러나 최익현도 마찬가지였겠지만 정약전이 복성재를 세운 이유가 한가하거나 생존을 위해서였던 것만은 아니었다. 정약전의 부탁으로 정약용이 지어 보낸 「사촌서당기」에는 두 사람의 교육관과 섬마을 아이들을 훌륭히 키워보겠다는 의지가 잘 나타나 있다.

누에 기르는 농가에는 여러 개의 잠박(누에 채반)이 있다. 대규모로 누에를 치는 집은 온 집안에 가득 차게 잠박을 둘러놓고, 작게 치는 집은 방의 4분의 1쯤 되게 잠박을 놓아둔다. 어떤 집은 방 하나를 우물 정井자 모양으로 나누어 그 한구석에 시집올 때 가지고 온 폐백상자를 사용해서 누에를 기르면서도 여유 있는 태도를 보인다. 지나가며 보는 사람들은 많이 기르는 집을 부러워하고 폐백상자에 기르는 집을 비웃지만, 지혜 있는 부인이 잘 자란 뽕잎을 구해서 제대로 기르면 누에는 어김없이 세 잠 잔 후 성숙하여 실을 토해 누에고치를 만든다. 여기에서 뽑아낸 명주실은 많이 기른 농가의 누에고치와 다를 바 없다.

그렇다. 어찌 누에뿐이겠는가. 온 세상이 모두 잠박이다. 조물주가 여러 섬에 사람들을 나누어놓은 것이 누에 기르는 아낙네가 여러 개의 잠박에 누에를 나누어놓은 것과 똑같다. 우리 인간은 섬을 잠박으로 여기며 살아간다. 큰 섬은 중국이나 인도가 되고 작은 섬은 일본이나 유구(오키나와)가 되고 아주 작은 섬은 추자도, 흑산도, 홍도, 가거도가 된다. 지나가며 보는 사람들이 큰 섬을 부러워하고 작은 섬을 비웃는 것은 잠박의 비유와

◉옛 서당 풍경 "내 형님 손암 선생이 흑산도 귀양살이 하신 지 7년이 되었는데, 대여섯 명의 아이들이 따르며 사서와 역사를 배우게 되었다."

같다. 학문이 넓고 덕망 있는 큰 학자가 있어 옛 서책을 충분히 구해놓고 법대로 가르치고 올바른 길로 인도하며, 글 짓는 것과 세상 다스리는 학문을 닦아 몸에 덕을 쌓고 과거에 급제하게 한다면 작은 섬 사람들이 큰 섬에 사는 사람들과 결코 다를 바 없을 것이다.

내 형님 손암 선생이 흑산도 귀양살이 하신 지 7년이 되었는데, 대여섯 명의 아이들이 따르며 사서와 역사를 배우게 되었다. 초가 두서너 칸을 지어 사촌서실이라 이름 짓고 내게 서당기를 지으라 하시기에 누에 채반을 비유로 들어 이곳에서 글을 배우는 아이들을 깨우쳐준다.

1807년 여름

이 글은 외딴 섬 궁벽한 처지에 있는 섬마을 아이들에게 좋은 스승의 지도 아래 열심히 노력하면 훌륭한 사람이 될 수 있으리라는 희망의 메시지를 전해준다. 그리고 그 스승의 역할을 맡은 정약전의 의지도 함께 드러나 있다.

백세의 스승,
이익

정약전은 훌륭한 스승이 한 사람의 인생을 얼마나 크게 바꿀 수 있는지에 대해 누구보다도 잘 알고 있었을 것이다. 그 자신이 큰 스승들의 영향을 받으며 성장해왔기 때문이다. 정약전·정약용 형제는 한 번도 본 적이 없는 성호 이익을 평생의 스승으로 모셨다. 이익에게서 직접 배울 수는 없었지만* 그의 책을 접하며 학문에 눈을 떴고, 이익의 수제자라고 할 수 있는 녹암 권철신의 문하에서 그의 학통을 이어받았다. 이익은 이들에게 우상과도 같은 존재였다. 정약용의 다음 시는 이익에 대한 형제의 존경이 어느 정도였는지를 잘 보여준다.

학문이 넓으신 성호 선생을
백세의 스승으로 따르려 하네
등림이 우거지면 열매가 많고
큰 나무도 울창하면 가지가 많다네

● 이익의 초상화 정약전·정약용 형제는 한 번도 본 적이 없는 성호 이익을 평생의 스승으로 모셨다.

* 이익이 사망할 당시 정약전은 여섯 살의 소년이었다.

강하는 자리에선 그 모습 준엄하고
투호할 때도 예법이 지극히 밝아라
고고한 그 풍모에 속인들은 놀랐지만
무리 속에 섞였으니 이 일 어찌할거나

정약용은 귀양살이 10년이 넘어 50대의 초로가 된 상황에서도 흑산도의
정약전에게 편지를 보내면서 간절하게 스승에 대한 그리움을 전하고 있다.

성호 선생의 문자는 거의 100권에 가깝습니다. 생각해보면 우리들이 하
늘과 땅의 큼과, 해와 달의 밝음을 알 수 있었던 것은 모두 선생님의 힘이
었습니다. 그분의 문자를 정리하고 교정하여 책으로 만드는 책임이 저에
게 있는데, 제 몸은 이미 귀양에서 풀릴 길이 없는 데다 그분의 후손 후량
은 서로 연락하기도 좋아하지 않으니 장차 어찌할까요.

하늘과 땅의 큼과 해와 달의 밝음이란 우주 삼라만상에 대한 지식을 상징
한다. 이익은 박학다식한 것으로 유명했다. 그의 저서 『성호사설星湖僿說』에
는 세상만물의 이치에 통달한 것 같은 그의 면모가 잘 나타나 있다. 정약
전·정약용 형제는 이익이 남긴 글을 통해 지식의 자양분을 맘껏 빨아들일
수 있었다. 이들 형제가 다양한 분야에 대해 관심을 기울이게 된 것도 이익
의 영향에 기인한 바 클 것이다.

●『성호사설』 이 책에는 세상만물의 이치에 통달한 것 같은 그의 면모가 잘 나타
나 있다. 정약전·정약용 형제는 이익이 남긴 글을 통해 지식의 자양분을 맘껏
빨아들일 수 있었다.

조선 후기에는 박학다식을 중시하는 분위기가 팽배해 있었다. 이수광이 『지봉유설』에서 성리학에 한정되지 않은 박학의 중요성을 설파한 이후 그의 백과사전식 박학의 방법은 후세의 학자들에게 큰 영향을 끼쳤다. 유형원, 박세당, 이익, 안정복, 홍대용, 박지원, 박제가, 정약용, 김정희, 최한기 등 내로라하는 조선 후기의 학자들이 하나같이 박학적 태도를 보였고, 『반계수록磻溪隧錄』, 『성호사설』, 『잡동산이雜同散異』, 『오주연문장전산고五洲衍文長箋散稿』 등 백과사전의 형식을 갖춘 저서들이 쏟아져 나왔다. 그중에서도 이익의 『성호사설』은 독보적인 것이었으며, 후대의 많은 학자들에게 가장 큰 영향을 미친 책이었다.

『성호사설』은 이익이 나이 40이 가까워질 때부터 평생을 두고 나름대로 깨친 학문, 사물의 이치와 제자들과의 문답을 메모한 것을 모아 책으로 엮은 것이다. 그러나 그 내용은 개인 잡기장의 수준을 훨씬 능가한다. 이익의 학문은 범위가 넓고도 깊었다. 중국의 전통적인 학술과 사상, 한국의 전통적인 문화, 그리고 서양의 새로운 학문까지를 널리 섭렵하고 탐구했다. 당시의 일반적인 선비로서는 차마 다루기를 꺼려 했던 속된 민속까지도 서슴지 않고 학문의 대상으로 삼았다. 발달된 서양의 과학 기술과 천주교를 소개하기도 했다. 또 이 책에는 신분제와 토지제를 비판하고 당파를 떠나 옳은 것만을 추구했던 이익의 개혁적인 정치 성향이 잘 드러나 있다.

정약용은 이익을 존경했지만 『성호사설』에 대해서는 다소 비판적인 견해를 보였다.

◉ 『지봉유설』 이수광이 이 책에서 성리학에 한정되지 않은 박학의 중요성을 설파한 이후 그의 백과사전식 박학의 방법은 후세의 학자들에게 큰 영향을 끼쳤다.

나는 일찍이 『성호사설』은 후세에 전할 만한 올바른 책이 되지 못한다
고 말한 적이 있는데, 그 이유는 옛사람이 만들어 놓은 글과 자신의 의논
을 뒤섞어서 책을 만들었으므로 올바른 의례가 될 수 없기 때문이다.

정약전이 『해족도설』을 쓰려고 할 때 보냈던 편지의 내용에서도 나타났듯
정약용은 목적성이 뚜렷하고 체계적인 저술을 이상적인 것으로 보았다. 그
의 눈에 『성호사설』은 너무나 잡다한 내용들을 다루고 있었다. 그러나 백과
사전적인 지식 추구는 이미 시대의 조류였다. 성리학만이 절대적인 중요성
을 가지던 시대에서 벗어나 다양한 지식과 학문을 배워서 활용하고자 하는
욕구가 일어나고 있었다. 이러한 조류 속에서 『성호사설』은 정약전과 정약
용을 포함한 후배 학자들이 다른 학문의 가치를 깊이 인식하도록 하는 데
중요한 역할을 하게 된다.

정약전이 어보를 기획하게 된 배경에도 이익의 그림자가 드리워 있었을
가능성이 높다. 이익은 『성호사설』에서 생물에 대한 다양한 경험과 식견을
보인 바 있다. 정약전은 스승의 책에서 보았던 생물들을 흑산도에서 직접
만나게 된다. 자신이 그토록 존경하던 이가 관심을 보였던 생물들은 그에게
특별한 의미로 다가왔고, 강렬한 호기심과 탐구열을 불러일으켰을 것이다.
정약전이 지금껏 누구도 손 대지 않은 새로운 분야에 주저함 없이 뛰어들
수 있었던 것은 이익과 같은 선배 학자들의 선구적 업적이 있었기에 가능했
던 것이다.

● 『반계수록』 반계 유형원이 토지 · 조세 · 교육 · 과거 · 관리 임용 · 군사 · 행정 등
국정 전반에 걸친 자신의 개혁안을 방대한 규모로 제시한 책. 후대의 실학자들에게
큰 영향을 미쳤다.

『성호사설』과
『백과전서』

『성호사설』이 완성될 무렵 유럽에는 폭풍 전야의 기운이 감돌고 있었다. 합리적인 사고를 중요시하는 계몽주의 사상가들이 새로운 시대를 위해 부산한 움직임을 보이고 있었다. 계몽사상가들은 종교와 철학보다 현실 세계에 큰 가치를 부여했다. 형이상학적인 허상보다는 인간과 자연에 대한 실질적인 이해를 추구했다. 현실에 대한 깊은 관심은 사회에 만연한 부조리를 비판하고 새로운 세상을 창조하려는 개혁정신으로 발전했다. 계몽사상가들은 이성의 힘으로 인간의 어리석음과 사회의 모순을 없애고 합리적인 사회를 이룰 수 있다고 생각했다.

이러한 시대의 흐름을 가장 잘 반영한 것이 디드로와 달랑베르 등을 중심으로 시작된 『백과전서』 편찬 운동이었다. 『백과전서』는 당시의 학문과 기술을 집대성하려는 대규모 출판사업이었다. 편찬자들이 거의 계몽사상가였기에 이 책은 새로운 이념을 반영하고 있었다. 이들은 인간이 중심이 되어 모든 것을 합리적으로 바라볼 수 있는 관점을 제공하고자 노력했고, 그동안

맹목적으로 받아들여왔던 모든 것들을 의심하고 재검토하여 책 속에 담는 작업을 계속했다.

『백과전서』는 실생활과 관계있는 산업과 경제, 과학 기술에 많은 지면을 할애했으며, 사유재산의 보호와 증대를 강조하고 자유로운 경제 활동을 권장하는 내용을 담고 있었다. 이러한 경향은 시민이라는 새로운 세력의 등장을 의미하는 것이었고, 『백과전서』는 모든 면에서 새로운 계층의 요구에 부합했다. 일부 귀족이나 특권층만이 향유했던 교양은 이제 상공업의 발달을 통해 새로운 세력으로 등장한 시민의 것이 되었다. 이들은 책의 편찬에 직접 관여하기도 했다. 계몽사상가들뿐만 아니라 자신의 일에 대해 전문적인 지식을 가진 의사, 군인, 예술가, 장인, 사업가, 변호사들에서부터 노동자, 소시민층에 이르기까지 사회의 거의 모든 계층이 『백과전서』의 출판에 참여했다.

『백과전서』는 전통과 권위에 대하여 비판적인 태도를 취했기 때문에 집권층은 끊임없이 관계자들을 탄압했다. 그러나 편집장이 체포되고 몇 번씩이나 발행과 출판이 금지되는 위기를 겪으면서도 결국 1772년 『백과전서』는 완간되었다. 그리고 이 책은 철학의 세기, 계몽의 세기라고 일컬어지는 18세기의 지적 혁명을 일으키는 데 결정적인 역할을 했고, 프랑스 대혁명의 사상적 배경이 되었다.

동양에서도 백과사전을 편찬하려는 시도가 오래 전부터 있어왔다. 중국은 다양하고 방대한 내용을 담은 백과사전들을 편찬했고, 우리 나라에서도

● 디드로와 달랑베르 계몽사상가들에 의해 형성된 새로운 시대의 흐름을 가장 잘 반영한 것이 디드로와 달랑베르 등을 중심으로 시작된 『백과전서』 편찬 운동이었다. 『백과전서』는 당시의 학문과 기술을 집대성하려는 대규모 출판사업이었다.

여러 종류의 백과사전이 편찬되었지만, 프랑스에서의 『백과전서』와 같은 효과와 파급력을 낳지는 못했다. 그 차이는 어디에서 온 것일까?

『백과전서』가 시민혁명을 불러일으킬 수 있었던 것은 그만큼 책이 사람들 속으로 잘 파고들었다는 사실을 의미한다. 실제로 『백과전서』는 상업적 성공을 거두었다. 축약본, 번역본, 해적판으로 출판되어 수많은 독자층을 낳으며 전 유럽으로 퍼져나갔다. 출판업자들은 돈을 벌 수 있었기에 책을 만들었고, 책을 살 사람이 있었기에 돈을 벌 수 있었다.

이러한 사실은 지식의 보급과 확산이 사회 경제적인 체제와 밀접한 관련을 맺고 있음을 보여준다. 당시 유럽은 상공업을 기반으로 한 자본주의가 출현하기 시작할 때였다. 자본주의는 시민 계층의 존재를 담보로 한다. 시민 계층은 대개 상공업에 종사했고, 이들은 생업과 관련된 지식을 필요로 했다. 『백과전서』에는 과학 기술과 직업에 관련된 최신의 지식이 담겨 있었다. 이제까지 동업조합이나 소수 전문가 집단 내부에만 숨겨져 있던 비밀들이 이 책을 통해 낱낱이 밝혀져 있었으니 시민 계층들이 관심을 가지지 않을 수 없었다. 또한 『백과전서』는 사상과 종교에 대한 새롭고 다양한 견해를 제시했는데, 이러한 견해들도 시민 계층들의 요구에 잘 부합하는 것이었다.

우리 나라의 실학자들이 개인적인 관심과 노력, 혹은 왕의 명령에 따라 백과사전을 편찬하고 있을 때 프랑스에서는 수많은 사람들이 함께 참여했

●『백과전서』 이 책에는 과학기술과 직업에 관련된 최신의 지식이 담겨 있었다. 이제까지 동업조합이나 소수 전문가 집단 내부에만 숨겨져 있던 비밀들이 이 책을 통해 낱낱이 밝혀져 있었으니 시민 계층들이 관심을 가지지 않을 수 없었다.

고 스스로 능동적인 주체가 되었다. 다양한 계층과 배경을 가진 사람들이 저마다 『백과전서』라는 전체적인 틀 속에서 정확한 시대상을 반영하고 발빠른 정보를 제공하려 했다. 독자들과 편찬자들 스스로가 진리는 획일적이고 절대적인 것이 아니라 다양한 모습을 지닐 수 있으며, 권위자에 의해 강요되는 것이 아니라 스스로 찾아야 하는 것이라는 의미를 깨달아가기 시작했다. 그리고 이러한 깨달음들이 모여 근대사회를 창출하려는 대중적인 노력을 이끌어낼 수 있었던 것이다.

우리에게는 우리의 생각을 마음대로 표현할 수 있는 한글이 있었고, 일찍부터 발달한 인쇄문화가 있었다. 본고장 중국에서도 격찬받은 한지가 있었고, 국민들의 높은 교육열이 있었다. 그러나 그뿐이었다. 이익이 지은 『성호사설』은 지식인들에게 호평을 받으며 읽혔지만, 일반 대중의 생활 속으로 파고들지는 못했다. 사회의 체제는 근대성을 창출하기에는 너무나도 경직되어 있었다. 고착된 신분제도는 책을 읽을 수요층을 만들어내는 데 실패했고, 지식을 상품화할 수 있는 자본주의의 맹아는 결국 자라나지 못했다. 소수에 의한 창작, 소수에 의한 소비는 사회에 큰 변화를 일으키기에 너무나도 힘이 미약했던 것이다.

도막 내어
베어 죽여도
아까울 게 없으나
집안의 행실만은
특출했다

이익이 남긴 책들이 지대한 영향을 미치기는 했지만, 정약전의 실질적인 스승은 녹암 권철신이었다. 권철신은 순암 안정복과 함께 이익의 큰 제자였으며 윤휴의 맥을 이어 전통적인 경전 해석에서 벗어나 실천 중심의 독창적인 해석을 시도했던 대학자였다. 그러나 권철신의 운명은 순탄하지 못했다. 정약용은 권철신의 묘지명에서 그의 뛰어난 자질과 불행한 운명에 대해 자세히 묘사하고 있다.

성호 선생이 만년에 한 제자를 얻었으니 바로 녹암 권철신이었다. 그는 영특한 재주에 성품이 인자하고 화평하여 재와 덕을 모두 갖추었다. 성호 선생께서는 녹암을 몹시 아끼셨는데, 문학으로는 자하子夏와 같고 일의 처리에서는 자공子貢과 같다고 믿으셨다. 과연 선생이 돌아가신 후에는 재주 있고 준수한 후배들이 모두 공에게 몰려들었다.

그 무렵의 학문이란 것이 모두 사변적인 말장난에 빠져 이기理氣나 말하

● **권철신의 묘** 정약전의 실질적인 스승은 녹암 권철신이었다. 권철신은 순암 안정복과 함께 이익의 큰 제자였으며 윤휴의 맥을 이어 전통적인 경전 해석에서 벗어나 실천 중심의 독창적인 해석을 시도했던 대학자였다.

고 정성情性이나 논란하면서 실천에는 소홀했지만, 공의 학문은 한결같이 효제충신을 으뜸으로 삼았다. 가정에서는 부모에게 순종하여 뜻에 맞도록 행동하고 형제를 한몸처럼 아끼는 데 힘쓰니, 그의 집안에 들어가는 사람들은 온화한 기운이 감돌고 향기가 엄습하는 것이 마치 지란의 방芝蘭 之房에 들어간 듯한 느낌을 받았다.*

아들이나 조카들이 집안에 가득해도 한 품에서 자란 형제들처럼 융화를 이루고 있어 집에 머무른 지 열흘이 넘고 한 달이 지나서야 겨우 누가 누구의 아들이라는 것을 구분할 수 있을 정도였다. 노비와 논밭이며 저장해 둔 곡식을 함께 사용하여 조금도 구별짓지 않았고, 집에서 기르는 가축들까지도 길이 잘 들고 온순하여 싸우거나 시끄럽게 구는 법이 없었다. 우연히 맛있는 음식이라도 생기면 아무리 적은 것이라도 고르게 나누어 노비들에게까지 나누어주었으니, 친척이나 이웃 사람들이 감화되고 고을 사람들이 사모하여 먼 고을에까지 그 소문이 퍼져나갔다.

학문적 역량보다도 훌륭한 인품이 더욱 인상적이다. 권철신은 전통적인 경전 해석에 얽매이지 않고 효제를 중심적인 가치로 보았으며, 이러한 자신의 생각을 생활 속에서 그대로 실천했다. 화기애애한 집안 분위기와 신분이나 혈연 관계에 관계없이 누구에게나 따뜻하게 대했던 그의 마음이 지금 이 순간에도 생생하게 느껴진다.

그러나 권철신이 뜻을 펼치기에 조선은 너무 타락해 있었다. 권철신은 천

---

* 공자의 말 중에 "착한 사람과 함께 있으면 마치 지란의 방에 든 것과 같아서 오랫동안 그 향기를 알지 못하더라도 곧 더불어 그 향기에 화하며, 착하지 못한 사람과 함께 있으면 마치 절인 생선가게에 든 듯하여 오랫동안 그 냄새를 알지 못하더라도 또한 더불어 화하게 된다" 라는 대목이 있다.

주교를 빌미로 한 반대파의 공세에 사랑하는 아우를 잃었고, 자신도 고문을 당한 끝에 죽음을 맞게 된다. 정약용은 이때의 비통함을 다음과 같이 표현했다.

1801년 봄에 공이 체포되어 옥에 갇혀 국문을 받았으나 증거가 나타나지 않았다. 어떤 자가 1795년에 죽은 윤유일이 본시 그의 제자였으니 그 비밀스런 속사정을 알지 못했을 리가 없다고 하니, 드디어 이 자의 말에 의해 그의 사형이 결정되었다. 고문의 상처로 인해 공이 죽게 되자 기시棄 市*할 것을 의논했다. 그날이 음력 2월 25일이었다. 아, 어질기는 기린 같고 자애롭고 효성스럽기는 호랑이 같고 지혜롭기는 새벽별 같은 분이 형틀에서 죽어 시체가 거리에 버려졌으니 어찌 슬프지 않은가.

정약용의 글이나 여러 정황으로 미루어 권철신이 천주교를 신봉했다는 것은 근거 없는 낭설인 것 같다. 그러나 사실이야 어찌 됐든 반대파들의 거친 공격을 피할 수는 없었다. 이들은 신주를 훔쳐 내어 불태움으로써 권철신을 천주교 신자로 몰려는 야비한 모략까지 서슴지 않았다. 그러나 그의 반대파들조차도 그의 인품에 대해서만은 칭찬을 아끼지 않았다.

내 기억을 더듬어보면 경신년(1800) 봄에 우리 계부께서 귀천초당에 계실 때 와락 성을 내어 말하기를 "권 아무개는 도막 내어 베어 죽여도 아까

* 군중 앞에서 죄인의 목을 베어 길거리에 내다버리는 형벌.

울 게 없다"라고 하시고는 이어서 "오직 집안의 행실만은 특출했다"라고 하시니, 약전 형님이 "집안의 행실이 특출한 분을 어떻게 도막 내어 벨 수 있습니까?"라고 반박했던 일이 있다. 슬프다. 그게 어찌 우리 계부만의 이야기였겠는가. 효우의 독실한 행동만은 아무리 그분을 배척하던 사람도 덮어버릴 수 없었다.

가장 좋은 가르침은 스스로 모범을 보이는 것이다. 이런 점에서 권철신은 최고의 교육자였다. 정약전은 권철신이 꾸며놓은 지란의 방에서 스승과 같은 향기를 가진 사람으로 성장할 수 있었으며, 스승에게서 물려받은 향기는 다시 사리 마을 사람들까지 매혹시켰다. 마을 사람들로부터 받은 물심양면의 지원이 『현산어보』를 저술하는 데 큰 힘이 되었다는 점을 생각해볼 때, 권철신도 『현산어보』 편찬의 숨은 공로자라고 말할 수 있겠다.

섬사람들이
길을 막은 까닭

정약용은 여러 글을 통해 정약전의 인품을 묘사한 바 있다. 다음은 「매심재기每心齋記」란 글의 일부를 옮긴 것이다.

　약전 형님께서 소내로 돌아가서 그의 서재를 '매심每心'이라 이름 붙이고는 내게 기記를 짓게 하면서 "매심이라는 것은 뉘우침이네. 나는 뉘우칠 일이 많은 사람이지. 나는 뉘우칠 일을 잊지 않고 항상 마음에 두려는 뜻에서 서재의 이름을 이렇게 하였으니 자네가 기를 써 주게"라고 말씀하셨다.

　약전 형님께서 서재를 이름 지은 뜻이 어찌 크지 않겠는가. 뉘우침에도 도가 있으니 만약 밥 한그릇 먹을 만한 짧은 시간에 불끈 성을 냈다가, 지나고 나서는 뜬구름이 하늘을 지나가는 것처럼 무의미하게 생각해버린다면 이것이 어찌 뉘우침의 도이겠는가. 조그만 잘못쯤이야 고쳐버리고 나서 그냥 잊어버려도 괜찮겠지만, 큰 잘못이 있을 때에는 단 하루라도 뉘우치는 일을 잊어서는 안 된다. 뉘우침이 마음을 길러주는 것은 마치 거름이 곡식의 싹을 틔워주는 것과 같다. 거름은 썩은 오물로 싹을 길러 좋은 곡식을 만들고, 뉘우침은 죄나 잘못으로 덕성을 길러주는 것이니 그 이치가 같다. 나는 뉘우칠 일이 약전 형님보다 만 배는 되어 보이니 이 이름을 빌려다 내 방에 붙이고 싶다. 하지만 이런 마음을 깊이 간직하기만 한다면 비록 내 서실의 이름으로 하지 않아도 좋을 것이다.

'매심재'라는 이름 속에는 항상 뉘우치는 마음으로 자신을 가다듬으며 살아가고자 하는 정약전의 소박한 바람이 담겨 있었다.

정약전을 높이 평가한 것은 아우만이 아니었다. 다음은 정약전과 정약용 두 사람 모두와 다 친교를 유지했던 윤지눌에 대한 일화이다.

을묘년(1795) 이후로 윤지범은 임금의 은혜로 정언 지평이 되었고, 윤지눌도 역시 내직에 벼슬하였다. 을묘년 여름에 임금께서 주서注書를 추천하라고 명령하셨다. 임금의 뜻은 유모柳某에 있었는데 윤지눌은 고집스럽게 돌아가신 약전 형님만을 추천하려고 했다. 두세 차례 설득했지만 마음을 바꾸려하지 않자 임금께서 성이 나 윤지눌을 철원부로 귀양 보내도록 명령했다. 얼마 후에 다시 석방하니 적소에 있은 지 며칠 만에 돌아왔다. 그 의지의 확고함이 이와 같았다.

친구를 보면 그 사람을 안다고 했다. 자신이 귀양을 당해가면서까지 끝내 정약전만을 고집하는 친구도 놀랍지만, 그런 친구를 가진 정약전의 인품 또한 범상치 않았을 것이다.

그러나 오늘날과 마찬가지로 출세지향적인 사회에서 불의와 타협하지 않는 정약전을 알아주는 이란 드물었다. 정약전에 대한 주변 사람들의 인식은 정약전이 세상을 떠난 후 정약용이 두 아들에게 부친 편지에 잘 드러난다.

그처럼 큰 덕과 큰 그릇, 깊은 학문과 정밀한 지식을 너희들은 모두 알지 못하고, 다만 그 오활한 것만 보고서 고박古朴*하다고 지목하여 조금도 흠모하지 않았다. 자식이나 조카들도 이와 같은데 다른 사람들이야 말해서 무엇하랴. 이것이 지극히 애통하고 다른 것은 애통할 것이 없다.

보통 사람들은 남들의 평가를 의식하지 않고 자신의 신념대로 살아가는 정약전을 높게 평가하지 않았던 것이다.

그러나 허위의식에 젖은 소위 사대부 운운하는 이들이 어떻게 생각했든 정약전의 인품은 소박한 섬사람들을 사로잡았던 것 같다.

상스러운 어부들이나 천한 사람들과 친하게 어울려 귀한 신분으로서의 교만을 부리지 않았다. 이 때문에 섬사람들이 매우 좋아하여 서로 다투어 자기 집에만 있어주기를 바랐다. 그러는 동안 우이도로부터 흑산도에 들

---

* 예스럽고 질박함.

어가서 살게 되었는데, 내가 방면放免의 은혜를 입었으나 다시 대계臺啓로 인해 정지되었다는 소식이 들려오자, "차마 내 아우에게 험한 바다를 건너 나를 찾게 할 수 없으니 내가 나가서 기다려야 되지 않겠는가"라고 하시고 는 우이도로 돌아오려 했다. 그러자 흑산도의 말깨나 하는 사람들이 들고 일어나 형님을 붙들고 떠나지 못하게 했다. 형님은 몰래 우이도 사람을 불러 안개 낀 밤을 틈타 첩과 두 아들을 배에 싣고 섬을 빠져나왔다. 안개가 걷히고 날이 밝자 흑산도 사람들이 이를 알아채고 급히 쫓아와서는 섬으로 모셔와 버리니 어찌할 도리가 없었다. 한 해가 넘도록 섬사람들에게 형제간의 정리를 들먹이며 애걸하여 겨우 우이도로 돌아올 수 있었다.

정약용은 "요즘 세상에 그 고을 수령이 서울로 올라갔다가 다시 그 고을에 올 때는 백성들이 모두 길을 막고서 들어오지 못하게 한다는 말은 들었지만, 귀양살이하는 사람이 다른 섬으로 옮겨가려 하자 본도의 백성들이 길을 막고 더 머물게 하였다는 말은 듣지 못했다"라고 말하며 정약전의 인품을 기렸다.

정약전에 대해 사리 마을 사람들이 보인 각별한 애정은 어보를 저술하는데 큰 힘이 되었을 것이다. 바다를 제대로 경험하지도 못한 외지 사람이 흑산 근해의 생물에 대한 박물지를 편찬한다는 것은 현지인들의 적극적인 관심과 도움 없이는 불가능한 일이었다. 결국 『현산어보』는 정약전의 뛰어난 지성뿐만 아니라 훌륭한 인품을 바탕으로 완성된 저작인 셈이다.

편지

정약전은 외딴 섬 유배지에서 외로움을 달래며 가족들과 편지를 주고받았다. 때때로 전해져 오는 편지는 쓸쓸한 유배 생활에 한줄기 빛이 되었으리라. 편지는 심부름꾼들이 전달한 것으로 보인다. 정약용은 돌이〔乭〕라는 어린 종을 통해 편지를 부쳤다는 기록을 남기고 있는데, 정약전에게도 이런 심부름꾼이 있었을 것으로 생각된다. 정약용이 쓴 다음 시도 이러한 추측을 뒷받침한다.

> 이놈의 옴 근질근질 늙도록 낫지 않아
> 몸뚱이를 차 볶듯이 찌고 쬐고 다 했다네
> 데운 물에 소금을 타 고름도 씻어내고
> 썩은 풀 묵은 뿌리 뜸 안 뜬 것이 없다네
> 벌집을 배게 걸러 거기에서 즙을 짜고
> 뱀허물을 재가 안 되게 살짝만 볶은 다음

● 정약용이 보낸 편지 정약전은 외딴 섬 유배지에서 외로움을 달래며 가족들과 편지를 주고받았다. 때때로 전해져 오는 편지는 쓸쓸한 유배생활에 한줄기 빛이 되었으리라.

단사 넣어 만든 약을 동병상련 마음으로
현산玆山의 심부름꾼〔使者〕 오기만 두고서 기다린다네

당시 정약용은 고질적인 옴을 앓고 있었는데, 스스로 조제한 약으로 낫게 하고는 형에게도 나누어주려 했다. 정약용은 직접 약을 부치지 않고 정약전의 심부름꾼이 도착하기를 기다리고 있는데, 이로써 그가 정약전이 때로 심부름꾼을 보내면 돌아가는 편에 자신의 편지와 물품을 부치곤 했다는 사실을 짐작할 수 있다.

서울에 있던 정약전의 집안사람들도 인편을 통해 편지나 물품을 부쳐왔던 것 같다.

계부는 약전 형님이 흑산도에 귀양가 있을 때 그를 불쌍히 여겨 가는 배가 있으면 반드시 물자를 보내곤 했다.

만족스럽지는 않지만 형제와 서울의 가족들 사이에 어느 정도의 교류가 이루어지고 있었던 것이다.

정약용이 쓴 다음 글은 형제 사이에 자주 서신과 서적의 왕래가 있었다는 사실을 보여준다.

내가 다산에 있을 때, 큰 바다 하나를 사이에 두고 서로 바라보며 그리

위하여 수백 리나 떨어져 있었음에도 자주 편지를 주고받으며 서로의 안부를 물었다. 『역전易箋』이 완성되었을 때 형님께서 읽어보시고 "세 성인 마음속의 오묘한 이치가 이제야 찬연하게 밝혀졌구나"라고 하셨고, 얼마 뒤 다시 초고를 고쳐 보냈더니 "처음에 보낸 원고는 샛별이 동쪽에서 밝아오는 듯하더니, 이번의 원고는 태양이 하늘 가운데 떠 있는 것 같구나"라고 칭찬해주셨다. 『예전禮箋』을 완성하자 "헝클어진 머리를 빗질해서 고르게 하듯 깨끗이 빨아내고 잘 익혀내어 마치 장탕이 옥사를 다스리는 것처럼 일마다 정에 맞도록 하였구나"라고 하셨다.

정약용은 자신의 책이 한 권씩 완성될 때마다 꼭 흑산도에 보내 형의 감수를 받았다. 정약전은 누구보다도 정약용을 잘 이해했고, 따뜻한 칭친과 격려의 말을 아끼지 않았다.

정약전의 입장에서도 아우 정약용은 고달픈 유배 생활을 이겨낼 수 있게 하는 가장 큰 힘이었다. 가족 친지에 대한 그리움이야 어쩔 수 없다 하더라도 학자였던 정약전에게는 외딴 섬에 살면서 학문에 대한 생각과 의견을 나눌 대상이 없다는 점이 크게 아쉬웠을 것이다. 정약용에게 보내는 편지에서 궁벽한 섬이라 참고할 서책이 없다고 하소연한 것도 이러한 이유에서였다. 정약용은 정약전의 이러한 욕구를 누구보다도 잘 채워주었다. 어렸을 때부터 워낙 친하게 지내왔을 뿐만 아니라 함께 공부했고 관심사와 학문적 성향도 비슷하여, 유배 생활 이전부터 서로를 가장 좋은 말벗으로 삼아왔으니 당연한 일이다. 정약전이 아우로부터 얻은 기쁨과 만족감은 그가 직접 쓴 편지에서 잘 드러난다.

첫 권 초본에서 이미 자네 생각의 신묘함을 깨달았네. 만약 책 전부를 얻는다면 그 기쁨이 얼마나 더하겠는가. 어찌하면 나로 하여금 하루에 쾌락을 모두 맛보게 해줄 수 있겠는가? 빨리 초본을 보여주게.

정약용이 보내온 초본의 일부를 받아보고서 어린아이처럼 기뻐하고 전편을 보내올 것을 조르고 있다. 또 다음의 편지에서는 두 형제 사이의 깊은 정신적 교감이 느껴진다.

지난 겨울의 답장에서 알지 못했던 것을 이번에 새로 깨달은 부분이 매우 많은 것 같네. 그런데 이를 보니 내가 혼자 생각해서 깨달은 바와 부합하는 것이 태반이지 않은가. 우리 두 사람은 같은 기질로 같은 학문을 닦았기에 생각하는 안목도 비슷할 것이네만 어찌 이토록 똑같을 수가 있는가. 너무나도 신기하여 부지불식간에 실소가 흘러나옴을 금할 수가 없었네. 안연顔淵*이 인仁을 묻는 장章에서도 내가 아침에 우연히 그 뜻을 터득하여 홀로 탄성을 터뜨리고 있었는데, 날이 채 저물기 전에 자네의 편지가 도착했네. 그 새로운 뜻을 밝힌 것이 내가 생각해낸 것과 판에 박은 듯 똑같아서 곧바로 자네의 손을 잡고 내 아우야, 내 아우야 등을 두드려주

---

* 공자가 가장 아꼈던 제자 중의 하나.

고 싶었으나 그럴 수가 없었네. 이 얼마나 기이한 일인가.

또한 동생이 학문 탐구에 지나치게 열중하여 건강을 해치지 않을까 걱정하는 형으로서의 충고도 아끼지 않았다.

다만 자네는 성미가 급하여 한 가지 일에 마음을 두면 자고 먹는 것을 잊어버리니 일을 이루느라 병이 깊어지지나 않을까 하는 것이 걱정이네, 걱정이야.

500여 권에 이르는 정약용의 저서에는 이들의 뜨거운 형제애가 녹아 있었다.

모
순
의
역
사

정약용은 자신의 저술이 완성될 때마다 형에게 보여 감수와 평가를 받으려
했다. 그렇다면 반대로 정약전이 동생에게 자신의 작업에 대해 이야기하지
는 않았을까? 만약 그런 내용이 남아 있다면 『현산어보』의 기획과 구체적
인 저술 과정에 대한 정보를 얻을 수 있을 것이다.

　그러나 아쉽게도 정약전과 정약용이 남긴 글 중에는 앞에서 이미 말한 바
있는 『해족도설』에 대한 이야기와 정약용이 쓴 정약전의 묘지명에서 "공은
책을 쓰는 일에 마음을 기울이지 않았기 때문에 저서가 많지 않고, 『논어
난』 2권, 『역간』 1권, 『현산어보』 2권, 『송정사의』 1권만이 남아 있는데, 이
는 모두 유배 생활을 할 때 지은 것들이다"라고 밝힌 것 외에는 『현산어보』
와 연관된 어떠한 구절도 눈에 띄지 않는다. 만약 『현산어보』에 대한 이야
기를 나누었다면 그들이 주고받은 편지들 속에 그 내용이 남아 있을 가능성
이 많지만, 현재 두 형제가 주고받은 편지들 중 남아 있는 것은 『여유당집與
猶堂集』에 실려 있는 것들이 전부다. 두 형제는 『여유당집』에 실려 있는 서간

문들 외에도 많은 편지를 주고받았을 텐데, 이 편지들은 모두 어디로 사라
져버린 것일까?* 지금은 다만 정약용이 지은 시를 통해 편지의 내용을 짐작
해볼 수 있을 따름이다.

　어물로 젓을 담아 고기〔肉〕라고 말을 하고
　보리 삶아 밥 지으니 진짜로 죽이로세
　그렇게 삼 년 먹고 나니 몸이 점점 야위어서
　처진 살갗 살 날개 박쥐와 비슷한데
　바다로 들어가 오랑캐와 이웃하고
　귀신 믿고 살생 금하는 황량한 풍속에다
　참기름 한 방울도 경장瓊漿처럼 귀하고
　마른 육포 한 점도 그게 바로 주옥이며
　복어는 독이 있고 조개는 가시 돋쳐
　젓가락 대기도 전에 소름이 끼친다누나
　반평생 잘 먹다가 늘그막에 주리다니
　세상만사 모두가 초황록 꿈이로세

　비교적 풍족한 생활을 해왔던 정약전은 빈궁한 섬생활에 쉽게 적응하지
못했고, 특히 음식에 대한 어려움이 컸던 것 같다. 정약전이 육식을 못한 지
가 이미 일 년이 넘어 이제 지탱하지 못할 정도로 야위게 되었다고 하소연

* 최근 국립전주박물관에 기증된 석전 황욱 선생의 유품들 중에서 정약전의 편지가 발견되었다. 유배 이전의 사
사로운 안부 편지라는 점이 아쉽긴 하지만, 그의 필체를 확인할 수 있다는 것만으로도 충분히 감동적이었다.

하자 정약용은 이를 가슴 아파하며 이 글을 썼다고 한다. 그런데 9행을 보면 재미있는 이야기가 나온다.

"복어는 독이 있고 조개는 가시 돋쳐"

아마 정약용에게 보낸 편지에 이런 내용을 써 놓았던 모양이다. 가시 돋친 조개는 성게를 말한 것이 틀림없다. 정약전은 일찍부터 성게에 대해 특별한 관심을 보이고 있었던 것이다.*

결국 성게는 『현산어보』에 율구합과 승률구라는 항목으로 엮어지게 된다. 정약전은 이 항목에서 성게를 날로 먹기도 하고 구워 먹기도 한다고 밝혔으며 그 맛을 '달다'라고 표현했다. 유배 초기에 젓가락을 대기조차 소름끼쳐 하던 성게가 달콤한 식사반찬으로, 『현산어보』의 훌륭한 항목으로 자리잡기까지 얼마나 고통스러운 시간이 흘러야 했을까.

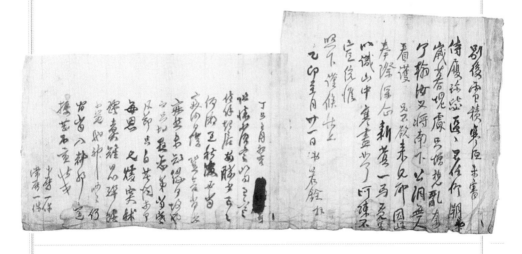

● **정약전의 친필 편지** 을묘년(1795, 정조 19) 11월 21일에 쓴 편지이다(국립전주박물관 소장).

* 정약용도 이 구절 아래 흑산도에 고슴도치 모양의 조개가 있다는 주를 따로 붙여 성게에 대한 관심을 표현했다.

정약전과 정약용 형제가 주고받은 편지들을 살펴보면 열악한 처지에도 불구하고 학문에 대한 열정이 변치 않고 살아 있었다는 사실을 알게 된다. 이들은 천문·지리에서 유교 경전에 이르기까지 다양한 주제에 대해 열띤 토론을 벌이고 있다. 그런데 이런 모습들에서 자꾸 뭔가 모순된 느낌이 드는 것을 피할 수 없다. 과연 정약전이 유배를 당하지 않았다면 『현산어보』와 같은 불후의 업적을 남길 수 있었을까?

역사 속에서 귀양살이가 오히려 훌륭한 학문적 업적을 쌓는 토대가 되는 모습을 흔히 접하게 된다. 다음은 정약용이 유배지에 도착해서 한 말이다.

해변가로 귀양을 가게 되자 '어린 시절에 학문에 뜻을 두었지만 20년 동안 속세와 벼슬길에 빠져 옛날 어진 임금들이 나라를 다스렸던 대도를 알지 못했다. 이제야 이를 연구할 겨를을 얻었다'는 생각이 들어 그제서야 흔연스럽게 스스로 기뻐했다.

과거와 관직 생활에 얽매이다 보면 학문을 연마할 여가가 생기지 않는다. 귀양살이 중에서야 비로소 학문의 열정을 되새기고 절차탁마에 힘을 기울이게 된다. 정약전도 관직 생활을 충실히 하고 귀양살이를 하지 않았다면

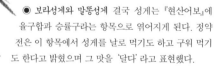

● 보라성게와 말똥성게 결국 성게는 『현산어보』에 율구합과 승률구라는 항목으로 엮어지게 된다. 정약전은 이 항목에서 성게를 날로 먹기도 하고 구워 먹기도 한다고 밝혔으며 그 맛을 '달다'라고 표현했다.

『현산어보』 같은 저작을 남기기 힘들었을 것이다. 귀양살이는 결코 저술 작업에 좋은 조건이 아니다. 그렇다면 역시 생존의 위협을 느낄 정도로 열악한 상황에 이르러서야 학문에 열중할 수 있는 사회 구조 자체에 어떤 문제가 있는 것이 아닐까? 결국 조선 후기 사회는 학문을 위한 열기를 진작시키는 데 실패했고, 그 결말은 현대사의 비극으로 이어지게 된다.

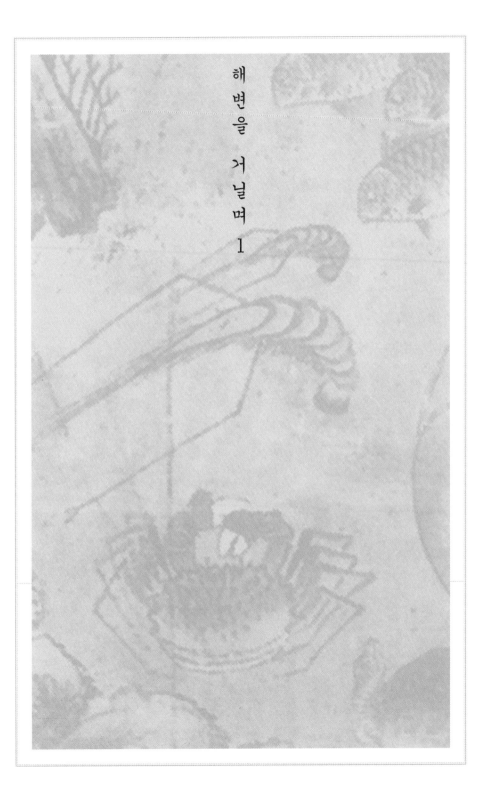

해변을 거닐며 1

갯것의 즐거움

시원한 바람이 불어오는 복싱새 마루에서 한숨 자고 일어나니 쌓인 피로가 말끔히 가신 것 같다. 조간대를 둘러보기 위해 다시 마을로 내려왔다.

그 사이에 물이 많이 빠져나가 꽤 넓은 조간대가 드러나 있었다. 밀물 때 물이 밀려든 최고점인 고조선과 썰물 때 물이 밀려나간 끝인 저조선의 사이가 조간대다. 조간대는 생물이 살아가기에는 상당히 거친 곳이다. 주기적으로 물이 들어오고 빠져나가기 때문에 강한 햇볕이나 파도에 노출되며, 비가오면 순식간에 민물이 되고 물이 증발하면 염분 농도가 위험할 정도로 치솟는다. 그러나 이처럼 변화무쌍한 환경에서도 다양한 생물들이 바위 위나 갈라진 틈새, 돌 밑이나 해초더미 속에서 나름대로의 방식으로 적응하며 살아가고 있다.

조간대는 사람들에게도 중요한 삶의 터전이 된다. 물이 빠져나가고 조간대가 드러나면 사람들은 '갯것'을 한다. 남자들이 주로 대물을 노리며 낚시에 매달리는 반면, 여자들은 '갯것'을 즐기는 경우가 많다. 이러한 습속은 오랜 예전부터 전해오는 것이다. 고대의 채집경제기까지 거슬러 올라가지 않더라도 지금 남아 있는 원시부족들에서 이런 형태의 가사 분담을 찾아볼 수 있다. 여자들이 잔손질이 많이 가는 채집이나 원시농경에 주력하는 반면, 남자들은 집중적인 시간 투자와 강한 체력을 필요로 하는 사냥에 나선다. 남자들의 선택은 도박에 가깝다. 성공하면 우쭐대며 돌아올 수 있지만, 실패했을 경우에는 냉담한 비웃음과 질책을 받고 자존심에 상처를 입게 되기 때문이다.*

나는 개인적으로 낚시보다는 갯것 채취를 좋아하니 여성적인 측면이 강한지도 모르겠다. 미리 어떤 어종을 잡겠다고 채비를 갖추거나 평균을 뛰어넘는 월척에서 기쁨을 얻기보다는 보석을 뿌려놓은 듯 바다에 널려 있는 먹을거리들과, 이를 채취하면서 만나게 되는 수백 수천 가지의 신비한 생물들을 관찰하는 데 더욱 마음이 끌린다.

---

* 이런 모습은 주변에서도 흔히 찾아볼 수 있다. 월척을 낚거나 어망을 채운 낚시꾼은 거들먹거리며 집으로 돌아오지만, 밤을 새고도 잔챙이 몇 마리밖에 낚지 못한 사람은 집에 돌아오기 전에 슬며시 시장에 들른다. 사냥에 실패한 가장의 자존심을 채우기 위한 어쩔 수 없는 선택이다.

나사의 기원

먼저 선착장 바로 아래쪽부터 살피기 시작했다. 조간대와 그 위쪽 비말대* 는 특히 환경의 변화가 심해 다양한 생물들이 환경 변화에 적응하며 살아가는 모습들을 관찰할 수 있다.

　가장 손쉽게 얻을 수 있는 채집물은 고둥이다. 고둥은 연체동물 중에서 머리가 잘 발달해 있고, 넓고 편평한 근육성의 발을 사용해서 기어다니는 다슬기, 소라, 우렁이 따위의 복족류들을 두루 일컬을 때 쓰는 말이다. 복족류 중에는 껍질이 배말처럼 삿갓 모양이거나 군소처럼 아예 퇴화해버린 것들도 있지만, 보통 고둥이라고 하면 나선 모양으로 꼬여 있는 껍질을 가진 종류들을 가리킨다.**

『현산어보』에서는 총 20여 종의 복족류를 기록하고 간단한 설명까지 덧붙였다. 그리고 정약전은 이 중에서 13종의 이름에 고둥을 나타내는 '라螺' 자를 붙여놓았다. 그는 과연 고둥을 어떻게 이해하고 있었던 것일까?

---

* 조수가 가득 찼을 때 해수면의 위치를 만조선, 최대로 빠졌을 때의 위치를 간조선이라고 한다. 간조선 아래를 조하대, 간조선과 만조선 사이를 조간대, 만조선 위쪽을 비말대라고 한다.
** 사실 나사螺絲나 나선螺旋이라는 말 자체가 고둥의 껍질 모양에서 유래한 것이다.

[리螺]

대체로 고둥〔螺蛳〕 종류는 모두 껍질이 돌과 같이 단단한데, 바깥은 거칠고 안은 매끄럽다. 꼬리 쪽 봉우리〔尾峯〕*에서 왼편으로 골을 만들면서 서너 바퀴 선회하는데 점점 원을 그리며 커져간다. 꼬리 쪽 봉우리는 뾰족하게 튀어나와 있지만 머리 쪽 기슭〔頭麓〕**은 두껍고 크다. 골이 끝나는 곳에 둥근 문이 있다. 이 문으로부터 봉우리에 이르기까지 돌아들어가는 동굴〔洞〕이 있는데 이것이 곧 고둥이 들어가 사는 집이다. 고둥의 몸은 집의 모양과 똑같이 생겼으며, 머리 쪽이 두껍고 꼬리 쪽이 뾰족한 형태를 하고 있는데 새끼줄이 꼬인 것과 비슷한 방식으로 둥글게 말려 껍질 속을 가득 채우고 있다. 나아갈 때는 구멍 밖으로 나와 등으로 껍질을 메고 다니며, 멈출 때는 몸을 움츠린다. 둥근 덮개가 있는데 이것으로 입구를 막는다. 이 덮개는 자흑색으

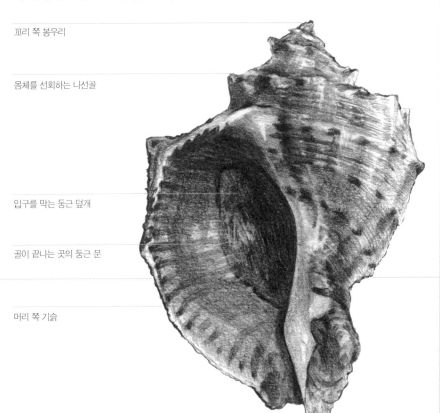

꼬리 쪽 봉우리

몸체를 선회하는 나선골

입구를 막는 둥근 덮개

골이 끝나는 곳의 둥근 문

머리 쪽 기슭

* 〔원주〕 봉우리란 위에 있는 것이지만, 고둥에서는 꼬리에 해당한다.
** 〔원주〕 기슭은 원래 아래에 있는 것이지만, 고둥에서는 머리에 해당한다.

로 두께가 개가죽같이 얇다. 파도를 따라 떠돌기는 하지만 헤엄치지는 못한다. 꼬리
에는 위와 장이 자리잡고 있으며 색깔은 검푸르거나 황백색이다.

  꽤나 자세한 묘사이다. 고둥 껍질을 앞에 놓아두고 연습 삼아 그 모양을
글로 표현해보자. 정약전 이상으로 묘사할 수 있는 사람이 얼마나 될까. 정
약전은 고둥의 외형을 정확히 묘사했을 뿐만 아니라 내부 구조와 행동의 특
성에 대해 언급하는 일도 잊지 않았다. 특히 고둥의 살이 용수철처럼 또르르
말려 있는 모습이나 실아 있는 고둥이 껍질 밖으로 몸을 내밀고 전진하다가
갑자기 몸을 움츠리며 뚜껑을 닫는 장면은 눈앞에서 일어나는 일처럼 선명
하게 그려진다.

●라 대체로 고둥 종류는 모두 껍질이 돌과 같이 단단한데, 바깥은 거칠고 안은 매
끄럽다. 꼬리 쪽 봉우리에서 왼편으로 골을 만들면서 서너 바퀴 선회하는데 점점
원을 그리며 커져간다. 꼬리 쪽 봉우리는 뾰족하게 튀어나와 있지만 머리 쪽 기슭
은 두텁고 크다. 골이 끝나는 곳에 둥근 문이 있다.

물을 싫어하는 고둥

가장 먼저 눈에 띈 종은 개울타리고둥이었다. 개울타리고둥은 물이 거의 닿지 않는 비말대나 조간대 상층부에서 생활하는 습성이 있다. 유생 시기는 물속에서 보내지만, 자라면서 점점 위로 이동하여 파도가 닿지 않는 비말대까지 올라간다. 물속보다도 뭍 생활을 즐기는 것이다. 실제로 개울타리고둥을 바닷물에 잠긴 바위 위에 놓으면 허둥대며 물 밖으로 도망쳐 나오는 모습을 볼 수 있다. 정약전도 개울타리고둥이 얕은 곳을 좋아한다는 사실을 언급하고 있다.

[백장리白章螺 속명 감상리甘鱨螺]

거리矩螺의 종류이다. 그러나 꼬리 쪽 봉우리가 더 뾰족하고 머리 쪽 기슭은 더 작다. 크기는 한 치에 불과하다. 회색 바탕에 흰 무늬가 있다. 골언덕 위에는 다시 가느다란 골이 패어 있어 마치 실낱처럼 보이는데, 이것이 백장리의 특징이다. 명주리明紬螺와 더불어 가장 흔하다. 이들은 모두 물이 얕은 곳에 산다.

◉ **개울타리고둥** 가장 먼저 눈에 띈 종은 개울타리고둥이었다. 개울타리고둥은 물이 거의 닿지 않는 비말대나 조간대 상층부에서 생활하는 습성이 있다.

꼭대기가 뾰족하다.

벽돌 무늬가 있다.

실낱같이 세밀한 골이 패어 있다.

구멍 입구가 둥근 모양이다.

　조간대 상부는 거의 개울타리고둥으로 덮여 있다시피했다. 흔하고, 물이 얕은 곳에 서식한다는 본문의 설명과 일치하는 사실이다. 크기와 모양에 대한 설명이나 회색 바탕에 흰 무늬가 있고 골언덕 위에 실낱 같은 골이 패어 있다는 말도 개울타리고둥을 묘사한 것으로 보면 무리가 없다. 개울타리고둥의 껍질 표면에는 네모진 돌기가 돌담을 쌓은 것처럼 규칙적으로 배열되어 있는데, 정약전은 이를 각각 골언덕 위의 골, 회색 바탕에 흰 무늬라고 표현한 것이다. 모든 면에서 개울타리고둥은 감상라의 후보로 손색이 없었다. 박도순 씨도 이 같은 사실을 확인해주었다. 패류도감을 펼쳐놓자마자

● 개울타리고둥 *Monodonta labio confusa* (Tapparone-Canefri)

개울타리고둥을 가리키며 감생이라고 짚어냈던 것이다.

　개울타리고둥은 식용 가능하며 지역에 따라서는 이를 맛있는 고둥으로 여기기도 한다. 특히 제주도 주민들 중에는 개울타리고둥을 춤ㄱ매기, 코투대기라고 부르며 고둥들 중에서 가장 맛이 좋다고 치켜세우는 이들도 있다. 하지만 사리 사람들은 개울타리고둥을 거의 먹지 않았다. 정약전이 감상라에 대해 특별히 맛이나 식용 여부를 언급하지 않은 것으로 보아 예전에도 상황은 마찬가지였던 모양이다.

꼭대기가 매우 뾰족하다.

껍질 표면의 색깔과 무늬는 변이가 심하다.

세밀한 골이 패어 있다.

구멍 입구가 둥근 모양이다.

● 총알고둥 *Littorina brevicula* (Philippi)

표면의 무늬가
다양하다.

전체적으로
둥근 모양을
하고 있다.

구멍 입구가
반원형이다.

사리 주민들은 개울타리고둥 외에 총알고둥, 갈고둥도 모두 감생이의 일종으로 보고 있었다. 두 종류 모두 얕은 곳에 살고 색깔도 거무튀튀한 편이므로 정약전이 말한 감상라가 이들 중 하나였을 가능성도 있다. 특히 총알고둥은 껍질 표면에 아주 세밀한 골이 나 있고, 흰 점이 박혀 있는 경우가 많아 감상라의 후보로 손색이 없다. 그러나 크기가 작아서 2센티미터에 이르는 것이 극히 드물다는 사실이 한 가지 의심스러운 점이다.

갈고둥도 감생이라고 불리기는 하지만, 크기가 너무 작아 감상라로 보기는 힘들다. 오히려 뒤의 항목에 나오는 행핵라가 갈고둥일 가능성을 생각해볼 수 있을 것 같다.

[행핵라杏核螺]

크기는 은행알(혹은 살구씨) 정도에 불과하고, 모양도 역시 이를 닮았다. 꼬리 쪽 끝 봉우리가 약간 튀어나왔고, 빛깔은 희거나 붉다.

● 갈고둥 Nerita (Heminerita) japonica (Dunker)

● 은행알을 닮은 갈고둥 갈고둥의 껍질은 은행알처럼 둥글게 생겼고, 재질이 엷은 것 같으면서도 단단하다.

정약전은 이 고둥의 크기와 모양을 '행핵杏核'에 비유했다. '행杏'이 은행이나 살구를 뜻하므로 행핵은 은행알이나 살구씨로 해석된다. 행핵을 은행알로 본다면 은행알과 비슷하게 생긴 고둥으로는 단연 갈고둥을 들 수 있다. 크기나 둥글둥글한 모양이 영락없이 은행알을 닮았기 때문이다. 그러나 갈고둥을 행핵라로 단정하기에는 한 가지 석연치 않은 점이 있다. 갈고둥은 대부분 검은색을 띠고 있다. 색채변이가 심하여 황백색의 무늬가 나타나는 경우가 있다는 점을 고려하더라도 본문에서 '검거나 희다', '검거나 붉다'라고 하지 않고 '희거나 붉다'라고 표현한 이유를 이해하기 힘들다.

행핵을 살구씨로 본다면 이 같은 문제가 간단히 해결된다. 서해안 어디서

꼭대기가 약간 뾰족하다.

표면에는 황백색 바탕에
검은 줄무늬가 나 있다.

몸체가 살구씨처럼 납작하다.

껍질 표면은
매끈하고 광택이 있다.

아래쪽은 분홍색을 띠고 있다.

● 비단고둥 *Umbonium (Suchium) costatum* (Kiener)

나 쉽게 관찰되는 비단고둥은 살구씨처럼 납작하게 생긴 데다 껍질 위쪽이 붉은빛을 띤 황백색, 아래쪽은 흰색과 분홍색을 띠고 있어 본문의 설명과 정확히 일치하는 모습을 보인다. 정약전이 고둥의 모양을 많고 많은 물건 중에 하필이면 살구씨에 비유한 이유도 쉽게 설명할 수 있다. 살구씨는 예로부터 행인杏仁이란 이름의 중요한 한약재로 쓰여왔기 때문이다.* 의학에 정통했을 정약전이 비단고둥을 보고 살구씨를 떠올린 것은 어쩌면 당연한 일이었는지도 모른다.

● **살구씨를 닮은 비단고둥** 비단고둥은 살구씨처럼 납작하게 생긴 데다 껍질 위쪽이 붉은빛을 띤 황백색, 아래쪽은 흰색과 분홍색을 띠고 있다.

* 살구씨의 껍질을 까놓은 것도 역시 행인이라고 불리는데, 표면이 매끌매끌한 것이 비단고둥과 더욱 비슷해 보인다.

소녀와 참고둥

고둥 종류들을 촬영하고 있는데 방파제 위쪽에서 한 여자아이가 나를 빤히 내려다본다. 짧은 머리에 얼굴이며 눈이며 모두 동그라니 귀엽게 생긴 아이였다.

"아저씨 뭐해요?"

대답 없이 살짝 미소만 지어 보였다. 아이는 처음 보는 디지털카메라가 신기한지 빤히 바라보고 있다가 내가 자리를 옮기자 쪼르르 따라온다.

"따라다녀야지."

한마디 툭 내던지고는 움직일 때마다 졸졸 뒤를 따른다.

"아저씨 하는 대로 따라 해야지."

이제 한술 더 뜬다. 사진 찍는 동작, 땀을 훔치는 손짓을 따라 하며 혼자 킥킥거린다.

"여기 살아?"

"예."

●**사리 해변에서 만난 소녀** 고둥 종류들을 촬영하고 있는데 방파제 위쪽에서 한 여자아이가 나를 빤히 내려다본다. 짧은 머리에 얼굴이며 눈이며 모두 동그라니 귀엽게 생긴 아이였다.

"몇 살이야?"

"여섯 살."

"학교 안 다니겠네?"

"……"

방파제 아래쪽으로 자리를 옮겼다. 조수웅덩이를 살펴보기 위해서였다. 조수웅덩이 속에는 다양한 생물들이 자리를 잡고 살아간다. 또 밀물과 함께 들어왔던 작은 물고기나 게, 새우 같은 생물들이 미처 빠져나가지 못하고 갇혀 있는 경우도 있다. 조그만 웅덩이가 하나의 훌륭한 생태계를 이루고, 별다른 장비 없이도 수중생물들을 관찰할 수 있는 멋진 수족관이 된다.

조수웅덩이 주변의 바위 표면에는 다양한 해조류와 함께 삿갓조개와 조무라기따개비가 가득 달라붙어 있었다. 고둥은 위쪽에서 봤던 총알고둥, 울타리고둥이 대부분이었다. 다른 종류를 찾아 여기저기 뒤지고 있는데 뒤쪽에서 여자아이가 어깨를 건드린다.

"큰 고둥 잡아줘요?"

내 행동을 쭉 관찰하고 있었던 모양이다. 언제 왔는지 옆에는 오빠로 보이는 남자아이가 서 있었다. 아이들은 이내 현지 안내인이 되었다.

"응. 큰 고둥 어디 있어?"

"조오기 많아요."

● 조수웅덩이 바닷물이 빠진 뒤에 조간대를 돌아보면 바위 너덜이 있는 물가에 바닷물이 빠지지 않고 그대로 고여 있는 곳을 쉽게 찾을 수 있는데, 이를 조수웅덩이라고 한다.

뒤도 돌아보지 않고 뛰어가더니 금세 커다란 고둥을 하나 주워온다.

"참고둥이네."

주워온 고둥을 보자마자 옆에 서 있던 남자아이가 밀췄다.

"이걸 참고둥이라 그래?"

"네. 맛있어요."

정약전이 말한 참고둥은 보말고둥이었다.

[추포리鯫布螺 속명 참리參螺]

높이가 한 치 남짓하고, 지름은 두 치가 조금 못 된다. 꼬리 쪽 봉우리는 그다지 뾰족하지 않은 편이며 머리 쪽 기슭은 넓고 크다. 골언덕이 거친 베 무늬〔鯫布紋〕로 이루어져 있다. 그 무늬는 회색 바탕에 자색을 띠고 있으며 껍질의 안쪽은 청백색이다.

아이가 고둥을 잡았다는 곳에 가보니 과연 물이 고여 있는 바위 틈에 보말고둥이 하나 둘 모여 있는 것이 보인다. 몇 개를 확인하고 나니 여기저기에 숨어 있던 놈들이 눈에 들어오기 시작했다.

보말고둥은 지역에 따라 갱구리, 비틀이고둥, 배랭이, 보말 등의 여러 가지 이름으로 불리지만, 사리 마을에서는 그냥 참고둥이란 이름으로 통용되고 있었다. 정약전은 참고둥을 '추포라' 라고 기록했다. 추포는 아무렇게나 거칠게 짜서 화폐 대용으로 썼던 베의 일종이다. 추포라는 아

◉ 소녀의 오빠 "큰 고둥 잡아줘요?" 내 행동을 쭉 관찰하고 있었던 모양이다. 언제 왔는지 옆에는 오빠로 보이는 남자아이가 서 있었다. 아이들은 이내 현지 안내인이 되었다.

골언덕이 거친 베 무늬로 이루어져 있다.

표면에 이물질이 붙어 있는 경우가 많다.

머리 쪽 기슭은 넓고 크다.

마 껍질의 무늬가 매우 거칠다는 뜻으로 붙인 이름일 것이다. 실제로 보말고둥의 껍질을 살펴보면 굵직굵직한 나선 홈들이 거칠게 새겨져 있는 것을 볼 수 있다.

● 보말고둥 *Omphalius rusticus* (Gmelin)

햇고둥과 명주고둥

보말고둥과 비슷한 종류로 밤고둥*과 명주고둥을 들 수 있다. 이 두 종은 크기나 형태가 보말고둥과 거의 비슷하여 구분하기가 어렵다. 정약전은 추포라의 종류로 거라**와 명주라 두 가지를 더 들고 있는데, 이 중에서 거라는 위의 두 종 가운데 하나인 것으로 짐작된다.

[거라炬螺 속명을 그대로 따름]

추포라의 일종이다. 꼬리 쪽 봉우리가 약간 뾰족하고 머리 쪽 기슭은 작으므로 높이가 다소 높아 보인다. 껍질 표면은 자색이다. 고깃살의 꼬리에 모래흙이 들어 있다는 점이 참고둥과 다르다. 보통 고둥을 잡을 때는 낮보다 밤에 햇불을 피우고 잡는 편이 낫다. 이 고둥은 매우 흔하여 햇불을 피우고 돌아다니면 많이 잡을 수 있기 때문에 거라라는 이름으로 부르게 된 것이다.

사리 주민들에게 물어보면 꼬리에 모래가 많이 들어 있는 고둥을 금방 찾

---

* 밤고둥이란 이름은 낮에는 가만히 숨어 있다가 밤(夜)에만 활동한다고 해서 붙여졌다. '거라'가 밤에 햇불을 피우고 잡는 고둥이란 뜻이므로, 두 이름 사이의 연관성을 생각해볼 수 있다.
** 속명을 그대로 옮긴 것이라는 말로 미루어 '거라'는 '햇고둥' 정도로 불리고 있었음 직하다. 이는 밤에 햇불을 들고 잡아내는 낙지를 햇낙지라고 부른다는 사실로도 뒷받침된다.

전체적인 느낌이 보말고둥과 비슷하다.

보말고둥보다 껍질이 매끈한 편이다.

아랫면은 녹색을 띠고 있다.

바닥이 편평하다.

을 수 있으리라 생각했다. 그러나 사람들은 한결같이 똑같은 고둥이라도 바위 틈에서 살면 속에서 모래가 나오지 않지만, 모래밭에서 살면 모래가 나온다고 이야기했다. 고둥마다 좋아하는 환경이 따로 있겠지만, 서식처가 정

확히 나누어지는 것이 아니므로 모래의 여부로 종류를 확인할 수는 없을 것 같다.

본문에는 횃불을 밝혀 고둥을 잡는다는 말이 나온다. 이것이 단순히 밤에 고둥을 잡는다는 뜻인지, 그렇지 않으면 주광성이 있어 불을 밝혀놓으면 고둥이 모여든다는 뜻인지 궁금해서

◉ 밤고둥 *Chlorostoma argyrostoma lischkei* (Tapparone-Canefri)

전체적인 느낌이 보말고둥과 비슷하지만,
표면이 훨씬 매끄럽다.

껍질 표면은 검푸른색을 띠고 있다.

박도순 씨에게 불을 좋아하는 고둥이 있느냐고 물어보았다. 박도순 씨는 고둥이 불을 보고 모여드는 것은 아니라고 대답했다. 고둥이란 생물이 원래 야행성이므로 횃불은 밤에 나다니는 것을 찾기 위한 조명용일 뿐이라는 것

이었다. 그리고 덧붙여 자신이 직접 횃불을 켜고 잠고둥이나 전복을 잡으러 다닌 경험담을 들려주었다. 그렇다면 사리 마을에서 밤에 손전등을 들고 나갔을 때 가장 흔하게 잘 잡히는 종류가 거라일 가능성이 높을 것이다.

사리 마을 사람들은 모두 명주고둥이라는 이

◉ 명주고둥 *Chlorostoma xanthostigma* (A. Adams)

름을 알고 있었다. 그러나 명주고둥이 정확히 어떤 종을 가리키는지에 대해서는 저마다 의견이 달랐다. 심지어 명주고둥과 참고둥이 같은 것이라고 말하는 사람도 있을 정도였다. 정약전은 명주고둥에 대해 다음과 같이 설명하고 있다.

[명주라明紬螺 속명을 그대로 따름]

추포라의 일종이다. 골언덕이 명주 무늬로 되어 있으며 색깔은 검푸르다. 추포라의 고깃살이 연한 데 비해 명주라의 고깃살은 질긴 것으로 구별할 수 있다.

정약전이 말한 명주라는 역시 지금의 명주고둥과 같은 종인 것 같다. 정약전은 추포라와 명주라를 껍질 표면의 무늬에 따라 나누고 있다. 보말고둥의 표면이 비교적 거친 무늬로 되어 있어 추포라라는 이름에 적합하다면 명주고둥은 무늬가 세밀하여 명주라라는 이름과 잘 어울린다. 박도순 씨도 역시 명주고둥의 특징을 세밀한 무늬로 보고 있었다.

"명지고둥은 시커멓지요. 밑에가 흰색이 많고 미끈하게 생겼소. 곱게 생겨서 명지라 그라나 보제."

여름에 다시 사리 마을을 찾았을 때 명주고둥을 확인할 수 있었다. 보말고둥보다 훨씬 작고 매끄러운 느낌에 세밀한 무늬가 새겨져 있는 것이 명주고둥이란 이름에 잘 어울렸다.

처갓집 물맛이
좋은 이유

보말고둥이 많이 붙어 있는 웅덩이 근처 바위 틈에는 대수리가 몇 마리씩 모여 있었다. 여기에서 대수리를 어떻게 부르냐고 아이들에게 묻자 '그냥 고동'이라고 대답했다. 그리고는 묻지도 않았는데 "매워요"라고 말하며 인상을 찌푸린다. 박도순 씨는 채취해 간 표본을 보더니 곧 '다시리'라고 이름을 알려주었다. 다시리는 대수리와 통하는 말이다. 정약전도 대수리의 중요한 특징으로 매운맛을 꼽았다.

[소검라小劍螺 속명 다시리多士里]

이것은 검성라(소라)의 작은 놈이다. 몸이 조금 길고, 뿔은 다소 짤막하다. 껍질의 표면에는 돌기〔瓜甲〕가 조금씩 튀어나와 있다. 큰 놈은 높이가 세 치 정도이다. 빛깔은 희거나 검은데, 안쪽은 황적색이다. 맛은 달지만 매운 기가 있다.

● 대수리 바깥쪽과 안쪽 껍질의 표면에는 돌기가 조금씩 튀어나와 있다. 큰 놈은 높이가 세 치 정도이다.

껍질의 표면에
커다란 돌기가
튀어나와 있다.

껍질 안쪽은
흑갈색이다.

● 대수리 *Reishia clavigera* (Küster)

정약전은 대수리의 맛이 그냥 매운 것이 아니라 "달지만 매운 기가 있다"라고 표현했다. 박도순 씨의 설명을 들으면 이 말뜻을 쉽게 이해할 수 있다.

"다시리라고도 하고 다시리고동이라고두 하지라. 왜 그린 이야기가 있잖어요. 장가를 든 아들이 집에 올 때마다 투정을 하는 거여. 왜 처갓집 물은 단데 우리집 물은 맛이 없냐고. 다시리가 처음 먹을 때는 쌉쓰름한데, 다시리 먹고 물 한 모금 먹으면 그렇게 물이 달 수가 없어. 뒷맛이 좋제. 흑산 처갓집에 올 때마다 다시리를 먹고 물을 마시니 물 맛이 달 수밖에."

대수리의 방언들을 살펴보면 어촌 사람들이 매운맛을 대수리의 가장 큰 특징으로 보고 있다는 점이 더욱 분명해진다. 대수리는 대수리, 대속, 송장고동, 깨소라 등으로 불리기도 하지만, 맵다는 점을 강조한 맵다리, 쓴고동, 맵사리, 맴골뱅이, 매웅이, 매훈이 등의 방언들이 더욱 널리 퍼져 있다. 하동에서는 대수리를 배아픈고동이라고 부르는데, 이는 많이 먹었을 때 복통을 유발할 수 있기 때문에 붙인 이름이다.

대수리는 매운맛과 복통을 일으키는 성질

●버려진 고둥 사리 마을 곳곳에는 어느 집에선가 먹고 버린 고둥 껍질 더미들이 쌓여 있는데, 그중의 대다수가 대수리였다. 이것은 사리 마을 사람들이 얼마나 대수리를 즐겨 먹는지 잘 보여준다.

껍질의 표면에 커다란 돌기가
줄을 지어 솟아 있다.

껍질 안쪽은 황적색이다.

때문에 많은 지역에서 그리 인기 있는 고둥이 아니다. 그렇지만 박도순 씨
는 가장 맛있는 고둥으로 대수리를 꼽았다. 사리 마을 곳곳에는 어느 집에
선가 먹고 버린 고둥 껍질 디미들이 쌓여 있는데, 그중의 대다수가 대수리
였다. 이것은 사리 마을 사람들이 얼
마나 대수리를 즐겨 먹는지 잘 보여
준다.

　편의상 대수리라고 했지만 사실 대

● 두드럭고둥 *Reishia bronni* (Dunker)

수리라고 불리는 고둥에는 대수리와 두드럭고둥 두 종이 있다. 두 종 모두 껍질의 표면에 올록볼록한 돌기가 있다는 점이 특징인데, 정약전이 '돌기〔瓜乳〕'라고 표현한 것이 이것이다. 이 돌기는 대수리에서도 뚜렷하지만 두드럭고둥에서는 훨씬 크게 발달하며, 두드럭고둥이란 이름도 여기에서 유래했다. 두 종류를 더 정확히 구분하고 싶으면 껍질 안쪽을 보면 된다. 대수리의 껍질 안쪽이 흑갈색을 띠는 경우가 많은 데 비해 두드럭고둥은 황적색을 띠고 있기 때문이다. 정약전이 다사리의 안쪽 껍질이 황적색이라고 표현한 것으로 보아 그가 보았던 종은 두드럭고둥이었던 것 같다. 마을 사람들이 먹고 버린 고둥 껍질 더미에도 두드럭고둥이 대다수였다.

대수리와 두드럭고둥은 모두 조간대의 바위나 자갈 밑에서 사는데, 굴이

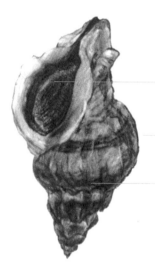

구멍의 입구가 좁은 편이다.

전체적인 느낌이 대수리와 비슷하지만 몸이 보다 길쭉하고 튀어나온 돌기가 없다.

껍질 위에 크고 날카로운 세 줄의 능선이 달리고 있다.

● 맴사리 *Ceratostoma rorifluum* (Adams et Reeve)

나 조개를 잡아먹는 습성이 있다. 강한 산을 분비하여 껍질을 녹인 다음 톱니처럼 생긴 단단한 치설로 구멍을 뚫어 내용물을 뽑아 먹으므로 패류 양식업자들로부터는 욕을 먹고 있다.

대수리나 두드럭고둥의 방언으로 쓰이는 말 중의 하나가 맵사리다. 그러나 이 두 종 외에도 맵사리라는 이름을 가진 종류가 따로 존재한다는 사실에 주의해야 할 필요가 있다. 박도순 씨는 맵사리의 사진을 보고는 역시 다시리와 한 종류라고 했다. 잡히는 지대도 같은 데다 똑같이 매운맛이 있기 때문일 것이다.

"다시리는 맵다고 하기는 그렇고, 쌉싸름하제. 이건(맵사리) 좀더 맵고 딱딱한 맛이 있소. 질겨요. 그리고 뿌리가 맛있소. 꼬리 부분, 창자 부분을 뿌리라고 하는데 거기가 맛있제."

또 맵사리와 비슷하게 생긴 종류로 어깨뿔고둥이란 것이 있다. 어깨뿔고둥은 껍질 표면에 날카롭게 솟아 있는 부분이 많다. 정약전은 이 종류를 양첨라라고 본 것 같다.

[양첨라兩尖螺]

소검라의 일종이다. 꼬리 쪽의 뿔은 더욱 뾰족하고 구멍의 입구가 약간 좁은 편이다. 골언덕은 모두 날카로운 능선을 이루고 있다.

박도순 씨는 뿔소라과에 속하며 뾰족한 뿔을 가지고 있는 종류들을 모두

껍질은 회백색, 갈색인 경우가 많지만, 변이가 다양하고 농갈색 띠를 두른 것도 있다.

껍질의 표면에는 굵은 주름이 세로로 늘어서 있다.

골언덕 위에 날카롭게 튀어나온 가시돌기가 있다.

'뿔고둥'이라고 불렀다. 정약전도 마찬가지였을 것이다. 어깨뿔고둥도 역시 아래 위가 뾰족한 전형적인 뿔고둥의 모양을 하고 있다. 껍질의 표면에는 굵은 주름이 세로로 늘어서 있으며, 이름에 걸맞게 나선탑의 어깨 부분이 날카롭게 솟아 있다. 껍질이 매우 단단하고 두꺼운 느낌이며 구멍의 입구는 타원형으로 좁아진다. 모두 본문의 설명과 일치하는 특징들이다.

그러나 다시 생각해보면 어깨뿔고둥이 아닌 맵사리가 양첨라일 가능성도 배제할 수 없을 것 같다. 대수리나 두드럭고둥이 둥글둥글하게 생긴 데 비해 맵사리는 약간 날카로운 기가 있기 때문이다. 더욱이 정약전은 양첨라를 다사리의 일종으로 보았는데, 비슷한 형태에 매운맛까지 있는 맵사리라면 양첨라의 후보로 손색이 없을 것이다.

● 어깨뿔고둥 *Ocenebra japonica* (Dunker)

고둥 껍질을
집으로 삼다

다른 고둥이 없나 하고 한참을 헤맸지만 특별한 종류를 찾아내지 못했다. 그러다 어깨뿔고둥 종류가 하나 보이기에 집어올리려 했더니 손이 닿자마자 붙어 있던 돌벽에서 데구루루 굴러떨어진다. 물속으로 떨어진 고둥은 뒤뚱거리며 빠른 속도로 바위 틈으로 도망가기 시작했다. 잡아서 손바닥 위에 올려놓고 보니 역시 집게였다.

집게류는 게와 함께 십각목에 속하는 동물이지만 매우 독특한 모습을 하고 있다. 집게의 머리가슴은 석회질의 갑각으로 싸여 있지만, 배는 크고 말랑말랑하다. 집게는 약한 배를 보호하기 위해서 단단한 고둥 껍질을 둘러쓰고 있다. 배는 고둥 껍질의 모양에 맞게 꼬여 있는데 좌우가 비대칭적으로 발달한다. 한 쌍의 커다란 집게발도 좌우의 크기가 다르다. 집게다리를 제외한 나머지 다리는 짧게 퇴화해 있다.

집게는 일반인들에게 그리 익숙하지 않은 생물이지만, 해안 생태계에서 중요한 역할을 담당한다. 늘 조수웅덩이 구석구석을 바삐 돌아다니면서 생

●집게 집게는 해안생태계에서 중요한 역할을 담당한다. 늘 조수웅덩이 구석구석을 바삐 돌아다니면서 생물들의 사체나 유기물 쓰레기들을 처리하기 때문이다. 이들의 보이지 않는 노력이 있기에 해변이 깨끗하게 유지된다.

물들의 사체나 유기물 쓰레기들을 처리하기 때문이다. 이들의 보이지 않는 노력이 있기에 해변이 깨끗하게 유지된다.

나와 집게 사이에는 특별한 인연이 있다. 대학 시절 자유롭게 주제를 정하여 탐구하고 그 결과를 발표하는 방식의 수업을 들은 적이 있는데, 그때 내가 선택한 대상이 집게였다. 집게는 과연 어떤 기준으로 껍질을 선택하는 것인가. 또 자기가 들어 있는 껍질을 정확히 인식하고 있는가 하는 것이 실험의 주제였다. 집게의 몸 구조와 고둥 껍질과의 관계를 조사하고, 집게가 집으로 들어가는 행동을 관찰했다. 집게를 집에서 빼놓은 다음, 그 앞에 다양한 크기와 종류의 빈 껍질을 놓아두고 어디로 들어가는지를 살폈고, 집을 여러 단계로 부순 다음, 집으로서의 역할을 할 수 있는 최소한의 조건이 무엇인지도 알아보았다.

우선 집게는 고둥 껍질 밖으로 나온 상태에서는 어쩔 줄을 몰라 했다. 구석으로 피하거나 돌멩이 옆에 붙어서라도 몸을 완전히 노출시키지 않으려고 애썼다. 옆에 있던 집게의 집을 뺏어보려고 달려들기도 하고, 살아 있는 고둥을 던져주자 살을 파내고 들어가려는 행동을 보였다. 집에서 꺼낸 집게에게 빈 껍질을 던져주면 집게발과 더듬이로 입구의 크기를 살핀 다음 들어가는데 꼬리부터 재빨리 몸을 집어넣었다. 집게의 꼬리 끝에는 갈고리 모양의 구조가 있었는데, 이것으로 고둥의 한가운데를 따라 발달한 기둥의 끝부분을 단단히 걸어서 몸을 껍질과
일체화시켰다.

또한 집게는 집을 크게 가리지 않았다. 몸이 반밖에 안 들어갈 만큼 작은 껍질에도 억지로 몸을 구겨넣었고, 거의 다 부서진 껍질 속에도 들어가려 했다. 자신의 몸 크기에 맞는 껍질을 선호하는 것은 사실이겠지만, 같은 종류의 고둥 껍질에도 다른 종류의 소라게가 들어 있는 경우가 많은 것으로 보아 크기 외의 나머지 조건에는 크게 구애받지 않는다는 사실을 알 수 있었다.[*]

정약전은 집게를 고둥의 항목에서 다루었는데 꽤 긴 지면을 할애하고 있다. 집게라는 동물 자체가 워낙 재미있는 생태를 가지고 있는 데다 그 특이한 생김새가 그의 관심을 끌었던 것 같다.

고둥 속에는 간혹 게가 들어 있는 경우가 있다. 이 게의 오른쪽 다리와 집게발은 다른 게와 같지만 왼쪽에는 다리가 없다. 또 몸의 뒤쪽은 고둥의 꼬리로 이어진다. 껍질을 지고 돌아다니다가 멈추면 껍질 속으로 들어가버린다. 이 게는 고둥과 달리 둥근 문이 없다. 그리고 몸통은 게 맛이 나지만 꼬리는 고둥 맛이다.

어떤 사람은 고둥 중에 특별히 이런 종류가 있다고 말한다. 그러나 여러 종류의 고둥에 이처럼 기생하는 게가 들어 있는 경우가 많으므로 반드시 이런 형태의 고둥이 따로 존재한다고 볼 수는 없을 것 같다. 창대는 "이것은 게가 고둥을 먹고 변하여 그 껍질 속에 들어가 사는 것입니다. 고둥의 기가 다했기 때문에 썩은 껍질을 업고 가는 놈도 있는데 만약 원래 껍질 속에 있는 것이라면 육신이 죽지 않고 껍질이 먼저 썩는 일이란 없을 것입니다"라고 했다. 이 말 또한 일리가 있지만 반드시 믿을 수 없어 의심스러운 바다.

---

[*] 집게는 몸이 커감에 따라 더 큰 고둥 껍질로 옮겨가며 살아야 하므로 지나치게 입맛이 까다로워서는 이사하기가 힘들 것이다. 다른 자료를 조사해보아도 비슷한 결론에 도달하게 된다. 특히 외양성 암초에 흔한 참집게(Pagurus samuelis)나 내만의 해변에 흔한 긴발가락참집게(P. dubius)는 다양한 집 재료를 선택하는 것으로 유명한데, 상황에 따라 고둥류, 속돌(輕石), 산호 골격 따위를 집으로 이용한다. 그러나 예외적으로 제집참집게(P. constans)와 같이 처음 들어간 고둥 껍질을 바꾸지 않는 것이나 야자집게처럼 어릴 때는 고둥 속에 살다가 자라면 껍질을 버리고 육상생활을 하는 종류도 있다.

이청의 주 게 중에는 본래 다른 종족에 기생하는 것들이 있는데 조개(蚌)의 뱃속에 사는 종류도 있다. 이시진이 여노蠣奴, 일명 기거해寄居蟹라고 밝힌 종이 여기에 해당한다.* 또한 쇄길璅蛣의 뱃속에서 사는 놈도 있다. 곽박은 『강부江賦』에서 '쇄길복해璅蛣腹蟹'라고 했다. 『송릉집주松陵集注』에서는 "쇄길은 방蚌과 비슷하며 뱃속에 작은 게가 있다. 이 게는 쇄길을 위해서 먹이를 구하러 밖으로 나오는데 어쩌다 먹이를 구하지 못하게 되면 쇄길은 굶어 죽게 된다. 이것이 곧 해노蟹奴이다"라고 했다. 사고師古는 『한서漢書』「지리지」회계군의 '길기정鮚埼亭'에 대한 주注에서 "길鮚은 길이 한 치, 너비 두 푼이며, 그 배 안에 한 마리의 작은 게가 들어 있다. 쇄길璅蛣 또는 해경海鏡이라고도 부른다"라고 밝혔다. 『영표록이嶺表錄異』에서는 "해경은 두 쪽을 합침으로써 형체를 이룬다. 껍질은 둥글고 중간 부분이 매우 매끄럽고 윤택하다. 껍질 속에는 약간의 고깃살이 있는데 방태蚌胎와 같다. 배 안에는 붉은 새끼 게가 있다. 그 크기는 콩알만 하며 집게발을 가지고 있다. 해경이 굶주리면 그 속에 있던 게가 나와 먹을 것을 구한다. 게가 먹이를 먹고 껍질 속으로 돌아오면 해경도 배가 부르게 된다"라고 했다. 『본초강목』에서는 "해경은 경어鏡魚, 쇄길鏁蛣, 고약반膏藥盤 등의 이름으로 불린다. 껍질이 둥글어서 거울과 같으며, 햇빛이 비치면 운모雲母와 같이 빛난다. 그 속에는 기거해가 있다"라고 했다. 『박물지博物誌』에서는 "남해에 물벌레(水蟲)가 있다. 이름을 괴蒯라고 하며 조개(蛤)의 한 종류이다. 그 속에 작은 게가 있는데 크기가 느릅나무 열매(榆荚)만 하다. 괴가 껍질을 열고 먹이를 먹으면 게도 나와서 먹이를 먹는다. 괴가 껍질을 닫으려 하면 게도 껍질 안으로 되돌아가는데 이때 괴를 위해 먹이를 가지고 돌아온다"라고 했다. 괴 또한 해경을 말한 것이 아닌가 의심된다.

● 기거충 기기충이 비록 고둥 껍질 속에 있지만 고둥은 아니다. 고둥이나 조개가 껍질을 열기를 기다리고 있다가 껍질이 열리면 스스로 나와서 먹이를 찾는다. 다시 껍질이 닫히려 하면 미리 껍질 속으로 되돌아온다.

* |원주| 합조蛤條를 보라.

고둥류 중에는 본래 껍질에서 빠져나왔다가 다시 들어가는 놈들이 있다. 『습유기拾遺記』에서 "함명含明이라는 나라에 큰 고둥이 있는데 이름을 나보蠡步라고 한다. 껍질을 짊어지고 몸이 밖으로 나온 상태로 다니다가 추워지면 다시 껍질 속으로 들어간다"라고 한 것이 이런 종류이다. 고둥의 껍질 속에 기거하는 생물들도 있다. 『이원異苑』에서는 "앵무고둥〔鸚鵡螺〕은 모습이 새를 닮았으며, 항상 껍질 밖으로 나와서 돌아다니는 습성이 있다. 아침에 고둥이 나오면 거미〔蜘蛛〕 같은 벌레가 껍질 속에 대신 들어가고, 저녁에 되돌아오면 벌레가 다시 나온다"라고 했다. 유천庾闡이 "앵무고둥은 안에서 헤엄치고, 기거해는 껍질을 짊어진다"라고 한 것도 이를 말한 것이다. 『본초습유本草拾遺』에서는 "기거충이 비록 고둥 껍질 속에 있지만 고둥은 아니다. 고둥이나 조개가 껍질을 열기를 기다리고 있다가 껍질이 열리면 스스로 나와서 먹이를 찾는다. 다시 껍질이 닫히려 하면 미리 껍질 속으로 되돌아온다. 바다 생물 중에는 기생을 당하고 있는 종류가 많다. 남해에 거미와 비슷한 생물이 하나 있다. 고둥 껍질 속에 들어가 이를 짊어지고 다니는데, 껍질을 건드리면 고둥처럼 쏙 들어가버린다. 그러나 불로 구우면 곧 나온다. 일명 정蟶이라고 한다"라고 했다.

고둥의 껍질 속은 바다의 생물들이 많이 기생하는 곳이다. 게는 본래 기생하기를 좋아하고, 고둥은 이를 곧잘 받아들인다. 이러한 점을 생각해 볼 때, 고둥 속에 게가 기생하는 이치는 의심할 바 없다. 다만 게의 몸에 고둥의 꼬리를 지니고 있다는 것이 한 가지 특별한 점이다.

본문을 읽으면서 가장 재미있었던 부분은 '불로 구우면 곧 나온다'라는

◉ **집게 빼내기** 집게를 대상으로 실험을 할 때 가장 어려운 것은 집게를 밖으로 꺼내는 일이다. 집게의 꼬리 끝은 갈고리 모양으로 굽어 있는데, 고둥의 안쪽에 있는 막대 기둥을 꼭 붙잡고 있다. 그 움켜쥐는 힘이 매우 세기 때문에 강제로 집게를 빼내려다간 허리 부분에서 끊어져 실험이 허사로 돌아가기 일쑤다.

대목이었다. 집게를 대상으로 실험을 할 때 가장 어려운 것은 집게를 밖으로 꺼내는 일이다. 집게의 꼬리 끝은 갈고리 모양으로 굽어 있는데, 고둥의 안쪽에 있는 막대 기둥을 꼭 붙잡고 있다. 그 움켜쥐는 힘이 매우 세기 때문에 강제로 집게를 빼내려다간 허리 부분에서 끊어져 실험이 허사로 돌아가기 일쑤다. 그래서 생각해낸 방법 중의 하나가 집게의 발을 손으로 쥐고 고둥의 뾰족한 끝 부분을 라이터로 가열하는 것이었다. 그야말로 위의 묘사처럼 몇 초 후에 집게가 뛰쳐나오는 것을 볼 수 있었다.

게 인 가, 고 둥 인 가

제주도에서는 '구쟁기 뒤보레 가불민 게드레기가 차지한다'라는 속담이 있다. 소라가 똥을 누러 간 사이에 집게가 대신 집을 차지한다는 뜻이다. 이처럼 옛 선조들은 집게와 고둥 사이의 관계에 대해 생각하고 나름대로 설명을 시도했다. 정약전과 이청도 집게와 고둥의 관계에 대해 다양한 이론을 소개하면서 자신들의 의견을 함께 밝히고 있다. 그 내용은 흥미로울 뿐만 아니라 당시 사람들의 생명관에 대해 생각해볼 수 있는 단서가 된다는 점에서 큰 의미가 있다.

   정약전은 집게의 겉모습과 습성을 비교적 정확히 묘사하고 있다. 껍질을 지고 가다가 멈추면 즉시 껍질 속으로 들어간다고 한 부분은 겁 많은 집게의 습성을 잘 보여주며, 둥근 문이 없다고 한 부분은 집게가 기생하고 있는 고둥이 보통 고둥과는 달리 뚜껑이 없다는 점을 나타낸 말이다.[*] 집게의 배와 다리를 묘사한 부분을 보면 그가 집게를 고둥 밖으로 꺼내어 관찰했다는 것을 알 수 있다. 다리가 퇴화했다는 사실은 껍질 속에 든 상태로는 알 수

***

[*] 뚜껑은 고둥이 만들어낸 것이므로 집게가 가지고 있을 리 없다.

없기 때문이다.

　정약전은 집게의 몸 뒷부분이 고둥의 꼬리로 이어진다고 했다. 그를 혼란스럽게 한 것이 바로 이 집게의 꼬리 부분이었다. 집게는 배가 말랑말랑하고 꼬불꼬불한 것이 고둥의 몸처럼 생겼다. 만약 집게의 꼬리가 단단하여 완전한 형태를 갖추고 있었다면 보다 쉽게 고둥 속에 게가 기생한다는 결론을 내릴 수 있었겠지만, 집게의 배 부분은 고둥의 몸처럼 생긴 데다 맛까지 고둥과 같아 혼란을 느낄 수밖에 없었다.

　그러나 정약전은 집게가 게를 닮은 고둥이라고 보는 설은 분명히 부정했다. 상식적으로 생각해도 고둥이 가위처럼 생긴 집게발을 가지거나 게와 같은 머리를 가질 리가 없다. 정약전은 그 대신 집게는 고둥 속에 게가 들어가 사는 형태일 것이라는 주장을 펴고 있다. 고둥이나 조개 속의 공간에는 다른 생물들이 들어가 사는 경우가 많다. 또한 게 종류들은 다른 생물의 몸속에 들어가 살기를 좋아한다. 그렇다면 집게도 고둥 속에 게가 기생하여 사는 것이 아니겠느냐는 것이 정약전의 추론이었다.*

　이청도 정약전과 비슷한 생각을 하고 있었다. 즉, 기생성이 뚜렷한 다른 게들을 근거로 삼아 집게가 게와 고둥의 두 부분으로 이루어진 생물임을 주장하려 했던 것이다. 그리고 이 같은 결론을 정당화하기 위해 중국의 여러 고문헌을 인용하면서 기생하는 게 무리들을 열거하고 있다. 그러나 중국 문헌들에 나타난 묘사들은 동화적이기까지 하다. 기생하는 게 여노가 숙주조개의 노예로서 먹이를 잡아 바친다느니, 게가 먹이를 먹으면 조개도 따라서

* 정약전이 말한 것처럼 게를 포함한 절지동물 중에는 다른 생물에 기생하는 것들이 많다. 타원주머니벌레라는 종류는 고둥 속에 들어앉은 집게에 또다시 기생하는 지독함을 보인다. 집게류 중에는 다른 생물들에 기생하는 것이 아니라 서로 이익을 주고받는 공생 관계를 선택한 종류도 있다. 말미잘과의 공생은 그 대표적인 예다. 집게는 독침을 가진 말미잘에게 방어를 의탁하는 대신 기동성과 먹이 찌꺼기를 제공한다. 고둥 껍질에 커다란 말미잘을 붙이고 다니는 집게들의 모습은 다른 생물과 관계를 맺고 살아가는 생활 방식의 전형을 보여준다.

몇 년 전 충남 천리포에서 본 광경은 더욱 놀라운 것이었다. 해변을 거닐다가 주먹만 한 피뿔고둥을 둘러쓰고 있는 집게를 잡았다. 넓적왼손집게였다. 그런데 이를 관찰하던 중 재미있는 것을 발견했다. 잡아온 놈들은 이름처럼 넓적한 왼손 위에 하나같이 조그만 말미잘을 붙이고 있었다. 이 말미잘은 넓적왼손집게의 손에 붙기를 좋아하는 집게말미잘(Sargartia paguri)이었다. 이들 역시 긴밀한 공생 관계를 맺고 있다. 집게말미잘은 집게발에 붙어

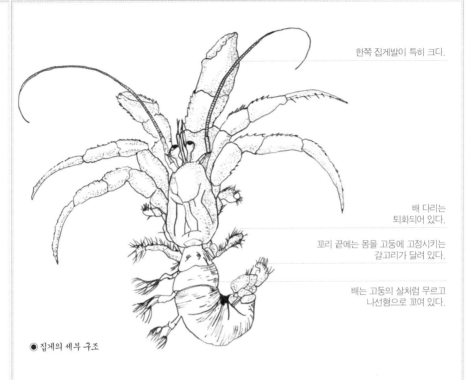

한쪽 집게발이 특히 크다.

배 다리는 퇴화되어 있다.

꼬리 끝에는 몸을 고둥에 고정시키는 갈고리가 달려 있다.

배는 고둥의 살처럼 무르고 나선형으로 꼬여 있다.

● 집게의 세부 구조

배가 부르다느니 하는 말은 황당무계하기 짝이 없다.**

　정약전과 이청은 중국 문헌들에 비해 사실적인 묘사와 과학적인 설명을 시도했다. 그러나 이들의 설명에는 결정적으로 부족한 점이 있다. 게가 고둥에 기생한다는 사실은 제대로 이해했지만, 꼬리에 고둥이 달렸다는 사실을 설명하지 못한 것이다. 이청도 이를 인식한 듯 글 말미에서까지 "다만 게의 몸에 고둥의 꼬리를 지니고 있다는 것이 한 가지 특별한 점이다"라며

있다 보니 항상 집게의 입 근처에 머물면서 집게가 먹다 흘린 먹이 조각을 쉽게 얻을 수 있고, 집게의 입장에서는 말미잘이 붙어 있는 왼쪽 집게발로 뚜껑을 막으면 완벽한 방어막을 구축할 수 있게 되는 것이다.
**『영표록이』의 묘사는 비교적 세밀하다. 이 책에서 크기가 콩만 한 붉은 게의 새끼라고 표현한 것은 속살이게의 일종일 것이다. 『본초습유』는 기거충이 고둥 껍질 속에 있으나 고둥은 아니라고 분명히 밝혔다는 점에서 가장 정확한 판단을 보여주고 있다. 남해의 거미 비슷한 종류가 고둥 껍질 속에 들어가 껍질을 쓰고 달리다가 그것을 건드리면 고둥처럼 움츠러든다고 한 표현은 집게를 관찰한 결과임이 분명하다. 『습유기』의 껍질을 짊어지고 길을 가다가 추워지면 다시 껍질 속으로 들어간다고 한 표현도 집게의 행동을 묘사한 것이다. 중국의 문헌들에서는 한결같이 집게를 거미와 비유하고 있는데, 사실 게와 거미는 모두 절지동물로 가까운 친척간이므로 이해할 만한 일이다. 또 어떤 종류의 거미는 게와 구별하기 힘들 만큼 흡사한 외모를 가지고 있기도 하다.

의심을 떨쳐버리지 못하는 듯한 모습을 보이고 있다. 정약전이 집게의 몸통 부분을 좀더 자세히 관찰했고, 약간의 진화론적인 관념을 갖고 있었더라면 조그맣게 퇴화한 채 몸통에 붙어 있는 다리의 의미를 알아낼 수 있었을 것이다. 하지만 그런 추측을 해내기에는 당시 생물학의 전통이 너무나도 빈약했다.

집게에 대한 인식은 중국의 문헌, 정약전과 이청의 의견을 통틀어 장창대가 가장 정확했다. 창대는 집게를 게가 고둥을 먹고 변하여 그 껍질 속에 들어가 사는 것이라고 이해했다. 집게는 고둥의 빈 껍질을 찾아 집으로 삼는 경우가 많지만, 창대의 말처럼 살아 있는 고둥을 파먹은 후 그 속에 들어가는 경우도 있다. 창대는 실제로 이러한 모습을 관찰하고 확신에 찬 결론을 내렸을 것이다.

창대가 자신의 의견을 증명하는 방식은 더욱 놀랍다. "고둥의 기가 다했기 때문에 썩은 껍질을 업고 가는 놈도 있는데 만약 원래 껍질 속에 있는 것이라면 육신이 죽지 않고 껍질이 먼저 썩는 일이란 없을 것입니다"라고 주장한 것이다. 얼마나 합리적인 추론인가.

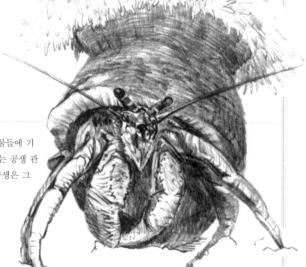

● **집게와 말미잘** 집게류 중에는 다른 생물들에 기생하는 것이 아니라 서로 이익을 주고받는 공생 관계를 선택한 종류도 있다. 말미잘과의 공생은 그 대표적인 예다.

정약전과 중국의 박물학자들은 집게를 살아 있는 고둥에 기생하는 생물로 보려 했지만, 창대는 이를 죽은 고둥의 껍질과 그 속에 들어가 사는 별개의 생물로 단정지었다. 정약전도 창대의 의견이 이치에 맞는다고 밝혔지만, 끝내 이를 확실한 것으로 인정하지는 않았다.

● **대합속살이게** 조개 속에서 기생하는 게는 속살이게 무리를 말한 것으로 보인다.

말미잘 어원 추적기

"아저씨 이리 와 보세요."

"아저씨 빨리 와."

재촉하는 목소리에 무슨 일인가 하고 다가가보니 아이가 조수웅덩이 옆에 쪼그리고 앉아 손가락으로 뭔가를 가리키고 있었다. 자세히 들여다보려고 허리를 굽히자 아이가 갑자기 손가락으로 그것을 꾹 눌렀다. 순간 기다란 물줄기가 뻗어나와 얼굴을 때렸다. 깜짝 놀라 흠칫 물러서자 "오줌 쌌다. 히히히, 아저씨 오줌" 하며 까르르 웃어제친다. 장난이었다. 물을 잔뜩 머금고 오므라들어 있는 말미잘을 눌러 물을 뿜어내게 한 것이었다. 이후에도 내가 카메라를 들이댈 때마다 말미잘 물총을 쏘아대며 장난을 쳐대는 통에 카메라가 망가지지 않을까 내내 가슴을 졸여야 했다.

방언이라도 알아볼 요량으로 여기서는 이것을 뭐라고 부르냐고 물었다. 아이는 여전히 장난기 가득한 웃음을 머금고 "오줌 싸는 건데요. 오줌 싸는 건데요"라며 같은 말만 되뇐다. 박도순 씨도 사리에서는 별다른 방언 없이

● 오줌 싸는 말미잘 아이가 갑자기 손가락으로 그것을 꾹 눌렀다. 순간 기다란 물줄기가 뻗어나와 얼굴을 때렸다. 깜짝 놀라 흠칫 물러서자 "오줌 쌌다. 히히히, 아저씨 오줌" 하며 까르르 웃어제친다. 장난이었다. 물을 잔뜩 머금고 오므라들어 있는 말미잘을 눌러 물을 뿜어내게 한 것이었다.

말미잘을 이름 그대로 부른다고 했다.

"여자 거시기하고 비슷하게 생겼제. 입을 건드리면 물을 쏘는데 아이 때 재밌어서 많이 눌러봤지라."

세대를 넘어서 같은 놀이가 전수되고 있었던 것이다.

사진을 몇 컷 찍고 말미잘을 다시 들여다보았다. 검붉은 바탕에 밝은 황색의 세로 줄무늬가 몸을 둘러가며 그려져 있었다. 담황줄말미잘이었다. 이 밖에도 몸통에 녹색 반점이 찍혀 있는 풀색꽃해변말미잘과 칙칙한 색깔의 검정꽃해변말미잘을 발견할 수 있었다.

● 담황줄말미잘 *Haliplanella lucia* (Verrill)

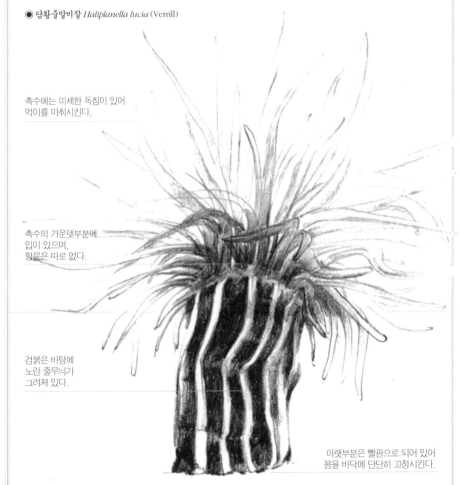

촉수에는 미세한 독침이 있어 먹이를 마취시킨다.

촉수의 가운뎃부분에 입이 있으며, 항문은 따로 없다.

검붉은 바탕에 노란 줄무늬가 그려져 있다.

아랫부분은 빨판으로 되어 있어 몸을 바닥에 단단히 고정시킨다.

손을 뻗쳐 촉수를 살짝 건드려 보았다. 말미잘은 순식간에 몸 전체를 동그랗게 오므리며 촉수를 몸 안으로 집어넣어 버렸다. 얼마간 죽은 듯 가만히 있다가 이젠 더 이상 못 견디겠는지 슬그머니 다시 촉수를 내밀기 시작한다. 말미잘의 촉수에는 자포刺胞라고 하는 독침이 있다. 적을 물리치고 먹이를 사냥하기 위한 장치다. 말미잘은 자포의 독으로 제법 큰 물고기를 사냥하기도 하지만 사람에게는 별로 위험하지 않다.

어릴 때 말미잘의 입속에다 돌멩이를 던져넣는 장난을 많이 했다. 말미잘은 맛있는 먹이라도 걸려들었나 해서 몸속으로 돌멩이를 삼켰다가는 뒤늦게 먹이가 아니라는 사실을 알고 슬그머니 뱉어낸다.* 다시 돌멩이를 던져넣어도 바보 같은 말미잘은 삼켰다 뱉어내는 일만을 반복할 뿐 토라지는 법이 없다. 우리는 그 모습을 보고 깔깔거리며 웃어댔다. 용기를 내어 미끌미끌한 입속으로 손가락을 밀어넣으면 말미잘은 근육덩어리인 몸을 움츠려 손가락을 꽉 조인다. 그러면 손가락이 녹아나기라도 하는 듯 소스라치게 놀라 손을 빼고 달아나곤 했다.

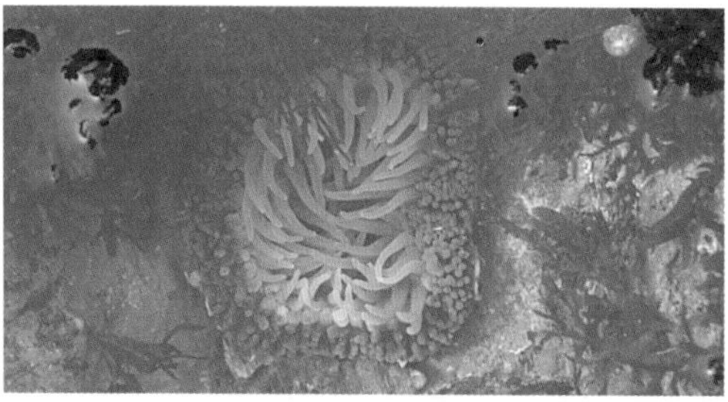

말미잘은 빨판처럼 생긴 족반이라는 구조로 바위 위나 그 틈새에 몸을 단단히 붙이고 살아간다. 그러나 말미잘은 원래부터 바위에 붙어 살던 생물이 아니다. 말

◉ 풀색꽃해변말미잘
◉ 검정꽃해변말미잘

* 말미잘은 항문이 따로 없어 입으로 삼키고 입으로 배설한다.

미질의 세포 하나하나에는 자유롭게 물속을 헤엄쳐다니던 시절의 기억들이 녹아 있다. 말미잘은 히드라처럼 옆구리에서 새끼를 만들어내는 무성생식으로 번식하지만, 정자나 난자를 만들어 유성생식을 하기도 한다. 수정된 유생은 얼마 동안 물속을 떠다니는 생활을 하다가 어느 정도 시간이 지난 후에야 비로소 바위에 달라붙어 정착 생활을 시작한다. 해파리가 말미잘의 가까운 친척이라는 사실을 안다면 말미잘의 유랑 생활이 이상하게 여겨지지 않을 것이다. 실제로 말미잘을 거꾸로 뒤집어놓고 보면 해파리와 거의 똑같은 구조로 되어 있다는 사실을 알 수 있다.

다 자란 말미잘은 이동성이 거의 없어 한자리에 머물러 살아가지만 결코 지루해하거나 외로워하지 않는다. 종류에 따라 다르긴 하지만 물고기나 새우 등과 함께 친밀한 공생 관계를 이루고 있는 경우가 많기 때문이다. 흰동가리돔과 말미잘의 공생 관계는 특히 유명하다. 흰동가리돔은 말미잘을 위해 먹이를 유인하고, 말미잘은 안전한 피난처와 먹다 남은 찌꺼기를 제공한다. 더욱 모험심이 강한 종류는 집게나 게의 등에 붙어 세상 구경을 나서기도 한다.

다시 한번 말미잘을 바라본다. 물 위로 드러난 촉수를 집어넣고 한껏 몸을 움츠리고 있는 모습이 아무리 봐도 사람의 항문을 연상케 해서 절로 웃음이 난다. 이렇게 재미있는 비유를 알아낸 것도 『현산어보』를 통해서였다.

● **항문을 닮은 말미잘** 물 위로 드러난 촉수를 집어넣고 한껏 몸을 움츠리고 있는 모습이 아무리 봐도 사람의 항문을 연상케 해서 절로 웃음이 난다.

[석항호石肛蠔 속명 홍미주알紅未周軋]

모양은 오랫동안 이질을 앓은 사람이 탈항한 것 같고 빛깔은 검푸르다. 조수가 미치는 곳의 돌 틈에서 산다. 모양은 둥글고 길쭉하게 생겼다. 그러나 붙어 있는 돌에 따라서 그 모양이 달라진다. 다른 물체가 닿으면 조그맣게 오그라든다. 석항호의 뱃속〔腹膓〕은 호박 속과 같은데, 육지 사람들은 이것으로 국을 끓인다.

『현산어보』가 가진 장점 중의 하나는 당시 사람들이 실제로 부르던 생물 이름을 한자로 음을 빌려 직접 옮겨놓았다는 것이다. 물론 우리 말소리를 가장 잘 나타낼 수 있는 한글을 두고 한자로 표기했다는 점이 아쉽기는 하다. 특히 『난호어목지』나 『전어지』의 간단한 한글명 표기가 갖는 가치를 생각할 때 더욱 그런 생각이 든다. 하지만 일반 백성들이 사용하던 언어에 관심을 갖고 한자로나마 이를 옮겨놓았다는 것은 생물학 쪽에서나 언어학 쪽에서나 다행스런 일이 아닐 수 없다.

달리 생각해보면 항목에 따라서는 한문으로 옮겨놓은 것이 한글로 옮긴 것보다 더욱 정확하고 많은 정보를 전해줄 수도 있다. 사람이 하는 말을 소리 나는 대로 적는 것은 생각만큼 쉬운 일이 아니다. 말하는 사람 자신도 들은 대로 대충 발음할 뿐 정확한 음절을 이해하지 못하는 경우가 많다.* 또한 어떻게든 소리는 기록한다고 해도 그것이 원말을 정확하게 옮긴 것인지 확신할 수 없을 뿐만 아니라 이름 속에 어떤 뜻이 담겨 있는지도 추측하기 힘들다. 그런데 한자를 쓰면 이것이 명확해지는 경우가 있다. 사리에서는

● 흰동가리돔과 말미잘 흰동가리돔은 말미잘을 위해 먹이를 유인하고 말미잘은 안전한 피난처와 먹다 남은 찌꺼기를 제공한다.

* 우이도에서 깨다시꽃게의 방언을 확인하는 데 애를 먹은 기억이 있다. 신경을 써서 들었는데도 발음이 방게, 밤게, 반게, 방기, 밤기, 반기 중 정확히 어느 것인지 판별하기 힘들었다.

도둑게를 뱅게라고 부르고 있었는데, 뱅게에서 이름의 어원을 밝혀내기란 쉬운 일이 아니다. 정약전은 이 게의 방언을 사해蛇蟹라고 기록했다. 이것은 뱀게를 옮긴 말임이 분명하다. 이로써 도둑게의 방언은 정확한 발음이 뱀게이며, 뱀처럼 허물을 벗거나 구멍을 파는 습성 때문에 붙여진 이름이라는 사실을 유추해낼 수 있다.

사해는 이름의 뜻을 옮긴 것이지만, 정약전은 음을 옮기는 경우에도 신중을 기하고 있다. 같은 음을 가진 한자가 여럿 있지만 가능하면 그중에서도 뜻이 통하는 글자를 사용하려 한 것이다. 예를 들면, 죽상어를 죽사竹鯊로 옮겨 이 상어의 특징이 대나무 마디 모양의 무늬라는 사실을 밝혔고, 검처귀를 검어黔魚라고 써서 검처귀의 특징이 검은색이라는 것을 표현했으며, 꽃게의 방언인 살게에 '죽이다', '베다'의 뜻을 가진 '살殺'자를 써서 이 게가 사나운 종류임을 알리려 했다. 거북손을 나타내는 보찰굴도 말만으로는 무슨 뜻인지 알기 힘들지만 '보찰寶刹'이라고 한자를 밝혀놓았기에 어원을 추측할 수 있다.

『현산어보』가 갖는 언어학적인 중요성은 이 항목에서도 잘 드러난다. 탈항한 창자와 같은 이 생물이 말미잘이라는 것은 웬만큼 바다를 경험해 본 사람이면 충분히 알아차릴 수 있을 것이다. 말미잘과 탈항한 항문은 약간 지저분하긴 하지만 기막힌 짝맞춤이다. 이 대목을 접한 후, 내게는 말미잘을 볼 때마다 무엇인가를 상상하고 웃음을 터뜨리는 버릇이 생겼다. 그런데 속명이라고 적어놓은 이름이 수수께끼 같았다. 정문기의 역본이나 어렵게 구한 다른 필사본에서도 말미잘의 속명이 '홍말주알紅末周軋'이라고 적혀 있었다.* 당시 사람들이 말미잘을 홍말주알이라고 불렀다는 것이다. 말미잘 중에 붉은색을 띤 종이 많기에 홍紅이란 글자는 이해할 수 있다. 그런데 말주알은 또 무엇인가. 아무리 생각해도 이해가 되지 않았다. 그런 상태로 며칠이 지났을까. 『석주명 나비채집 20년의 회고록』을 읽고 있을 때였다. 〈덕적군도의 연체동물〉 편의 첫머리는 다음과 같이 시작되고 있었다.

　　前人未踏의 處女地帶를 踏査하는 心境에…

전인말답? 말末은 미未의 오기가 분명했다. 황급히 『현산어보』를 꺼냈다. 원문을 펼쳐보니 생각대로 '말'은 '끝 말末'자였다. 절로 탄성이 흘러나왔다. 『현산어보』는 원본이 소실되고 필사본으로만 전해오는 책이다. 몇 번의 필사를 거치는 동안 빠지거나 잘못 옮긴 부분이 생기지 않았을 리 없다. 특히 속명은 한자의 음만을 취한 것이므로 문맥만으로 원저자의 뜻을 짐작하기가 쉽지 않았을 것이다. 홍말주알紅末周軋의 '말末'자를 아닐 미未자로 바꾸어 보았다. 한 획의 길이 차이였다. 홍미주알. 이제야 뜻이 통하게 된 것이다. 미주알은 창자의 끝, 즉 항문 부분을 뜻한다. 미주알 고주알 할 때의 그 미주알이다. 본문에서의 탈항에 대한 묘사와 말미잘의 모습. 모든 것이 짜 맞추어졌다. 정약전과 함께 그 당시 흑산도에 살고 있던 사람들은 말미잘을 빨간 미주알이라고 불렀던 것이다. 석항호라는 이름도 물론 이와 무관

---

* 나중에 구해본 서울대 규장각의 가람문고 소장본과 서강대 로욜라도서관 소장본에는 未가 제대로 표기되어 있었다.

하지 않다. 石(돌), 肛(항문), 蠔(굴). 이는 '돌에 붙어사는 항문과 같은 굴'이라는 뜻으로 해석할 수 있다.*

곧 현재의 이름인 말미잘의 어원도 풀리게 된다. 미주알을 빨리 읽으면 미쫠 혹은 미잘과 같은 발음이 난다. 말미잘의 미잘도 역시 미주알에서 비롯된 말이었던 것이다. 그렇다면 미주알 앞에 붙은 '말'은 무슨 뜻일까? 다른 해석도 가능하겠지만 나는 이렇게 생각한다. 우리 몸의 비밀스러운 부분이나 말하기가 꺼려지는 부분을 동식물 이름에 사용할 때는 꼭 다른 동물을 빗대어 쓰는 성향이 있다. 야생란 애호가들에게 인기가 높은 식물로 개불알꽃이라는 종이 있다. 이 식물의 꽃을 들여다보면 둥글게 부푼 모양이며, 표면의 주름, 비릿한 내음까지 사람의 고환과 매우 유사하다는 사실을 알 수 있다. 그런데 그냥 불알풀이라고 하면 될 것을 개불알이라고 꼭 다른 동물을 갖다붙인다. 예로부터 조개는 여성의 음부에 비유되었다. 대형 민물조개의 일종에는 아예 '말씹조개'라는 이름이 붙어 있다. 특히 크기에 따라 개, 말 등 앞에 붙는 동물의 종류도 달라진다는 점에 유의한다면 사람보다 훨씬 큰 항문을 말미주알이라고 부르는 것은 매우 적절해 보인다.

이렇게 말미잘의 어원을 밝혀보았다. 박도순 씨도 얘기를 듣고는 "똥구멍이라. 그럴듯하네"라며 고개를 끄덕였다. 오늘날 말미잘이라는 이름을 듣고 항문을 떠올리는 사람이 몇이나 될까? 200년 남짓 되는 역사의 흐름 속에 생활어의 의미가 소실되고 만 것이다. 바다 아네모네(sea anemone)라는 서양식 이름 대신 선조들의 숨결이 느껴지는 '말미잘'을 되뇌며 미소를 지어

● **개불알꽃** 야생란 애호가들에게 인기가 높은 식물로 개불알꽃이라는 종이 있다. 이 식물의 꽃을 들여다보면 둥글게 부푼 모양이며, 표면의 주름, 비릿한 내음까지 사람의 고환과 매우 유사하다는 사실을 알 수 있다.

* 정약전은 돌에 부착되어 고정된 상태로 살아가는 생물들을 굴의 일종으로 분류했다.

본다.

정약전은 당시 육지 사람들이 말미잘을 식용했다는 사실을 밝히고 있다. 대둔도의 장복연 씨는 말미잘을 회로 먹곤 했다고 얘기했고, 일부 지역에서는 정약전의 말처럼 된장을 풀어 얼큰한 말미잘국을 끓이기도 한다. 말미잘을 넣고 끓인 국은 과연 어떤 맛이었을까? 예전에는 지금보다 풍부한 해산물을 요리에 사용했던 것 같다. 지금은 식용으로 잘 쓰지 않는 따개비, 거북손, 군소, 군부 등도 모두 식용했다는 기록이 있다. 이미 사라진 전통 음식 문화를 잘 개발한다면 좋은 관광 상품이 될 수 있을 것이다.

군수가 가장 싫어하는 동물

말미잘을 촬영한 후 아이들에게 이곳에서 또 무엇이 잡히는지 물어보았다.

"꽃게도 있고, 보찰도 있고, 굴미이도 있고…"

"굴미이가 있어? 시커멓고 이렇게 뿔 달린 것 말이지?"

"네…"

"어디 있어?"

"조오기로 가야 있어요."

"응, 나중에 잡으면 좀 보여줘."

정약전은 이 동물을 굴명충이라고 기록하고 있다.*

[굴명충屈明蟲 속명을 그대로 따름]

큰 놈은 길이가 한 자 다섯 치 정도이고 둘레도 또한 이와 같다. 모양은 새끼를 품고 있는 닭과 같고 꼬리가 없다. 머리와 목을 약간 치켜들고 있으며, 귀는 고양이와 같다. 배 밑에 해삼의 발 비슷한 것이 있으며, 헤엄은 치지 못한다. 빛깔은 짙은 검은

---

* 정약전은 굴명충이라는 이름이 속명을 따른 것이라고 했다. 아마도 굴맹이, 굴밍이 등을 옮긴 말일 것이다. 실제로 사리 사람들은 이와 비슷한 '굴미이' 나 '굴밍이' 라는 이름을 사용하고 있었다. 얼마 전에 들렀던 경남 비진도에서는 굴맹이라는 이름을 확인할 수 있었다.

색이고, 붉은 무늬가 있다. 온몸이 모두 피로 되어 있으며, 맛은 담박하다. 영남 사람들은 이것을 먹지만, 백 번 씻어 피를 없애지 않고는 먹지 못한다.

『현산어보』에 등장하는 것을 보면 사리에서도 나는 것이 분명하다. 다음날이라도 물이 빠지면 한번 찾아보리라 생각하고 다시 촬영을 시작했다.

"굴멍이다. 굴멍이다."

"굴멍이 잡았어요. 커요."

여자아이가 큰소리로 외치며 손에 시커먼 것을 하나 들고 뛰어왔다. 지금껏 군소를 잡으러 다녔던 모양이다. 하얀 점이 박인 꽤 큰 놈이었다.

"여기서 이거 먹니?"

"네."

"냄새 안 좋잖아."

"네, 창 빼서 먹어야 되요."

"건드리면 먹물 안 뿜어?"

"네, 보라색 나와요."

"맛있니?"

"써요."

● 아이가 잡아온 군소 "굴멍이 잡았어요. 커요." 여자아이가 큰소리로 외치며 손에 시커먼 것을 하나 들고 뛰어왔다. 지금껏 군소를 잡으러 다녔던 모양이다. 하얀 점이 박인 꽤 큰 놈이었다.

울산 정자리 외가에서 몇 발짝만 걸어나가면 깨끗한 해변이 나온다. 어린 시절 외가에 놀러갈 때면 매일같이 바닷가를 거니는 것이 일이었다. 맑은 날은 햇살이 너무 따가워 오히려 흐린 날이 좋다. 특히 비가 오거나 큰 바람이 일고 난 후 바다에 나가는 것은 아주 즐거운 일이다. 파도에 실려 해조류며 평소에 보기 힘들었던 갖가지 동식물들이 해변으로 밀려오기 때문이다. 폭풍우가 몰아치고 난 어느 날 오후, 여느 때와 같이 바닷가를 거닐고 있을 때였다. 자갈밭에서 주워든 기다란 막대기로 해초 더미를 뒤지고 있는데 물결을 따라 움직이는 이상한 생물이 눈에 띄었다. 검고 물컹물컹한데 크기는 어른 주먹만 했다. 죽었나 싶어 슬쩍 막대기로 건드려보았더니 몸을 천천히 뒤틀며 꿈틀대는 것이 징그러웠다. 무엇보다도 재미있었던 것은 이놈이 오징어처럼 먹물을 내뿜는다는 사실이었다. 진한 보랏빛 먹물은 냄새가 고약하고 물로 씻어도 잘 지워지지 않았다.* 비닐봉지에 넣어서 집으로 가져갔더니 어른들이 군수라고 이름을 알려주었다. 정자리 사람들은 맛이 없고 냄새가 심한 것을 말군수, 식용으로 하는 것을 참군수라 하여 군소를 두 종류로 구분하고 있었다.

잡아온 군소를 삶았더니 몸이 호두알만 하게 쪼그라들었다. 입맛을 다시며 초장에 찍어 먹었는데 육질이 쫄깃쫄깃한 것이 그런대로 먹을 만했다. 정약전은 "영남 사람들은 이것을 먹는다"라고 했는데, 외가가 바로 영남이다. 그런데 여자아이의 말을 들어보면 여기 사리 마을에서도 군소를 식용하고 있다는 사실을 알 수 있다. 박도순 씨의 말도 마찬가지였다.

---

* 군소는 외적을 방어하기 위해 문어나 오징어처럼 먹물을 뿜는 습성이 있다. 정약전이 온몸이 피로 되어 있다고 한 것도 이 먹물을 보고 한 말이다.

흑갈색 바탕에
회백색의 얼룩 무늬가
있다.

냄새를 맡는 뿔.
아래쪽에 눈이 있다.

촉각을 느끼는 뿔.

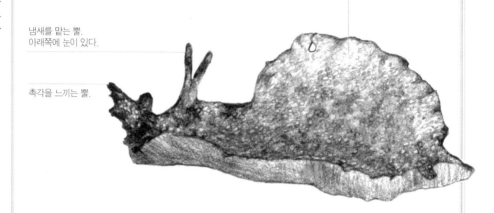

"맛있제. 우린 다 먹어라. 원래 감포, 포항 겉은 데 많다고 하는데 여기도 많소. 궁미이, 굴밍이라고 하지라. 이놈이 파란색, 보라색 먹물을 뿜는데 땅바닥에 패대기쳐서 발로 비빈 다음, 진이 빠지면 생으로 먹기도 하고 삶아 먹기도 합니다."

군소는 연체동물의 일종으로 껍질이 없는 고둥이나 달팽이라고 생각하면 된다. 몸빛깔은 흑갈색 바탕에 회백색의 얼룩 무늬가 있고, 개체마다 다소 변이가 있다. 머리에 두 쌍의 뿔이 있는데 한 쌍으로는 촉각을 느끼고 나머지 한 쌍으로는 냄새를 감지한다. 눈은 냄새 맡는 뿔의 밑동에 있다. 군소가 땅바닥에 웅크리고 있으면 몸이 둥글고 펑퍼짐하게 부풀어 정약전의 말처

● 군소 *Aplysia (Varria) Kurodai* Baba

럼 알을 품은 닭에 비유할 만한 모습이 된다. 실제로 닭이 알을 품을 때 보면 다리가 숨겨지고 날개 윗부분이 약간 도드라져 군소의 모습을 떠올리게 하는 구석이 있다. 군소는 봄철에 특히 많이 보이고, 3~7월에 바닷말이나 돌 밑에 끈을 뭉친 것 같은 황등색의 알덩어리를 낳는데, 사람들은 이것을 국수 면발처럼 보인다고 해서 바다국수라고 부르기도 한다.

　정약전은 군소 큰 놈이 한 자 다섯 치에 이른다고 했는데, 이는 요즘 단위로 환산하면 25센티미터 정도에 해당한다. 이 정도면 복족류 중에서는 최대형이라고 할 수 있다. 부산 다대포에서는 이보다 훨씬 큰 놈도 본 적이 있다. 다대포는 예전에 간첩이 출몰했던 적이 있어 군인들이 출입을 통제하고

있었는데, 표지판을 보지 못한 탓에 본의 아니게 경계구역 안으로 들어가게 되었다. 오랫동안 사람의 손길이 미치지 않아서 그런지 이곳에서는 고둥이며 보라성게, 군부에 이르기까지 모든 것이 초대형이었다. 조그만 조수웅덩이를 뒤지고 있을 때였다. 갑자기 손끝에 물컹한 것이 닿아 소스라치게 놀랐다. 자세히 들여다보았더니 엄청나게 큰 군소 두세 마리가 한데 엉켜 있는 것이 아닌가. 조심스럽게 꺼내어보니

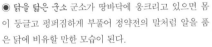

◉ **닭을 닮은 군소** 군소가 땅바닥에 웅크리고 있으면 몸이 둥글고 펑퍼짐하게 부풀어 정약전의 말처럼 알을 품은 닭에 비유할 만한 모습이 된다.
◉ **군소의 알** 군소는 봄철에 특히 많이 보이고, 3~7월에 바닷말이나 돌 밑에 끈을 뭉친 것 같은 황등색의 알덩어리를 낳는데, 사람들은 이것을 국수 면발처럼 보인다고 해서 바다국수라고 부르기도 한다.

어림잡아도 40~50센티미터는 충분히 될 듯한 놈들이었다.

　군소는 조간대 부근의 바위에서 녹조류나 갈조류 등을 먹으며 살아간다. 박도순 씨는 군소의 식성에 관련된 재미있는 이야기를 하나 들려주었다.

　"군수 때문에 면장 잘린 이야기 알아요? 군수는 4, 5, 6월에 많이 나는데 군수 쑹년이면 어민은 운다는 말도 있지라. 해초 무섭게 뜯어먹어 버려. 포항서 군수가 시찰을 나왔는데 어느 면장이 군수 앞에서 '그놈의 군수란 놈이 파래랑 가사리랑 다 뜯어먹어 버려 죽게 되었습니다' 하고 하소연을 했던 모양이여. 그런데 군수는 자기한테 그러는 줄 알고 이 면장을 잘라버렸다는 거여."

　'군소가 흔한 해는 바람이 자주 분다' 라는 말도 있다. 이는 인과 관계를 바꾸어 해석한 것이긴 하지만 어느 정도 일리가 있는 말이다. 군소가 갯가에 많이 밀려오는 것은 바람이나 파도가 심했음을 의미하므로 이런 해는 당연히 바람이 많을 수밖에 없을 것이다.

뿔이 닮았다

"아저씨, 창 뺄 줄 알아요?"

"보라색 물 빼는 걸 창 뺀다고 그래?"

"아녜요. 창도 빼요."

창자를 꺼내는 것을 창 뺀다고 하는 모양이다.

"내가 창 빼줄까요?"

"그냥 먹으면 안 돼?"

"창 빼서 먹어야 되요."

아이가 군소를 주물럭거리자 머리 쪽에서 커다란 뿔 네 개가 튀어나왔다.

"잠깐 이렇게 들고 있어봐."

아이에게 군소 목 부분을 잡고 있게 하고 촬영을 했다. 뿔이 툭 튀어나온 것이 영락없이 소를 앞에서 본 모습이었다. 군소라는 이름이 명확하게 이해되는 순간이었다. 역시 군소는 머리의 뿔 때문에 붙은 이름이었다.

정약전은 군소의 뿔을 고양이의 귀에 비유했지만, 대부분의 사람은 이것

● 군소의 뿔 아이가 군소를 주물럭거리자 머리 쪽에서 커다란 뿔 네 개가 튀어나왔다. 아이에게 군소 목 부분을 잡고 있게 하고 촬영을 했다. 뿔이 툭 튀어나온 것이 영락없이 소를 앞에서 본 모습이었다.

을 문자 그대로 뿔로 본다. 우리 선조들은 뿔이 난 것에 '소'라는 이름을 즐겨 붙였다. 정약전보다 약간 늦게 활동했던 조선 후기의 실학자 정동유는 염소의 이름을 다음과 같이 풀이하고 있다.

고력(염소)은 양의 일종이다. 그러나 털이 감겨 있지 않고 턱에 수염이 있는 것이 양과 다르다. 온갖 짐승들은 수염이 없는데 이 짐승만은 수염이 있다. 그런 까닭에 속명을 염소, 즉 수염 있는 소라고 한 것이다. 소는 우牛이다. 소가 아닌데 소라고 하는 것은 뿔 있는 동물은 대부분 소라고 일컫는 것이 많기 때문이다. 말똥구리를 하늘소라고 하는 것이 한 예다.

염소·하늘소·군소는 모두 소처럼 머리에 뿔이 달려 있다고 해서 소라는 이름을 갖게 된 것이었다.

정약전은 군소의 배 밑에 해삼의 발 비슷한 것이 있다고 설명했다. 해삼은 부드러운 관족을 사용해서 이동한다. 정약전은 해삼의 느릿느릿한 이동 방식을 군소와 같다고 본 모양이다. 그러나 이것은 잘못된 설명이다. 군소에게는 관족이 없기 때문이다. 군소는 해삼보다는 오히려 달팽이와 비슷한 방식으로 움직인다. 발을 파동치듯 움직여 미끄러지듯 기어가는 것이다.

어쩌면 이러한 이동 방식이 군소라는 이름의 유래를 설명해줄지도 모른다. 군소의 '군'과 굴밍이의 '굴'을 모두 '굼뜨다'의 '굼'에서 나온 말로 보자. 그러

● 군부 군소와는 이름도 비슷하지만, 같은 연체동물에 속하며 비슷한 방식으로 움직인다는 공통점을 가진다. 그런데 군부의 방언 중에 굼보라는 것이 있다. 굼보는 느리게 행동하는 사람을 빗대어 부르는 이름이기도 하다. 이로써 군부와 군소라는 이름의 유래가 역시 느린 움직임에 있다는 추측이 가능해진다.

면 군소라는 이름을 소처럼 뿔이 나 있고, 느릿느릿 굼뜨게 움직이는 생물로 풀이할 수 있다. 군부라는 동물이 있다. 군소와는 이름도 비슷하지만, 같은 연체동물에 속하며 비슷한 방식으로 움직인다는 공통점을 가진다. 그런데 군부의 방언 중에 굼보라는 것이 있다. 굼보는 느리게 행동하는 사람을 빗대어 부르는 이름이기도 하다. 이로써 군부와 군소라는 이름의 유래가 역시 느린 움직임에 있다는 추측이 가능해진다.

'굼'이라는 말은 굼실굼실 움직인다는 어감을 주기도 한다. 굼실거리는 움직임과 느릿한 행동은 통하는 바가 있다. 굼배미, 굼배이, 굼배, 굼비, 굼버지, 굼베지는 모두 굼벵이를 달리 부르는 이름들이다. 특히 굼버지나 굼베지는 군부의 방언 굼붓, 굼벗과 형태가 유사한데, 굼벵이의 속도나 움직임은 군소나 군부와 비슷한 점이 있다. 또한 굼벵이의 방언 중에 굼미이라는 것이 있다. 군소의 방언 굴밍이를 연상케 하는 것이 재미있다.

"창 빼야지."

촬영이 끝나자마자 아이는 군소를 들고 옆의 조수웅덩이로 달려갔다. 뒤따라가보니 벌써 시작했는지 군소가 고통스러운 듯 몸을 비틀며 먹물을 뿜어대고 있었다. 아이는 이에 아랑곳하지 않고 조그만 손으로 배를 갈라 창자를 솜씨 있게 빼내면서 삶아줄 테니 먹을 거냐고 묻는다.

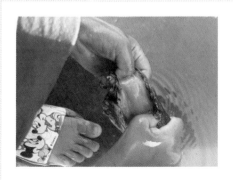

● **군소 창 빼기** 군소가 고통스러운 듯 몸을 비틀며 먹물을 뿜어대고 있었다. 아이는 이에 아랑곳하지 않고 조그만 손으로 배를 갈라 창자를 솜씨 있게 빼내면서 삶아줄 테니 먹을 거냐고 묻는다.

박
도
순

씨
와
의

저
녁
식
사

떡미역과 가새미역

한참 조간대를 헤매다가 문득 허리를 펴고 주위를 둘러보니 방파제 쪽에 사람들이 모여 있는 모습이 보였다. 미역을 채취하러 나갔던 사람들이 돌아온 모양이다. 리어카 가득 미역을 싣고 돌아가는 사람들의 발걸음이 가볍다. 해변을 잠시 더 둘러보다 집으로 돌아왔다.

집 앞에서는 박도순 씨가 할머니와 함께 미역을 손질하고 있었다. 칼로 일일이 모양을 잡아주는 것이 간단해보이지는 않았다. 박도순 씨는 일손을 멈추지 않은 채 고개를 돌리며, 돌미역은 다듬어주지 않으면 상품가치가 없다고 일러준다.

"미역에도 종류가 있어요?"

장소를 방으로 옮긴 후 다시 물었다.

"떡미역과 가새미역이 있지라. 넓적한 것이 떡미역, 옆으로 많이 갈라진 게 가새미역이여. 가새미역이 훨씬 낫제. 값도 비싸고. 먹어본 사람이면 알지라. 사리에는 가새미역이 나요. 요 옆에 심리만 해도 전부 떡미역인데 말

● 미역 말리기 사리에서 나는 미역은 품질이 뛰어난 것으로 유명하다.

이여."

미역은 같은 종류이더라도 자라는 환경에 따라 그 형태가 달라진다. 가새미역은 물살이 빠른 곳에서 주로 자란다. 가장자리가 갈라진 것은 힘을 거스르지 않고 빠른 물살을 버텨내기 위한 전략인지도 모르겠다. 어떤 학자들은 이를 수온 차이로 설명하기도 한다. 동해안에서 나는 미역이 주로 홀쭉하고 가장자리가 깃 모양으로 갈라지는 반면, 남해나 제주에서 나는 미역은 가장자리가 밋밋한 경우가 많기 때문이다. 정약전이 보고 관찰한 미역은 잎 부분이 옥수수 잎과 비슷하다고 한 것으로 보아 떡미역이었던 것 같다.

[해대海帶 속명 감곽甘藿]

길이는 1장丈 정도이다. 하나의 뿌리에서 잎이 생겨난다. 뿌리에서 줄기가 나오고 줄기에서 양 날개가 나오는데, 날개의 안쪽은 단단하고 바깥쪽은 부드럽다. 주름이 쌓여 있는 부분은 도장의 전각 무늬처럼 보이고, 잎 부분은 옥수수 잎과 비슷하다. 음력 1~2월에 뿌리가 나고 6~7월에 따서 말린다. 뿌리의 맛은 달고 잎의 맛은 담박하다. 임산부의 여러 가지 병을 고치는 데 이보다 나은 것이 없다. 모자반[海藻]과 같은 지대에서 자란다.

● 떡미역과 가새미역 "떡미역과 가새미역이 있지라. 넓적한 것이 떡미역, 옆으로 많이 갈라진 게 가새미역이여."

이청의 주 『본초강목』에서는 "해대는 해조를 닮았지만 보다 부드럽고 질기며 길이가 길다. 아기를 잘 낳게 하고 부인병을 고치는 효과가 있다"라고 했다. 이는 곧 미역을 말하는 것이다. 해대를 가리켜 감곽이라고 한 것은 『본초강목』의 「해대」 주치主治조에 "해대는 출산을 돕고 부인병을 다스린다"라고 한 구절이 나오는데, 감곽이 바로 임산부에게 가장 좋은 음식이기 때문이다. 그러나 "해대는 해조와 비슷하지만 거칠다. 길고 유연하면서도 질긴 성질이 있어서 말리면 물건을 묶는 데 사용할 수 있다"라고 한 대목은 해대가 감곽이 아니라는 사실을 보여준다. 감곽은 엷고 연하여 끊어지기 쉬운데 어찌 물건을 묶을 수 있겠는가? 사람들이 흔히 '다시마'라고 부르는 바닷말이 길고 유연하면서도 질기니 혹 이것으로 물건을 묶을 수도 있을 것 같다. 게다가 다시마는 모양이 길쭉해서 납작한 끈이나 띠처럼 보이므로 해대의 '대帶'자와 연관지어 볼 수도 있으니 해대가 다시마임은 의심의 여지가 없다. 사람들이 감곽이라고 부르는 종은 『본초강목』에서 어떤 이름으로 기재되어 있는지 알 수가 없다. '곤포昆布'라는 종의 맛과 성질, 모양이 지금의 감곽과 자못 비슷하지만 이 역시 분명하지는 않다. 『동의보감』에서 자채紫菜를 감곽이라고 한 것은 잘못이다.

　미역은 다시마와 가까운 친척이다. 그러나 그냥 기다란 띠 모양인 다시마와는 달리 미역에는 띠 모양의 잎 중앙을 따라 굵은 줄기가 발달해 있다. 정약전이 "날개의 안쪽은 단단하고 바깥쪽은 부드럽다"라고 한 것은 미역의 단단한 줄기와 주변의 잎새 부분을 이야기한 것이다. 다시마도 마찬가지지만, 잎의 표면은 점액이 많이 분비되어 항상 미끌미끌하다. 해변의 바위나 돌에 무리 지어 자라며, 나뭇가지 모양으로 갈라진 튼튼한 뿌리로 몸을 바위에 고정시키는데 웬만한 파도에는 끄덕도 하지 않는다.

성숙한 미역은 뿌리 위쪽에 쭈글쭈글한 모양의 미역귀를 만든다. 바짝 말려서 튀기거나 고추장에 찍어 먹는 바로 그 부분이다. 미역의 일생은 매우 짧다. 지방에 따라 차이가 있지만 대체로 가을에서 겨울 동안에 걸쳐 자라고, 여름이 깊어지면 덧없이 녹아 없어져버린다. 미역이 죽기 전에 자손을 만들기 위해 발달시키는 구조가 바로 미역귀다. 봄에서 초여름 사이 미역귀가 성숙하면 홀씨를 내뿜게 된다. 홀씨는 곧 발

잎 중앙에 굵고 단단한 맥이 있다.

잎 가장자리는 부드러우며 밋밋하거나 깊게 갈라진다.

⦿ **미역** *Undaria pinnatifida* (Harvey) Suringar

주름진 미역귀 부분에서 포자를 만든다.

뿌리는 나뭇가지 모양으로 갈라져 있다.

아하여 눈에 보이지도 않을 만큼 작은 모습으로 여름을 난다. 그러다 가을이 되고 수온이 다시 내려가면 이 조그만 덩어리에서 정자와 난자가 나와 수정이 이루어지게 된다. 이제 본 모습을 되찾을 차례다. 바위 여기저기에 달라붙은 새끼 미역들은 경쟁이라도 하듯 쑥쑥 자라 줄기를 내어 올리고, 넓적한 잎을 펼쳐 바다 속에 무성한 숲을 이룬다.

사리에서는 주로 해변 곳곳의 암초에 붙어 있는 자연산 돌미역을 채취한다. 하지만 인공양식법이 개발된 후 이제는 양식미역이 우리의 밥상을 점령하고 있다. 미역을 어떻게 양식하느냐고 물어보자 박도순 씨 어머니가 간단히, 너무나도 간단히 설명을 해준다.

"미역포자를 사다가 물에 담가놓으면 요만한 게 생겨. 그걸 밧줄에 묶어놓으면 금방 크제."

정약전은 미역을 해대, 속명 감곽이라고 표기했다. 그러나 사실 해대는 미역이 아니라 다시마를 가리키는 이름이다. 이청은 중국 문헌을 통해 이를 고증하고 정약전이 미역을 해대로 착각한 이유까지 추측하고 있다. 『본초강목』에 해대가 임산부에게 좋다는 내용이 나오는데, 미역이 똑같은 약효를 가지므로 같은 종류로 판단했다고 본 것이다.

그러나 정약전이 실제로 해대가 미역을 가

● **미역귀와 전각** 정약전이 전각 그림과 같다고 한 것은 이 미역귀의 모양을 보고 한 말이다. 가만히 들여다보면 구불구불한 도장 글씨처럼 생긴 것이 꽤 잘 된 비유 같기도 하다.

리키는 이름이라고 판단했는지는 의문이다. 그는 변변한 책 한 권 구해볼 수 없는 외딴 섬에 머물고 있었다. 자신이 관찰한 생물의 중국 이름을 찾아내는 데 한계를 느꼈기 때문인지, 그렇지 않으면 특별한 의도가 있었던 것인지 알 수 없지만 정약전은 스스로 새로운 작명법을 창안해냈다. 이 작명법은 비슷한 종류의 물고기들이 같은 무리에 속한다는 것을 보여준다는 점에서 린네의 이명법과도 비견할 만한 것이다. 예를 들면 접鰈은 가자미류를 의미하는 중국 글자이지만 정약전은 그 대표종을 넙치로 놓고, 유사종들을 소접·장접·전접·수접·우설접·금미접·박접 등으로 명명했다. 이들 물고기들이 모두 가자미류에 속한다는 사실을 이름만으로도 쉽게 추측할 수 있게 한 것이다. 멸치를 추어·대추·단추·수비추·익추로 나눈 것이나 청어를 청어·식청·가청·관목청으로 나눈 것 등 이러한 작명법은 『현산어보』의 곳곳에 반복해서 등장한다. 해대라는 이름도 이런 측면에서 바라볼 필요가 있을 것 같다. 정약전은 띠 모양으로 생긴 해조류를 모두 같은 무리라고 생각했고, 그 대표종을 미역으로 보았다. 그래서 미역을 해대라고 기록한 다음 이와 비슷한 종을 가짜 미역 가해대, 검은 미역 흑대초로 분류한 것이다. 이렇게 생각하면 정약전이 사용한 해대는 미역을 가리키는 이름으로, 나름대로 충분한 의미를 가지게 된다.

산모의 영양식

우리 나라에는 아이를 출산한 산모에게 제일 먼저 흰밥과 미역국을 끓여주는 풍속이 있다. 산모가 먹을 미역은 특별히 해산미역이라고 부르는데, 이것을 살 때는 넓고 길게 붙은 것으로 고르며 값을 깎지 않았다. 또 사람들은 장사꾼이 미역을 그대로 주는가, 꺾어서 주는가에 따라 순산을 점쳐보기도 했다. 예로부터 미역을 꺾어주면 그 미역을 먹을 산모가 아이를 낳을 때 난산을 한다는 속신이 있었기 때문이다. 그래서 장사꾼들은 보통 산모가 먹을 미역을 꺾지 않고 새끼줄로 묶어서 팔았다.*

산모에게 미역국을 먹이는 일은 삼칠일까지 의무적으로 계속되었다. 이러한 풍속은 지금도 이어져 도회지의 병원이나 산원에서까지 미역국을 끓여주는 것을 상례로 삼고 있다. 맛도 맛이려니와 정성스레 끓인 미역국은 어머니의 푸근한 정감을 느끼게 한다.

미역이 여러모로 산모에게 도움이 되는 식품이라는 것은 틀림없는 사실이다. 미역에는 칼슘의 함량이 많을 뿐 아니라 흡수율이 높아서 칼슘 요구

---

* 먹는 음식물의 형태와 태아를 연결짓는 것은 오래 전부터 내려온 관습이다. 방게를 먹으면 아기가 옆으로 나온다든지, 자라고기를 먹으면 아기 목이 움츠러든다든지, 토끼고기를 먹으면 자식이 언청이가 된다든지 하는 따위의 이야기들이 모두 그러한 예다. 산모에게 꺾지 않은 곧은 미역을 먹이는 이유도 아기가 똑바로 잘 빠져나오기를 바라는 뜻으로 짐작된다.

량이 많은 산모에게 유익하다. 갑상선호르몬의 주성분인 요오드의 함량이 높아 젖을 내는 데도 도움이 된다. 이 밖에 각종 무기물의 함량이 높고 혈압과 혈중 콜레스테롤 수치를 낮추는 작용이 있을 뿐만 아니라 섬유질 함량이 높아 장 운동을 촉진시킴으로써 임산부에게 생기기 쉬운 변비 예방에도 효과가 있다. 여러모로 미역은 산모에게 좋은 식품인 것이다.

우리 나라는 삼면이 바다여서 좋은 미역이 산출된다. 경남 양산군 기장면 앞바다에서 나는 기장미역이 가장 좋은 미역으로 손꼽히는데, 보통 내만의 입구인 조류가 빠른 곳에서 자란 것이 품질이 좋다고 한다. 사리의 거센 파도 때문에 사리미역이 유명하다는 말도 허언만은 아닌 듯하다.

미역은 말려서 오랫동안 보관할 수 있으므로 예로부터 좋은 먹을거리로 활용되어 왔다. 요리법도 다양하게 발달했다. 쇠고기, 홍합, 광어 등을 넣어서 국을 끓이는 것이 가장 대표적이지만, 한여름 얼음과 오이를 동동 띄운 미역냉국, 잘게 썰어 장과 기름을 치고 주물러 무친 미역무침, 프라이팬에 볶은 미역볶음, 생미역에 초고추장을 얹어 먹는 미역쌈, 이 밖에도 미역자반, 미역지짐, 미역귀김치 등 미역을 이용한 음식은 헤아릴 수 없이 많다.

● 기장미역과 사리미역 경남 양산군 기장면 앞바다에서 나는 기장미역이 가장 좋은 미역으로 손꼽히는데, 보통 내만의 입구인 조류가 빠른 곳에서 자란 것이 품질이 좋다고 한다. 사리의 거센 파도 때문에 사리미역이 유명하다는 말도 허언만은 아닌 듯하다.

좃고기 난 여의
수수께끼

박도순 씨가 갑자기 보여줄 게 있다며 방구석으로 가더니 뭔가를 꺼내왔다.

"이거 재밌는 거여. 한번 봐요."

박도순 씨는 이상한 이름들이 가득 적혀 있는 종이 몇 장을 내밀었다. 박도순 씨가 내놓은 것은 미역밭구역표였다. 그런데 이것을 읽어보니 상상외로 재미가 있었다. 다음은 그 구역 이름 중에서 몇 가지를 골라 정리해본 것이다.

점지 끝에서 건남녑 개안까지
원숭이 끝에서 서산 끝까지
평나무 끝에서 녹섬간 대덕까지
장다랭이 토지바위에서 대구 밀인 둔벙까지
은수자리 큰 여에서 작은 작사리까지

● 주인 있는 바닷가 여행객들은 아무 생각 없이 그냥 스쳐 지나지만 사실 바닷가 마을 주변 해안에는 주인이 있다. 바닷가에 있는 지형지물을 경계로 일정한 구역을 정하고, 그 구역의 주인만이 해산물을 독점적으로 채취하는 것이다.

상낭기미 취개에서 짝지개까지

유앙 바위 취에서 줄여목 솔섬까지

건머리 끝에서 갈림자리까지

춘용멸개에서 배 닫는 택까지

얽은 여에서 평나무 밑까지

대구 밀인 둔벙에서 좆고기 난 여까지

줄여목에서 이참봉 손 씻는 개까지

좆고기 난 여에서 은수자리 큰 여까지

작은 작사리에서 상낭기미 취개까지

순우리말로 된 땅이름이 매우 인상적이었다. 언제부터 내려오는 말인지는 모르지만, 선조들의 숨결이 생생하게 느껴졌다.

표에 적힌 대로 부르고는 있지만, 섬주민들도 무슨 말인지 모를 표현들이 즐비했다. 박도순 씨가 몇몇 항목에 대해 설명해주었다.

은수자리는 은수라는 사람이 고기를 잡던 터라고 한다. 임연수어가 임연수라는 사람이 잘 잡아서 생긴 이름이라는 이야기와 비슷하다. 이참봉 손 씻는 개는 옛날 이참봉이라는 사람이 손을 씻었던 장소라고 한다. 역시 민간어원설적인 측면이 다분하지만 그래도 재미있는 이름이다. 이참봉이란 사람이 누구였고, 왜 거기서 손을 씻었으며, 그것이 마을 사람들에게 어떤 의미를 가졌기에 그의 이름을 딴 여가 생겼을까? 박도순 씨는 정약전과 관런된 지명이 없는 것이 이상하다고 했다. 참봉이라는 벼슬도 조선시대부터 나타났을 텐데 이참봉이란 사람이 정약전보다 더 예전 사람이었을까? 의문이 꼬리를 문다. 대구 밑인 둔병도 재미있다. 이곳 말로 시체를 대구라 부른다고 한다. 물에 빠진 시체가 밀려온 장소라는 뜻으로 이런 이름을 붙였다는 것이다.

그러나 가장 재미있었던 것은 '좆고기 난 여' 라는 이름이었다. 좆고기 난 여는 칠형제바위 오른쪽 서산 끝 너머에 있는 여다. 여는 물속에 잠겼다 떠올랐다 하는 암초를 가리키는 말이다.

● 서산 끝 좆고기 난 여는 칠형제바위 오른쪽 서산 끝 너머에 있는 여다. 사진 중앙 뒤편에 툭 튀어나와 있는 곳이 서산 끝이고, 그 앞쪽에 떠 있는 조그만 섬들이 칠형제바위다.

좆고기는 말뚝고기인가

"좆고기가 어떤 물고기인가요?"

"글쎄 말이여, 좆고기란 건 우리도 잘 모르제. 못 봤으니께. 그냥 좆고기 난 여라고 했으니까 좆고기가 많이 잡힌 자리라고는 하는데…"

"좆고기라고 불렀으니 분명 형태랑 관계가 있을 텐데요."

"그러고 보니 좆고기라고 생각되는 고기가 하나 있긴 있어라."

박도순 씨는 한숨을 돌리고 말을 이었다.

"내 생각으론 아무래도 좆고기가 말뚝고기 같소."

"말뚝고기요?"

귀가 번쩍 뜨였다. 말뚝고기라면 정체를 알 수 없어 찾아헤매던 물고기 중의 하나였다.

[익추杙鰌 속명 말독멸末獨蔑]

모양과 빛깔이 멸치[小鰌]와 비슷하다. 머리가 작고, 꼬리는 뾰족하지 않다. 모양이

눈이 머리 위쪽에 치우쳐 붙어 있다.
낮 동안 몸을 모래 속에 파묻고 눈만 내놓는다.

등 쪽은 황갈색이며,
배 쪽은 은색으로 빛난다.

머리 부분이 뭉툭하여
남자의 성기를 떠올리게 한다.

기름지느러미가 있다.

육식성 물고기답게 입이 큰 편이며,
양 턱에는 여러 줄의 이빨이
빽빽하게 돋아 있다.

말뚝과 같다고 해서 이런 이름이 붙었다.

  정약전은 익추가 멸치의 일종이라고 했다. 그런데 멸치 종류 중에서는 모
양이 말뚝 같다고 한 표현에 적합한 종을 찾을 수가 없었다. 민물고기인 모
래무지를 말뚝고기라고 부르기는 하지만, 바닷물고기에서는 비슷한 방언조
차 찾아보기 힘들었다. 단지 말독멸이 멸치는 아닌 것 같다는 생각만 하고
있던 차에 정약전의 유배지에서 그 이름을 듣게 된 것이다.
  "말뚝고기가 말뚝처럼 생겼나요?"
  "그렇지. 말뚝같이 생겼제. 또 말뚝고기가 꼭 남자 그것같이 생겼어요. 그

● 매퉁이 *Saurida undosquamis* (Richard-son)

래서 그란디 아무리 생각해도 말뚝고기가 좆고기 같단 말이여."

잔뜩 긴장하며 말뚝고기의 후보 중 하나로 꼽았던 물고기의 사진을 보였더니 박도순 씨는 말뚝고기가 틀림없다고 확인해주었다. 후에 만난 박판균 씨도 역시 같은 물고기를 말뚝고기로 지적했다. 말뚝고기는 매퉁이였다.

매퉁이는 머리가 뭉툭하고 몸이 길쭉해서 모양을 말뚝에 비유할 만하다. 매퉁이가 말뚝고기라면 정약전이 이 물고기에 말독멸이라는 이름을 붙인 이유도 쉽게 짐작할 수 있다. 매퉁이는 몸이 말뚝처럼 생겼을 뿐만 아니라 전체적인 몸꼴이나 커다란 입, 비늘의 생김새가 멸치와 비슷한 느낌을 주기 때문이다.

말뚝고기를 어떻게 잡느냐는 물음에 대한 박도순 씨의 답변은 이러한 생각을 더욱 굳혀주었다.

"말뚝고기는 낚시로는 한 번도 못 잡아 봤어라. 가끔 낭장망에 걸려 올라오긴 하는데 말이여. 수온이 내려갔을 때 잘 잡히제. 낭장망이 멸치 잡는 그물이여. 멸치그물에 걸려 올라오는 놈들이 혹 있어라. 말뚝고기도 이때 가끔 나와요. 그게 아마 멸치 종류일 거여."

박판균 씨도 비슷한 대답이었다.

"말뚝고기 있죠. 말뚝이라고도 하지. 숭어 비슷하게 생겼어라. 낚시는 안 물고 그물에만 드는디 이게 뼈가 많아요, 잔뼈가."

멸치가 수면 가까운 곳을 헤엄쳐 다니는 회유성 어종이라면, 매퉁이는 모래 속에 몸을 파묻고 숨어 있다가 위를 돌아다니는 물고기를 공격하는 저서

성 어종이다. 이 점 때문에 끝까지 매통이를 말뚝멸로 판정하길 망설였다. 그런데 매통이가 멸치그물에 함께 잡혀 나온다면 말이 달라진다. 멸치와 함께 올라오는 데다 색깔과 몸꼴마저 비슷한 매통이에게 멸치라는 이름을 붙이는 것은 어쩌면 당연한 일이었을 것이다.

이렇게 해서 말뚝멸이 매통이라는 결론을 내릴 수 있었다. 그러나 이해할 만한 외형상의 특징에도 불구하고 매통이를 좃고기로 보기에는 몇 가지 석연치 않은 점이 있다. 좃고기는 예로부터 전해내려오는 이름이다. 게다가 한 여의 이름으로 붙여질 정도라면 꽤 널리 사용되고 있었다는 뜻이 되는데, 정약전은 여기에 대해 전혀 언급하지 않았다. 또한 매통이는 모랫바닥을 좋아하는 물고기로, 물속의 암초인 여와는 어울리지도 않는다. 좃고기난 여에서 매통이가 잡힐 가능성이 크지 않다는 뜻이다. 진짜 좃고기는 어떤 물고기일까?

새로운 후보의 출현

'좆고기 난 여' 라는 이름에 걸맞는 물고기라면 여 부근에서 나야 하고, 또 꽤 많이 잡히는 물고기여야 할 것이다. 뒤이어 나눈 박도순 씨와의 대화에서 이러한 조건에 잘 들어맞는 물고기가 등장했다. 상어 이야기를 하다가 '조전대미' 라는 이름이 나온 것이다. 처음 박도순 씨가 조전대미 이야기를 꺼냈을 때 또 한 가지 물고기의 정체가 밝혀졌다는 사실에 우선 탄성을 올렸다. 똑같은 이름이 『현산어보』에 등장하고 있었기 때문이다.

[왜사矮鯊 속명 전담사全淡鯊]

길이는 몇 자 되지 않지만 모양, 빛깔, 성질, 맛 등이 모두 치사(복상어)와 비슷하다. 단지 몸이 작다는 것이 다른 점이다.

이청의 주 섬사람들이 왜사를 조전담사趙全淡鯊 또는 제주아濟州兒라고 부르고 있는데 그 뜻이 무엇인지 알 수가 없다.

눈은 가늘고 긴 편이다.

머리가 납작하다.

다른 상어에 비해
주둥이가 짧다.

몸은 칙칙한 색깔의
얼룩덜룩한 무늬로 덮여 있다.

　박도순 씨는 조전대미의 후보로 수염상어와 두툽상어를 지목했다. 그리
고 박판균 씨는 정확히 두툽상어를 짚어냈다. 두툽상어는 괘상어라고도 불
리는 물고기로 가까운 바다에서 많이 잡히는데, 살이 희고 오돌오돌하게 씹
히는 감촉이 독특한 데다 맛까지 고소해서 횟감으로 인기가 높다.

　정약전은 작은 상어 '왜사'의 속명을 전담사로 기록했다. 그리고 이청은
섬사람들이 이 상어를 조전담사 또는 제주아라는 이름으로 부른다고 했다.
전담사는 전대미에, 조전담사는 조전대미에 해당할 것이다. 도대체 이 기묘
한 이름들의 의미는 무엇일까?

　박도순 씨 역시 전대미의 말뜻을 알지 못했다. 그러나 조전대미에 대해서

● 두툽상어 *Scyliorhinus torazame* (Tanaka)

는 다음과 같은 설명을 들려주었다.

"우리는 조전대미란 말을 조씨를 음해하는 말로 받아들여요. 조씨 성을 가진 사람을 보면 장난삼아 조전대미 잡으러 가자고 놀리곤 했지라."

전대미에 '조'자를 붙여 조전대미라고 불렀다는 것이다. 사실 특정 성씨를 놀림의 대상으로 삼는 것은 그리 드문 일이 아니지만, 특히 조씨 성은 그 빈도가 심하다. 이때 조는 남자의 성기를 나타내는 '좆'에 대응된다. 좆은 보통 좋지 않은 의미로 사용된다. 크기가 작거나 쓸모없는 종류를 표현할 때 '좆만 하다', '좆같다'라고 한다. 조전대미의 '조'도 역시 '좆'의 의미로 쓰인 것이 아닐까? 두톱상어는 잡아서 널어 말렸다가 쭉쭉 찢어 술안주로 먹기도 하지만 크기가 작은 데다 맛이 특별히 좋은 것도 아니어서 대체로 인기가 없는 물고기라고 할 수 있다. 박도순 씨도 크기가 작다는 점, 다른 물고기에 비해 경제적 가치가 적다는 점을 강조했다.

"조전대미는 쪼끄매요. 30센티미터 정도 것들이 주로 잡히제. 원래 상말로 못된 걸 좆같다고 하잖아요. 조전대미는 고기 중에서도 값어치가 없는 고기여. 많이 잡히기는 하는데 아무 데도 못 써요. 돈도 안 되고 어떤 사람은 먹으면 복통이 일어나기도 해요. 생명력이 질겨서 물 위에 올려놔도 아주 오래 살어라. 재수 없는 고기제."

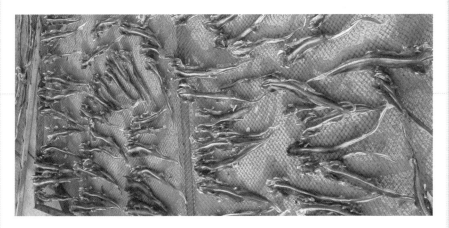

● **두톱상어 말리기** 두톱상어는 잡아서 널어 말렸다가 쭉쭉 찢어 술안주로 먹기도 하지만, 크기가 작은 데다 맛이 특별히 좋은 것도 아니어서 대체로 인기가 없는 물고기라고 할 수 있다.

그렇다면 역시 조전대미가 좆고기가 되었을 가능성이 높아 보인다. '좆' 같은 전대미라고 해서 조전대미, 좆전대미라 부르다가 전대미가 빠져 좆고기가 되었다면 무난한 설명이 되지 않을까? 이와 비슷한 예가 또 있다. 돔발상어를 흑산도에서는 좆돔발이라고 비하해서 부르고 있었다.

"전라도 말로 까부는 놈을 오뉴월 좆돔발이 까불듯이 까분다 그라여."

돔발상어도 역시 두툽상어처럼 크기가 작고 경제적 가치가 떨어지는 종이다. 남해안 일대에서 볼락 작은 놈을 좆볼락이라고 부른다는 것도 주목할 만하다.

이청은 "섬사람들이 왜사를 조전담사趙全淡鯊 또는 제주아濟州兒라고 부르고 있는데 그 뜻이 무엇인지 알 수가 없다"라고 의문을 표시했다. 정약전은 어보를 작성하기 위해 상하귀천 가리지 않고 여러 사람들을 찾아다니며 정보를 수집했을 것이다. 덕분에 각종 해산물들의 생태, 방언, 쓰임새에 대해 많은 지식을 쌓을 수 있었다. 그러나 조전담사와 제주아라는 말은 소개하지 않았다. 정약전의 세심하고 호기심 많은 성격을 생각한다면 위 두 가지 속명을 듣고 무슨 뜻인지 알아내려 애를 썼을 것은 분명한 사실이다. 이청은 이 두 가지 말을 전해들었지만 무슨 뜻인지 알 수 없다고 했다. 그도 이름의 뜻을 알아내기 위해 나름대로 꽤 많은 노력을 기울였을 것이다. 그러나 이들의 노력은 모두 실패로 돌아갔다. 섬사람들이 일부러 알려주지 않았던 것은 아닐까? '조' 혹은 '조전', '제주아'가 모두 '좆'과 관계있는 말이라면 지체 높은 양반, 그것도 서당 훈장 앞에서 말하기엔 쑥스러웠을 것이다. 이청도 나름대로 근엄한 표정을 지었기에 답을 알아내지 못한 것일 수 있겠다.

상어는 여러 어종 중에서도 중요한 식용어에 속했고, 우리 민족이 가장 많이 잡아온 물고기 중의 하나였다. 그렇다면 상어가 많이 잡히는 여에 상어의 이름을 붙인다고 해도 그리 이상할 것이 없다. 좆고기 난 여에서 실제로 낚시를 해보고 싶다. 만약 조전대미가 잡힌다면 이러한 가설은 힘을 얻게 될 것이다.

배불뚝이 상어

박도순 씨는 비근더리라는 상어를 회상하며 이렇게 말했다.

"복통이라고도 하고 비근더리라고도 하지라. 배가 무지하게 커요. 잡아 올리면 배가 불룩해지제. 요새는 귀해요. 다른 데서는 잘 안 먹는데 여기 사람들은 잘 먹었어요. 비근더리는 살을 잘라 놓으면 약간 파란 기가 들면서 오골오골하게 오그라들어요. 고기 참 맛있제. 아따 복통 그것 참… 쫙 찢어 가지고 된장에 찍어 먹었으면 참 좋겠다. 옛날에 먹던 향수에 젖어서 말이에요. 노인들은 더하겠제."

『현산어보』에서도 비근더리에 해당하는 이름이 따로 나온다. '비근사'라는 종류가 바로 그것이다.

[치사癡鯊 속명 비근사非勤鯊]

큰 놈은 5~6자 정도이다. 몸이 넓고 짤막하다. 다른 상어들은 모두 배가 희지만 이놈의 배는 크고 노랗다. 등은 자흑색이다. 입은 넓죽하고 눈은 옴팍하다. 성질이 매우 느긋하고 둔하다. 물에서 나와 하루가 지나도 죽지 않는다. 횟감으로는 좋지만 그 외에는 별다른 쓰임새가 없다. 간에 기름이 특히 많다.

정약전은 왜사 항목에서 전담사가 비근사와 비슷하다고 밝힌 바 있다. 사리 사람들도 조전대미와 비근더리를 비슷하다고 말하는데, 그러면서도 두 종을 분명히 구분하고 있었다. 비근더리는 넓적하지만 조전대미는 몸이 홀쭉하다는 것이었다. 박판균 씨는 사진을 보자마자 조전대미와 비근더리를 구별해냈다.

"시커먼 게 복통이여. 조전대미도 색깔은 복통과 똑같은데 복통이는 크고 조전대미는 작아요. 쬐깐해라. 배가 볼록한 게 복통이제."

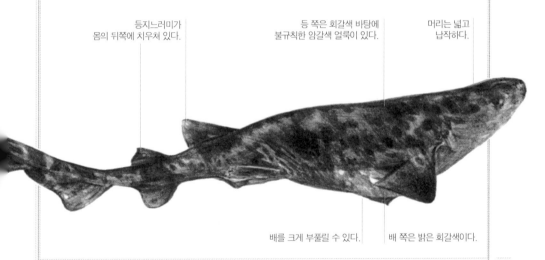

등지느러미가 몸의 뒤쪽에 치우쳐 있다.

등 쪽은 회갈색 바탕에 불규칙한 암갈색 얼룩이 있다.

머리는 넓고 납작하다.

배를 크게 부풀릴 수 있다.

배 쪽은 밝은 회갈색이다.

● 복상어 *Cephaloscyllium umbratile* Jordan et Fowler

복상어는 두툽상어와 같은 과에 속한다. 몸길이 90센티미터 이상까지 자라고 가슴지느러미가 크다. 이빨은 작고 돌기가 있다. 복상어의 가장 큰 특징은 커다란 배다. 가느다란 꼬리 쪽에 비해 배가 큼직하게 튀어나와 있는데 복어처럼 물이나 공기를 빨아들여 크게 부풀릴 수도 있다. 이렇게 불룩해지는 배 때문에 복상어, 복통이라는 이름으로 불리게 된 것이다.

복상어의 다른 이름들도 모두 커다란 배와 관계가 있다. 남해 연안에서는 복상어를 함북상어 혹은 항북상어라고 부르기도 하는데, 이는 '한복', 즉 큰 배를 가진 상어라는 뜻으로 해석할 수 있다. 전남 지방에서는 복상어를 빗게라고 부른다. 제주도에서도 비슷한 이름인 빅개로 부른다.* 빗게와 빅개, 비근더리는 같은 무리의 말로 보인다. 흔히 짐승의 가죽 안쪽에 두껍게 붙은 기름덩어리를 비계라고 부르며, 몹시 살이 쪄 뚱뚱한 사람을 놀릴 때도 이 말을 쓰는데, 빗게와의 연관성이 주목된다.

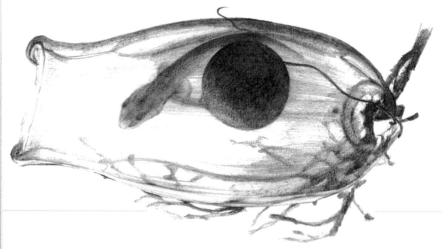

● **복상어의 알** 두꺼운 가죽질 주머니에 싸여 있으며, 알주머니의 네 귀퉁이에는 기다란 섬유질 끈이 달려 있어 알주머니를 해초에 단단히 고정시키는 역할을 한다.

* 제주 해녀들은 장마 동안 산란기를 맞은 복상어가 몰려오는 곳에 빅개통이라는 이름까지 붙여놓았다. 좆고기 난 여를 떠올리게 하는 대목이다. 정약전도 성질이 느긋하고 둔하다고 밝힌 바 있지만, 해녀들은 이렇게 몰려든 복상어를 맨손으로도 쉽게 잡아낸다.

정약전은 복상어가 물 위에 올라온 지 하루가 지나도 죽지 않는다고 했다. 박판균 씨도 같은 얘기를 들려주었다.

"다른 상어는 안 그런데 전대미하고 비근더리는 하루 정도 놔둬도 물만 뿌려주면 안 죽어요."

정약전은 복상어의 무서운 생명력을 성질이 느긋하고 둔하기 때문이라고 설명했다. 치사癡鯊는 정약전이 직접 만든 이름인 것 같은데, 어리석을 치癡 자를 써서 복상어의 둔한 성질을 표현하려 했다. 비근더리라는 속명에서 풍기는 어감 역시 복상어와 잘 어울린다.

박도순 씨는 비근더리의 알이 주머니 모양으로 재미있게 생겼다고 했다. 실제로 복상어의 알은 매우 특징적인 형태를 하고 있다. 알은 두꺼운 가죽질 주머니에 싸여 있으며, 알주머니의 네 귀퉁이에는 기다란 섬유질 끈이 달려 있어 알주머니를 해초에 단단히 고정시키는 역할을 한다. 가끔 큰 풍랑이 일고 나면 이 알주머니가 해변까지 밀려오는 일이 있는데, 서양 사람들은 이것을 '인어의 지갑'이라고 부른다.

배말의 맛

숙소로 있을 만한 곳을 알아보았냐고 묻자 박도순 씨는 다른 곳으로 옮기지 말고 그냥 자기 집에서 묵는 게 좋겠다고 했다. 잘된 일이었다. 얘기가 끝나자 박도순 씨는 곧바로 식사를 청했다. 바다 냄새가 물씬 풍겨나는 식탁이었다. 가장 입맛에 맞았던 반찬은 된장으로 무쳐놓은 고둥 같은 것이었는데 맛이 아주 좋았다. 계속 손이 한곳으로 향하자 박도순 씨가 빙그레 웃으며 그게 무슨 반찬인지 아느냐고 넌지시 물어온다. 모른다고 대답하자 전혀 예상 밖의 이름을 대었다.

"이게 바로 배말이여. 맛이 괜찮지라? 귀한 손님 오면 갯거리로 보찰도 따고, 배말도 따고, 굴통도 따서 내놓지라."

배말은 사람들이 흔히 '삿갓조개'라고 부르는 종류를 말한다. 삿갓조개 무리는 보통의 조개나 고둥 종류와는 달리 껍질이 삿갓 모양으로 생겼다. 북한에서는 삿갓조개를 양산조개라고 부르는데, 아무래도 양산보다는 삿갓조개가 더 어울리는 이름인 것 같다.

◉ 삿갓과 삿갓조개 배말은 사람들이 흔히 '삿갓조개'라고 부르는 종류를 말한다. 삿갓조개 무리는 보통의 조개나 고둥 종류와는 달리 껍질이 삿갓 모양으로 생겼다.

해변에서 비교적 쉽게 찾아볼 수 있는데도 불구하고 일반인들은 의외로 삿갓조개에 대해 잘 모르고 있는 경우가 많다. 그러나 어촌에서는 삿갓조개를 식용하는 곳이 많으므로 고둥만큼이나 삿갓조개를 친숙한 생물로 여긴다. 나도 어릴 때부터 고둥을 따러 갈 때면 삿갓조개를 같이 잡아와서 먹곤 했다. 그러나 늘 껍질째 삶아서 살을 발라먹기만 했지, 이렇게 살만 무쳐놓은 것은 처음이라 정체를 얼른 알아내지 못했던 것이다.

"삿갓은 바위에 붙어사는데 삿갓 모양의 껍질을 지고 있습니다. 단방에 밀어서 떼지 못하면 절대 못 뗍니다. 힘이 얼마나 좋은지요."

전남 재원도 출신인 함성주 씨의 말이다. 삿갓조개는 배 부분이 점액을 분비하는 빨판으로 되어 있어서 표면이 거친 곳이라도 약간의 물기만 있으면 강하게 달라붙을 수 있다. 바닷가에서 삿갓조개를 따다보면 누구나 함성주 씨와 같은 경험을 하게 되고, 이로써 삿갓조개에 대한 인상은 머릿속 깊이 각인된다.

장복연 씨는 흑산도에 서식하는 삿갓조개류를 4종류로 구분했다.

"납닥배말은 납작하제. 혹배말은 동그랗게 생겼고 뚱뚱한데 높아. 참배말, 흰배말은 똑같이 생겼어. 제일 큰 게 참배말이구."

박도순 씨는 삿갓조개 종류로 배말, 흰배말, 혹배말 세 가지를 들었다. 정약전은 이 중에서도 배말, 즉 흑립복을 대표종으로 보고 있다.

회백색 바탕에
흑갈색의 방사 무늬가
나 있다.

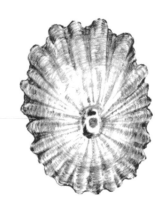

색은 희다.
표면에 깊은 골이
패어 있다.

껍질의 높이가 비교적 높다.

● 진주배말 Acmaea (Niveotectura) pallida (Gould)

● 흰삿갓조개 Cellana grata grata (Gould)

[흑립복黑笠鰒 속명 비말比末*]

모양이 삿갓과 비슷하다. 큰 놈은 지름이 두 치 정도이며, 삿갓 모양의 것이 곧 껍
질이다. 빛깔은 검고, 매끄러운 안쪽은 윤택하고 편평하다. 그 살은 전복처럼 둥글고
납작한데 이로써 돌에 달라붙는다.

흑립복은 두 치에 이르는 크기와 색깔로 보아 진주배말 혹은 큰배말을 가

● 삿갓조개의 빨판 삿갓조개는 배 부분이 점액을 분비하
는 빨판으로 되어 있어서 표면이 거친 곳이라도 약간의 물
기만 있으면 강하게 달라붙을 수 있다.

* 정약전은 본 종의 방언을 비말이라고 했다. 비말은 배
말과 같은 말이다. 많은 지방에서 삿갓조개류를 배말이라
고 부른다. 사리 사람들도 애기삿갓조개, 배무래기, 큰배
말, 진주배말, 테두리고둥까지 묶어서 모두 배말이라고 불
렀다.

리킨 것으로 생각된다.

흰배말은 흰삿갓조개를 말한다. 사리 마을 해변에는 흰삿갓조개의 껍질이 무수히 널려 있었다. 흰삿갓조개는 밝은 흰색을 띠며 껍질의 표면에 깊은 방사주름이 새겨져 있다는 점으로 다른 삿갓조개류와 쉽게 구분할 수 있다. 정약전은 흰삿갓조개를 백립복으로 기록하고 다음과 같이 소개했다.

[백립복白笠鰒]
오직 껍질의 빛깔이 희다는 점만 비말과 다르다.

"흑배말도 있지라. 흑배말은 크기가 좀 작고 삐죽허니 생겼어라."

흑배말이란 말을 듣자마자 한 종류를 머릿속에 떠올리며 기대를 했다. 박도순 씨가 도감에서 자신 있게 짚어낸 종은 역시 두드럭배말이었다. 두드럭배말은 전부터 정약전이 말한 오립복의 후보로 생각하고 있던 종이었다.

[오립복烏笠鰒]
큰 놈은 지름이 한 치 정도이다. 삿갓이 뾰족하고 매우 높으며 경사가 급하다. 껍질의 빛은 검다.

● 흰삿갓조개 껍질 사리 마을 해변에는 흰삿갓조개의 껍질이 무수히 널려 있었다.
● 흰삿갓조개 흰삿갓조개는 대형으로 4~5센티미터에 육박하는 것들도 흔히 발견된다. 색깔이 밝은 흰색이므로 다른 삿갓조개류와 쉽게 구분할 수 있다.

표면에 우툴두툴한
돌기가 많다.

꼭대기가 한쪽으로
치우쳐 있으며,
끝이 약간 굽었다.

껍질의 높이가 높다.

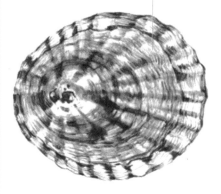

● 두드럭배말 *Collisella dorsuosa* (Gould)

두드럭배말은 "삿갓이 뾰족하고 매우 높으며 경사가 급하다"라는 정약전의 표현에 가장 잘 들어맞는 외형을 하고 있다. 배말 종류 중에서도 껍질 모양이 가장 뾰족하고 높기 때문이다.

처음 배말류를 접했을 때 비슷비슷하게 생긴 종류가 너무 많아 혀를 내둘렀던 기억이 난다. 어떻게 접근해야 할지 한참을 고민하다가 결국 도감과 하나하나 대조해나가기로 했다. 이때 가장 중요한 기준으로 삼았던 것이 폭과 높이의 비율이었다. 정약전도 같은 방식으로 배말을 분류하고 있다. 높이가 높은 것을 오립복, 높이가 폭에

● 여러 가지 배말 배말은 종류에 따라 폭과 높이의 비율이 다르다.

흰색의
방사 무늬가 있다.

개체에 따라 무늬 변화가
다양하다.

꼭대기가 한쪽으로
심하게 치우쳐 있다.

폭에 비해 높이가 낮다.

● 배무래기 *Notoacmea schrenckii schrenckii* (Lischke)

비해 낮아 납작해보이는 종을 변립복으로 나누어 구분한 것이다.

[변립복扁笠鰒]

삿갓의 뾰족한 봉우리가 낮고 완만하여 매우 납작해보인다. 껍질의 빛깔은 약간 희고 고깃살은 매우 연하다.

정약전은 이 종의 이름에 납작할 '변' 자를 썼다. 몸 높이가 낮은 점에 주의한 것이다. 애기삿갓조개나 배무래기 종류가 색깔과 모양에서 변립복의 조건과 잘 들어맞는다.

아주 희귀한
대립복

『현산어보』에 나오는 배말류 중 가장 흥미로운 것은 역시 대립복이다.

[대립복大笠鰒]
  큰 놈은 지름이 두 치 남짓 된다. 껍질은 변립복區笠鰒과 비슷하지만 살덩이가 껍질 아래로 두세 치쯤 나와 있다. 맛이 써서 먹을 수가 없다. 매우 희귀하다.

  본문의 설명을 읽고 나서 바로 떠오르는 종이 있었다. 충남 천리포 앞바다에서 삿갓조개 한 종을 채집한 일이 있는데, 크기나 형태적 특징이 대립복과 정확히 일치했다. 돌 위에 붙어 있는 다른 삿갓조개와는 달리 이놈은 해초 위에 붙어 있는 데다 색깔이 흰색이었기 때문에 쉽게 눈에 띄었다. 더욱 이상한 것은 불그스레한 발 부분이 껍질 밖으로 한참이나 비어져 나와 마치 머리에 맞지 않는 모자를 쓴 것처럼 보인다는 사실이었다. 껍질의 크기가 4~5센티미터 정도여서 지름이 두 치 남짓 된다고 볼 수 있고, 그 이후

전체적인 색깔과 모양이
흰삿갓조개와 비슷하다.

껍질 한쪽으로
굵은 능선이 발달해 있다.

껍질 바깥으로
붉은 살이 비어져 나와 있다.

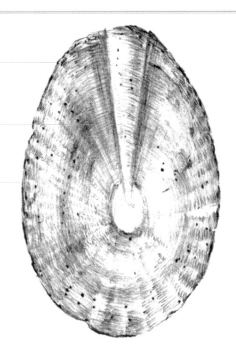

로 한 번도 본 일이 없으니 매우 희귀하다는 말과도 일치한다.

도감을 뒤적여보니 뿔럭지삿갓조개류가 바로 이런 형태를 하고 있었고, 그중에서도 특히 흑산 근해인 우이도에서 채집된 기록이 있는 장수삿갓조개가 대립복에 가장 근접한 종이라는 결론을 내릴 수 있었다. 장수삿갓조개는 정부에서 보호 야생 동식물*로 지정하여 포획과 채취를 금지하고 있는 종이다. 그러나 정약전은 이미 200년 전에 장수삿갓조개가 매우 희귀하다는 사실을 밝히고 있다.

● 장수삿갓조개 *Scelidotoma vadososinuata hoonsooi* (Choe, Yoon & Habe)

* 보호 야생 동식물이라 함은 학술적 가치가 높은 야생 동식물, 국제적으로 보호 가치가 높은 야생 동식물, 우리나라의 고유한 야생 동식물 또는 개체수가 감소되고 있는 야생 동식물을 말한다(자연환경보전법 제2조 제7호).

사리 마을 사람들도 대립복의 존재를 잘 알고 있었다.

"이건 독배말이라 그래서 안 먹어요. 살이 빨갛고 옆으로 이렇게 두텁게 나왔어. 맞어. 끌빵이라고 하는 깊은 데 끄는 그물에서 올라와요. 관매도, 조도에 가면 있어라."

"살이 벌겋게… 기요 기요. 있죠 있죠. 큰 거 있죠. 이름은 몰라. 그것도 흰배말 같더라고. 흑산군에 많제. 지조개 끌어올릴 때 많이 잡았어라."

뿔럭지삿갓조개류는 뿔럭지나 개전복이라고 불린다. 개전복은 쓴맛 때문에 붙은 이름으로 보인다. 살에 독이 있어 먹지 못하기 때문에 '개'라는 말이 붙었다고 설명하는 이도 있다. 또한 뿔럭지삿갓조개류의 살은 붉은색을 띠고 있다는 점에서 독특한데, 일본에서는 이를 원숭이 엉덩이에 비유해 '원숭이 전복'이라는 이름으로 부른다.

그런데 여기서 한 가지 유의해야 할 점이 있다. 사람들은 한결같이 삿갓조개류를 전복에 비유하고 있다. 정약전도 역시 모든 배말류의 이름에 '복'자를 붙여 이를 전복과 같은 무리로 보았다. 삿갓조개류와 전복에는 어떤 공통점이 있는 것일까? 정약전은 그 이유를 다음과 같이 밝혔다.

대체로 껍질 한쪽으로 덮인 놈이 복鰒이다.

삿갓조개와 전복은 모두 하나의 껍질 아래 둥근 몸체가 매달린 형태를 하고 있다. 또한 몸체에 빨판이 있어 물체에 잘 달라붙는다는 것도 이들의 공

통점이다.[*]

　정약전은 총 다섯 종의 삿갓조개류를 기록하고 있지만, 그중에서 속명을 밝힌 것은 흑립복(黑笠鰒) 한 종류뿐이다. 당시 사람들은 이들을 따로 분류하여 부르지 않았는지도 모른다. 배말류는 모양이 서로 비슷비슷하여 전문가들도 분류하기가 쉽지 않기 때문이다. 그러나 다른 가능성도 있다. 박판균 씨는 배말 종류가 많고 무슨 배말 무슨 배말이라고 말하기는 하는데, 자신은 잘 모르겠다며 동네 아주머니들한테 물어보라고 충고했다. 실제로 박도순 씨의 작은어머니는 꽤 많은 배말 종류의 이름을 기억하고 있었다. 그러나 옛날 같은 동네에 살았던 한 할머니에 비하면 자신이 알고 있는 것은 아무것도 아니라고 했다. 바닷가에서 무엇이든 잡아오면 그 할머니에게 가지고 가서 물어보는데 이름을 모르는 것이 없었다는 것이다. 조개나 고둥을 잡는 이들은 주로 여자였다. 경험을 뛰어넘는 지식이란 있을 수 없기에 여자들의 지식이 더욱 뛰어났으리란 사실은 자명하다. 고둥을 잡고 조개를 캐던 아낙네들은 훨씬 새롭고 풍부한 지식들을 안겨줄 수 있었을 것이다. 어부들과 친하게 어울렸던 정약전도 시골 아낙네들과는 얘기를 나누지 않았던 것일까?

[*] 실제로 전복류와 삿갓조개류는 같은 원시복족목에 속해 있어 가까운 친척이라고 할 수 있다.

구슬을 만들어내는 동물들

흔히 꾸미개나 패물로 쓰기 위해 둥글게 만들어놓은 아름다운 돌이나 보석들을 구슬이라고 부른다. 예로부터 사람들은 옥, 비취, 수정, 진주, 유리, 금, 은, 나무 열매, 뼈, 뿔 등의 다양한 재료로 구슬을 만들었고, 이렇게 만들어진 구슬은 단순한 장식품일 뿐만 아니라 종교나 주술적인 의미까지 가지는 최고의 보물로 여겨졌다. 정약전과 이청은 대립복 항목의 뒤에서 동물이 만들어내는 구슬에 대해 이야기하고 있다.

전복류 · 조개류 · 굴류는 모두 구슬을 만들어낼 수 있다.

이청의 주 전복과 조개 무리가 곧잘 구슬을 만든다. 이순李珣은 "진주는 남해산 전복에서 나온다. 촉중서로蜀中西路에서 나는 구슬은 조개〔蚌蛤〕에서 나오는 것이다"라고 했다. 『육전陸佃』에서는 "용의 구슬〔龍珠〕은 턱〔頷〕에 있고, 뱀의 구슬〔蛇珠〕은 입에 있다. 물고기의 구슬〔魚珠〕은 눈에 있고, 상어의 구슬〔鮫珠〕은 가죽에 있다. 자라의 구슬

● 여러 가지 구슬 고분에서 구슬 장식이 부장품으로 많이 발견된다는 사실에서 알 수 있듯이 고대에는 구슬이 주술적이거나 종교적인 의미를 가지는 경우가 많았다. 그러나 점점 이러한 의미는 사라지고 장식품으로서의 의미만이 남게 되었다.

〔鼈珠〕은 발에 있으며, 거미의 구슬〔蛛珠〕은 배에 있다. 그러나 이것들은 모두 조개에서 나는 구슬〔蚌珠〕에 미치지 못한다"라고 했다. 이처럼 구슬을 만드는 동물은 많다.

정약전과 이청은 구슬 중에서도 전복이나 조개류가 만들어내는 구슬에 가장 깊은 관심을 보였다. 조개가 만들어내는 구슬이라면 진주를 뜻한다.*

진주에 대한 관심은 당시 사람들이 값진 재화로 여겼던 물건들 중에 진주가 차지하는 비중이 그만큼 높았다는 사실을 보여준다. 실제로 삼국시대 전기까지만 해도 우리 나라에서는 금이나 은보다도 오히려 그 가치가 높게 평가되었다고 하며, 이러한 전통은 근세에 이르기까지도 계속 이어졌다. 조선 영조 때 사람 장한철이 지은 『표해록漂海錄』에는 정약전이 살았던 시절 진주의 가치가 어느 정도였는지 잘 나타나 있다.

강재유가 큰 전복을 가지고 와서 내게 말했다.
"이 전복은 아주 큰 것이라 회를 만들어 드리고자 따로 가져왔습니다."
그가 껍데기를 따자 그 속에서 쌍주雙珠가 나왔는데 오색 찬란한 빛이 눈을 쏘았다. 모양은 완전히 둥글고, 크기는 까마귀 알만 했다. 두 개가 서로 크기가 비슷하여 참으로 이 세상에선 얻기 어려운 보물이었다. 모두들 서로 그것을 다투듯 만져보며 칭찬하기를 마지않았다. 백사렴이란 자가 있었는데 상인이었다. 이 사람이 전복을 따온 재유에게 구슬을 자기에게 준다면, 본국에 돌아가서 50금을 주겠다고 제의했다. 이에 재유는 "장

---

* 우리 나라에서도 예로부터 질 좋은 진주가 산출되었는데, 특히 제주도의 전복에서 나는 진주가 유명했다. 『삼국유사三國遺事』나 『탐라록耽羅錄』에도 전복 진주가 우리 나라의 특산물이라고 기록되어 있다.

낭자에게 드리지 않고, 너에게 값을 받고 줄 것 같으냐"라고 말하며 눈을 흘겼다. 재유는 그 구슬을 내게 주고 싶었던 것이다. 나는 이를 거절하며 받지 않았다.

"네가 이미 구슬을 캐었으니 값을 받고 팔 것이지 내가 어찌 그것을 가지겠느냐." 결국 재유는 백가에게 구슬을 주며 다음과 같이 말했다.

"이 쌍주의 값이 200금 이하는 내려가지 않겠지만, 어찌 그 값을 다 받을 수야 있겠는가. 나중에 100금만 주게."

수많은 구슬 종류 중에서도 단연 최고의 가치를 지녔던 것은 밤중에도 빛을 낸다고 하는 야명주夜明珠였다. 박팽년의 시조에 야광주夜光珠라는 이름으로 등장하는 것이 바로 야명주다.

　가마귀 눈비 맞아 희는 듯 검노매라
　야광 명월이야 밤인들 어두우랴
　님 향한 일편단심이야 가실 줄이 있으랴

박팽년은 단종이 영월로 유배되자, 야광주가 밤이라고 해서 그 빛을 잃을 까닭이 없는 것과 같이 자신의 충절은 오직 일편단심一片丹心임을 스스로 다짐하고 있다.

야광주를 단지 예로부터 전해오는 전설상의 보물로만 여길 수도 있다. 그런데 뜻밖에도 『조선왕조실록朝鮮王朝實錄』이나 『삼국사기三國史記』 등과 같은 역사서에서 야광주를 선물하거나 공물했다는 기록이 여러 번 등장한다. 도대체 어찌 된 일일까? 밤에 빛을 내는 구슬 야광주는 과연 실재하는 것일까?

『고려사절요高麗史節要』 문종조에는 탐라耽羅 구당사句當使가 큰 진주 둘을 임금에게 바쳤는데, 그 빛이 별처럼 빛나므로 사람들이 신기스럽게 여긴 나머지 야명주라고 불렀다는 기록이 나온다. 송응성은 『천공개물天工開物』에서 진주의 일종을 야명주라고 부른다는 사실을 분명히 밝히고 있다.

지름이 5푼에서 1치 5푼까지를 대주大珠라고 한다. 대주 가운데 둥글지 않고 솥을 엎은 모양이며, 마치 금으로 도금한 것처럼 어렴풋이 광채를 내는 것을 당주璫珠라고 한다. 그 값은 한 알이 천금에 이른다. 이것이 바로 예로부터 말로 전해오던 명월明月이나 야광夜光이란 진주이다. 한낮 맑게 개었을 때 처마 밑에서 이 진주를 보면 한 가닥 번쩍이는 빛살이 이리저리 옮겨다닌다. 야광이란 이를 아름다운 이름으로 부른 것이지 캄캄한 밤중에 빛을 내뿜는다는 것은 아니다.

결국 야명주의 정체는 다름 아닌 진주였던 것이다.

●진주를 채취하는 사람들 진주를 채취하는 사람은 한 가닥의 긴 줄을 허리에다 매고, 바구니를 들고 물속으로 들어간다. 잠수부는 주석으로 만든 속이 빈 굽은 관의 오목한 아가리를 입과 코에 대고, 연한 가죽으로 귀와 목 사이를 감아 숨 쉬기에 편하도록 한다(『천공개물』, 1637).

서태후의 입속에 든 야광주

진주는 비교적 근세에 이르기까지도 최고의 보석으로 여겨졌다. 신비한 광채를 띠고 있는 데다 천연산의 조개에 드물게 생겨나는 것이었기 때문이다. 진주는 보석으로서의 가치를 뛰어넘어 신물로 여겨지기까지 했다. "진주를 입에 물고 저승길로 들어서면 극락에 이른다"라는 말이 있다. 고대 인도나 중국을 비롯한 동양 문화권에서는 상喪을 당했을 때 진주를 준비하여 쌀과 함께 입에 넣어두는 풍습이 있었다.

제주도 해녀들 사이에서도 이런 풍속이 전해온다. 어머니가 계신 저승에도 준지* 닷 말이면 드나들 수 있다는 말이 바로 진주와 관련된 것이다. 제주도 조상신 본풀이의 하나인 구슬할망 이야기에도 준지가 등장한다. 김사공이 진상하러 서울에 갔다가 우연히 만난 허정승의 딸을 집으로 데려오게 된다. 허정승의 딸은 대상군 해녀가 되어 큰 전복 천 근, 작은 전복 천 근을 캐냈고, 그 전복 속에서는 준지가 닷 말 닷 되나 쏟아졌다. 김사공과 허정승의 딸은 백년가약을 맺고, 캐낸 준지는 임금에게 바쳤다. 임금은 준지를 받

---

* 제주도에서는 진주를 준지라고 불렀는데, 진주의 음운이 도치되면서 준지가 된 것이다.

고 나서 김사공에게는 동지同知 벼슬을 내어주고, 허정승의 딸에게는 구슬을 하사했다고 한다. 역시 진주의 가치를 잘 보여주는 이야기다.

웨난이 쓴 『구룡배의 전설』에는 동릉을 도굴한 손전영 일당이 서태후, 즉 자희태후의 시신을 유린하는 장면이 생생하게 묘사되어 있다.

바닥에서 반쯤 기는 자세로 꿈틀거리던 사병이 갑자기 자희의 시체 위를 덮쳤다. 나무같이 단단한 시체가 젖혀지며 자희의 입에서 녹색빛이 퍼져나왔다. 이 빛은 서북쪽에서 곧장 동남쪽 벽에 반사되어 거의 30보 거리 밖에 있는 사병 몇 명의 머리를 또렷하게 비추었다. 갑자기 쏟아져 나온 광선에 사람들은 몸을 부르르 떨며 뒤로 몇 발짝 물러났다.

손전영 일당은 자희태후의 입에 들어 있던 빛을 내는 구슬이 야광주라는 사실을 알고 시체를 훼손해가면서까지 구슬을 탈취해내고야 만다. 녹색빛을 30보 거리까지 뿜어내었다는 것은 과장이 섞인 이야기로 보인다. 또 송응성의 말을 들어보면 자희태후 입속의 진주는 야광주라기보다는 오히려 주주走珠였을 가능성이 높다.

주주라는 구슬이 있다. 이를 바닥이 편평한 접시에다 두면 데굴데굴 구르면서 멈추지 않는다. 그 값은 당주와 맞먹는다. 죽은 사람의 입에다 한 알을 물리면 시체가 더 이상 썩지 않는다. 이 때문에 제왕의 왕실에서는

● **자희태후의 초상** 손전영 일당은 자희태후의 입에 들어 있던 빛을 내는 구슬이 야광주라는 사실을 알고 시체를 훼손해가면서까지 구슬을 탈취해내고야 만다.

비싼 값으로 사들인다.

이 글을 통해 죽은 사람의 입속에 진주를 넣는 풍습이 어떻게 생겨나게 된 것인지 추측해볼 수 있다. 송응성은 진주를 물리면 시신이 썩지 않는다고 했다. 진주는 살아 있는 사람에게도 효험이 있다고 알려져 있었다. 진주를 가루로 내어 살갗이 썩는 데 약으로 처방하곤 했던 것이다. 이로써 진주가 방부 효과가 있는 약재로 여겨져왔다는 사실을 알 수 있다. 아마도 진주를 입에 물리면 시신이 썩지 않는다는 속설은 진주의 이러한 약효로부터 나온 말인 것 같다.

오래 전부터 많은 학자들이 진주의 생성 원인에 대해 연구를 해왔지만, 그 전모가 밝혀지기 시작한 것은 17세기에 이르러서였다. 이때 비로소 조개 속에 이물질이 침입하면 그 자극으로 이상분비가 일어나고, 이때 나온 분비물이 이물질을 둘러싸게 되어 진주가 형성된다는 현대적인 설명이 나왔다. 이후 조개 외투막의 상피세포가 어떤 원인으로 인해 다른 조직 속으로 침투하면 진주주머니가 형성되고, 이 속에서 진주가 만들어지게 된다는 보다 정확한 과정이 밝혀졌다.

결국 이러한 원리를 이용하여 진주양식법이 개발되었다. 인공핵과 함께 외투막의 상피조직을 조개에 이식하여 인공적으로 진주주머니를 형성하게 만드는 방법이었다. 삽입 수술을 한 뒤 몇 년 간 양식하면 갖가지 크기와 모양의 진주가 산출된다. 흰색뿐만 아니라 황색, 남색 등 다양한 색깔의 진주

● **자희태후의 관** 나무같이 단단한 시체가 젖혀지며 자희의 입에서 녹색빛이 퍼져나왔다. 이 빛은 서북쪽에서 곧장 동남쪽 벽에 반사되어 거의 30보 거리 밖에 있는 사병 몇 명의 머리를 또렷하게 비추었다. 갑자기 쏟아져 나온 광선에 사람들은 몸을 부르르 떨며 뒤로 몇 발짝 물러났다.

도 만들 수 있다.

  양식을 통해 대량 생산되기 시작하자 진주는 대중적인 보석이 되었다. 최근에는 진주에 포함된 성분이 피부 노화나 잔주름 방지에 효과가 있다는 사실이 밝혀지면서 화장품의 재료로 쓰이기까지 한다. 옛사람들이 진주에 대해 가졌던 신비감이 사라진 것은 아쉽다. 그렇지만 한편으로 진주의 역사는 과학의 발전 과정을 보여준다는 점에서 의미가 있다. 그리고 산업과 연결된 과학이 얼마나 강력한 힘과 영향력을 발휘하는지 다시 한번 생각해 보게 한다.

홍합과 진주담치

배말무침 외에 또 입맛을 자극한 것은 형체를 알아보기 힘든 젓갈이었다. 한 점 집어 입속으로 털어넣었더니 독특한 맛과 향이 아주 좋았다. 박도순 씨는 이것이 생홍합으로 담은 것이라고 알려주었다. 홍합의 종류에는 어떤 것이 있느냐고 물었다.

"홍합도 종류가 여러 가지여. 물홍합하고 살홍합이 있지라. 물홍합은 물렁물렁 해갖고 물 빠지면 쬐간해져 버려. 깊은 데 있는데 색깔이 별로 안 빨갛고 희덕스레해요. 맛도 없고. 살홍합은 삶으면 빨갛게 되요."

우리 나라에는 홍합, 진주담치, 비단담치, 격판담치, 털담치 등 13종 정도의 홍합류가 서식하고 있다. 정약전은 홍합류의 대표종으로 담채를 들고, 속명을 홍합이라고 기록했다.

[담채淡菜 속명 홍합紅蛤]

껍질의 앞쪽은 둥글고 뒤쪽은 뾰족하다. 큰 놈은 길이가 한 자 정도이고 폭은 그 반

● **담채** 껍질의 앞쪽은 둥글고 뒤쪽은 뾰족하다. 큰 놈은 길이가 한 자 정도이고 폭은 그 반쯤 된다. 뾰족한 봉우리 밑에 털이 더부룩하게 나 있어 돌에 붙는데 수백 수천 마리가 무리를 이루고 있다. 조수가 밀려오면 입을 열고 밀려가면 입을 다 문다.

쯤 된다. 뾰족한 봉우리 밑에 털이 더부룩하게 나 있어 돌에 붙는데 수백 수천 마리가 무리를 이루고 있다. 조수가 밀려오면 입을 열고 밀려가면 입을 다문다. 껍질 표면은 새까맣지만 안쪽은 검푸르고 매끄럽다. 살색이 붉은 것과 흰 것이 있다. 맛이 감미로워 국을 끓여도 좋고 젓을 담가도 좋다. 그러나 말린 것이 몸에 가장 이롭다. 콧수염을 뽑아서 피가 나는 경우에는 지혈시킬 약이 없다. 이때 홍합의 수염을 불로 태워 나온 재를 바르면 신통한 효험이 있다. 또한 상한傷寒*을 앓는 환자가 지나친 성 생활로 병이 더 심해졌을 때 홍합의 수염을 불로 따뜻이 하여 뒤통수에 바르면 효험이 있다.

이청의 주 『본초강목』에서는 홍합을 각채殼菜, 해폐海蚌, 동해부인東海夫人이라고 부른다고 했다. 진장기陳藏器는 홍합의 한쪽 머리가 작고 가운데 잔털이 나 있다고 했다. 『일화자日華子』에서는 홍합이 비록 생긴 것은 아름답지 못하지만 사람에게 아주 이롭다고 했다. 모두 홍합을 말한 것이다.

홍합은 보통 조개와는 달리 몸이 길쭉하며 한쪽은 뾰족하고 한쪽은 넓은 도끼날 형태를 하고 있다. 길이 15센티미터 정도로 상당히 크게 자라고 껍질은 단단하다. 껍질의 색깔은 바깥쪽이 윤기가 흐르는 검은색인 반면, 안쪽은 보라색, 녹색 등 다채로운 광택을 띠고 있다.

홍합은 우리 나라의 전 연안에서 볼 수 있지만, 남해안에 특히 많다. 외양에 면해 있는 연안의 암초 지대를 좋아하며, 주로 수심이 5~10미터 되는 얕은 곳에 떼를 지어 모여 산다. 선착장 공사로 인한 해저 지형 변화 때문인

* 감기 등 기후가 고르지 못하여 생긴 질병의 총칭.

표면은 거칠고 이물질이 붙어 있는
경우가 많다.

질긴 족사로
바위에 달라붙는다.

끝부분이
매부리코처럼 굽었다.

● 홍합 *Mytilus coruscus* Gould

지 수질 오염 때문인지 알 수 없지만, 사리에서는 정약전이 묘사한 수백 수
천 마리의 홍합 대군을 발견할 수 없었다. 당연히 조수에 따라 입을 열고 닫
는 그들의 군무도 볼 수 없었다. 홍합은 바위 틈 이곳 저곳에 몇 개체씩 박
혀 있을 뿐이었다.

　홍합을 참담치라고 부르는 곳이 많다. 참담치가 있다면 가짜 담치도 있을
것이다. 진주담치가 이 가짜 담치에 해당하는 종이다. 진주담치는 홍합과
거의 비슷하게 생겼으므로 따로 구별하지 않고 홍합으로 부르는 경우가 많
다. 그러나 조금만 신경을 쓰면 홍합과 진주담치를 어렵지 않게 구별할 수
있다. 진주담치는 홍합에 비해 크기가 작은 편이고 껍데기도 얇다. 홍합의
껍질 표면은 다른 부착생물이 붙었던 자국이 남아 지저분해보이는 경우가
많지만, 진주담치는 매끈하고 깨끗해보인다. 무엇보다도 홍합은 뾰족한 부

● 진주담치 *Mytilus edulis* Linnaeus

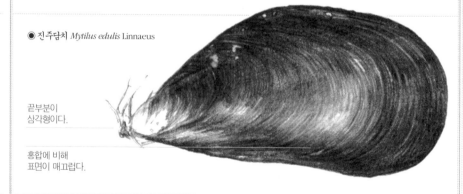

끝부분이
삼각형이다.

홍합에 비해
표면이 매끄럽다.

분이 매부리코 모양으로 휘어 있지만, 진주담치는 이 부분이 곧다는 점에
유의한다면 두 종을 무난히 구별할 수 있을 것이다.

정약전이 관찰한 종이 진주담치일 가능성은 전혀 없다. 왜냐하면 정약전
이 살고 있었던 시절에는 우리 나라에 진주담치가 없었기 때문이다. 지금은
전세계적으로 분포하고 있지만, 진주담치의 원산지는 유럽이며 일본에서도
1935년에서야 처음 발견되었다. 진주담치는 선체에 달라붙거나 선체 밑바
닥을 채우는 물속에 유생 상태로 섞여 먼 지역까지 옮겨진 후, 다시 조류를
타고 인근 지역으로 퍼져나가는 방식으로 분포 지역을 넓혀간다. 그 결과
지금은 우리 나라 전 연안에 높은 밀도로 분포하게 된 것이다.

홍합이나 진주담치는 바위나 모래, 자갈 등에 수십 개의 수염을 사용해서
몸을 고정시킨다. 정약전이 말하고 있는 '바위에 부착하는 털'이 바로 이것
으로 '족사'라고 부른다. 족사 속에는 족사선이라는 것이 있는데, 여기에서
강력한 접착제 성분을 분비하여 바위에 몸을 단단히 고정시킨다. 홍합류는
족사를 이용해 수중 구조물에 무리 지어 달라붙음으로써 큰 피해를 일으키
기도 한다. 홍합류가 달라붙으면 물과의 마찰력을 증가시켜 배의 속도를 떨
어뜨리고 지나친 하중을 가함으로써 수중 구조물의 약화나 붕괴를 초래하
게 된다.

유럽에서는 진주담치의 인기가 높지만, 우리 나라에서는 그리 대우받지
못했던 것이 사실이다. 홍합에 비해 크기도 작고 맛도 뒤지는 데다 양식장
이나 산업용 해수파이프 등 아무 데나 달라붙어 사람들의 눈총을 받아왔기

◉ 홍합의 족사 홍합이나 진주담치는 바위나 모래, 자갈 등
에 수십 개의 수염을 사용해서 몸을 고정시킨다. 정약전
이 말하고 있는 '바위에 부착하는 털'이 바로 이것으로
'족사'라고 부른다.

때문이다. 그러나 우리 나라에서도 점점 진주담치를 양식하는 업자들이 늘어나고 있다. 포장마차에 앉아 진주담치 국물을 시원하게 들이키는 사람들도 자주 눈에 띈다.

진주담치가 역사가 짧고 시류를 타는 먹을거리였다면, 홍합은 육질이 크고 맛이 좋아 오래 전부터 중요한 수산자원으로 이용되어 온 원조 담치라고 말할 수 있다. 홍합은 주로 건제품으로 이용되었다. 어린 시절 제사를 치르고 나면 제일 먼저 손이 가는 것이 바로 홍합꼬치였다. 대나무 꼬챙이에 잘 꿰어놓은 빨간 홍합을 하나씩 빼먹는 재미가 기막혔다. 특히 크고 품질 좋은 홍합을 다섯 개씩 꽂아 말린 것은 오가재비라고 부르며 귀하게 여겼다.

그러나 홍합 요리라면 뭐니 뭐니 해도 껍질째 넣고 삶은 시원한 홍합국을 빼놓을 수 없다. 남이 먼저 먹을세라 경쟁하듯 살을 발라먹고 남은 국물을 들이키면 뱃속 깊은 곳까지 개운해진다. 홍합국은 값이 싸서 대학시절 최고의 술안주이기도 했다. 이 밖에도 홍합탕, 홍합조림, 홍합찜, 홍합구이, 홍합쑥튀김, 홍합전, 홍합밥, 합자젓 등 홍합을 이용한 다양한 요리가 개발되어 있다.

한방에서는 홍합의 살을 말리거나 생으로 사용하며, 자양·양혈·보간補肝의 효능이 있다고 하여 허약체질·빈혈·식은땀·현기증·음위陰痿 등에 대한 처방으로 썼다. 본문에도 소개되어 있듯이 홍합의 껍질이나 족사도 지혈제 등 여러 가지 용도의 한약재로 사용되었다.

● **홍합꼬치** 어린 시절 제사를 치르고 나면 제일 먼저 손이 가는 것이 바로 홍합꼬치였다. 대나무 꼬챙이에 잘 꿰어놓은 빨간 홍합을 하나씩 빼먹는 재미가 기가 막혔다.

홍합이라는 이름의 유래

서유구의 『난호어목지』에는 홍합과 담채라는 이름의 유래가 잘 설명되어 있다. 서유구는 담채의 속명을 홍합으로 적고 다음과 같이 설명했다.

  동해에서 난다. 해조류가 자라는 위쪽에 분포하며, 맛이 채소처럼 달고 담박하므로 조개류이면서도 채소와 같이 채菜자가 들어가는 이름을 얻었다. 껍질로 몸을 싸고 있어서 중국의 절인浙人*들은 각채殼菜라고도 부른다. 고기의 색깔이 붉어서 우리 나라 사람들은 홍합紅蛤이라고 부른다. 머리 한쪽에 털이 더부룩하게 나 있으며, 수많은 홍합이 실로 엮인 듯 이 털에 의해 서로 연결되어 있다. 맛이 달고 따뜻하며 독이 없다. 피로를 풀고 몸을 보하는 효과가 있으며, 부인네들의 여러 가지 산후 증상을 다스리므로 우리 나라 사람들은 해삼과 더불어 이것을 가장 중히 여긴다. 『본초강목』에서는 홍합을 동해부인이라고 기록했다.

---

* 절강성浙江省 지방에 살던 사람들.

살이 붉어서 홍합, 맛이 싱거워서 담채라고 불렀다는 것이다. 동해부인은 홍합의 생김새가 여성의 생식기를 연상케 한다고 해서 붙은 이름이다. 『일화자』에서 "생김새가 아름답지 않다"라고 표현한 것도 이 때문이다. 박도순 씨의 말은 더욱 직설적이다.

"털이 많이 달려 있지라. 어르신들 중에는 털 달리고 여자 성기 같다고 해서 안 먹는 사람도 있었어라."

『현산어보』에는 홍합 외에 껍질이 붉은 적담채라는 종류도 기록되어 있다.

[적담채赤淡菜 속명 담초합淡椒蛤]
크기는 홍합과 같고 껍질의 안팎이 모두 다 붉다.

이 종류는 홍합의 변이종일 가능성이 많다. 같은 홍합이라도 장소와 개체에 따라 다양한 형태와 색깔을 가지게 된다. 박도순 씨도 햇볕에 따라 홍합의 색깔이 달라지며, 특히 살홍합의 껍질 표면이 붉은색을 띠고 있는 경우가 많다고 했다.

"살홍합은 얕은 데 있는데 색깔이 안이나 밖이나 주로 빨갛소."

그런데 더욱 흥미로운 이야기가 나왔다.

"봉에라고 알아요? 쬐끄만 게 있는데 그거는 홍합만큼 크지를 않어라."

귀가 번쩍 뜨였다. 늘 염두에 두고 있던 이름이었기 때문이다. 봉안합은 『현산어보』에 등장하는 생물 중에서 그 정체가 확실하지 않은 종류 중의 하나였다.

[소담채小淡菜 속명 봉안합鳳安蛤]

길이는 세 치에 불과하지만 홍합을 닮아서 길쭉한 모양이다. 껍질 안이 매우 넓어서 살코기가 많고 맛이 뛰어나다.

"혹시 이것 말씀하시는 것 아닌가요?"

패류도감을 펼쳐 조심스럽게 털담치의 사진을 내보였다. 봉안합이란 말을 들었을 때 처음 떠오른 종이 바로 털담치였다. 봉안이 아무래도 남자의 고환을 일컫는 말인 '봉알(불알)'과 비슷하다는 생각이 들었고, 그만한 크기에 털까지 듬성듬성 나 있는 것이 털담치가 분명해보였기 때문이었다. 그러나 대답은 실망스러웠다.

"이거 아녀라. 봉에는 홍합 비슷하게 생겼는데 작소. 그라고 밀집해서 빽빽하게 붙어 자라지라. 우리는 잘 안 먹는데 얕은 데 있으니까 관광객들이 와서 따먹어요. 꼭 맛있어서라기보다 큰 놈은 깊은 데 있으니까…"

박판균 씨도 바닷가에 봉에가 많지만 파도가 심해 지금 보기는 힘들 것이라고 했다.

"봉에는 앞에 가면 많소. 동글동글하고 크도 안 하고…"

결국 이번 여행에서는 봉에를 보지 못했다. 봉에의 정체를 확인하기 위해서는 한참을 더 기다려야 했다.

● **털담치** 봉안합이란 말을 들었을 때 처음 떠오른 종이 바로 털담치였다. 봉안이 아무래도 남자의 고환을 일컫는 말인 '봉알(불알)'과 비슷하다는 생각이 들었고, 그만한 크기에 털까지 듬성듬성 나 있는 것이 털담치가 분명해보였기 때문이었다.

기홍합의 정체

정약전은 홍합 항목에서 모양이 키를 닮은 기폐, 기홍합이라는 종을 소개하고 있다.

[기폐箕蝛 속명 기홍합箕紅蛤]

큰 놈은 지름이 대여섯 치 정도이다. 넓고 편평하며 두껍지 않은 것이 키를 닮았다. 껍질 표면에는 실처럼 가늘고 긴 세로무늬가 있다. 빛깔은 붉다. 털이 있어서 돌에 붙을 수 있다. 또한 돌에서 떨어져나와 헤엄쳐다니기도 한다. 맛이 달고 개운하다.

키는 곡식을 까부는 기구이다. 자다가 이불에 오줌을 쌌을 때 머리 위에 덮어쓰고 이웃에 소금 얻으러 다니던 바로 그 키를 말한다. 정약전이 키에 비유한 조개의 정체는 과연 무엇일까? 정석조는 『상해 자산어보』에서 기홍합을 이름 그대로 해석하여 키조개로 보고 있다.

우리 나라에서 나는 조개류 중 대형종이라면 단연 키조개를 들 수 있다.

● **해월** 큰 놈은 지름이 대여섯 치 정도이다. 넓고 편평하며 두껍지 않은 것이 키를 닮았다. 껍질 표면에는 실처럼 가늘고 긴 세로무늬가 있다.

껍질은 매우 얇다.

껍질 표면에는 실처럼 가늘고 긴
세로무늬가 있다.

족사가 있어
바위에 몸을 붙인다.

끝이 매우 뾰족하다.

● 키조개 *Atrina (Servatrina) pinnata japonica* (Reeve)

키조개는 게두, 도끼조개, 가래조개, 챙이, 게적, 칭이조개, 귀머거리, 치조
개라고도 불리는데, 조간대부터 수심 20미터 내외의 사니질에 살며 5~6년
성장하면 30센티미터 이상까지도 자란다. 키조개는 크기가 클 뿐만 아니라
맛도 좋아서 1킬로그램당 3만 원을 호가할 정도로 비싸게 팔린다. 살보다는
주로 껍질을 여닫는 원통형의 근육인 패주를 먹는데, 특히 일본인들이 이것
을 가이바시라고 부르며 즐겨 먹기 때문에 거의 전량 수출된다.

키조개가 정약전이 말한 키홍합임은 의심의 여지가 없어 보인다. 키조개는
홍합과 겉모습이 비슷하므로 키홍합이라고 부르기에 전혀 무리가 없다. 정
약전의 묘사와도 거의 완전히 일치한다. 껍질의 형태는 영락없는 키 모양이
고, 얇은 데다 색깔도 붉은 편이다. 표면에 실 모양의 무늬도 있다. 그러나
키조개를 키홍합으로 보기 힘들게 하는 점 또한 존재한다. 우선 키조개는 크

● 키조개 껍질과 키 키는 곡식을 까부는 기구이다.
자다가 이불에 오줌을 쌌을 때 머리 위에 덮어쓰고
이웃에 소금 얻으러 다니던 바로 그 키를 말한다.

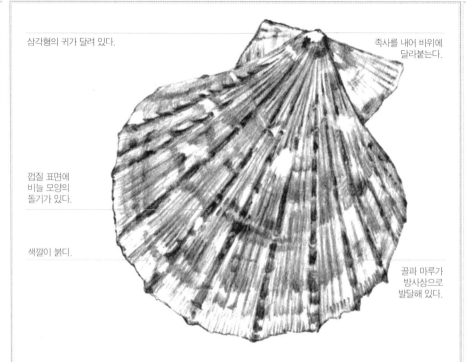

삼각형의 귀가 달려 있다.

족사를 내어 바위에 달라붙는다.

껍질 표면에 비늘 모양의 돌기가 있다.

색깔이 붉다.

골과 마루가 방사상으로 발달해 있다.

기에서 본문의 설명과 현격한 차이를 보인다. 키조개는 큰 개체의 경우 25~30센티미터 정도까지 자란다. 그러나 정약전은 키홍합의 크기가 기껏해야 10~12센티미터 정도라고 했다. 작은 개체밖에 보지 못했기 때문일까? 무엇보다도 정약전은 키홍합이 돌에 붙어 있지만 곧잘 떨어져 헤엄쳐간다고 설명했다. 키조개는 바위보다는 뻘 속을 주된 서식처로 삼는다. 껍질의 날카로운 모서리로 족사를 끊고 이동할 수 있지만 헤엄을 친다고 말하기는 힘들다.

● 비단가리비 *Chlamys farreri farreri* (Gones et Preston)

헤엄을 치는 조개류라면 가리비류를 생각해볼 수 있다. 가리비류는 아래위 두 개의 뚜껑을 갑자기 닫아 물을 뿜어내면서 그 반동으로 몸을 튕기듯 이동한다. 몸을 띄운 상태에서 다시 껍질을 여닫아 더욱 먼 거리를 헤엄치기도 한다. 그런데 가리비류 중 흑산도에서 많이 나는 종이 있다. 비단가리비는 전체적인 크기와 모양이 키와 비슷하고, 색깔 또한 붉어 키홍합이라고 불릴 만하다. 또한 족사를 사용해서 돌에 붙을 수 있으므로 정약전이 홍합 무리로 착각했을 가능성도 충분하다.

박도순 씨의 작은어머니는 비단가리비를 지주개*라고 부르며 바위에 붙어 있는 것을 잡기도 한다고 일러주었다. 박도순 씨는 패류도감을 보고 난 후 키조개가 비단가리비라고 단정지었다.

"여기 키조개는 안 나요. 가리비 이건 나요. 우린 지조개, 치조개라 그라제. 지조개가 옛날에 얼마나 많이 나왔으면 껍데기로 된 산이 있다고 해요. 대둔도에 가면 조개 쌓아놓은 데가 있어라."

그러나 비단가리비를 키홍합이라고 확언할 수는 없다. 신지도의 송문석 씨는 물이 많이 빠지면 얕은 곳에서도 키조개를 많이 캘 수 있다고 했다. 얕은 곳에서 서식하는 개체는 크기가 작을 것이다. 족사를 끊고 떠돌아다니는 키조개를 헤엄친다고 표현했을 수도 있다. 키조개가 정약전의 말처럼 얇은 껍질을 가지는 데 비해 비단가리비의 껍질은 얇다고 말하기 힘들다는 점도 문제가 된다. 또한 비단가리비로 의심되는 종이 다른 항목에서도 다시 등장하여 기폐의 정체를 더욱 깊은 미궁 속으로 빠져들게 한다.

---

* '지' 나 '치' 는 '키' 의 방언이므로 지조개, 치조개는 모두 키조개와 같은 말로 볼 수 있다.

흑산도의 물고기들 1

준치에 가시가 많아지게 된 사연

식사를 마친 후 다시 물고기에 대한 이야기가 이어졌다. 그 첫 번째 화제는 준치에 관한 것이었다. 백석 시인은 다음과 같이 재미있는 시로 준치에 가시가 많아지게 된 사연을 설명하고 있다.

준치는 옛날엔 가시 없던 고기
준치는 가시가 부러웠네
언제나 언제나 가시가 부러웠네
준치는 어느 날 생각다 못해
고기들이 모인 데로 찾아갔네
큰 고기, 작은 고기, 푸른 고기, 붉은 고기
고기들이 모일 데로 찾아갔네
고기들을 찾아가 준치는 말했네
가시를 하나씩만 꽂아달라고

고기들은 준치를 반겨 맞으며
준치가 달라는 가시 주었네
저마끔 가시들을 꽂아주었네
큰 고기는 큰 가시 잔고기는 잔가시
등가시도 배가시도 꽂아주었네
가시 없던 준치는 가시가 많아져
기쁜 마음 못이겨 떠나려 했네
그러나 고기들의 아름다운 마음
가시 없던 준치에게 가시를 더 주려
간다는 준치를 못 간다 했네
그러나 준치는 염치 있는 고기
더 준다는 가시를 마다고 하고
붙잡는 고기들을 뿌리치며
온 길을 되돌아 달아났네
그러나 고기들의 아름다운 마음
가시 없던 준치에게 가시를 더 주려
달아나는 준치의 꼬리를 따르며
그 꼬리에 자꾸만 가시를 꽂았네
그 꼬리에 자꾸만 가시를 꽂았네
이때부터 준치는 가시 많은 고기

꼬리에 더욱이 가시 많은 고기
준치를 먹을 때엔 나물지 말자
가시가 많다고 나물지 말자
그고 삭은 고기들의 아름다운 마음인
준치 가시를 나물지 말자.

준치는 생선 중에 가장 맛있다고 하여 진어眞魚라 불렸던 물고기다. 골목마다 "준치 사시오. 준치이. 둘이 먹다 셋이 죽어도 모르는 준치 사시오"라고 외치는 생선장수의 구성진 목소리가 울려 퍼졌던 시절이 멀지 않고, 지금도 흔히 들을 수 있는 '썩어도 준치'라는 말이 그 맛과 인기를 반영하고 있다. 그렇지만 준치는 뼈가 많고 몹시 억세다는 한 가지 단점이 있다. 이 때문에 준치 뼈에 대한 갖가지 전설이 생겨났는데, 백석도 그런 이야기들 중의 하나를 듣고 이 시의 소재로 삼았던 것이다.

송나라의 문인 유연재는 "죽는 것이 한스럽지 않으나 한스러운 것이 다섯 가지 있네. 누가 그것이 무엇인지 묻는다면 준치에 가시가 많은 것, 금귤이 너무 신 것, 순채가 너무 찬 것, 모란에 향기가 없는 것, 홍어에 뼈가 없는 것이라고 대답하겠네"라고 했다. 얼마나 맛이 있는 물고기이기에 죽는 것보다 가시 많은 것이 한스럽다고 했겠는가. 『규합총서閨閣叢書』, 『증보산림경제增補山林經濟』에서는 준치의 뼈를 없애는 방법까지 설명해놓고 있다.

토막 낸 준치를 도마 위에 세우고 허리를 꺾어 베나 모시 수건으로 두 끝을 누르면, 가는 뼈가 수건 밖으로 내밀 것이니 낱낱이 뽑으면 가시가 적어진다.

정약전도 어김없이 준치의 가시를 언급하고 있다. 그러나 세부 형태와 생태에 대한 묘사는 현대의 어류도감 못지않다.

[시어鰣魚 속명 준치어 蠢峙魚]

크기는 2~3자 정도이다. 몸은 좁고 높으며, 비늘이 굵고 가시가 많다. 등은 푸르다. 맛이 달고 개운하다. 곡우(4월 20, 21일)가 지난 뒤에 우이도에서 잡히기 시작한다. 이때부터 점차 북으로 이동하여 음력 6월이 되면 황해도〔海西〕에 나타난다. 어부들은 이를 따라가며 잡는다. 그러나 늦게 잡히는 놈은 먼저 잡히는 놈만 못하다. 작은 놈은 크기가 3~4치 정도로 맛이 매우 담박하다.

이청의 주 『이아爾雅』「석어편釋魚篇」에서는 "구鮥(준치)는 당호當魱다"라고 했다. 곽박은 이에 대해 "바다물고기이다. 편鯿을 닮았으며, 비늘이 크고 살이 통통하여 맛이 좋지만 가시가 많다. 지금 강동江東에서는 길이가 석 자나 되는 큰 놈이 나는데 이를 당호라고 부른다"라고 주注를 달았다. 또 『유편類編』에서는 "구鮥는 시기에 따라 난다"라고 했다. 이는 모두 지금의 시어鰣魚를 가리키는 말이다. 『집운集韻』에서는 "시鰣는 시鰣와 같은 물고기이다"라고 했다. 이시진은『본초강목』에서 "시鰣는 모양이 수려하

● 시어 크기는 2~3자 정도이다. 몸은 좁고 높으며, 비늘이 굵고 가시가 많다. 등은 푸르다.

고 납작한 것이 방어魴를 다소 닮았다. 몸은 길고 은빛처럼 흰색을 띠고 있다. 고깃살에는 잔가시가 많아서 털이 난 것 같다. 큰 놈도 불과 3자를 넘지 못한다. 배 아래쪽에 갑옷과 같은 삼각형의 단단한 비늘이 있다. 그 비늘갑옷[鱗甲] 속에는 기름이 있다"라고 했다. 앞에서 말한 종류들은 모두 지금 사람들이 준치어蠢峙魚라고 부르는 물고기를 가리키는 것이다. 『역어유해譯語類解』에서는 준치어를 늑어肋魚, 일명 찰도어鍘刀魚라고 했다. 『본초강목』에는 따로 늑어勒魚라는 항목이 있는데, 이 물고기는 시鰣를 닮았으며 머리가 작고 배 아래에 단단한 가시[硬刺]가 있다고 기록되어 있다. 그러나 이것은 지금의 준치어가 아니다.

준치는 청어과의 물고기로 몸길이 50센티미터 정도까지 자란다. 몸은 옆으로 납작하여 밴댕이와 비슷하지만, 뒷지느러미의 밑동이 길고 몸집이 훨

등은 담청색이다.

몸은 납작하다.

아래턱이 위턱보다 길어 주둥이가 위쪽을 향하고 있다

배는 은백색이다.

배 아래쪽에 삼각형의 날카롭고 단단한 비늘이 있다.

● 준치 *Ilisha elongata* (Bennett)

씬 크다. 몸의 등 쪽은 암청색이고 배 쪽은 은백색이다. 아래턱이 위턱보다 길게 나와 있다. 얕은 바다의 중층을 활발히 헤엄쳐다니면서 새우나 작은 물고기를 잡아먹는다. 주로 연안과 강 하구에 서식하며 초여름 큰 강의 하류나 하구 부근에 몰려와서 산란한다.

정약전은 준치를 시어라고 기록하고, 시기에 따른 회유 경로를 자세히 설명하고 있다. 이청은 여러 중국 문헌을 인용하여 준치가 때를 아는 물고기라는 사실을 강조했다. 그러나 시기에 맞추어 회유하는 물고기는 준치만이 아니다. 많은 물고기들이 계절에 따라 회유하는 습성을 보인다. 또한 대규모로 몰려오는 시기야 분명히 따로 있겠지만, "오농(농어), 육숭(숭어), 오류서(서대)에 사철준치"라는 말이 있듯이, 사실 준치는 사철 내내 잡히는 물고기였다. 그런데도 특별히 준치를 시어라고 불렀다는 것은 준치가 그만큼 중요 어종이었다는 사실을 반영한다. 잡아올린 준치는 갖가지 요리로 만들어졌다. 예전에는 신선한 준치를 소금에 절여 만든 자반을 항아리에 담아 솔잎을 켜켜로 쌓고 한지로 봉한 뒤 서늘한 곳에 두고 먹었다고 한다. 쑥갓, 파, 풋고추를 넉넉히 넣어 끓인 준치국도 일품이며, 그 밖에도 만두, 젓국찌개, 찜, 조림, 회, 구이도 준치의 맛을 제대로 살릴 수 있는 요리법이다.

정약전은 준치의 산지로 우이도를 들었다. 박도순 씨도 준치가 우이도, 재원도, 가까운 영산도에서 많이 잡힌다고 했다. 그러나 요즘에는 우이도에서도 준치의 산출량이 적어져 점점 구경하기 힘든 생선이 되어가고 있다. 아쉬운 일이다.

어머니와 고등어

과거 대학가 주변에는 학생들의 주머니 사정을 고려하여 값싸고 배불리 먹을 수 있는 요리들이 여럿 개발되었다. 고갈비는 그중에서도 대표 격인 음식이다. 고등어를 구워 갈비처럼 먹는다고 해서 이런 이름이 붙었는데, 고등어를 구울 때 진동하는 구수한 냄새는 상상만 해도 입 안에 군침이 돌게 한다.

고등어는 밥반찬으로 가장 인기 있는 생선 중의 하나이다. 어떤 가수는 고등어를 주인공으로 한 노래까지 내놓았다. 그 인기의 비결은 간단하다. 값이 싼 데다 담백한 맛이 일품이며 보기에도 통통하게 살이 쪄 구미를 돋우기 때문이다. 특히 월동을 앞둔 초가을부터 늦가을 사이에 잡히는 고등어를 가을고등어라고 부르는데, 살이 통통하게 올라 그 맛이 기막히다. "가을배와 가을고등어는 며느리에게 주지 않는다"라는 말도 이 때문에 생겨난 것이다.

고등어는 조선시대부터 많이 소비되었으며, 등을 타서 염장한 형태로 유통되었다. 심지어 고등어의 창자까지도 중요한 가공식품으로 쓰였던 모양

● 어머니와 고등어 고등어는 밥반찬으로 가장 인기 있는 생선 중의 하나이다. 어떤 가수는 고등어를 주인공으로 한 노래까지 내놓았다.

이다. 허균은 『도문대작屠門大嚼』에서 고등어의 창자젓이 가장 좋다고 밝혔고, 『공선정례貢膳定例』에도 이러한 사실이 기록되어 있다.

그런데 고등어를 식용으로 할 때 한 가지 문제점이 있다. 고등어는 정어리와 함께 알레르기를 일으키는 물고기로 유명하기 때문이다. 고등어를 포함한 등푸른 생선들은 히스티딘(Histidine)이라는 아미노산을 대량으로 함유하고 있다. 고등어가 죽으면 세균작용에 의해 이 물질이 히스타민(Histamine)으로 변하여 알레르기를 일으키게 된다. 고등어는 상하기 쉬운 생선으로도 알려져 있다. 몸체에 강한 효소가 있어 죽자마자 분해작용이 시작되므로 금방 머리 쪽에 붉은색이 돌고 살이 흐느적거리게 된다. 실제로 상한 것은 아니지만 고등어가 주로 여름에 잡히고 다른 물고기에 비해 빨리 상하는 편이므로 신선도에 주의해야 하는 것만은 사실이다. 또한 고등어가 변질되는 과정 중에 식중독을 일으키는 물질인 프토마인(Ptomain)이 만들어지기도 한다. 프토마인에 중독되면 귀가 울리고 열이 오르며 얼굴과 눈이 충혈되어 고통을 느끼게 된다. 우리 선조들은 고등어를 요리할 때, 해독작용을 하는 미나리를 함께 넣어 이러한 불상사에 대비하곤 했다. 정약전이 고등어가 회나 포를 만들기에 부적합하다고 한 것도 아마 고등어의 이런 특성에 기인한 것이라 생각된다.

[벽문어碧紋魚 속명 고등어皐登魚]

길이는 두 자 정도이다. 몸이 둥글고 비늘이 매우 잘다. 등은 푸르고 무늬가 있다.

고깃살은 달콤하고 신맛이 나며 탁濁하다. 국을 끓이거나 젓을 만들 수 있지만 회나 포로 먹을 수는 없다. 추자도 여러 섬에서는 음력 5월에 낚시에 걸리기 시작하여 7월에 자취를 감추며, 8~9월에 다시 나타난다. 흑산 바다에서는 음력 6월에 낚시에 걸리기 시작하여 9월에 자취를 감춘다.

고등어는 낮 동안 매우 빠른 속도로 헤엄쳐 다니므로 잡기가 어렵다. 그러므로 밝은 곳을 좋아하는 성질을 이용하여 햇불을 밝혀 놓고 밤에 낚는다. 고등어는 맑은 물을 좋아하기 때문에 그물로 잡을 수가 없다. 섬사람들은 이 물고기가 1750년〔乾隆 庚午〕에 많이 잡히기 시작했고, 1805년〔嘉慶 乙丑〕에 이르기까지 풍흉은 있어도 잡히지 않는 해는 없었는데, 1806년〔丙寅〕 이후에는 해마다 줄어들어 근래에는 거의 자취를 감추었다고 말한다. 요즘음 영남 지방의 바다에서 새로이 이 물고기가 나타났다고 들었는데 그 이치를 알 수가 없다.

사람들이 도돔발〔道塗音發〕이라고 부르는 약간 작은 놈이 있다. 머리가 약간 쭈그러 들었고 몸이 다소 높으며, 빛깔은 열은 편이다.

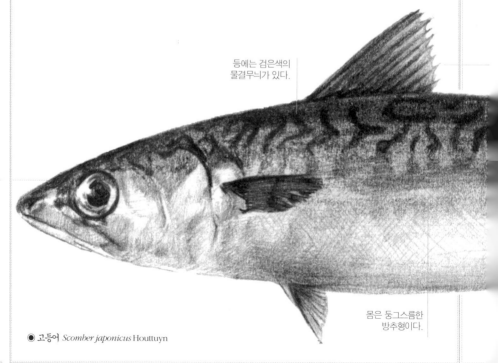

등에는 검은색의
물결무늬가 있다.

몸은 둥그스름한
방추형이다.

● 고등어 *Scomber japonicus* Houttuyn

고등어는 길이 약 40센티미터 정도의 방추형 몸체를 하고 있다. 등 쪽은 녹색이고 배 쪽은 은백색인데, 등 쪽에서부터 옆줄 밑까지 검은색의 물결 무늬가 퍼져 있다. 도돔발은 어떤 종인지 확실하지 않다. 본문의 간단한 설명만으로는 추측하기 힘들지만, 몸꼴이나 색깔로 보면 고등어 종류가 아닐 가능성이 높다고 생각된다. 고등어와 비슷하게 생겼으며, 비교적 많이 잡히면서 몸이 약간 높고 색깔이 옅은 놈이라면 전갱이의 어린 놈, 즉 매가리를 말하는 것일 수도 있겠다. 전갱이는 다른 항목에서 따로 등장하지만 어부나 꽤 경력이 있는 낚시꾼들도 전갱이의 새끼를 어미와 다른 종류로 알고 있는 경우가 많으므로 정약전이 같은 실수를 범했을 가능성도 충분하다고 생각된다.

고등어는 낚시 대상어로 인기가 높다. 버스를 타고 사리로 오는 도중에도 승객 중 몇 사람이 요즘 고등어가 나온다며 낚싯배를 빌리자고 이야기하는 소리를 들었다. 박도순 씨는 고등어 낚시에 대한 이야기를 하면서 미소를 머금었다.

등지느러미 사이의 간격이 넓다.

꼬리 자루가 매우 가늘다.

토막 지느러미가 있다.

"봉돌에 바늘 여러 개 매달아다 고패질하면 잘 낚이지라."

고등어 낚시는 어떤 낚시보다도 마릿수 재미가 확실하다. 하나의 낚싯줄에 바늘 여러 개를 줄줄이 매단 후 늘어뜨리면 한 번에 대여섯 마리씩 쉴 새 없이 걸려든다. 거제 칠천도에서 고등어 낚시를 해본 적이 있는데, 얼마나 낚아 올렸던지 배 안에 비늘이 날릴 정도였다.

정약전은 고등어가 밝은 곳을 좋아하여 불빛으로 유인하여 잡는다고 했다. 이로써 고등어의 주광성을 이용한 어법이 19세기 초에 이미 개발되어 있었음을 알 수 있다. 『한해통어지침韓海通漁指針』, 『조선통어사정』에도 불을 밝혀 고등어를 잡았다는 기록이 나온다. 고등어가 산출되는 장소에 대한 기록도 많이 남아 있다. 『세종실록지리지』, 『신증동국여지승람』, 『읍지』 등을 통해 고등어가 우리 나라 전 연안에서 잡히고 있었다는 사실을 알 수 있다.

우리 민족은 꽤 오래 전부터 고등어를 잡아왔다. 대량으로 잡히는 데다 영양이 풍부해서 예전에는 고등어의 가치가 더욱 컸을 것이다. 그래서인지 지역에 따라 고등어에 대한 방언도 다양하게 발달했다. 고동어, 고망어 등의 이름이 주로 쓰이며, 크기에 따라 고도리, 열소고도리, 소고도리, 통소고도리 등으로 나누어 부르기도 한다. 옛 문헌에서도 고등어란 이름이 여러 곳에서 발견된다. 『동국여지승람』에는 고도어古刀魚, 『재물보』에는 고도어古道魚, 『경상도속찬지리지慶尙道續撰地理誌』에는 고도어古都魚라고 기록되어 있다.＊

＊ 이러한 이름들은 모두 한자로 씌어 있지만 순우리말일 가능성이 높다. 중국 문헌에는 이런 이름들이 나타나지 않기 때문이다.

고등어 회유에 대한 놀라운 성찰

정약전은 고등어의 산출량이 시간을 두고 변동한다는 사실을 자세히 묘사하고 있다. 그리고 영남과 호남에서 고등어잡이의 풍흉이 교대하는 이유를 궁금하게 생각했다. 정약전의 궁금증은 고등어가 회유하는 속성을 통해 풀어야 할 것 같다.

고등어는 따뜻한 물을 좋아하기 때문에 수온이 올라가고 먹이가 풍부해지는 봄이 되면 대규모의 이동을 시작한다. 2~3월경 제주도 성산포 연안에 몰려든 고등어 무리는 점차 북상하여 동해나 남해에서 여름을 보낸다. 그후 북상하는 무리는 둘로 갈라지는데 한 무리는 동해로, 다른 무리는 서해로 올라간다. 이때 동해로 올라가는 무리가 많다면 서해 쪽이 흉어가 되고, 서해 쪽이 많다면 동해 쪽이 흉어가 될 것이다. 실제로 목포 서쪽 근해가 풍어일 때 부산 동쪽 근해는 흉어이고, 부산이 풍어일 때 목포에는 흉어 현상이 일어난다고 하는데, 이러한 주기는 약 40년 정도로 알려져 있다.

그렇다면 고등어는 어떤 기준에 따라 동서의 진로를 선택하게 되는 것일까? 고등어가 회유하는 목적은 적당한 수온과 먹이를 찾기 위해서다. 동해군과 서해군의 양적 변화도 이와 관련이 있으리라 추측된다. 원래 고등어는 성질이 민감한 물고기다. 조그만 소리만 나도 쉽게 놀라 도망치며, 심지어 천둥 번개나 풍랑에도 놀라 회유를 멈춘다고 한다. 그러나 겨울 동안 굶주렸던 고등어는 경계심을 누그러뜨려 가면서까지 굉장한 기세로 먹이를 찾아 헤매기 시작한다. 먹이를 쫓다보면 자연스레 동쪽과 서쪽으로 진로가 나누어지게 되는데, 아무래도 먹이가 풍부한 쪽으로 많이 몰려갈 수밖에 없을 것이다.

북상하면서 살을 찌우고 산란을 한 고등어 떼는 날씨가 쌀쌀해지기 시작하면 다시 남쪽으로 내려와 제주도 이남의 깊은 바다에서 월동을 한다. 그리고 이듬해 봄 다시 북상하는 과정을 반복하게 된다.

정약전이 가지고 있던 고등어 어군의 움직임에 대한 거시적인 그림은 당시 어부들의 지식과 통찰력에 힘입은 것이었으리라 생각된다. 이러한 지식과 통찰력은 바다에 의지하며 살아가는 이들에게는 생존의 문제다. 생존의 문제에 직면해서는 누구나 과학자가 될 수 있고, 또 되어야만 한다. 그러나 선조들의 체험을 바탕으로 한 지식은 서양 학문처럼 체계화되지 않았고, 결국 고등어의 풍흉이 교대로 반복되는 이유를 알아낼 수도 없었다. 당시의 학문 풍토에서 어떤 현상을 지속적인 관찰과 실험으로 해석해내기란 불가능했다. 정약전이 개인의 노력으로 어부의 지식들을 정리하려는 노력을 보였지만 일과성에 그쳤을 뿐이었다.

과학의 발달을 가능하게 하는 풍토란 꾸준히 쌓여온 지식과 사회·경제적인 제도의 뒷받침 없이는 이루어지지 않는다. 지금 우리 나라가 몇몇 협소한 분야에서는 세계적인 기술력을 보유하게 되었지만, 전반적인 과학기술 수준에서는 고전을 면치 못하고 있는 것도 과학에 필요한 전반적인 풍토가 제대로 조성되어 있지 않기 때문이다. 과학기술은 기초과학과 기술혁신을 조화시킬 수 있는 기본 문화와 어느 정도의 경제적 밑바탕 위에서만 지속적으로 발전할 수 있다. 우리에겐 이런 기반이 부족했다.

가
짜
정
체
고
등
어
의

정약전은 '가벽어' 라는 종을 벽어와 함께 실어놓고 있다.

[가벽어假碧魚 속명 가고도어假古刀魚]

몸이 약간 작고 빛깔은 매우 옅다. 입이 작으며 입술은 엷다. 꼬리 옆에는 잔가시가

있는데 가슴지느러미가 있는 곳까지 줄지어 늘어서 있다. 맛은 질고 고등어보다 좋다.

　가벽어와 가고도어는 각각 고등어를 의미하는 '벽어' 와 '고도어' 에 비슷

한 형질을 가진 다른 개체를 나타내는 '가' 라는 접두어가 덧붙어 만들어진

말이다. 따라서 고등어와 유사한 형태를 가진 종류들을 조사한다면 이 물고

기의 정체를 규명할 수 있을 것이다. 다행스럽게도 정약전은 본문에 중요한

단서를 남겨놓았다. '꼬리 옆에 나 있는 가는 가시' 가 바로 그것이다. 줄지

어 늘어선 가시는 가고도어가 전갱이류의 일종임을 분명히 말해준다. 옆줄

을 따라 발달한 가시, 정확히 말해 모비늘(능린acute)이라고 불리는 이 구

조는 전갱이류에서 나타나는 특징이기 때문이다. 전갱이를 요리할 때 가장 성가신 것이 바로 이 모비늘을 제거하는 일이므로 주부들은 이에 대해 잘 알고 있다.

　전갱이류의 대표종인 전갱이*는 분류학적으로 전갱이과 새가라지속에 포함되며, 우리 나라에서는 이 속의 물고기로 전갱이, 새가라지, 눈전갱이, 녹줄매가리의 4종이 알려져 있다. 그러나 전갱이과는 상당히 큰 분류군이다. 새가라지속 이외에도 여러 속을 포함하며, 전갱이라는 이름이 붙은 종도 갈전갱이, 민전갱이, 청전갱이, 줄전갱이 등 우리 나라에만 10여 종이 넘는다. 잘 알려진 방어도 역시 전갱이과에 속한다. 그렇다면 정약전이 관찰했던 것은 정확히 어떤 종이었을까?

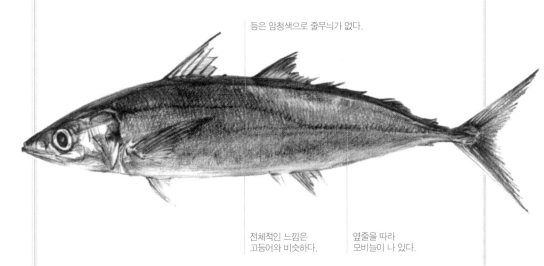

등은 암청색으로 줄무늬가 없다.

전체적인 느낌은 고등어와 비슷하다.

옆줄을 따라 모비늘이 나 있다.

● 갈고등어 *Decapterus muroadsi* (Temminck et Schlegel)

※ 흔히 아지라고 부르는 물고기가 전갱이다. 아지는 아나고(붕장어), 모로코(참붕어) 등과 함께 우리말로 대체되어야 할 일본말이다. 전갱이는 이 밖에도 전광어, 매가리, 가라지, 빈쟁이, 각재기, 매생이 등 다양한 이름으로 불린다.

우선 가벽어의 후보에 들려면 고등어와 유사한 형태를 가진 종이어야 할 것이다. 전갱이과의 물고기들 중 갈전갱이, 민전갱이, 청전갱이, 줄전갱이 등은 몸체가 넓적한 것이 고등어의 일반적인 형태와는 차이가 있으므로 후보에서 제외된다. 따라서 비교적 흔한 종류들 중에서 고등어 체형과 유사한 종을 찾는다면 갈고등어와 가라지, 전갱이 정도가 남는다.

갈고등어는 전체적인 모양이 고등어와 가장 유사하다. 이름에 '고등어' 란 말이 들어 있다는 자체가 이들의 유사성을 보여준다. 옆줄을 따라 모비늘이 발달해 있는 것도 본문의 설명과 일치한다. 또한 정약전은 본문에서 가고도어의 맛이 짙어 고등어보다 뛰어나다고 했는데, 실제로 갈고등어는 맛이 있는 물고기로 유명하다.

박도순 씨는 갈고등어의 사진을 알아보았고 맛을 칭찬하는 것도 잊지 않았다.

"가라지, 고급 고기여. 맛이 기가 맥히지라. 생기기는 고등어하고 비슷하게 생겼는데 옆구리에 바늘 같은 게 삐쭉삐쭉하게 붙어 있어요. 고등어는 피부 자체가 매끈하게 가시 같은 게 없지라. 가라지는 요새 보기가 힘들어요."

박도순 씨는 갈고등어를 가라지라고 불렀다. 다시 가라지의 사진을 보여주었더니 이것 역시 같은 가라지 종류라고 했다. 그렇다면 갈고등어와 가라지가 가고도어의 가장 유력한 후보로 떠오르게 된다.

갈고등어와 가라지가 가고도어의 후보로 유력하기는 했지만, 색깔이 비교적 짙다는 점이 마음에 걸렸다. 정약전은 가고도어의 색깔이 매우 옅다고 분명히 밝히고 있기 때문이다. 또한 모비늘이 가슴지느러미가 있는 곳까지 늘어서 있다고 한 표현도 문제가 된다. 갈고등어와 가라지의 모비늘은 몸 뒤쪽의 옆줄이 직선인 부분에 한정되기 때문이다. 이러한 이유들로 해서 색깔이 옅고 체형과 모비늘의 발달 정도가 본문의 설명과 그대로 일치하는 전갱이를 가고도어의 새로운 후보로 놓게 되었다. 박도순 씨가 말한 가라지도 전갱이를 말한 것일 가능성이 있다. 곳에 따라 전갱이를 가라지라고 부르는 경우가 많을 뿐만 아니라 실제로 박판균 씨는 전갱이를 가라지로 지목했고, 전갱이란 이름은 들어보지도 못했다고 했다. 같은 마을의 조복기 씨는 가라지와 전갱이가 같은 말임을 확인해주었다.

"고등어랑 똑같은데 가라지는 가시가 있어라. 고등어보다 맛있제. 기름이 더 있으니께. 그래 전갱이 맞소. 여기서는 전갱이를 가라지라고 부르제."

전갱이는 고등어와 유사한 방추형의 몸을 가지고 있으며, 길이 약 40센티미터 정도까지 자란다. 등은 암녹색이고 하복부는 은백색이다. 모비늘은 옆줄 위 거의 전부에 걸쳐 발달해 있으며, 비늘은 떨어지기 쉽다. 우리 나라의 전 연해에 분포하지만 따뜻한 물을 좋아하므로 남해안에 특히 많다. 산란기는 봄, 여름철이며, 근해의 얕은 바다로 몰려들어 알을 낳는다.

우리 나라에서 전갱이를 언제부터 잡기 시작했는지는 확실하지 않다. 조선시대 전기까지만 해도 전갱이라고 인정할 만한 물고기 이름이 보이지 않는데, 조선시대 후기에 이르러서는 전갱이가 잡히고 있었다는 사실이 확인된다. 『우해이어보』에는 매가리가 기록되어 있는데, 김려는 이 물고기를 미

등에 고등어와 같은
물결 무늬가 없다.

모비늘이 옆줄을 따라
가슴지느러미 위쪽까지
발달해 있다.

등지느러미 사이가
거의 붙어 있다.

토막 지느러미가 없다.

갈鮛鰡이라고 쓰고, 다음과 같이 설명했다.

길이가 5, 6치 되는 작은 물고기다. 모양이 석수어(조기)와 비슷하지만 몸이 다소 좁다. 빛깔은 담황색이고 맛은 산뜻하며 달다. 젓갈로 담그는 것이 가장 좋다. 본토박이들은 이 물고기를 매갈梅渴이라고 부르는데, 해마다 고성 어촌에서 여자가 작은 배에 미갈로 담근 젓갈을 싣고 와서 장사를 한다.

미갈이나 매갈은 매가리와 같은 말이다. 매가리는 전갱이의 어린 놈을 가리키는 방언이며,* 이 책의 배경이 된 경남 진해 부근에서는 지금도 매가리

● 전갱이 *Trachurus japonicus* (Temminck et Schlegel)

* 김려는 매가리를 성어成魚로 보고 있다. 오늘날에도 매가리가 전갱이의 새끼라는 사실을 모르고 다른 물고기로 생각하는 사람이 많은 것을 보면 충분히 이해할 만한 일이다.

라는 이름이 널리 사용되고 있다.

서유구가 『난호어목지』에서 고도어古刀魚라고 소개한 종도 사실은 고등어가 아니라 전갱이를 말한 것이 분명하다. 옆줄을 따라 늘어선 모비늘은 고등어에서 찾아볼 수 없는 특징이기 때문이다.

호남의 먼바다에 산다. 생김새는 청어와 비슷하지만 비늘이 없다. 등의 양쪽 가장자리에는 가시와 같은 굳은 비늘이 꼬리에까지 늘어서 있으며, 배 안에는 검은 피가 실타래가 엉킨 것처럼 무늬를 이루고 있다. 큰 놈은 1자 남짓 되며, 작은 것은 3~4치 정도이다. 성질이 무리 짓기를 좋아하여 수백 수천 마리씩 몰려다닌다. 어부들은 해마다 가을, 겨울이면 낚시로 낚아 소금에 절여 건어로 만든다. 살이 쫄깃하며 맛이 좋다.

1900년대에 발간된 『한해통어지침』에는 전갱이가 남해안, 서해안 및 동해안의 남부에서 어획되었으며, 부산 근해에서는 봄철의 고등어 어업철에 많이 잡히고, 거문도 근해에서는 음력 6월 상순부터 8월 중순에 이르는 기간에 횃불을 밝혀 유인한 다음 그물로 잡았다는 내용이 나와 있다.

이상에서 살펴본 바와 같이 전갱이는 형태나 잡히는 시기, 주광성을 이용하는 어법이 고등어와 비슷해서 가짜고등어, 즉 가고도어라고 불렸을 가능성이 충분하다고 생각된다.

배학어란 이름의
물고기

정약전은 벽문어 항목에 벽문어, 가벽어와 함께 해벽어를 실어놓았다. 가벽어가 가짜 고등어라면 해벽어는 바다에 살고 있는 고등어라는 뜻이 된다. 바닷물고기의 이름에 굳이 '해海'라는 말을 집어넣은 이유는 큰 바다에 산다는 것을 나타내기 위해서였을 것이다. 그렇다면 해벽어는 가까운 바다에 흔한 고등어에 비해 비교적 난바다에 살고 있는 종류를 가리키게 된다.

[해벽어海碧魚 속명 배학어拜學魚]

　모양이 고등어와 같고, 색깔 또한 푸르지만 무늬가 없다. 몸이 뚱뚱하고 고깃살은 무르다. 큰 바다에 서식하기 때문에 해변 가까이로는 접근하지 않는다.

　고등어와 매우 비슷하게 생긴 물고기로 망치고등어라는 종이 있다. 유재명은 『물고기백과』에서 고등어와 닮은 망치고등어를 해벽어라고 주장했다. 그리고 정약전이 고등어를 벽문어, 망치고등어를 배학어로 구분할 수 있었던 것에 대해 놀라움을 표시했다. 실제로 망치고등어는 고등어와 겉모습이 많이 닮았으며, 비교적 먼바다에 분포하여 연안에 잘 접근하지 않는다는 점도 본문의 설명과 일치한다.

그러나 이러한 추정에는 한 가지 문제가 있다. 정약전은 분명히 해벽어의 몸에 무늬가 없다고 밝혔지만, 망치고등어의 등에는 고등어처럼 뚜렷한 무늬가 있을 뿐만 아니라 배 쪽에도 고등어에조차 없는 반점들이 찍혀 있기 때문이다.* 망치고등어를 포함한 고등어류 중에서는 배학어라는 속명이 어울릴 만한 물고기를 찾을 수가 없다. 대체 정약전은 어떤 종을 해벽어라고 부른 것일까?

벽어는 등이 푸른 물고기란 뜻이다. 그렇다면 등이 푸른 물고기 중에서 배학어를 찾아야 할 것이다. 배학어는 고등어와 겉모습이 비슷하면서도 몸이 뚱뚱하고 무늬가 없어야 한다. 그리고 비교적 먼바다에 서식하는 종류여야 한다. 이러한 요소들을 모두 만족하는 물고기라면 방어류가 떠오른다. 또한 배학어는 당시 배학이, 배하기, 배아기, 배어기 정도로 불리던 이름을 한자로 옮긴 것으로 보이는데, 흥미롭게도 방어류에 속하는 잿방어의 방언 가운데 이와 발음이 비슷한 '배기'가 있다. 결국 방어, 부시리, 잿방어 등 방어속 물고기들을 배학어의 후보로 놓을 수 있을 것 같다.

방어는 고등어와 비슷한 방추형 몸꼴을 하고 있지만, 몸이 훨씬 뚱뚱하다. 몸색깔은 등 쪽이 청록색, 배는 은백색이며, 몸통에는 노란색의 엷은 띠가 눈앞부터 꼬리까지 뻗어 있다. 우리 나라 전 해역에서 나지만, 따뜻한 물

---

* 망치고등어는 고등어에 비해 맛이 떨어지는 편이기 때문에 눈썰미 좋은 주부들은 고등어를 살 때 꼭 진짜 고등어인지를 확인하고 산다. 고등어는 등 쪽에만 검은 물결 무늬의 점이 있지만, 망치고등어는 배에 이르기까지 작은 점이 많이 흩어져 있기 때문에 쉽게 구별할 수 있다.

몸이 뚱뚱한 방추형이다.

첫 번째 등지느러미가 두 번째 것보다 작다.

몸을 가로지르는 노란색 띠가 있다.

턱뼈 뒤끝에 각이 져 있다.

꼬리지느러미를 비롯한 모든 지느러미가 노란색이다.

을 좋아하므로 남부 연안에 특히 많이 서식한다. 봄부터 여름까지 먹이를 따라 북쪽으로 올라가다가도 수온이 내려가는 늦가을부터는 남쪽 먼바다로 다시 내려온다. 산란기는 2~4월경이며 산란은 먼바다에서 이루어진다. 부화한 어린 방어는 연안에서 부유물을 먹고 생활하는데, 빠르게 성장하여 2년 정도면 몸길이 50센티미터에 3~4킬로그램 정도로 자라고 먼바다에서 생활하는 방어 무리에 합류하게 된다.[*]

　예로부터 방어의 맛은 높게 평가되어 왔다. 방어를 한자로 '사鰤'라고 쓰는데 이는 물고기 중에서도 뛰어나다는 뜻이다. 방어는 크기에 따라 값도

◉ 방어 *Seriola quinqueradiata* Temminck et Schlegel

＊ 방어 큰 놈은 1미터 이상 나가는 것도 있다.

비례하여 치솟는다. 보통 물고기들이 어느 정도 크기를 넘어서면 맛과 향이 떨어지는 데 비해, 방어는 오히려 자라날수록 지방층이 축적되면서 뛰어난 풍미를 보이기 때문이다. 우리 나라에서는 방어를 크기에 따라 나누어 불러 왔다. 『전어지』에서는 살에 지방이 많은 대형 방어를 무태방어라고 기록한 바 있고, 경북 영덕 지방의 경우 10센티미터 내외를 떡메레미, 30센티미터 내외를 메레미 혹은 피미, 60센티미터 이상을 방어라고 부른다. 이 밖에도 15센티미터 내외를 떡마르미, 40센티미터 내외를 이배기, 60센티미터 이상 을 사기 등으로 나누어 부르는 곳도 있다. 그러나 사리 마을에서는 방어가 그다지 높은 인기를 누리지 못하고 있었다. 박도순 씨는 방어가 마을 앞에 서도 잡히는데, 살이 무르고 맛이 없어 회로나 먹을 정도라고 혹평했다. 입 맛이나 식생활 습관의 차이인 것 같다.

잿방어와 부시리

방어와 비슷한 종류로 잿방어와 부시리가 있다. 잿방어는 방어나 부시리에 비해 몸의 높이가 높고 옆으로 납작하므로 쉽게 구별된다.* 주둥이도 방어에 비해 뭉툭한 편이다. 몸빛깔은 등 쪽이 방어만큼은 아니지만 푸른색을 띠고 있으며, 배 쪽은 담회색이다. 가슴지느러미는 노란색, 등과 뒷지느러미는 연한 회색을 띤다.

 방어가 겨울에 주로 잡히는 데 비해 잿방어는 여름에 많이 잡힌다. 잿방어가 방어보다 따뜻한 물을 더 좋아하기 때문이다. 제주 근해와 황해 서남부 해상에서 많이 잡히는 것도 같은 이유에서이다. 제주의 잿방어 낚시는 특히 유명하다. 길이 1.5미터 정도에 무게 50킬로그램에 이르는 대형 물고기를 낚아내는 일은, 힘들긴 하지만 비할 바 없이 짜릿한 손맛을 선사한다. 또한 이 종은 떼를 지어 생활하기 때문에 한 마리가 낚이면 여러 마리가 계속해서 걸려들어 낚시꾼들의 탄성을 자아내기도 한다. 잿방어의 육질은 질기지만 방어보다 맛이 있다. 회나 소금구이로 많이 이용되며 술안주로도 일

---

* 경북 포항 지방에서는 잿방어를 납작방어라고 부른다.

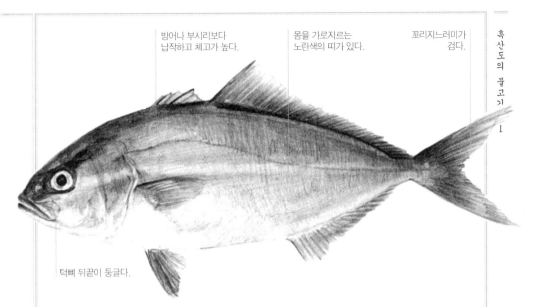

방어나 부시리보다
납작하고 체고가 높다.

몸을 가로지르는
노란색의 띠가 있다.

꼬리지느러미가
검다.

턱뼈 뒤끝이 둥글다.

품이다.

부시리도 방어나 잿방어와 비슷한 체형을 하고 있다. 등은 푸르고 배 쪽
은 은백색을 띤다. 주둥이에서부터 꼬리지느러미까지 짙은 황색의 세로띠
를 두른 데다 꼬리지느러미 끝이 짙은 황색이어서 전체적으로 노란 느낌이
난다. 정약전이 황어黃魚라고 부른 어종이 부시리가 아닐까 생각해보게 된
계기도 노란 몸색깔 때문이었다.

[황어黃魚 속명 대사어大斯魚]
큰 놈은 1장丈 정도이다. 모양은 망어蟒魚와 비슷하지만 몸이 약간 높고 전체가 황

● 잿방어 *Seriola dumerili* (Risso)

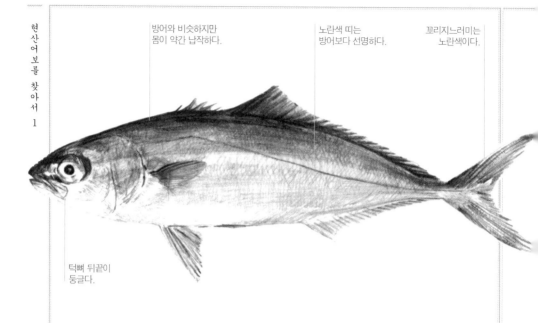

방어와 비슷하지만
몸이 약간 납작하다.

노란색 띠는
방어보다 선명하다.

꼬리지느러미는
노란색이다.

턱뼈 뒤끝이
둥글다.

색을 띠고 있다. 사납고 용맹스러우며, 성질이 매우 급하다. 맛은 담박하다.

　몸길이가 열 자라면 상당히 큰 어종이다. 우리 나라에서 이 정도 크기의 물고기는 흔하지 않으므로 황어의 후보는 몇 종류로 압축된다. 그중에서도 몸높이가 높고 몸색깔이 황색이며, 빠르고 힘찬 몸놀림을 보이는 종류를 고른다면 부시리가 가장 유력한 후보가 된다.

　대사어라는 속명에서도 부시리의 흔적을 찾아낼 수 있다. 사전에는 대사어나 그 비슷한 방언조차도 나오지 않는다. 그러나 여기에서 다시 말미잘의

● 부시리 *Seriola lalandi* Valenciennes

어원을 추적할 때 사용한 원리를 적용해볼 수 있다. 대사어大斯魚의 대大자에 한 획을 더해 지아비 부夫자로 고쳐놓는 것이다. 그러면 대사어는 부사어가 되어 부사리로 읽을 수 있게 된다.* 제주도에서는 부시리를 부수리로 부르고, 대둔도의 장복연 씨는 부서리라고 불렀다. 예전의 흑산도 사리 마을에서 부시리를 부사리로 불렀을 가능성은 충분하다.**

---

* 서울대 규장각의 가람문고 소장본에는 실제로 부사어夫斯魚라고 기록되어 있었다.
** 부사리가 잘 들이받는 황소를 뜻한다는 사실과 "사납고 용맹스러우며, 성질이 급하다"라는 표현을 비교해보면 오히려 부사리가 부시리의 원형이었을지도 모른다는 생각도 든다.

구렁이를 닮은 물고기

정약전은 황어를 '망어'와 유사하다고 설명하고 있다. 실제로 황어는 망어와 같은 항목으로 묶여 있다. 망어란 어떤 물고기인가?

[망어蟒魚 속명을 그대로 따름]

큰 놈은 8~9자 정도이다. 몸통은 둥글고 둘레가 3~4위圍*이다. 머리와 눈이 작고 비늘도 매우 잘다. 등에 구렁이와 비슷한 검은 무늬가 있는데, 고등어와 비슷하지만 더 크다. 동작이 매우 날래어 몇 장丈이나 되는 높이까지 뛰어오를 수 있다. 맛은 시고 텁텁하여 별로 좋지 않다.

이청의 주 『역어유해』에서 발어拔魚 또는 망어芒魚라고 부르는 물고기가 이 망어蟒魚이다. 『집운』에서 "위어鰄魚는 뱀[蛇]과 비슷하다"라고 한 것이나, 『옥편玉篇』에서 "야어鯩魚는 뱀을 닮았고, 길이가 1장이다"라고 한 것도 모두 지금의 망어 종류를 가리킨 것 같다.

* [원주] 위圍는 공拱과 같다.

정문기는 『자산어보―흑산도의 물고기들』의 주에서 망어를 이름 그대로 바다뱀*이라고 해석했다.

망형룡蟒形龍은 구렁이 모양의 파충류의 일종으로 바다에 살며 큰 놈은 10장 정도 된다.

박도순 씨는 사리 가까운 바다에서 바다뱀을 잡은 적이 있다고 했다.
"기절초풍하는 줄 알았어요. 시커먼 게 뱀하고 똑같이 생겼어라. 놀래서 얼릉 버리고 말았제."

그러나 망어를 바다뱀으로 보기에는 무리가 있다. 『집운』의 위어와 『옥편』의 야어는 어떤 종인지 정확히 판별하기 힘들지만, 나머지 종류들은 뱀보다는 물고기를 말한 것이 분명하다. 크기가 8~9자(약 1.6~1.8미터)에 달하는 바다뱀은 찾을 수 있지만, 둘레가 3~4뼘이라면 뱀의 체형으로는 너무 굵다. 또한 망어의 비늘이 '아주 잘다'라고 표현했는데 바다뱀의 비늘은 뚜렷하고 큰 편이다. 마지막으로 망어가 매우 용감하여 능히 수십 자를 뛴다고 했는데, 바다뱀은 이렇게 뛰어난 도약력이 없다. 망어가 물고기라면 대체 어떤 종류일까?

이청은 『역어유해』에서 '발어拔魚' 또는 '망어芒魚'라고 부르는 물고기가 '망어蟒魚'라고 밝혔다. 망어는 마어, 망에, 발어와 함께 삼치를 부르는 별명이다. 서유구는 『난호어목지』에서 삼치를 마어麻魚라고 적고 다음과 같이

---

* 바다뱀은 여느 뱀과 마찬가지로 파충류 뱀목에 속하는 동물이다. 다만 육상 생활에 적응한 대부분의 뱀들과는 달리 바다에 적응하여 거의 전 생애를 바다에서 보낸다는 점이 다를 뿐이다. 바다뱀류는 땅을 기지 않고 헤엄쳐 다니므로 머리가 작고 꼬리는 세로로 편평하며 배 비늘이 없다는 특징이 있다. 대부분의 바다뱀류가 강한 신경독을 가지고 있는데, 물렸을 경우 어떤 독사보다도 치명적이어서 기네스북에도 가장 위험한 독사로 바다뱀을 들고 있을 정도이다. 그러나 바다뱀은 보통 물고기를 사냥할 뿐 사람을 공격하는 일은 거의 없다. 우리 나라에는 바다뱀과 먹대가리바다뱀의 2종이 알려져 있다.

등·가슴·꼬리지느러미는
검은색이다.

토막 지느러미가 있다.

청회색의 반점이
줄지어 늘어서 있다.

설명했다.

동·남·서해에서 모두 난다. 생김새는 석수어와 비슷하다. 몸이 둥글고 머리는 작으며 주둥이가 길다. 비늘은 잘고 등은 청흑색이며, 기름을 바른 것처럼 윤기가 난다. 등 아래 좌우로는 검은 반문이 있으며, 배는 순백색이다. 맛이 극히 달고 좋다. 큰 것은 길이 1장, 둘레는 4~5자에 이른다. 북쪽 사람들은 마어麻魚라고 부르지만, 남쪽 사람들은 망어魱魚라고 부른다.

형태나 색깔, 크기가 모두 정약전이 묘사한 망어와 일치한다. 또한 서유구는 남쪽 사람들이 삼치를 망어魱魚라고 부른다고 분명히 밝혔다. 삼치를

● 삼치 *Scomberomorus niphonius* (Cuvier)

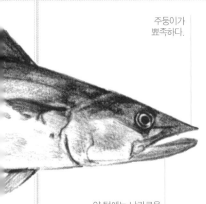

주동이가 뾰족하다.

양 턱에는 날카로운 이빨이 나 있다.

망어로 보면 8, 9자에 달한다고 한 물고기의 크기도 이해할 수 있다. 삼치는 1미터 이상까지 크게 자라는 물고기이기 때문이다. '바다의 폭주자'로 불릴 만큼 뛰어난 유영 능력도 본문의 설명과 잘 일치한다.

서유구가 말한 망어는 『역어유해』와 『재물보』의 망어芒魚, 『현산어보』의 망어蟒魚와 발음이 같다. 자연스럽게 이 이름들의 기원이 모두 삼치였을 가능성을 생각해보게 된다.[*]

삼치를 한자로 옮기면 삼 '마麻' 자를 쓴 마어麻魚가 된다. 노어盧魚가 농어, 부어鮒魚가 붕어가 된 것처럼 마어가 망어라고 불리게 되었고, 이 발음을 한자로 다시 옮기는 과정에서 망어蟒魚, 망어芒魚, 망어魴魚 등의 이름이 생겨났다고 보면 앞뒤가 들어맞는다.

정약전은 망어를 구렁이와 닮은 물고기라고 해석했다. 삼치의 등에 있는 검은 반점에서 구렁이를 떠올렸던 것이다. 결국 망어는 구렁이처럼 검은 무늬가 있는 물고기란 뜻이 된다. 실제로 뱀 종류 중에는 검은 무늬가 있는 것들이 많다. 검은 무늬가 있는 가물치를 뱀에 비유하고, 줄무늬가 있는 상어에 배암상어라는 이름을 붙인 것도 검은 무늬를 뱀의 중요한 특징으로 보았기 때문이다. 삼치를 '뱀을 닮은 물고기'라고 부르는 것도 전혀 이상할 것이 없어 보인다.

● 뱀의 무늬 정약전은 망어를 구렁이와 닮은 물고기라고 해석했다. 삼치의 등에 있는 검은 반점에서 구렁이를 떠올렸던 것이다.

[*] 김려가 『우해이어보』에서 삼치를 삼차鰺鯷 또는 삼어鰺魚라고 부른 것을 보면, 이 이름의 기원이 꽤 오래된 것임을 알 수 있다.

　정약전은 삼치의 맛을 시고 텁텁하여 별로 좋지 않다고 묘사했다. 아마도 육류를 좋아하던 정약전의 입맛에는 삼치가 맞지 않았던 모양이다. 그러나 삼치는 실상 꽤 맛이 있는 물고기다. 육질이 부드러워 회로 먹기에도 좋고, 구워 먹어도 달콤한 맛이 일품이다. 서유구는 『난호어목지』에서 삼치의 맛을 "극히 달고 좋다"라고 표현했으며, 김려도 『우해이어보』에서 "그곳 사람들이 삼치를 진미로 여긴다"라고 밝혔다.

　일제 강점기 일본인들은 "조선 사람 먹기 아깝다"라고 말할 정도로 삼치를 높이 평가하며 국내에서 어획된 삼치를 잡히는 족족 일본으로 실어갔다. 삼치가 대량으로 어획되기 시작한 것도 이 무렵이었다. 이런 상황은 해방 후에도 얼마 동안 계속되었다. 삼치파시로 유명했던 나로도에서는 가을이 되면 수백 척의 삼치배가 모여들어 장관을 이루었다. 파시 덕분에 나로도는 '교복 단추를 금으로 하고 다닐' 정도로 풍요를 누렸지만, 파시가 사라진 요즘에는 시들해진 삼치의 인기와 함께 이러한 풍경도 옛 기억 속의 한 장면으로만 남아 있을 뿐이다.

　그러나 놀랍게도 도회 사람들은 삼치를 몰랐다. 춥고 배고프던 시절, 값비싼 삼치를 먹기 힘들었던 탓이었을까. 아니면 수출 물량 맞추기도 빠듯해 시장에 잘 나오지 않은 까닭일까. "참치?" 하고 되묻는 사람도 많았다. 젊은 층일수록 참치와의 헷갈림은 심했다. 하긴, 갯가에서 자란 나도 삼치 회를 먹어본 기억이 없으니까. 흑산도에 유배당한 정약전이 삼치에 대

◉ 가물치의 무늬 뱀 종류 중에는 검은 무늬가 있는 것들이 많다. 검은 무늬가 있는 가물치를 뱀에 비유하고 줄무늬가 있는 상어에 배암상어라는 이름을 붙인 것도 검은 무늬를 뱀의 중요한 특징으로 보았기 때문이다.

한 기록을 남기지 못했던 이유를 조금은 알 것 같았다.

언젠가 월간 『예향』지에 실렸던 기사의 한 토막이다. 기자의 말처럼 지금은 삼치가 대중적인 물고기가 아닌지도 모른다. 그러나 우리 선조들은 오래 전부터 삼치를 잡아왔고, 여러 고서에 그 기록들이 남아 있다. 흑산 근해의 수산물 목록에 항상 삼치가 끼여 있는 것을 보면, 흑산도에서도 상황은 마찬가지였을 것이다. 그리고 위에서 보았다시피 정약전은 삼치에 대한 기록을 분명히 남겨 놓았다. "정약전이 삼치에 대한 기록을 남기지 못했다"라고 한 기자의 말은 망어가 삼치라는 사실을 몰랐기 때문에 나온 것이다.

한국의 립스터

두어 시간에 걸쳐 물고기 이야기를 나누다보니 어느새 주위가 어둑어둑해졌다. 인사를 하고 방으로 돌아가려는데 마루 한편에 놓여 있는 화분에 눈길이 갔다. 화분 위에는 붉게 퇴색한 갑각류의 껍질이 하나 놓여 있었다. 부채새우였다. 몸이 편평하고 특히 몸의 앞부분이 부채 모양으로 둥글게 되어 있어 이런 이름이 붙었는데, 20센티미터 가까이까지 자라는 대형 새우다.

우리 나라에서 나는 새우라면 흔히 보리새우, 대하 등을 떠올린다. 이들도 꽤 크기가 큰 종류이지만, 외국산 바닷가재인 립스터에 비하면 어른 앞의 아이에 불과하다. 립스터는 갑각류 특유의 담백한 맛으로 인기가 높으며, 이미 고급 음식의 대명사가 되었다. 심지어 요즘에는 립스터를 먹어봤는지에 따라 경제적 성공 여부를 가리기도

● **부채새우** 화분 위에는 붉게 퇴색한 갑각류의 껍질이 하나 놓여 있었다. 부채새우였다. 몸이 편평하고 특히 몸의 앞부분이 부채 모양으로 둥글게 되어 있어 이런 이름이 붙었는데, 20센티미터 가까이까지 자라는 대형 새우다.

한다. 그런데 우리 나라에도 수입산 랍스터에 비견할 만한 종이 살고 있다는 사실을 알고 있는 사람은 그리 많지 않은 것 같다. 닭새우는 우리 나라에서 나는 갑각류 중 최대형으로 몸길이가 35센티미터에 달하며 제주나 남부 지방의 따뜻한 바다에서 난다. 제주도에서는 닭새우를 '돌게'라고 부르는데, 이를 한자로 옮기면 『현산어보』에서 '석해'라고 소개한 종과 같은 이름이 된다.

[석해石蟹 속명 가재可才]

큰 놈은 길이가 2~3자 정도이다. 두 개의 집게발과 여덟 개의 발이 달린 것은 게와 같지만, 발끝이 모두 갈라져 족집게처럼 되어 있다. 뿔은 몸의 배나 될 만큼 길고, 줄처럼 가시가 돋아 있다. 허리 위쪽은 하나의 단단한 껍질로 덮여 있고, 허리 아래쪽은 비늘 모양의 껍질로 덮여 있는 모습이 새우와 비슷하다. 꼬리 또한 새우와 같다. 몸빛깔이 검고 윤택하며 촉각은 붉다. 뒤쪽으로 움직일 때는 꼬리를 안으로 굽히는 동작을 취한다. 그러나 앞으로도 갈 수 있다. 알 뭉치는 배 밑에 붙어 있다. 육지산 가재에 비하여 그다지 다른 점이 없다. 익혀서 먹으면 맛이 매우 뛰어나다.

닭새우는 민물가재와 생김새가 비슷하다. 정약전은 석해가 육지산 가재에 비해 별다른 차이가 없다면서 그 이름과 속명을 민물가재와 똑같은 석해, 속명 가재로 옮겼다. 또한 본문의 설명은 육지산 가재를 설명한 것이라고 해도 전혀 어색하지 않다. 정약전은 이 항목을 쓰면서 틀림없이 어릴 때

잡으며 놀던 가재를 떠올렸을 것이다.

　박도순 씨는 닭새우를 바닷가재라고 불렀다. 속명인 가재와 연결되는 이름이다. 우이도의 박화진 씨 역시 닭새우를 가재라고 부르며 가끔 그물에 잡히고 때로는 모래사장에 밀리기도 하는데, 삶아 먹으면 맛이 매우 좋다고 했다. 대둔도의 장복연 씨도 닭새우를 가재라고 불렀다. 그리고 이와 관련

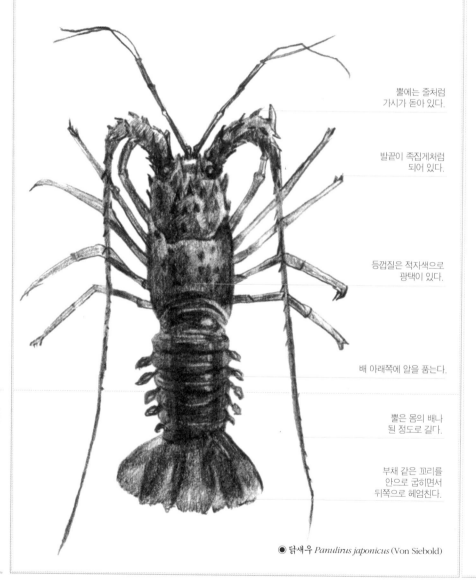

뿔에는 줄처럼 가시가 돋아 있다.

발끝이 족집게처럼 되어 있다.

등껍질은 적자색으로 광택이 있다.

배 아래쪽에 알을 품는다.

뿔은 몸의 배나 될 정도로 길다.

부채 같은 꼬리를 안으로 굽히면서 뒤쪽으로 헤엄친다.

● 닭새우 *Panulirus japonicus* (Von Siebold)

된 재미있는 이야기를 들려주었다.

"가재 한 마리씩 잽히면 뿔을 잘라다가 명주로 싸 농 안에 넣어둬요. 그게 삐죽하게 자라나오면 집이 흥한다 그랬제. 나도 하나 건져서 잘라다 갖다놨는데 농 치면서 버렸능가 없더만."

박화진 씨와 박도순 씨는 모두 닭새우의 뿔이 크다는 점을 강조했다. 굵고 긴 뿔은 닭새우의 가장 큰 특징이다. 정약전은 가재의 몸길이가 2~3자, 즉 40~50센티미터에 이른다고 했는데, 몸체와 뿔을 합친다면 충분히 가능한 크기다. 닭새우의 나머지 특징들도 본문의 묘사와 잘 일치한다. 붉은색의 더듬이에는 줄처럼 날카로운 돌기가 돋아 있고, 몸색깔도 검은 자줏빛으로 윤기가 돈다.

정약전은 닭새우의 맛을 극찬했다. 하지만 이 뛰어난 맛이 닭새우의 멸종을 부추기고 있다. 우리 나라에서는 닭새우의 개체수가 그리 많지 않으므로 보호해야 할 필요가 있으며, 특히 여름 산란철에 잡는 것은 반드시 금지해야 한다. 적합한 양식 기술을 개발한다면 경제성과 자원보호라는 두 마리의 토끼를 한꺼번에 잡을 수 있을 것이다.

목
간
의

옛

주
인

만리와 해만리

저녁 바람을 쐬고 싶어 밖으로 나왔다. 집 앞에는 조그만 개울이 흐르고 있었는데 박도순 씨는 이 개울을 목간이라고 불렀다. 아마도 먹을 감는 곳이라는 뜻이거나 움푹 들어간 '목'의 안쪽이란 뜻의 '목안'이 변한 말일 것이다. 심리에서 넘어오는 골짜기로부터 시작된 이 물줄기는 마을을 휘감으며 내려와 마을 끝자락에서 조그만 소를 이룬 후 얕은 모래등을 넘어 바다로 흘러든다.

지금은 수량이 줄었지만 예전에는 목간이 훨씬 더 큰 개울이었다고 한다.

"거기 물이 허리께까지 찼고 고기도 많이 살았어라. 거의 강이었제."

사리 마을에서는 목간에 물이 가득 차면 그해 농사가 풍년이라는 말이 전해 내려온다. 목간의 물이 농업용수로 활용되었기에 생겨난 말이리라. 박도순 씨는 목간에서 뱀장어를 잡았던 기억을 떠올렸다.

"요 앞 도랑에서 많이 잡았제. 음력 9, 10월에 후라쉬 비추면 많이 나왔어요. 금계랍(염산키니네)이나 사이나(청산가리)로 잡기도 하고 전기로 잡기

● 목간 개울 심리에서 넘어오는 골짜기로부터 시작된 물줄기는 마을을 휘감으며 내려와 마을 끝자락에서 조그만 소를 이룬 후 얕은 모래등을 넘어 바다로 흘러든다. 지금은 수량이 줄었지만 예전에는 목간이 훨씬 더 큰 개울이었다고 한다.

도 했제. 민물장어가 좋다고 해서 결핵 환자들이 구하러 다녔는데 사리 동네에도 많이 다녔어라. 옛날에는 민물장어를 선약, 보약, 대약으로 생각해서 허약한 사람들한테 많이 멕였제."

뱀장어라고 생각되는 종이 『현산어보』에도 등장한다.

[해만리海鰻鱺 속명 장어長魚]

큰 놈은 길이가 1장丈에 이르며, 모양은 뱀을 닮았다. 덩치는 크지만 몸이 작달막한 편이다. 빛깔은 거무스름하다. 대체로 물고기는 물에서 나오면 달리지 못하지만, 해만리만은 유독 뱀과 같이 잘 달린다. 머리를 자르지 않으면 제대로 다룰 수가 없다. 맛이 달콤하고 질으며 사람에게 이롭다. 오랫동안 설사를 하는 사람은 이 물고기로 죽을 끓여 먹으면 낫는다.

이청의 주 『일화자』에서는 "해만리는 자만리慈鰻鱺나 구어狗魚라고도 부른다. 동해에서 난다. 만리와 닮았지만 몸이 크다"라고 했다. 곧 이 물고기를 가리킨 것이다.

해만리, 자만리, 구어는 모두 갯장어를 이르는 말이다. 그런데 『현산어보』의 다른 항목에는 갯장어가 분명히 따로 실려 있다. 어찌 된 일일까?

속명으로 기록되어 있는 장어는 기다란 물고기란 뜻이다. 장어라고 불리는 물고기에는 갯장어 외에도 뱀장어와 붕장어가 있다. 정약전은 이 중에서 갯장어가 아닌 뱀장어를 해만리로 본 것 같다. 뱀장어의 한자 이름은 만리

● 만리어 큰 놈은 길이가 1장에 이르며, 모양은 뱀을 닮았다. 덩치는 크지만 몸이 작달막한 편이다. 빛깔은 거무스름하다.

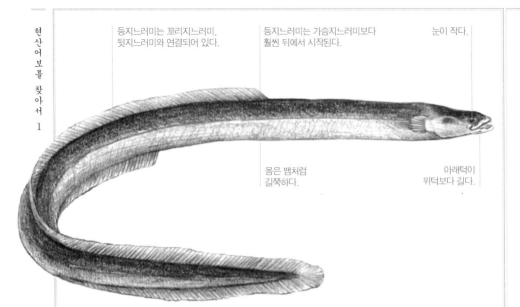

등지느러미는 꼬리지느러미, 뒷지느러미와 연결되어 있다.

등지느러미는 가슴지느러미보다 훨씬 뒤에서 시작된다.

눈이 작다.

몸은 뱀처럼 길쭉하다.

아래턱이 위턱보다 길다.

이다. 그렇다면 해만리라는 이름은 바다뱀장어란 뜻이 된다. 뱀장어는 민물에서 살다가 8~10월의 산란기가 되면 다시 바다로 되돌아간다. 이때 체형이 크고 억세어지며, 아름다운 혼인색을 띠게 된다. 정약전은 이렇게 모습이 변한 것을 알아보지 못하고 바다에서 잡힌 뱀장어를 따로 해만리라고 부르게 된 것이 아닐까?

 뱀장어는 특이한 형태와 습성을 가진 물고기다. 가늘고 긴 몸에 배지느러미가 없고 등지느러미·뒷지느러미·꼬리지느러미가 완전히 붙어 있어 뱀 같은 느낌을 준다. 뱀장어의 피부에는 점액선이 있어 미끌미끌한 점액을 분

● 뱀장어 *Anguilla japonica* Temminck et Schlegel

비한다. 뱀장어를 손으로 잡을 때 곤욕을 치르는 것도 이 때문이다.[*] 뱀장어는 늘 어딘가에 몸을 숨기기를 좋아한다. 대개 낮에는 진흙 속이나 바위 틈에 숨어 있다가 밤이 되면 활발히 헤엄쳐 다니면서 커다란 입으로 물속의 지렁이나 갯지렁이, 새우, 게, 조개 및 작은 물고기들을 닥치는 대로 잡아먹는다. 뱀장어는 뻘 속 생활을 즐겨 하는 탓에 눈이 작고 시력도 떨어진다. 그러나 후각이 매우 예민하게 발달하여 먹이를 쉽게 찾아낼 수 있다. 뱀장어는 아가미를 가지고 있지만 피부호흡을 잘하므로 물 밖에 나와서도 오랫동안 죽지 않는다. 물 위에 나와서도 잘 달린다고 한 정약전의 말도 이러한 습성을 묘사한 것이다. 박도순 씨도 이와 관련된 이야기를 들려주었다. 정약전이 본문에서 묘사한 장면과 정확히 일치하는 내용이었다.

"민물장어는 나오자마자 머리를 잘라야 되요. 안 그러면 마구 돌아다니니께 정신 없어라."

그러나 해만리를 뱀장어로 보기에는 미심쩍은 부분이 있다. 정약전은 해만리의 크기가 10여 자, 즉 2미터에 달한다고 했다. 이는 뱀장어의 크기를 훨씬 초과하는 것이다. 가끔 낚시꾼들이 엄청난 대물 뱀장어를 낚아올리는 경우가 있으며, 박도순 씨도 목간에서 무지하게 큰 놈이 잡힌 적이 있다고 했다. 그러나 지금까지 잡힌 최대어도 1미터 20센티미터를 넘지 못한다. 2미터라면 뱀장어라고 보기에는 지나치게 크다.

뱀장어와 비슷한 종류 가운데 커다란 것이 없냐고 묻자 박도순 씨는 펴놓았던 도감에서 한 물고기를 가리켰다.

---

[*] 사실 뱀장어나 미꾸라지가 미끌미끌한 것은 사람에게 잡히지 않기 위해서가 아니다. 피부에서 분비된 점액은 마찰력을 줄여 상처를 입지 않고 뻘이나 돌 틈, 자갈밭을 마음대로 돌아다닐 수 있게 한다. 또 점액 성분 속에는 항생 물질이 섞여 있어 지저분한 환경에서 세균이 번식하는 것을 막아주기도 한다.

"요것(바다뱀*)도 잡혀요. 무지하게 큽니다. 2미터, 3미터 되는데 말려서 지팡이 만든다고 하더만요. 가늘고 길쭉한데 빳빳해져요."

그러나 바다뱀은 그리 흔하지도 않고, 길이만 길 뿐 몸이 가늘어 해만리의 후보로 놓기에는 무리가 있다.

---

* 바다뱀은 이름과는 달리 파충류인 뱀이 아니라 뱀장어목 바다뱀과에 속하는 물고기 종류다.

그림자를 비추어 새끼를 낳다

정약전과 이청은 뱀장어류의 발생 문제에 대해 골머리를 앓았던 것 같다. 뱀장어가 생겨나는 과정을 각자 섬주민들의 말과 중국 문헌을 참고하여 추리하고 있으나 끝내 제대로 된 결론을 내리지는 못했다.

해리海鱺*는 사철 볼 수가 있다. 다만 깊은 겨울에는 낚이지 않는데, 석굴 속에 틀어박혀 있는 것이 아닌가 생각된다. 어떤 이는 알을 밴다고 하고, 어떤 이는 새끼를 밴다고 한다. 또 다른 이는 뱀이 변한 물고기라고도 하는데, 이를 보았다고 하는 사람이 많다. 그러나 해리는 매우 번성하는 물고기다. 바위굴 속에 무리를 짓고 있는 것이 수백 수천 마리에 이르기도 하는데, 비록 이 중에 뱀이 변한 것이 있다고 하더라도 모두가 그런 것은 아닐 것이다. 창대는 예전에 태사도苔士島 사람이 해리의 뱃속에서 뱀알이나 염주[貫珠]처럼 생긴 알을 보았다고 말하는 것을 들었다고 한다. 알 수 없는 일이다.

* 바다에서 잡히는 뱀장어류를 통틀어 말한 것으로 보인다.

이청의 주 『조벽공잡록趙辟公雜錄』에서는 "만리어는 수컷만 있고 암컷이 없다. 가물치에게 그림자를 비추면 그 새끼가 모두 가물치의 지느러미에 붙어서 태어난다. 이런 까닭으로 만리鰻鱺라고 부르는 것이다"*라고 했다. 그러니 하천에서 낳는 놈은 그렇다고 하더라도 바다에서 낳는 놈은 바다에 가물치가 없으니 어느 곳에 새끼를 비추어 붙일 수 있겠는가. 이 또한 분명히 밝힐 수 없는 문제이다.

　예전에는 알이나 새끼를 낳는 장면을 직접 관찰할 수 없는 생물의 경우 다른 동물과 연관지어 기원을 설명하는 것이 일반적이었다. 예를 들면 동양에서는 오랫동안 메뚜기가 지렁이와 교미하여 새끼를 낳는다고 생각해왔다. 많은 종류의 메뚜기들이 땅속에 산란관을 꽂고 알을 낳는다. 땅속에 묻힌 알을 보지 못한 사람들은 메뚜기가 땅에다 꽁지를 박는 모습을 교미 행동으로 해석했다. 그런데 땅속의 상대라면 당장 떠오르는 것이 지렁이다. 메뚜기가 지렁이와 교미하는 것이 아닌가 의심하고 있는데, 과연 얼마 후 땅속에서 메뚜기 새끼들이 머리를 내밀기 시작한다. 이러한 장면을 실제로 관찰하고 이끌어낸 결론이 메뚜기와 지렁이의 교미 이야기였다. 나나니벌이 애벌레를 잡아다 놓고 기도를 하여 자신의 새끼로 변화시킨다는 것도 같은 부류의 이야기다. 나나니벌은 다른 곤충의 애벌레를 잡아서 마취시킨 후 집안에 집어넣고 그 곁에 알을 낳는다. 알에서 깨어난 나나니벌의 새끼는 어미가 잡아놓은 애벌레를 먹고 성충이 되어 밖으로 나온다. 애벌레를 잡아가는 장면과 새끼가 성체가 되어 나오는 장면만 본 사람

● 방아깨비의 산란 많은 종류의 메뚜기들이 땅속에 산란관을 꽂고 알을 낳는다. 땅속에 묻힌 알을 보지 못한 사람들은 메뚜기가 땅에다 꽁지를 박는 모습을 교미 행동으로 해석했다.

＊ 리鱺는 가물치로도 해석된다.

들은 애벌레와 나나니벌을 이런
식으로 관계지을 수밖에 없었다.

정약전을 비롯한 옛 사람들은 뱀장어의
알을 보지 못했기 때문에 성체와 새끼
사이의 빈틈을 어떤 식으로든 메워
야 했고, 이를 위해 내세운 것이 뱀
이나 가물치 같은 뱀장어와 유사한 속성을 가
진 동물이었다.

서양에서도 상황은 마찬가지였다. 아리스토텔레스의 글은 서양 사람들도
뱀장어의 발생에 대해 비슷한 고민을 하고 있었음을 보여준다.

> 뱀장어는 생식을 통해 발생하지 않으며, 알에서 태어나지도 않는다. 뱀
> 장어가 정소나 알을 가지고 있는 것은 한 번도 관찰된 적이 없다. 이것이
> 사실임은 의심의 여지가 없다. 어떤 웅덩이에서 물을 모두 퍼내고 진흙을
> 모두 긁어내도 비가 오면 다시 뱀장어가 발생하는 것을 보면 이를 알 수
> 있다. 가뭄 동안에는 뱀장어가 웅덩이에 나타나지 않는다.

> 그런데 어떤 이들은 뱀장어가 자신과 비슷한 새끼를 낳는다고 이야기한
> 다. 왜냐하면 어떤 뱀장어에서는 작은 벌레가 발견되는 일이 있는데, 그 벌
> 레에서 뱀장어가 생긴다고 생각했기 때문이다. 그러나 이는 사실과 다르
> 다. 뱀장어는 진흙이나 습한 토양 속에서 자연발생적으로 생장하는 지렁이

● **명령螟蛉** 가는 허리를 가진 동물은 암컷의 성이 없는데, 벌이 이런 부류에 속
한다. 암컷의 성이 없기 때문에 이들은 뽕잎을 먹는 누에나 메뚜기 새끼를 잡
아다가 기도를 해서 자기 새끼로 만든다. 『시경』 「소아 · 소완」에서 "뽕나무 벌
레인 명령 새끼를 나나니벌이 업고 있도다"라고 한 것도 이러한 현상을 가리킨
것이다(『박물지』).

로부터 생겨나는 것이다. 실제로 가끔 뱀장어가 그런 지렁이로부터 생겨나는 것을 볼 수 있으며, 지렁이를 자르자 뱀장어가 나타난 일도 있었다.

아리스토텔레스보다 후대에 태어난 플리니우스는 어린 뱀장어가 바위 표면에 벗어 놓은 어미 물고기의 피부 조각으로부터 성장한다고 주장했다. 그러나 대체로 아리스토텔레스의 이론이 정설로 받아들여졌고, 누구도 이를 쉽사리 반박하지 못했다. 18세기에는 뱀장어가 말의 꼬리털로부터 태어난다는 미신이 번졌다. 심지어 정약전이 『현산어보』를 집필한 후인 19세기 중·후반까지도 유럽에서는 소형 딱정벌레가 뱀장어의 진짜 부모라는 이야기가 널리 퍼져 있었다.

이처럼 말도 안 되는 이야기들이 생겨나게 된 원인은 뱀장어의 특이한 산란 습성에 있다. 뱀장어는 일생의 대부분을 하천이나 개울에서 살아가는데, 이런 곳에서 잡은 뱀장어들은 모두 생식기관이 발달하지 않은 미성숙 개체들이다. 따라서 뱃속에 알이 들어 있을 리 만무하다. 산란기에 접어들어 성숙하기 시작한 개체들은 알을 낳기 위해 먼 여행길에 오른다. 뱀장어의 산

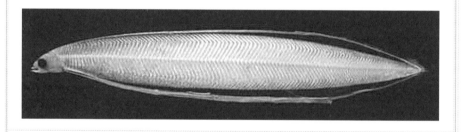

● **댓잎뱀장어** 뱀장어의 유생은 무색투명한 모습인데, 버드나무 잎사귀 혹은 대나무 잎사귀처럼 납작하게 생겼다고 해서 댓잎뱀장어라고 부른다.

란장은 먼바다의 수심이 깊은 곳에 위치하고 있는데,* 뱀장어는 산란장에 도착할 무렵에야 완전히 성숙하게 된다. 성숙하기 이전에는 알을 찾아볼 수 없고, 알이 생겼을 때에는 이미 사람들의 눈에 띄지 않는 깊은 바다 속으로 들어가버린 후이니 뱀장어가 '알을 낳지 않는 물고기'라는 오해를 받아온 것도 어찌 보면 당연한 일이라고 할 수 있겠다.

강으로부터의 긴 여행을 마치고 산란장에 도착한 어미 뱀장어는 바다 속에서 급히 성숙하여 산란을 마친 후 속절없이 죽음을 맞이하게 된다. 이때 태어난 뱀장어는 어미와 전혀 다른 모습을 하고 있다. 뱀장어의 유생은 무색투명한 모습인데, 대나무 잎사귀처럼 납작하게 생겼다고 해서 댓잎뱀장어라고 부른다. 이러한 모양은 깊은 바다에서 해류를 따라 어미의 고향까지 쉽게 이동하기 위해 진화한 것이다.

오랜 여행을 마치고 강 하구에 도착한 댓잎뱀장어는 손가락 길이의 실뱀장어로 모습을 바꾼다. 실뱀장어는 이곳에서 한동안 민물에 적응하는 시간을 가지다가 봄철 비가 오고 흐린 날이나 어두운 밤을 틈타 힘차게 강을 거슬러오르기 시작한다. 이맘때면 한강변에서도 투명한 실뱀장어가 돌아다니는 모습을 쉽게 관찰할 수 있다.** 성장한 뱀장어는 민물에서 5~12년 간을 살다가 산란기가 되면 다시 자기가 태어난 깊은 바다로 되돌아간다.

『현산어보』보다 후대에 간행된 『난호

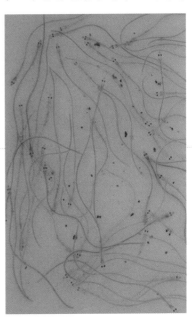

◉ 흰실뱀장어 오랜 여행을 마치고 강 하구에 도착한 댓잎뱀장어는 손가락 길이의 실뱀장어로 모습을 바꾼다.

* 우리 나라와 일본에 서식하는 뱀장어는 대만이나 류큐 서쪽의 수심 3,000미터의 깊은 해역을 산란장으로 이용하는 것으로 추정되고 있다.
** 본격적인 '시라시(실뱀장어의 일본식 이름)' 시즌이 시작되는 것도 이때쯤이다. 양식업자들은 어린 실뱀장어를 잡아서 종묘로 사용한다.

어목지』에는 실뱀장어에 대한 이야기가 나오는데 그 내용이 자못 흥미롭다. 서유구는 뱀장어의 정확한 산란 과정을 알아내지는 못했지만,* 적어도 뱀장어가 가물치의 힘을 빌려 태어난다는 학설만은 과감히 부정하고 있다.

경험해보건대 뱀장어는 음력 4월에서 5월 사이에 제 스스로 새끼를 낳는다. 처음 태어난 새끼는 바늘 끝처럼 가는데, 일본 사람들은 이를 '침만리針鰻鱺'라고 부른다. 이것으로 보아 뱀장어가 모두 가물치에게 그림자를 비추어서 새끼를 낳는 것은 아니라는 사실을 알 수 있다.

뱀장어가 새끼를 낳는다고 잘못 추측하고 있기는 하지만, 새끼를 직접 관찰한 후『조벽공잡록』의 허무맹랑한 설명을 비판하는 모습에서 조선 실학자의 당당한 자신감이 느껴진다.

---

* 뱀장어의 산란 생태가 처음으로 밝혀지게 된 것은 덴마크의 슈미트 박사에 의해서였다. 슈미트 박사는 1877년부터 장장 50년이 넘는 연구 끝에 대서양 인근 뱀장어의 산란이 버뮤다 섬 부근의 수심 2,000미터 이상의 깊은 바다에서 이루어진다는 사실을 밝혀냈다.

눈이 큰 장어

뱀장어나 붕장어, 갯장어 같은 장어류 물고기들은 영양가가 높아 예로부터 보신식품으로 많이 이용되어 왔다. 구수한 장어탕은 맛도 맛이려니와 소화가 잘 되어 노약자나 어린이들의 영양식으로 좋으며, 한여름 땀을 많이 흘려 몸이 허할 때 원기를 회복하는 데도 특효가 있다고 한다. 장어류 중에서도 붕장어는 마리당 몇 만 원을 호가하는 뱀장어에 비해 값이 저렴한 편이어서 가장 많이 소비되는 종류이며, 회나 구이 등 다양한 메뉴로 서민들의 입맛을 당긴다. 정약전이 해대리라고 밝힌 종이 바로 붕장어다.

[해대리海大鱺 속명 붕장어䵒長魚]
눈이 크고 배 안이 먹빛이다. 맛이 매우 좋다.

정약전이 속명을 붕장어라고 밝혔고, 사리 마을 현지에서도 같은 이름으로 불리고 있으니만큼 해대리가 붕장어라는 사실은 분명해보인다. 붕장어는 뱀장어에 비해 상당히 크게 자라므로 큰뱀장어, 즉 대리라는 이름도 적절한 것이다. 그리고 박도순 씨의 표현을 들어보면 민물장어는 눈이 보일락 말락하게 작은 데 비해 붕장어는 눈이 매우 크다고 하는데, 정약전의 말과 정확히 일치하는 내용이다.

붕장어는 뱀장어와 비슷하게 생겨 혼동하는 사람들이 많다. 그러나 뱀장어와는 달리 붕장어의 몸통에는 옆줄을 따라 흰 점이 한 줄로 달리고 있으므로 쉽게 구별할 수 있다. 뱀장어가 민물과 바다를 왕래하며 살아가는 반면, 붕장어는 일생을 바다에서 보낸다. 붕장어는 가까운 바다의 해조류가 무성한 모랫바닥이나 민물이 밀려드는 내만, 그리고 섬 주변의 물 흐름이 완만한 곳에 모여 사는 경우가 많다.* 낮 동안에는 모래 속에 몸을 숨기고 지내다가 밤이 되면 활발히 먹이를 찾아 돌아다니는데, 새우나 게, 물고기 등을 닥치는 대로 잡아먹어 '바다의 갱' 이라고 불리기도 한다.

● **붕장어 통발** 예전에는 통발을 대나무로 만들었지만 요즘에는 플라스틱으로 만든 것을 많이 사용한다. 이 통발을 기다란 원줄에 10미터 간격으로 주렁주렁 매달아 바다 밑으로 던져놓았다가 끌어올려 통발 속에 갇혀 있는 붕장어를 잡아낸다.
● **주낙** 낚싯줄에 여러 개의 낚시를 띄엄띄엄 매달아 한꺼번에 여러 마리의 물고기를 잡아내는 도구다.

* 일본에서는 붕장어를 아나고穴子라고 부르는데, 이 이름은 붕장어가 바위의 갈라진 틈에서 생활하기를 좋아하는 습성에서 유래한 것이라고 전한다. 그러나 실제로 바위 틈에서 많이 발견되는 종은 붕장어가 아니라 갯장어다. 붕장어는 바위 틈보다 오히려 얕은 바다의 모랫바닥을 더 좋아한다.

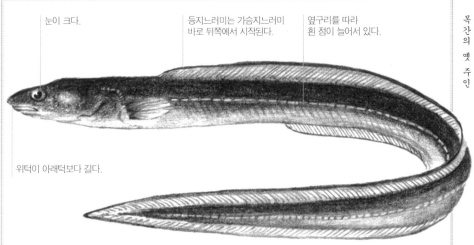

눈이 크다.

등지느러미는 가슴지느러미
바로 뒤쪽에서 시작된다.

옆구리를 따라
흰 점이 늘어서 있다.

위턱이 아래턱보다 길다.

붕장어는 주로 기선저인망, 연승, 통발 등으로 잡는다. 기선저인망은 어
선 두 척이 자루 모양의 그물을 양쪽으로 벌리면서 바다 밑바닥을 끌어 물
고기를 잡는 어법이고, 연승은 주낙과 같은 말이다. 통발은 물고기가 일단
들어가면 다시 빠져나올 수 없도록 만든 함정 어구이다. 붕장어는 낚시로도
잡을 수 있다. 대둔도에서 본 붕장어낚시 장면은 쉽게 잊혀지지 않는다. 해
변을 거닐고 있는데 한 무리의 낚시꾼들이 연신 "왔다!" 하는 환호성을 올
리며 물고기를 잡아올리고 있었다. 다가가서 무엇을 잡느냐고 물어보자
'아나고' 라며 어망을 보여주었다. 이미 십여 마리를 잡아놓고 있었다. 한참

● 붕장어 *Conger myriaster* (Brevoort)

후 물고기를 한 마리씩 꺼내어 회를 뜨기 시작했는데 그 모습이 또한 가관이었다. 물고기의 머리 부분을 넓적한 나무 도마에 박혀 있는 쇠못에 건 다음, 껍질을 통째로 벗겨내는 것이 마치 양말을 벗기는 것처럼 보였다. 그리고 빠른 손놀림으로 고깃살을 써는가 싶더니 수건으로 둘둘 말아 빨래 말릴 때처럼 쭉 짜냈다.* 이렇게 대여섯 사람이 먹을 만큼의 붕장어 회가 완성되기까지는 채 5분도 걸리지 않았다.

회가 가장 인기 있긴 하지만 붕장어는 구이, 훈제, 탕, 포 등 어떻게 요리해도 뛰어난 맛을 낸다. 경상도 지방에서는 작은 크기의 붕장어를 창자만 끄집어낸 다음, 껍질째 손마디 간격으로 토막 내 콩나물과 함께 끓인 후 갖은 양념을 타서 먹는 장어국을 해장국의 으뜸으로 친다. 횟감을 도려내고 남은 뼈다귀를 기름에 튀겨 말리면 좋은 술안주가 되고, 물고기 전체를 갈아서 고급 어묵 재료로 사용하기도 한다.

---

* 붕장어를 먹을 때는 민물이나 소금물로 피를 깨끗이 씻어내는 것이 좋다. 붕장어의 피 속에는 약한 독성이 있기 때문이다. 씻은 후 물기를 빼야 하는데 보통 수건에 싸서 짜거나 세탁기 탈수조에 넣고 돌린다. 이러한 처리는 고깃살은 훨씬 토실토실하게 만들고, 남아 있는 독성도 제거하는 일거양득의 효과가 있다.

장어 개이빨을 가진

모든 먹을거리에는 제철이 있다. 가장 영양가 높고 맛이 좋을 때가 따로 있다는 뜻이다. '하모도 한철'이라는 말이 있다. 하모는 일본어로 갯장어를 가리키는 말이다. 따라서 하모도 한철이란 말은 여름철에 잡힌 갯장어가 특히 맛있다는 것을 뜻한다. 일본인들은 특히 갯장어를 즐긴다. 일제시대에는 갯장어를 '수산통제어종'으로 지정하여 우리 나라 사람들이 함부로 잡거나 유통시키는 것을 금지했으며, 어획량이 저조한 경우 숨겨놓고 내놓지 않는 게 아닌가 의심하여 배 밑창까지 조사할 정도였다고 하니 갯장어에 대한 그들의 관심도를 짐작할 수 있다. 그런데 뜻밖에도 정작 흑산도에서는 갯장어가 그리 높이 평가되고 있지 않았다. 민족마다 식성이 달라서일까?

"갯장어 여름에 잘 잡히제. 다른 장어도 마찬가지지만 말이여. 붕장어에 비하면 이빨이 날카롭고, 몸이 길고 뚱뚱하지라. 그런데 갯장어는 잔뼈가 많아서 잘 안 먹어요. 고기 맛도 없고. 일반 장어는 뼈 씹으면 단물이 나오는데 이건 뼈까지 단단하니께. 배를 따 말려서 팔기도 하는데 사가지도 않

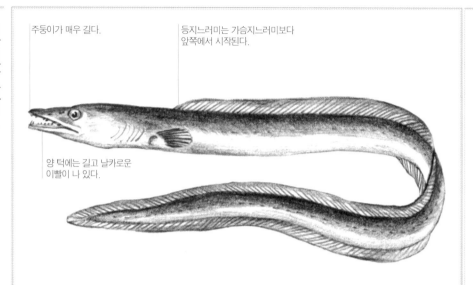

주둥이가 매우 길다.

등지느러미는 가슴지느러미보다 앞쪽에서 시작된다.

양 턱에는 길고 날카로운 이빨이 나 있다.

아요."

　재원도의 함성주 씨도 같은 의견이었다.

　"살에 잔가시가 무지하게 많은 장어 있어요. 고아 먹죠. 커다란 솥에 다 안 들어갈 정돕니다. 장어(붕장어)는 담백하고 맛있는데, 그건 가시가 하도 많고 맛도 별로였어요."

　우리 나라의 각 지방에서는 갯장어를 해장어, 개장어, 놋장어, 뱀장어, 녹장어, 갯붕장어, 이장어, 참장어 등의 이름으로 부르며 중국에서는 해리, 해만, 해만리라고 부른다. 그리고 정약전은 갯장어를 '견아리', 즉 개와 같은 이빨을 가진 장어라고 기록하고 있다.

● 갯장어 *Muraenesox cinereus* (Forsskål)

[견아리犬牙鱺 속명 개장어介長魚]

입이 툭 튀어나온 것이 돼지와 같다. 또 이는 개와 같아서 고르지 못하다. 가시가 매우 단단하며 사람을 잘 문다.

갯장어는 붕장어와 매우 가까운 친척이다. 모양도 비슷하여 처음 보는 사람들은 두 종을 잘 구분하지 못한다. 그러나 붕장어의 옆줄 위에 있는 흰 점이 갯장어에게는 없다는 점, 주둥이가 붕장어보다 길다는 점, 붕장어보다 크고 예리한 이빨이 있다는 점, 붕장어가 짙은 갈색인 데 비해 체색이 다소 검어 보인다는 점 등을 살핀다면 어렵지 않게 구별할 수 있을 것이다. 갯장어는 크기도 보통 붕장어보다 훨씬 커서 2미터나 되는 것도 종종 잡힌다.

갯장어는 가까운 연안의 모래 진흙바닥과 암초 사이에서 사는데, 붕장어와는 달리 모랫바닥보다는 바위가 많은 곳을 더 좋아한다. 하지만 야행성인 점은 붕장어와 같아서 낮 동안에는 바위 틈에 숨어 있다가 밤이 되면 활동을 시작하며, 주로 물고기나 조개류를 잡아먹는다.

갯장어는 생명력이 매우 강하여 물 밖에서도 잘 죽지 않는다. 심지어 몸통을 갈라놓아도 머리를 쳐들고 사람에게 달려드는 모습을 볼 수 있다. 갯장어의 공격은 매우 위험하다. 갯장어의 양 턱에는 이빨이 2~3줄씩 있으며, 앞쪽 것은 특히 송곳니 모양으로 강하고 날카롭다.* 어부들은 갯장어의 이빨에 물리지 않도록 조심하는데 "사람을 잘 문다"라는 정약전의 말도 갯장어 이빨의 위험성을 경고한 것이다.

---

* 날카롭고 삐죽삐죽하게 솟아 있는 이빨을 사람들은 흔히 개이빨에 비유한다. 송곳니를 '견치犬齒'라고 부르는 것도 이 때문이다. 갯장어란 이름도 이 물고기가 개와 비슷한 형태의 이빨을 가지고 있기 때문에 붙여진 것이다.

정체 불명의 장어

『현산어보』에 등장하는 장어류 중 가장 특이한 것은 '해세리'라는 종이다.

[해세리海細鱺 속명 대광어䓣光魚]

길이는 한 자 정도이다. 몸은 가늘어서 손가락 같으며 머리는 손가락의 끝마디처럼 생겼다. 빛깔은 검붉고 껍질은 매끄럽다. 개펄 속에 숨어 산다. 포를 만들면 맛이 좋다.

길이가 한 자에다 몸은 손가락만큼 가늘고 머리가 손끝과 같다. 대체 어떤 종을 이야기하는 것일까? 처음에는 역시 붕장어나 검붕장어, 먹붕장어 등의 어린 놈이 아닐까 생각했지만 아무래도 크기가 너무 작았다. 그리고 한 자 정도의 크기에 검붉은색을 띠고 있는데, 성체와 구별하지 못했다는 것도 이상하다.

어쩌면 해세리는 전혀 다른 종을 말하는 것일지도 모른다. 정약전은 이

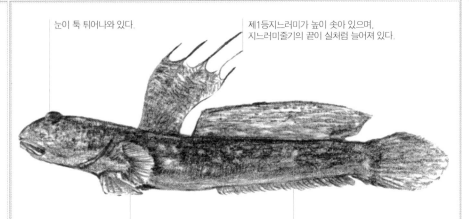

눈이 툭 튀어나와 있다.

제1등지느러미가 높이 솟아 있으며,
지느러미줄기의 끝이 실처럼 늘어져 있다.

가슴지느러미를 다리처럼
이용하여 걸어다닌다.

푸른 남빛 바탕에
흰색의 작은 반점이 흩어져 있다.

종의 속명을 대광어라고 밝혔다. 대광어는 영암이나 강진 쪽에서 짱뚱어를
가리키는 말이다. 개펄 속에 숨는다거나 포를 만들면 맛이 좋다는 이야기는
짱뚱어를 가리키는 말로 보아도 무리가 없다. 그리고 머리가 손끝과 같다는
말은 머리가 뭉툭하다는 뜻일 텐데 짱뚱어의 머리 역시 뭉툭하여 잘 들어맞
는다. 그러나 정약전은 『현산어보』의 다른 항목에서 짱뚱어를 말뚝망둥어
와 함께 다루고 있다. 느닷없이 해세리라는 새로운 이름까지 써가며 장어류
로 넣어버렸다는 것은 아무리 생각해도 이해할 수 없는 일이다.

이곳 사람들이 미꼬락지라고 부르고 있는 종이 대광어일 가능성도 있다.

"요 앞에 나가면 돌 밑에 많아요. 미꼬락지라고 망둥어 종륜데 장어같이
생겼제."

● 짱뚱어 *Boleophthalmus pectinirostris* (Linnaeus)

머리가 납작하다.

몸빛깔은 황갈색 또는 적갈색이며,
작은 반점들이 흩어져 있다.

배지느러미가 빨판으로 되어 있다.

　망둑어류면서 장어를 닮았다면 미끈망둑이 가장 먼저 떠오른다. 미끈망
둑은 조간대에 흔히 살고 있는 종류로 돌멩이를 들어올릴 때마다 쏜살같이
달아나는 모습을 사리 해변에서도 이미 여러 차례 관찰했던 터였다. 조달연
씨도 도감에서 미끈망둑의 사진을 보더니 고개를 끄덕였다. 미끈망둑은 몸
이 길고 미끌미끌한 데다 붉은색을 띠고 있어 해세리의 후보로 손색이 없
다. 망둑어류답게 머리가 뭉툭하여 손가락 끝마디처럼 생겼다는 정약전의
표현에도 잘 들어맞는다.

　그러나 미끈망둑을 해세리로 본다면 크기가 문제가 된다. 정약전은 해세
리의 몸길이가 20센티미터 정도 된다고 밝혔지만, 미끈망둑은 10센티미터
이상 되는 개체가 극히 드물기 때문이다. 빨갱이는 이런 점에서 훌륭한 대
안이 된다. 이름처럼 붉은 색깔을 띠고 있을 뿐만 아니라 몸이 장어 형태로
가늘고 길쭉하며 개펄에서 서식한다. 몸길이도 20센티미터 안팎으로 정약

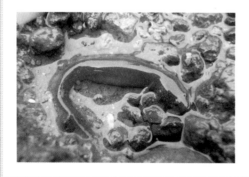

● 미끈망둑 *Luciogobius guttatus* Gill

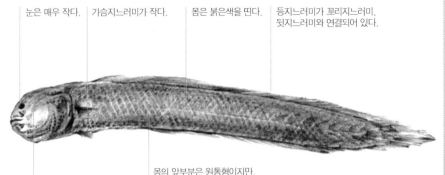

눈은 매우 작다. 　가슴지느러미가 작다. 　몸은 붉은색을 띤다. 　등지느러미가 꼬리지느러미, 뒷지느러미와 연결되어 있다.

머리는 일그러져 있다. 　몸의 앞부분은 원통형이지만, 뒤로 갈수록 옆으로 납작해진다.

전의 설명과 잘 일치한다. 무엇보다도 빨갱이를 해세리로 가정한다면 정약전이 왜 이 물고기를 손가락에 비유했는지가 명확해진다. 빨갱이는 지느러미가 거의 발달하지 않아 모습이 손가락을 연상케 하는 바가 있다. 뿐만 아니라 빨갱이의 머리 끝은 뭉툭하게 일그러져 독특한 모양을 하고 있다. 이것은 마치 손가락 끝에 손톱이 붙어 있는 것처럼 보이는데, 이로써 정약전이 해세리의 머리가 손가락 끝과 같다고 한 이유를 설명할 수 있다.

　빨갱이도 해세리의 후보로서 전혀 문제가 없는 것은 아니다. 빨갱이는 주로 진흙 바닥에서 살아가는 어종이다. 그런데 별다른 개펄이 발달해 있지 않은 흑산도에서 과연 빨갱이가 서식할 것인지 의심스럽다. 해세리의 정확한 정체를 밝혀내기 위해서는 흑산 근해의 어류상에 대한 보다 면밀한 조사와 함께 혹시 '대광어' 라는 방언을 알고 있을지도 모를 흑산 주민들에 대한 탐문 작업이 필수적이라고 생각된다.

● 빨갱이 *Ctenotrypauchen microcephalus* (Bleeker)

참게가 돌아올 때까지

목간 개울을 내려다보니 물속에는 망둥어 치어들이 가득했다. 개울가로 내려가서 한참을 지켜보다가 다시 해변으로 향했다. 조개껍데기를 줍기도 하고 파도에 떠밀려온 해초를 뒤적거리기도 하면서 발걸음을 옮기고 있는데, 저만큼 널부러져 있는 해초 더미 사이에서 이상한 물체가 눈에 띄었다. 별생각 없이 다가가 손전등을 들이대다가 탄성을 지르고 말았다. 눈앞에 나타난 형체는 커다란 몸체에 털뭉치를 매단 집게발을 달고 있는 참게의 사체였다. 마을 사람이 참게를 샀다가 그냥 내다버렸을 리 만무하고 부패 상태로

● 참게 *Eriocheir sinensis* H. Milne Edwards

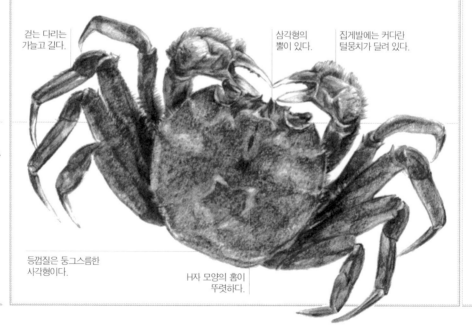

걷는 다리는
가늘고 길다.

삼각형의
뿔이 있다.

집게발에는 커다란
털뭉치가 달려 있다.

등껍질은 둥그스름한
사각형이다.

H자 모양의 홈이
뚜렷하다.

보아 죽은 지 그리 오래된 것 같지도 않았다. 목간에는 참게가 살고 있었던 것이다. 정약전도 흑산도에서 참게가 잡힌다는 사실을 기록한 바 있다.

[천해川蟹 속명 진궤*眞跪]

큰 놈은 가로와 세로가 각각 3~4치 정도이다. 빛깔은 검푸르다. 수놈은 다리에 털 뭉치가 있다. 맛이 매우 좋다. 이 섬의 계곡에도 간혹 참게가 있으며, 내가 태어난 열 수洌水(한강)가에서도 이를 볼 수 있었다. 참게는 봄철에 강을 거슬러올라가 논두렁 사이에 새끼를 까고, 가을이 되면 강물을 따라 내려간다. 어부들은 얕은 여울가에 돌 을 쌓아 담을 만들고 벼이삭을 동여매어 그 안에 담가둔다. 그리고 밤에 횃불을 켜고 이를 뒤져 그 속에 숨어 있는 참게를 잡는다.

정약전의 기록을 보고 흑산도에 오면 참게를 꼭 한번 찾아봐야겠다고 마 음먹고 있었는데, 식사 도중 박도순 씨로부터 들은 대답은 실망스러운 것이 었다.

"아, 그게 말이여. 옛날에는 많았는데 지금은 없소. 어렸을 때 독(돌) 들 어내고 잡아서 구워 먹고 그랬제. 내가 이걸 한참을 찾아다녔는데 안 보입 디다."

군데군데 녹조가 심하게 끼여 있는 개울을 보았을 때는 참게가 멸종할 만 도 하다고 생각했다. 그런데 이제 눈앞에 참게의 흔적이 나타난 것이다. 다 음날 박도순 씨에게 이 이야기를 전하자 어디서 보았느냐며 큰 관심을 보였

● 참게의 사체 저만큼 널부러져 있는 해초 더미 사이에서 이상한 물체가 눈에 띄었다. 별 생각 없 이 다가가 손전등을 들이대다가 탄성을 지르고 말 았다. 눈앞에 나타난 형체는 커다란 몸체에 털뭉 치를 매단 집게발을 달고 있는 참게의 사체였다.

* 참궤를 옮긴 말로 보인다.

다. 그리고는 참게가 혹시 알을 낳고 죽었는지도 모르겠다며 다시 한번 목
간을 뒤져봐야겠다고 말했다.

참게는 전형적인 게의 모습을 하고 있다. 등껍질은 둥그스름한 사각형이
며, 아이 손바닥만큼 크게 자란다. 껍질 중간 부분은 약간 볼록하고 H자 모
양의 홈이 뚜렷하게 새겨져 있다. 양 집게발은 크기가 같으며 매우 억세고,
집게 사이에 두툼한 털뭉치가 달려 있다. 정약전은 수놈에만 털뭉치가 있다
고 했지만 사실은 암수 모두 털뭉치를 가진다.

어린 시절을 강가에서 보냈던 사람들 중에는 본문을 읽고 옛 추억을 떠올
리는 이들이 많을 것이다. 참게는 늦가을부터 산란을 하기 위해 강 하류로
내려간다. 알을 배고 있는 이 시기의 게는 황소가 밟아도 등짝이 깨지지 않
을 정도로 껍질이 단단하고 맛있다. 참게가 내려올 즈음에 수수 다발을 꺾
어다가 새끼줄로 잘 꿰어 엮은 다음 여울목에 늘어뜨려 놓으면 게가 수수를
따먹으려고 몰려든다. 이것을 한밤중에 횃불을 들고 나가서 잡는다. 이와
같은 방법은 『전어지』에도 소개되어 있는 것으로 보아 꽤 널리 퍼져 있었던
것 같다.

정약전이 밝혔듯 한강도 유명한 참게 산지였다. 그러나 도시가 발달하고
농약 사용량이 늘어나면서 참게의 개체수는 급격히 감소하기 시작했다. 예
전에는 게를 잡는 것을 지심맨다고 표현할 정도로 그 수가 많았지만, 이제
는 '지심매듯'이 아니라 '가뭄에 콩 나듯' 참게를 볼 수 있을 뿐이다. 게가
이동하는 물길을 그물로 막아 싹쓸이하듯 잡아들이는 사람들도 큰 문제지

만, 강물을 중간에서 가로막는 보와 커다란 댐들은 게들의 이동 통로를 차단하여 한강의 참게 자원을 거의 전멸시켜 버렸기 때문이다. 팔당댐이 완공된 후 벌어진 일은 참게의 비극적인 운명을 적나라하게 보여준다. 댐이 막힌 첫해, 강물을 거슬러 올라오던 참게들은 댐에 개미처럼 까맣게 달라붙어 콘크리트 벽을 기어오르려고 부질없는 노력을 계속해야 했다.

정약전은 참게가 떼를 지어 몰려들던 팔당댐 부근에서 어린 시절을 보냈다. 그리고 머나먼 귀양지 흑산도에서 다시 한번 참게를 맛보며 고향 생각에 잠겨들었을 것이다. 고향에 가도 참게를 볼 수 없는 우리는 정약전보다 더 서글픈 처지에 있는 것은 아닐까?

얼마 전 내가 참여하고 있는 동호회의 한 분으로부터 한강에서 참게를 보았다는 소식을 들었다. 흐린 날이면 잠실수중보 아래쪽에 참게가 새까맣게 올라붙는다는 것이었다. 그리고 한강변 곳곳의 돌 틈에 꽤 많은 수가 서식하고 있는 것을 실제로 확인했다. 한강 하구에서 작업하는 어부들도 참게의 수가 늘어난다고 증언한다. 참게뿐만 아니라 예전에 한강에서 살았던 수많은 생물들이 다시 돌아오길 빈다.

참게장과
밥 한 그릇

게는 사람들의 입맛을 자극하는 독특한 향취가 있어 오래 전부터 인기 있는 먹을거리로 사랑받아 왔다. 진나라의 필탁이라는 시인은 "한 손에 게발 들고 한 손에 술잔 들고 술로 된 연못 속에서 헤엄치고 싶다"라고 하여 게의 맛을 찬미했으며 『명궁사明宮史』에서는 궁궐에서 게를 먹는 장면을 다음과 같이 묘사한 바 있다.

8월에 햇곡식으로 새 술을 빚을 무렵이면 게가 살찌기 시작한다. 궁중의 내신이나 궁인들이 게를 먹을 때는 산 채로 깨끗이 씻어 뜨거운 물에 삶은 다음 대여섯 명이 둘러앉아 먹는다. 맨 먼저 게를 뒤집어 배 껍질을 연 다음 손가락으로 그 속을 헤집어 먹고, 이어 나비 모양으로 발을 벌린 다음 나무망치로 마디를 쳐서 속살을 빼어 마늘 초장에 찍어 먹는데, 그 솜씨가 대단하다. 다 먹고 나서는 차조기탕을 마시고 차조기 잎으로 손을 씻는다.

또 살아 있는 게살을 손으로 꺼내어 산초와 유자 껍데기에 소금과 초를 친 양념에 찍어 먹기도 했는데, 먹고 난 다음에 손을 씻어야 한다고 해서 이 요리를 '세수해洗手蟹'라고 불렀다고 한다. 이런 전통을 물려받아서인지 요즘 사람들도 게젓, 게장, 게탕에다 심지어 명태살에 게맛 향로를 첨가한 '가짜' 게맛살에조차 입맛을 다신다.

거의 모든 종류의 게를 먹을 수 있지만, 경제적 가치가 높고 일반인들이 가장 즐겨 먹는 게로는 대게, 털게, 꽃게류를 들 수 있다. 음식점에서 흔히 나오는 탕류의 재료는 거의가 꽃게류이고, 기다란 다리가 대나무 마디를 닮은 영덕 대게*는 꽉 들어찬 다리살로 인기가 높다. 그러나 전통적으로 가장 인기 있었던 게는 역시 참게였다.**

"해남 원님 참게 자랑하듯 한다"라는 말이 있다. 해남 원님이 누리는 호사 중의 하나가 참게를 먹는 것이라고 했을 만큼 참게는 그 뛰어난 맛을 인정받았다. 원님이 즐겼던 참게 요리는 아마 참게젓이었을 것이다. 참게젓은 예로부터 밥도둑이라고 불릴 만큼 인기가 좋았다. 『규합총서』에는 게의 보관법, 굽는 법, 찜 만드는 법과 함께 게젓 담그는 법이 다음과 같이 자세하게 소개되어 있다.

검은빛이 도는 좋은 장을 항아리에 붓고, 쇠고기 큰 조각 두엇을 넣은 다음, 흙으로 항아리 밑을 발라 숯불에 달인다. 이렇게 하면 단내가 나지 않는다. 신선한 게를 잘 씻어 물기가 마른 후에 항아리에 넣고 달여놓은

---

* 포장마차에서 영덕게라는 이름으로 파는 빨간 게는 사실 홍게이며, 대게와는 다른 종류이다. 진짜 영덕게는 잡히는 양도 적은 데다 잡히는 족족 일본으로 수출되므로 일반인들이 맛보기 어렵다.
** 옛 문헌에서 해蟹나 천해川蟹라고 씌어 있는 것은 대개 참게를 의미한다. 『동국여지승람』에서는 참게가 강원도를 제외한 전국 각지의 토산물로 등장하고, 『규합총서』에서는 파주의 게, 영양의 게포蟹脯가 유명하다고 소개했다. 이익은 『성호사설』에서 "해서蟹胥란 게젓이다. 암컷은 맛이 좋고 수컷은 맛이 없다"라고 밝혔는데, 이때의 게젓도 참게로 담근 것을 말한다.

장을 붓는다. 이틀 후 그 장국을 쏟아내고 다시 장을 달여서 식힌 다음 붓는다. 이때 입을 다물고 있는 게는 독이 있으니 가려내고 그 속에 씨를 뺀 천초를 넣고 익힌다. 이 게장에 꿀을 약간 넣으면 맛이 더욱 좋으며, 상하지 않고 오래 간다. 그러나 게와 꿀은 상극이니 많이 넣어서는 안 된다. 또한 게장에 불이 비치면 장이 삭고 곰기 쉬우니 일절 등불을 멀리해야 한다.

요즘의 참게장 만드는 법도 전통적인 방법과 크게 다르지 않다. 우선 참게를 항아리 속에 넣고 물을 부은 다음 뚜껑을 덮는다. 하룻밤 자고 나서 참게들이 토해낸 찌꺼기를 물을 부어 씻어내고 간장을 진하게 끓인다. 장이 끓는 동안 쇠고기 적당량을 잘게 썰어 참게들에게 뿌려준다. 게가 고기를 다 먹고 나면 그 위에다 펄펄 끓는 간장을 퍼붓는다. 이렇게 하여 몇 번이고 장을 떠내어 다시 끓여 부은 다음, 다음해 여름에 꺼내 먹는다.

『규합총서』에서는 이 밖에도 게를 오래 살리는 법, 술이나 초로 게젓을 담그는 법, 소금으로 게젓 담그는 법, 게 굽는 법, 게찜 등을 소개하고 있으며, 게와 감, 배, 꿀은 같이 먹지 말아야 하고, 서리 전 게는 독이 있으니 중독된 사람은 생연근즙, 동과즙, 마늘즙 등을 먹으면 좋고, 대황을 달여 먹어도 좋다는 사실 등을 기록하고 있다. 게요리를 하는 데 이렇게 금기가 많은 것은 기생충으로 인한 위험 때문일 것이다. 참게는 폐디스토마의 제1숙주이므로 익히지 않고 먹으면 위험하다. 참게장을 만드는 과정에서 끓였다 식힌

◉ 폐디스토마 게요리를 하는 데 이렇게 금기가 많은 것은 기생충으로 인한 위험 때문일 것이다.

간장에 여러 번 담그기는 하지만, 폐디스토마의 피낭유충이 죽기 전에 먹는 경우가 많아 잘못하면 감염되고 만다.

정약전이 어릴 때 참게를 잘못 먹고 가족 전체가 낭패를 당한 적이 있는데, 역시 기생충 감염이 아니었나 생각된다. 다음은 정약용이 쓴 「계부 가옹의 행장」 추기에서 발췌한 글이다.

내 나이 8~9세 때였다. 초가을 강의 게가 살찌기 시작할 무렵 온 식구가 모두 게를 잡아먹었는데, 얼마 후에 독이 퍼져 어른 아이 할 것 없이 모두 호흡 곤란으로 죽게 되었다. 계부는 중독이 더욱 심했지만 배를 움켜 안고 참아내며 몸소 약을 만들었다. 동과, 호산, 소엽 등을 갈기도 하고 삶기도 하여 겨우 위급한 상황을 모면할 수 있었다. 어머니와 형님, 그리고 누이 모두가 이에 힘입어 살 수 있었으니 온 집안이 그의 강인하고 인자함에 감복했다.

냇물을
거슬러오르는 복어

『현산어보』에는 하천을 거슬러오르는 복어에 대한 이야기가 나온다. 복어
가 거슬러오르던 하천은 목간이었을 가능성이 매우 높다.

　[백돈白魨]

　큰 놈은 한 자 정도이다. 몸이 가늘고 길다. 빛깔은 순백색이고, 큰 놈은 붉은빛이
돈다. 맛은 달다. 그물로 잡거나 장마철에 냇물이 넘칠 때 물을 따라 거슬러올라오는
놈을 광주리를 쳐놓고 잡는다.

　백돈은 정문기의 『한국어도보』에 sp로 기재되어 있다. 기록상에만 남아
있을 뿐 아직 동정同定되지 않았다는 뜻이다. 『한국어도보』는 한국해양생물
학사의 기념비적인 저서이다. 정문기는 스스로 『현산어보』가 『한국어도보』
의 기초가 되었다고 밝혔는데, 그 증거를 여기에서 확인할 수 있다. 200년
전 정약전의 기록을 지금의 생물도감에 믿을 만한 기록으로 실어놓은 것이

다. 그러나 아쉽게도 아직 이 백돈의 정체는 밝혀지지 않았다. 순백색에다 냇물을 거슬러오르는 복은 우리 나라의 어떤 도감에도 실려 있지 않다.

어쩌면 사리에서 백돈의 정체를 밝혀낼 수 있을지도 모른다고 생각했다. 그러나 이러한 기대와는 달리 박도순 씨는 목간 위쪽까지 올라가는 복은 없다고 잘라 말했다. 다만 개울 초입까지 올라오는 종은 본 적이 있다고 했다.

"도랑에 올라오는 건 조그만 놈들인데 졸복이라고 허지라. 졸복 새끼들이 가끔 올라와요."

그런데 졸복은 따로 소돈 항목에서 등장하고 있다.

[소돈小魨 속명 졸복拙服]

활돈을 닮았다. 몸이 매우 작아서 큰 놈도 7~8치에 불과하다.

홍채가
적황색이다.

검은 반점이 있다.

연한 암녹색 바탕에 흰색의
둥근 반점이 흩어져 있다.

등과 배에
잔가시가 있다.

지느러미가
모두 노란색이다.

● 복섬 *Takifugu niphobles* (Jordan et Snyder)

도감으로 확인한 결과 박도순 씨는 복섬을 졸복이라고 지적했다. 주로 연안이나 강 하구 부근에 서식하지만 히친을 따라 꽤 멀리까지 올라가기도 하는 습성을 생각하면, 소돈은 흔히 복쟁이나 복어 새끼라는 이름으로 불리는 복섬을 말하는 것이 거의 확실하다.

복섬은 복어류 중 가장 작은 종으로 몸길이 15센티미터 정도에 불과하여 정약전이 붙인 소돈이나 졸복이라는 이름과 잘 어울린다. 연한 암녹색 바탕의 등 위에는 흰색의 작고 둥근 반점들이 흩어져 있고, 가슴지느러미 위에는 흑색 반점이 하나 있다. 이빨은 새의 부리 모양으로 잘 발달해 있으며, 몸에 작은 가시들이 많이 나 있다. 난소, 간장, 피부, 살, 정소에 모두 독이 있다.

정약전은 복섬이 밀복을 닮았고 몸이 매우 작다고 표현했다. 그러나 밀복 또한 백돈과 마찬가지로 어떤 종인지 불분명하다.

[활돈滑鲀 속명 밀복蜜服]
몸이 작고 매끄럽다. 회색 바탕에 검은 무늬가 있다.

● **복섬이 배를 부풀린 모습** 배에 잔가시가 돋아 있는 것을 확인할 수 있다.
● **복어의 이빨** 복어의 이빨은 새의 부리 모양으로 잘 발달해 있다.

등은 연한 녹갈색 또는 황갈색이다.

몸이 매끄럽다.

꼬리지느러미는 노란색이지만 위아래 양끝 가장자리는 희다.

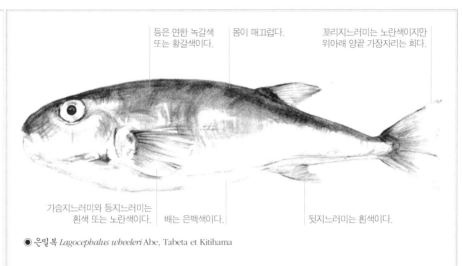

가슴지느러미와 등지느러미는 흰색 또는 노란색이다.

배는 은백색이다.

뒷지느러미는 흰색이다.

◉ 은밀복 *Lagocephalus wheeleri* Abe, Tabeta et Kitihama

좁쌀 같은 돌기가 몸 전체를 덮고 있어 손으로 만지면 꺼칠꺼칠하다.

황갈색 바탕에 흑갈색의 크고 둥근 반점이 흩어져 있다.

꼬리지느러미는 검은색이다.

◉ 졸복 *Takifugu pardalis* (Temminck et Schlegel)

가슴 · 등 · 뒷지느러미는 적황색이다.

전체적으로 복섬과 닮은 모양을 하고 있다.

가슴지느러미는 노란색이다.

등 면에 검은 반점들이 흩어져 있다.

가시가 거의 없어 몸이 매끄러운 편이다.

뒷지느러미는 흰색이다.

꼬리지느러미의 위쪽은 노란색, 아래쪽은 흰색이다.

◉ 매리복 *Takifugu snyderi* (Abe)

활돈은 몸이 매끄러운 복어란 뜻이다. 밀복이란 이름 자체도 매끄럽다는 뜻으로 붙여진 것으로 보인다. 그런데 실제로 피부가 매끄럽고 밀복이란 이름을 가진 물고기들이 있다. 독은 거의 없지만 맛이 없어 복국집에서만 주로 이용하는 밀복, 흑밀복, 은밀복 등의 밀복속 물고기들이 그 주인공이다. 그러나 이들은 모두 몸 크기가 그리 작은 편이 아니고, 특별히 '회색 바탕에 검은 무늬'라고 할 만한 것도 없어서 활돈으로 단정 짓기에는 무리가 있다.

밀복이란 이름으로 불리는 또 한 종류가 있다. 졸복은 밀복이라고도 불리며, 정약전이 말한 바와 같이 소돈(복섬)과 닮은 모습을 하고 있다. 크기도 비교적 작은 편이다. 그러나 좁쌀 같은 돌기가 돋아 있어 몸 표면이 거친 편이므로 활돈으로 보기는 힘들다. 오히려 매리복이 밀복일 가능성을 생각해 보게 된다. 매리복이란 이름은 밀복과 같은 계열로 보이며, 실제로 밀복이란 별명을 가진 졸복과 이름을 섞어 부르기도 한다. 크기가 작은 편이며, 몸이 매끄럽고 등 쪽에 검은 반점이 흩어져 있다는 점도 활돈의 후보로 손색이 없다.

서시의 유방을 닮은 물고기

정약전은 복어류의 산란 습성에 대해서도 언급하고 있다.

대체로 육지에서 가까운 바다에 서식하는 복어는 곡우(4월 20, 21일)가 지난 후, 냇물을 따라 수백 리를 거슬러올라와 알을 낳는다. 먼바다에 서식하는 놈은 물가[洲渚]에서 알을 낳는데, 가끔은 부레가 부풀어 수면 위로 떠오르는 일이 있다.

복어류 중에는 평소 수심이 깊은 곳에서 살다가 산란기가 되면 얕은 곳으로 알을 낳기 위해 몰려오는 종류들이 많다. 그러나 물가에까지 나오는 종류는 그리 흔하지 않다. 어쩌면 정약전은 복섬의 산란 장면을 보았던 것인지도 모르겠다. 복섬은 봄에서 여름에 걸쳐 산란기를 맞는다. 원래 육지 가까이에 사는 종류이긴 하지만, 산란기에는 더욱 얕은 곳까지 떼를 지어 몰려와 돌 틈에 알을 낳는다. 복섬의 산란 행동은 요란하기 짝이 없다. 심지어 물 밖으로까지 나와서 노란 알을 쏟아내는 놈들도 있다. 말 그대로 물가에

● 하돈 복어의 모양은 올챙이와 같다. 등은 청백색이다. 배가 통통하고 기름져 서시유라고 부른다.

서 알을 낳는 것이다. 정약전은 복어 중 어떤 종류는 강 상류까지 올라가서 알을 낳는다는 것도 알고 있었다. 이 두 가지 사실을 종합하여 먼바다에 서식하는 복어는 물가에서, 가까운 바다에 사는 복어는 강 상류에서 산란한다는 다소 거친 결론을 내리게 된 것으로 보인다.

냇물을 거슬러올라간다고 한 종류는 황복을 말한 것이 분명하다. 이청은 황복을 하돈이라고 쓰고, 고문헌들을 인용하여 다음과 같이 고증하고 있다.

<u>이청의 주</u> 『본초강목』에서는 하돈河豚을 후이鯸鮧, 후태鯸鮐, 호이䰶鮧, 규어䰷魚, 규어鮭魚, 진어嗔魚, 취두어吹肚魚, 기포어氣包魚라고 부른다고 했다. 『마지』에서는 하돈이 강이나 바다에 모두 있다고 했다. 진장기는 "배는 희고, 등에는 도장 자국 같은 붉은 줄이 그려져 있다. 눈을 떴다 감았다 할 수 있다. 다른 물체가 닿으면 성을 내어 풍선과

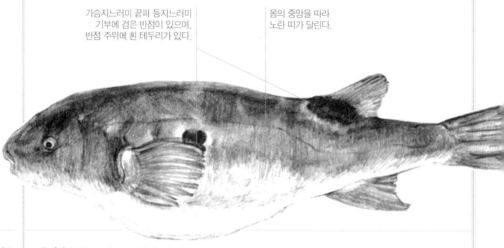

가슴지느러미 끝과 등지느러미 기부에 검은 반점이 있으며, 반점 주위에 흰 테두리가 있다.

몸의 중앙을 따라 노란 띠가 달린다.

● 황복 *Takifugu obscurus*(Abe)

같이 배를 부풀리면서 떠오른다"라고 했다. 이시진은 『본초강목』에서 "복어의 모양은 올챙이와 같다. 등은 청백색이다. 배가 통통하고 기름져 서시유西施乳라고 부른다"라고 했다. 모두 복어[鈍魚]를 두고 한 말이다.

황복黃鰒은 참복과의 물고기로 몸길이 45센티미터 정도에 달한다. 등은 회갈색이며 배는 은백색이다. 등지느러미와 가슴지느러미 양 옆에는 검은 반점이 한 쌍씩 있다. 몸의 옆면에 폭이 넓은 노란 줄무늬가 달리고 있어 전체적으로는 노란색을 띠고 있는 것처럼 보인다. 황복이란 이름은 이처럼 노란 몸빛깔 때문에 붙여진 것이며, 황복의 방언인 누렁태, 누룽태도 같은 방식으로 풀이할 수 있다.

황복은 이 밖에도 여러 가지 별명을 가지고 있다. 하돈, 강복이라는 이름은 산란을 위해 강물을 거슬러올라가는 습성 때문에 붙은 것이다. 복어를 돼지에 비유한 것은 뚱뚱한 데다 '국국' 하고 돼지 소리를 내며 울기 때문이다. 이청이 인용한 글에도 나와 있듯이 사람들은 복어의 풍만한 몸체를 절세미인 서시의 유방에 비유하기도 했다. 서시유라는 이름의 주인공도 옛부터 명성이 높았던 황복이었을 가능성이 높다.

황복은 서남해로 흐르는 강에 분포하며, 예로부터 영산강이나 금강, 한

● 서시 사람들은 복어의 풍만한 몸체를 절세미인 서시의 유방에 비유하기도 했다. 서시유라는 이름의 주인공도 옛부터 명성이 높았던 황복이었을 가능성이 높다.

강, 임진강, 대동강, 압록강 등지에서 황복잡이가 성행했다. 그러나 그중에서도 가장 유명했던 곳은 역시 금강이었다. 예전에는 금강에서 잡히는 황복을 '금강복' 혹은 '금복'이라고 따로 부르며 그 가치를 높이 평가했다. 송수권 시인은 황복이 강물을 거슬러오르고, 사람들이 이를 잡으러 나서는 장면을 다음과 같이 시로 읊었다.

> 살구꽃 몇 그루가 피어
> 온 마을이 다 환하다
> 이런 날은 황사바람 타고
> 자꾸만 장독대에 날리는 살구꽃잎…
> 갈대 움 트는 것 보러
> 앞 강변에 나간 마을 사람들
> 혈기 방장한 나이로 복쟁이 떼 건져다
> 날 膾 먹고
> 떼초상 난 적 있었지
> 지금쯤 금강 하류
> 西施乳房처럼 매끈한 배때아리 뒤집으며
> 국국 황복 떼 오를까
> 黃山屋에 들러 자는 듯 먹어 봤음

그런데 우리와 영욕의 세월을 함께했던 황복이 점점 사라져가고 있다. 황복은 자갈이 깔려 있고 조수의 영향을 받지 않는 곳에서 알을 낳는다. 때문에 산란기가 되면 이런 곳을 찾아 강물을 거슬러올라가야 한다. 그러나 지금의 강바닥은 부유물로 뒤덮이고 물에서는 악취가 풍긴다. 무분별한 골재 채취로 인해 자갈밭을 찾는 일은 더욱 어려워졌다. 무엇보다도 큰 문제는 황복이 올라갈 강줄기를 막고 있는 보와 댐들이다. 대규모의 간척사업과 강하구에 설치되는 방조제는 황복의 출입 자체를 막아버린다. 황복의 복원을 위한 노력들이 계속되고 있지만, 황복이 살 수 있는 환경을 갖추지 않는다면 이제 살구꽃이 피어도, 갈대 움이 터도, 황복은 나타나지 않을 것이다.

복바위에 진달래가 필 때면

옛사람들은 황복이 올라오는 때를 꽃이 피는 시기에 비유하는 멋스러움을 보였다. '복사꽃이 피면 황복이 올라온다' 라는 말이 좋은 예가 되는데, 이 이야기는 소동파의 시에서 유래한 것으로 보인다.

> 대나무밭 가장자리 복숭아꽃 서너 가지 피었고
> 봄 강물 따스해진 것을 오리가 먼저 아네
> 쑥잎이 땅을 덮고 갈대 띠풀의 새순은 아직 짧은데
> 바로 이때가 황복이 강을 거슬러올라올 무렵이라네

소동파는 봄 기운보다 곧 식탁에 올라올 황복의 맛에 더 신경이 쏠려 있는 것 같다. 황복의 맛을 '일사一死를 불응할 맛' 이라며 찬탄할 정도였으니 그럴 만도 하다.

우리 선조들도 황복에 대해 많은 글을 남겼다. 『동국세시기東國歲時記』에는

● 소동파 옛사람들은 황복이 올라오는 때를 꽃이 피는 시기에 비유하는 멋스러움을 보였다. '복사꽃이 피면 황복이 올라온다' 라는 말이 좋은 예가 되는데, 이 이야기는 소동파의 시에서 유래한 것으로 보인다.

복사꽃이 떨어지기 전 복어에 파란 미나리·간장·기름 등을 넣고 국을 끓이면 그 맛이 진미라고 기록되어 있고, 빙허각 이씨는 『규합총서』에서 "노구솥에 백반 작은 조각과 기름을 넉넉히 붓고, 장과 미나리를 많이 넣어 끓여야 한다. 그 이리(정소)는 본디 독이 없으니 생선 배에 넣고 실로 동여맨 다음 뭉근한 불로 두어 시간 끓여서 먹는다. 이 국은 식어도 비리지 않은 것이 이상한 노릇이다"라고 황복의 요리법에 대해 설명하고 있다.

그러나 복어의 아름다운 맛 이면에는 무서운 위험이 도사리고 있다. 황복은 사람을 죽일 만큼 강한 독을 가진 물고기이기 때문이다. 예전에도 황복을 먹고 목숨을 잃는 사람들이 많았던 모양이다. 조선 후기의 실학자 이덕무는 〈하돈탄河豚歎〉이라는 시를 지어서까지 복어독의 위험성을 경계하려 했다. 이 시에는 다음과 같은 서문이 붙어 있다.

음력 2~3월이면 고깃배가 강에 머물다 종종 황복을 잡을 때가 있는데, 마을 사람들이 이를 잡아먹고 죽는 일이 꽤 많이 일어난다. 먹으면 반드시 죽는다는 사실을 알면서도 두려워하지 않으니 어찌 그리 어리석단 말인가. 이 시를 지어 한편으로는 나 스스로를 경계하고, 다른 한편으로는 복어를 즐겨 먹는 자에게 보여주고자 한다.

영산강 하구에서 전해오는 복바위 전설에도 복어독에 대한 이야기가 나온다. 나주시 노안면 학산리 동산마을의 옛 이름은 복암리卜岩里다. 복암리는 복바위 때문에 붙여진 이름인데, 복바위는 황복과 깊이 관련되어 있다.

봄이 되면 황복이 튀어올라 바위에 핀 진달래꽃에 앉은 나비를 잡아먹는데, 이 복을 먹은 사람은 그 자리에서 즉사했다. 그래서 어부들도 바위 밑에서 절을 하고 제사를 지낸 뒤에야 복어잡이에 나섰다.

그런데 이 전설에는 이해하기 힘든 점이 하나 있다. 복어 이야기에 갑자기 왜 나비가 등장하는 것일까? 전설을 만들어낸 이들은 물속에 사는 복어와 하늘을 나는 나비를 어떻게 연관시킬 수 있었을까?

어쩌면 이 전설 이면에는 전혀 다른 의미가 숨어 있을지도 모른다. 복어 요리사들이 쓰는 용어 중에 '나비'라는 것이 있다. 이것은 복어의 가슴지느러미 밑에 비늘처럼 붙어 있는 것을 말한다. 나비는 맹독을 띠는 데다 눈에 잘 띄지 않고 아무 곳에나 붙어다니기 때문에 요리를 할 때 끼어들지 않도록 특별히 주의해야 한다. 복어와 나비의 전설도 여기에서 비롯된 것이 아닐까 추측해본다. 복어 요리에 나비가 끼어들지 않도록 주의하라는 이야기가, 나비를 먹으면 더욱 맹독을 가지게 되는 복바위 전설로 변형된 것이 아닐까?

복어와의 전쟁

보통 사람들은 살아 있는 복어를 접하기 힘들지만, 낚시꾼들이라면 사정이 다르다. 바다에서 낚시를 즐기는 이들은 늘 복어를 낚아올리며 지겹게 마주하게 된다. 특히 복섬은 낚시꾼들이 가장 싫어하는 물고기 중의 하나다. 대물을 노리고 던져놓은 낚시에는 어김없이 복섬 떼가 달려든다. 출랑거리는 입질로 값비싼 미끼를 야금야금 뜯어먹는데, 잠시 후 낚시를 들어올려 보면 매끈한 은빛 바늘만 남아 있기 일쑤다. '복쟁이 잇갑 따먹듯 한다' 라거나 '복어 똥물 먹듯 한다' 라는 말은 이 때문에 나온 것이다.

그러나 일단 복어가 낚여 올라오면 낚시꾼들의 잔인한 복수가 시작된

●낚시에 걸린 복어 일단 복어가 낚여 올라오면 낚시꾼들의 잔인한 복수가 시작된다. 뜨거운 햇볕이 내리쬐는 땅바닥 위에 아무렇게나 던져놓아 말려 죽이거나 힘껏 패대기치기 일쑤다.

다. 뜨거운 햇볕이 내리쬐는 땅바닥 위에 아무렇게나 던져놓아 말려 죽이거나 힘껏 패대기치기 일쑤다. 그래도 분이 풀리지 않는 이들은 부풀어오른 복어를 발로 밟아 터뜨리는 엽기적인 행동을 보이기도 한다. 복어 떼를 피하는 전략으로 비참하게 죽은 복어 시체를 낚싯줄에 매달아 본보기로 물속에 던져놓는 사람들도 있다.

　복어의 복수도 잔인하기는 매한가지다. 복어는 자신을 먹는 이들을 죽음으로 응징한다. 그 구체적인 내용은 작돈 항목의 후반부에 잘 묘사되어 있다.

이청의 주 대체로 복어는 모두 독을 가지고 있다. 진장기는 바다의 복어가 가장 독이 심하고, 강물의 복어는 그 다음이라고 했다. 구종석寇宗奭은 "복어의 맛은 비록 진미이지만 잘못 조리해 먹으면 사람이 죽는다. 간과 알에도 모두 강한 독이 있다"라고 했다. 진장기도 "입 안에 들어가면 혀가 굳어지고, 배 안에 들어가면 장이 굳어지는데, 그에 대한 약이 없으니 의당 먹기를 삼가해야 할 것이다"라고 했다.

　가끔 신문보도를 통해 복어독에 중독되어 목숨을 잃는 사건들을 접하곤 한다. 일본에서는 복을 먹고 중독된 사람이 한 해에 200명을 웃돈 때도 있었다고 한다. 길이 30센티미터 정도의 자주복이 가지고 있는 독은 수십 명의 사람을 죽일 수 있다. 복어독은 테트로도톡신이라는 물질인데, 독성이 청산가리의 약 1,500배에 달한다. 색깔, 냄새, 맛이 없는 데다 끓여도 파괴되지 않으므로 더욱 위험하다.

● 테트로도톡신 복어독은 테트로도톡신이라는 물질인데, 독성이 청산가리의 약 1,500배에 달한다. 색깔, 냄새, 맛이 없는 데다 끓여도 파괴되지 않으므로 더욱 위험하다.

  복어는 종류에 따라 독성의 정도가 다르다. 검복·자주복·복섬처럼 맹독을 나타내는 복어가 있는가 하면, 밀복·가시복처럼 독성이 전혀 없는 종류도 있다. 독성 부위도 달라서 자주복과 검복은 간장과 난소에 독이 있으나 근육이나 정소에는 독이 없으며, 자주복은 껍질에 독이 거의 없는 반면 검복의 껍질에는 독이 있다.

  이청은 진장기의 말을 인용하여 복어독이 혀나 장을 마비시킨다고 말하고 있는데, 이는 복어독이 신경독神經毒이라는 사실을 보여준다. 복어독에 중독되면 식후 20분 내지 수시간 만에 증상이 나타나기 시작한다. 먼저 안색이 창백해지고 입술과 혀끝에 가벼운 마비 증상이 오거나 구토를 하게 된다. 그 다음에는 손가락, 팔, 다리 순으로 마비가 진행되어 말을 못하게 되거나 몸을 움직이지 못하게 된다. 점차 혈압이 떨어지고 호흡이 중지되어 사망에 이르게 되는 경우도 있다.

  복어독에 중독되면 동치미나 김칫국을 마시면 된다든지 곤쟁이젓이나 느티나무 마른 가지가 효과가 있다는 등의 속설이 있지만, 사실상 큰 효과를 기대하기는 어렵다. 중독된 사람은 최대한 빨리 의사에게 데리고 가는 것이 최선이다. 병원에서는 체내로 들어간 독소를 배출시키기 위해 최선을 다한다. 먹은 내용물을 토해내게 하고 위를 세척한 후 설사약이나 이뇨제를 투여하여 독소를 배출시킨다. 호흡이 정지되는 경우에는 인공호흡을 시켜야 하고 강심제, 아드레날린 등의 흥분제를 사용하기도 한다.

일사를
불응하다

복어를 연구하는 학자들은 복어가 원래 독을 가진 물고기가 아니라 독성이 있는 먹이를 먹음으로써 독을 갖게 된다는 사실을 밝혀냈다. 따라서 사료만으로 키운 양식복은 독성을 나타내지 않는다. 그런데 이처럼 독성을 없앤 복어는 맛이 없다고 한다. 복어는 독 때문에 먹기 힘든 물고기이지만, 또한 독 때문에 뛰어난 맛을 보이는 것이다.

　어쨌거나 사람들은 오래 전부터 복어의 맛에 매료되어 왔다. 소동파는 복어 맛을 한 번 죽는 것과 맞먹는다고 극찬했으며, 양주揚州의 장관으로 있으면서 복이 올라올 철이면 복을 먹느라 정사를 게을리할 정도였다고 한다. 복어를 즐기기로는 우리 선조들도 뒤지지 않는다. 흔히 복요리의 원조가 일본인 것으로 알고 있는 사람이 많지만, 우리 나라에서 복을 식용해온 역사도 아주 길다. 김해 수가리의 신석기 패총에서 졸복의 뼈가 출토되었는데 이는 우리 선조들이 아득한 선사시대부터 복을 먹어왔다는 사실을 의미한다. 1433년에 완성된 『향약집성방』에서는 다양한 토산 약재를 소개하고 있

는데 여기에서도 복어가 '하돈', '복지'라는 이름으로 등장한다. 또한『동
국세시기』에는 복어가 3월의 시식으로 기록되어 있다. 조선시대 후기에 편
찬된『읍지』들에서도 하돈을 싣고 있는 경우가 많다. 김려의『우해이어보』
에는 석하돈石河豚, 작복증鵲鰒鱠,＊ 나하돈癩河豚, 황하복증黃河鰒鱠의 4종이 나
오며,『증보산림경제』와『규합총서』등에도 복어에 대한 항목이 실려 있다.
특히 빙허각 이씨는『규합총서』에서 "핏줄이 가로 세로 있으니 칼로 긁어
꼼꼼히 보아 실오리만 한 것도 남기지 말고 다 없이하고 여러 번 빨고 또 빨
아 등과 배에 피 흔적도 없이하되 살결을 상하게 하지 말라", "복을 끓일 때
는 부엌의 그을음이 떨어지는 것을 크게 꺼리니 뜰에서 끓이고, 복을 먹고
나서 숭늉 마시는 것을 크게 꺼린다", "독을 푸는 데는 곤쟁이젓이 좋다"라
고 하여 복어의 조리법과 해독법을 세세하게 밝혀놓아 당시 사람들이 복을
어떻게 먹고 있었는지에 대한 중요한 자료를 제공한다. 정약용은 복어만 즐
겨 찾고 다른 생선을 하찮게 여기는 세태를 시로 읊고, 이 시에 대한 주에서
복어를 먹다가 죽는 사람이 많다고 밝혔다.

　　어촌에선 복어(강돈)만 말하고
　　농어는 버리듯 한잔 술과 바꿔 먹네

　정약전이 살았던 시대에도 역시 복은 대중적이고 인기 있는 물고기였던
것이다.

＊ '복증'이란 '복쟁이'를 음차한 것이다.

복어는 생식소가 충만해지고 살이 찌는 늦가을부터 초봄까지 가장 맛이 좋으며, 주낙에 의한 복어잡이도 이때를 중심으로 이루어진다.* 잡혀 올라온 복어는 복매운탕, 복어회, 복어찜, 복어튀김 등 다양한 요리로 만들어진다.

복어를 요리하는 데는 세심한 주의가 필요하다. 소량의 독도 치명적이므로 알, 간, 내장은 물론 살코기의 멍든 부분 등 미심쩍은 것은 모두 제거해야 한다. 복어 한 마리를 요리하려면 절반 이상을 버려야 한다는 말도 여기에서 나온 것이다. 독성 부위를 제거할 때는 살에 상처가 나지 않도록 하고 제거한 후에도 남아 있는 혈관과 피, 끈적이는 점액질까지 모두 잘 닦아내야 한다. 그래도 안심할 수 없어 흐르는 물에 깨끗이 씻고 다시 몇 시간 물에 담가두었다가 요리를 한다. 요리를 할 때도 해독 능력이 뛰어나다는 미나리를 꼭 함께 넣는다.

복어 요리는 힘들게 만들어진 만큼 톡톡히 제값을 한다. 특히 추운 겨울날 입김을 불어가며 먹는 복국은 최고의 겨울 시식으로 손꼽힌다. 복국은 술독을 없애주는 데 뛰어난 효력을 발휘한다고 하여 해장국으로도 많이 쓰인다. 시원한 복국을 쭉 들이키면 체내에 쌓인 술독이나 노폐물이 깨끗이 씻겨내려가는 듯한 느낌을 받게 된다.**

그러나 복어 요리 중에서 제일로 치는 것은 역시 복어회다. 종잇장처럼 얇게 떠 투명해 보이기까지 하는 살점은 입 안에서 혀에 감겨들고, 그 청신하고 그윽한 맛은 사람들을 단숨에 복어회 예찬론자로 만들어버린다. 복어회에 관한 지워지지 않는 기억이 있다.

---

* 복어는 주행성 동물이므로 밤보다는 낮에 더 많이 잡히고, 특히 폭풍우가 휘몰아친 다음이나 물 밑바닥이 뒤집어지는 때 잘 잡힌다고 한다.
** 복이 술독을 없애준다는 생각은 꽤 유래가 깊다. 시골 술도가의 대형 나무술통에는 찌꺼기가 두껍게 깔린다. 이러한 찌꺼기는 양잿물로도 잘 지워지지 않지만, 복 껍질과 창자로 훑어버리면 쉽게 지워진다고 한다. 술통에 쌓인 찌꺼기처럼 체내에 쌓인 술독도 쉽게 제거될 것이라는 생각이 자연스럽게 생겨나게 되었을 것이다. 일반 가정에서도 요강에 긴 오줌때를 지울 때 이 방법을 썼다고 하니 어쨌든 복은 뭔가 쌓인 것을 씻어내는 데 특효라고 생각되었던 모양이다.

　부모님 덕분으로 어린 시절 여행을 많이 다닐 수 있었다. 생활 형편은 그리 넉넉지 않았지만 짬짬이 시간을 내어 나서는 가족 여행은 모두에게 각별한 의미로 다가왔다. 자가용도, 바퀴 달린 가방도 없었던 때였다. 코펠이며 텐트를 빌려다가 아버지는 잔뜩 짊어지고, 어머니는 머리에 이었다. 아직 초등학생이던 나와 동생도 양손에 짐꾸러미 하나씩 들고 졸래졸래 따라나섰다. 지금 생각해도 웃음이 머금어질 만큼 정겨운 풍경이다. 어느 해 여름인가 경남 거제에 있는 비진도로 여행을 나섰을 때의 일이다. 버스는 발 디딜 틈 없이 비좁았고, 도로가 포장되어 있지 않아 충무*까지 가는 내내 심하게 털털거렸다. 이렇게 두 시간이 넘게 달리고 나서야 비로소 목적지에 도착할 수 있었다. 지금도 부모님은 놀러간다는 기분에 들떠 불평 한마디 없이 따라나서던 우리 모습이 귀여웠다고 털어놓으신다. 충무에 도착해서 식사를 하기 위해 근처에 있는 식당으로 들어갔다. 땀을 닦으며 얘기를 나누던 중 커다란 접시에 웬 단무지 같은 게 몇 조각 얹혀 나왔다. 뭔가 맛있고 푸짐한 식사를 기대하고 있었기에 적잖이 실망했다. 비싼 회라며 억지로 먹어보라고 권하시는 통에 한 조각을 집어들었다. 고기 한 점을 입에 넣는 순간 그 충격적인 맛이란 이루 형언할 수 없는 것이었다. 물고기 살이 달콤할 수 있다는 것을 그제서야 알았다. 그 물고기가 바로 복어였다.

---

* 현재의 통영시.

복어가 배를 부풀리는 이유

복어는 특이한 생김새로 유명하다. 뚱뚱한 몸체에 조그만 지느러미가 달려 있어 매우 우스꽝스럽게 보인다. 가슴지느러미는 짧고 배지느러미는 아예 없다. 조그만 가슴지느러미와 꼬리지느러미를 좌우로 흔들어 헤엄을 치는 데 속도는 매우 느리다. 종류에 따라 몸 표면이 매끄러운 것도 있지만, 대부분은 크고 작은 가시 모양의 돌기로 뒤덮여 있다. 단단한 이빨로 낚싯줄을 쉽게 물어 끊으며, 낚아올렸을 때는 빠득빠득 이를 갈기도 한다. 복어는 또 보통 물고기와 달리 물속에서 눈을 감았다 떴다 할 수 있다.

복어 집안에는 복어 외에도 재미있는 형태를 한 물고기들이 많다. 우리가 즐겨 먹는 쥐포의 원료가 되는 쥐치나 몸뚱이는 없고 머리만 있는 것처럼 보이는 개복치도 복어의 친척이다. 하지만 일반적으로 복어라고 부르는 물고기는 참복과에 속하는 복어류를 뜻하며, 현재 우리 나라에서는 자주복·검복·까치복·복섬·졸복·황복 등 16종 정도가 알려져 있다. 복어류는 대개 따뜻한 바다를 좋아하므로 우리 나라에서는 남해의 제주도 주변 해역에 많이 분포하며 대부분 무리를 이루어 해협이나 섬 주변의 일정한 장소에 서식한다.

복어는 놀라거나 적의 공격을 받으면 물이나 공기를 위 속으로 빨아들여 몸을 불룩하게 부풀린다. 기포어氣泡魚, 폐어肺魚, 구어毬魚 등의 이름도 이러한 습성에서 유래한 것이다. 복어가 배를 부풀리는 이유에 대해 정확하게 내려진 결론은 없지만, 적을 위협하기 위해서라는 주장이 가장 설득력 있게 다가온다. 많은 동물들이 적을 물리치기 위해 몸을 크게 만들어 보인다는 사실을 생각하면 충분히 가능한 설명이다. 특히 가시복이 가시를 세워 상대를 노려보는 장면을 본다면 누구나 이 같은 생각에 고개를 끄덕이게 될 것이다.

물을 들이마셔 배를 부풀리는 행동은 다른 목적으로도 쓰인다. 복어나 복어와 가까운 친척인 쥐치가 먹이를 사냥할 때 먹이를 향해 물을 내뿜는 모습을 자주 볼 수 있다. 성게는 날카로운 가시가 돋쳐 있어 직접 공격하기가 힘들지만 물을 뿜어 뒤집어놓으면 쉽게 잡아먹을 수 있다. 게를 사냥할 때도 입김을 불어 정신을 차리지 못하게 하여 공격한다. 또 입으로 물을 뿜어 모랫바닥을 뒤집어놓고 그 속에 숨어 있던 조개나 갯지렁이 등을 잡아먹기도 한다. 어쩌면 먹이사냥을 위해 발달하기 시작한 습관이 물을 더욱 많이 들이마셔 배를 부풀리고, 이를 통해 적을 위협하는 행동으로 진화한 것일지도 모르겠다.

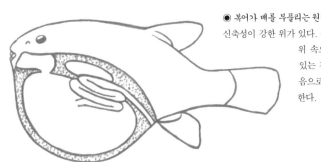

● **복어가 배를 부풀리는 원리** 복어의 식도 아래쪽에는 신축성이 강한 위가 있다. 위협을 느끼면 식도를 통해 위 속으로 물을 집어넣고 식도에 있는 강력한 근육으로 식도를 막음으로써 몸을 부푼 상태로 유지한다.

까치를 닮은 복

정약전은 독성이 강한 바다복의 대표로 작돈을 들었다. 작돈은 『현산어보』에 등장하는 복 종류 중 비교적 쉽게 그 정체를 추측할 수 있는 어종이다.

[작돈鵲魨 속명 가치복加齒服]
몸은 조금 작다. 등에 얼룩무늬(斑文)가 있다. 강한 독이 있으므로 먹어서는 안 된다.

이청의 주 이시진은 "하돈 중에서 색이 새까맣고 반점이 있는 놈을 반어斑魚라고 부른다. 독성이 가장 심하다. 어떤 사람은 음력 3월 이후에는 이것을 먹어서는 안 된다고 한다"라고 했다. 모두 지금의 작돈을 말한 것이다.

작鵲이 까치를 나타내므로 작돈은 까치복으로 해석된다. 이를 증명이라도 하듯 정약전은 작돈의 속명을 '가치복'으로 적어 놓았다. 지금 잡히는 복어류 중에도 까치복이란 이름을 가진 종이 있다. 까치복은 담백한 맛이 뛰어

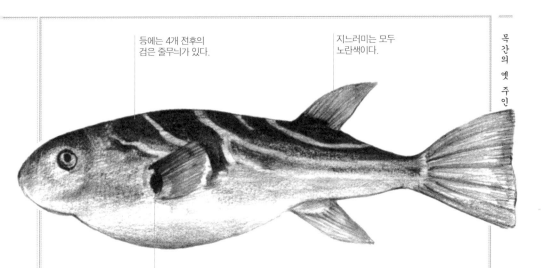

등에는 4개 전후의
검은 줄무늬가 있다.

지느러미는 모두
노란색이다.

가슴지느러미 기부에
검은 반점이 있다.

나 유명한 복어식당에서 복수육, 복탕 재료로 최고의 인기를 누리고 있는
종류이다. 까치복의 외형 역시 본문의 작돈에 대한 설명과 잘 일치한다. 정
약전이 묘사한 바와 같이 까치복의 등에는 암회색 바탕에 흑갈색 선 모양의
얼룩무늬가 있고, 가슴지느러미의 뒤쪽에도 몇 줄의 흑색 띠가 줄지어 있어
전체적으로 강한 색채의 대비를 보인다. 까치복이란 이름도 이 무늬에서 비
롯된 것이 분명하다. 정약용이 지은 시와 그 주석도 이러한 추측을 뒷받침
한다.

 까치복 *Takifugu xanthopterus* (Temminck et Schlegel)

세물 겨우 잦아들면 네물이 밀려와서
까치파도* 크게 일어 어대漁臺를 뒤덮네

　정약용은 희고 검은색이 반복되어 있는 파도의 모습을 까치의 무늬에 비유했다. 까치는 검은색과 흰색이 어울린 무늬를 가진 새다. 때문에 흔히 이런 무늬를 가진 사물에 까치라는 이름을 붙이게 된다. 까치노을, 까치단, 까치저고리, 까치두루마기가 그러하고 까치독사, 까치돔, 까치상어 등 동물들도 마찬가지다. 까치복도 까치 무늬를 가진 복이란 뜻에서 붙여진 이름이다.

● **까치파도** 정약용은 희고 검은색이 반복되어 있는 파도의 모습을 까치의 무늬에 비유했다.
● **까치호랑이** 전통민화 중에 까치와 호랑이를 같이 그려놓은 경우가 많은데, 검은색과 흰색이 선명한 대비를 보이고 있는 것이 인상적이다.

＊ [원주] 파도가 하얗게 일어 마치 까치가 일어난 것처럼 보이므로 까치파도라고 부른다.

복어의 왕자

보통 복요리에는 까치복, 밀복, 은복 등의 값싼 종류들을 이용하는 경우가 많지만, 역시 복 중에서는 참복이 가장 맛이 좋아 비싸고 인기가 높다. 참복으로 불리는 종류로는 검복과 자주복이 있다. 이들은 참복이라는 이름에 걸맞게 복어 중에서 가장 뛰어난 맛을 자랑한다. 그러나 모두 난소·장·간에 맹독이 있어 요리하거나 먹을 때 주의를 요한다.

검복과 자주복은 겉모습이 매우 닮아 혼동하는 사람들이 많다. 그렇지만 검복이 자주복에는 없는 진한 황색 띠를 몸 중앙에 두르고 있다는 점, 뒷지느러미의 색깔이 검복은 노란색, 자주복은 흰색이라는 점, 피부를 만져보았을 때 자주복이 까칠까칠한 데 비해 검복은 매끄럽다는 점으로 두 종류를 구별할 수 있다. 그러나 이들을 구별하는 가장 간단한 방법은 가슴지느러미 위쪽에 있는 검은 반점을 보는 것이다. 우선 반점의 크기가 자주복 쪽이 훨씬 크다. 그리고 자주복의 반점 주위에는 흰 테두리가 둘러져 있어서 이런 테두리가 없는 검복과 쉽게 구별할 수 있다.

정약전은 검돈을 돈어 항목의 맨 앞에 놓아 복어 무리의 대표종으로 인정했다. 검돈 역시 검복과 자주복 중의 한 종일 것으로 추측된다.

돈어 魨魚 속명 복전어 服全魚
[검돈 黔魨 속명 검복 黔服]

큰 놈은 두세 자 정도이다. 몸은 둥글고 짤막하다. 입은 작고, 그 속에는 아주 단단하고 강한 이빨이 늘어서 있다. 성이 나면 배를 부풀리고 이빨을 바득바득 가는 소리를 낸다. 껍질이 튼튼하여 기물器物을 싸서 보관할 수 있다. 맛은 달콤하며 질다. 다른 복어에 비하면 독이 적은 편이다. 잘 삶은 후에 기름을 쳐서 먹는다. 대나무를 사용해서 불을 피우면 그을음을 막을 수 있다.

박판균 씨는 도감을 통해 검복을 확인해주었다.

"검복 여기서도 잡혀요. 아주 맛있지라. 여기 있네. 이게 뭐라고 적혀 있는거여? 그래 자주복. 이거네. 검복은 아니여. 이게(자주복) 검복 맞소."

박판균 씨가 가리킨 것은 자주복이었다. 정약전은 다른 복에 비해 검복의 독이 약하다고 했지만, 사실 자주복의 독은 매우 강한 편이다. 예전에야 어차피 중독되면 목숨이 위험했을 테니 독이 강한지 약한지 구분할 필요도 없었을 테고, 잘못된 지식도 많았을 것이다.*

정약전은 복을 요리할 때 대나무로 불을 피우면 그을음을 막을 수 있다고 했다. 이 부분은 빙허각 이씨의 말을 떠올리게 한다. 복어국에 그을음이 들

---

* 우이도의 박화진 씨도 상당수의 복에 독이 없다고 말했지만, 실제로는 그중의 대부분이 독을 가진 종이었다.

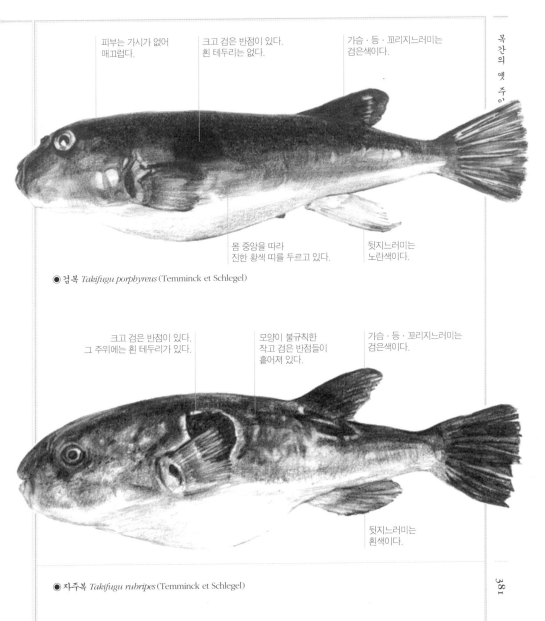

피부는 가시가 없어
매끄럽다.

크고 검은 반점이 있다.
흰 테두리는 없다.

가슴 · 등 · 꼬리지느러미는
검은색이다.

몸 중앙을 따라
진한 황색 띠를 두르고 있다.

뒷지느러미는
노란색이다.

● 검복 *Takifugu porphyreus* (Temminck et Schlegel)

크고 검은 반점이 있다.
그 주위에는 흰 테두리가 있다.

모양이 불규칙한
작고 검은 반점들이
흩어져 있다.

가슴 · 등 · 꼬리지느러미는
검은색이다.

뒷지느러미는
흰색이다.

● 자주복 *Takifugu rubripes* (Temminck et Schlegel)

어가면 안 된다는 것은 민간에 꽤 널리 퍼져 있던 속설이었다. 그래서 사람들은 사방에 그을음 투성이인 부엌에서 요리하지 않고, 일부러 마당이나 들판에다 솥을 걸어 놓고 복국을 끓이곤 했다. 복 중독의 원인을 애꿎은 그을음 쪽에 돌리고 이 같은 금기를 만들어낸 것도 결국 그만큼 복이 위험하니 요리하는 데 신중을 기하라는 뜻이 아니었을까?

가시 돋친 복어들

복어의 피부는 대개 가시 모양으로 생긴 비늘로 덮여 있다. 예전 어촌 마을 아이들은 이렇게 우둘투둘한 복어 껍질을 말려 연필심을 가는 사포 대용으로 사용하기도 했다. 가시는 작고 까칠까칠한 것에서부터 기다란 밤송이 모양, 혹은 아예 납작하게 변해버린 것 등 여러 가지 형태로 분화되어 있으며, 복어의 종류를 구분하는 데 중요한 기준이 된다. 정약전이 기록한 삽돈은 작고 까칠까칠한 가시를 가진 종류일 것이다.

[삽돈澀魨 속명 가칠복加七服]
빛깔은 노랗고 배에는 잔가시가 있다.

삽돈은 속명대로 피부가 거칠다고 해서 붙여진 이름인데, 지금의 까칠복과 같은 종으로 보인다. 까칠복은 등과 배 쪽에 작고 약한 가시가 있어 전체적으로 거친 느낌이 난다. 몸은 곤봉 모양으로 가늘고 긴데 40센티미터까지

몸이 가늘고 길다.　등이 암청색이다.　등과 배에 작은 가시가 있다.

옆구리에는 선명한
황색의 띠가 있다.

뒷지느러미는
황색이다.

자란다. 몸빛깔은 등 쪽이 암청색이고 배 쪽이 희며, 뒷지느러미는 황색, 옆
구리에는 선명한 황색의 세로띠가 있다. 이 황색의 세로띠 때문에 빛깔이
노랗다고 표현한 것이리라.

　까칠복보다도 더욱 재미있게 분화된 비늘을 가진 종류로 가시복을 들 수
있다. 예리항여객터미널 내부에는 각종 기념품과 함께 꽤 많은 생물 표본들
을 전시해놓은 가게가 있는데, 형형색색의 산호, 바다거북, 소라껍질, 바닷
가재 등이 저마다 포장을 둘러쓰고 박제가 되어 있다. 그중에는 가시복의 박
제도 섞여 있다. 몸을 공처럼 부풀리고 고슴도치처럼 가시를 일으켜 세운 채
매달려 있는 모습을 보면, 왜 이 물고기에 가시복이라는 이름이 붙었는지 금
방 이해할 수 있다. 그런데 『현산어보』에도 바로 이 가시복이 등장한다.

● 까칠복 *Takifugu stictonotus* (Temminck et Schlegel)

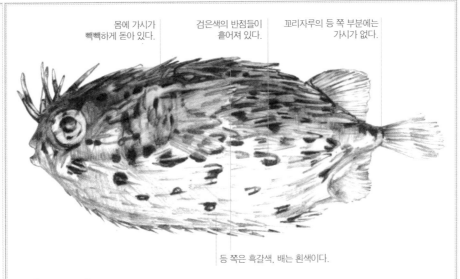

몸에 가시가
빽빽하게 돋아 있다.

검은색의 반점들이
흩어져 있다.

꼬리자루의 등 쪽 부분에는
가시가 없다.

등 쪽은 흑갈색, 배는 흰색이다.

[위돈蝟魨]

　모양은 복어를 닮았다. 온몸에 가시가 돋아나 있어 고슴도치처럼 보인다. 창대는
물가에 떠밀려온 놈을 단 한 번 본 일이 있는데, 크기는 한 자에 불과하다고 했다. 그
쓰임새를 아직 듣지 못했다.

　가시복의 가장 큰 특징은 역시 온몸에 **빽빽**하게 돋아 있는 가시다. 이 가
시는 비늘이 변형된 것으로 맘대로 눕혔다 세웠다 할 수 있는데, 위험이 닥
치면 몸을 부풀리면서 가시를 일으켜 세운다. 커다란 밤송이 같은 모양이
되어 천적이 쉽게 접근할 수 없도록 하는 것이다. 독이 없기 때문에 더더욱
이런 모양으로 진화해야 했는지도 모르겠다.

◉ 가시복 *Diodon holocanthus* Linnaeus

◉ **박제가 된 가시복** 몸을 공처럼 부풀리고 고슴도치처럼
가시를 일으켜 세운 채 매달려 있는 모습을 보면, 왜 이
물고기에 가시복이라는 이름이 붙었는지 금방 이해할
수 있다.

상자를 닮은
물고기

『현산어보』에는 가시복만큼이나 괴상한 물고기가 또 하나 등장한다. 정약전은 이를 복어와 다른 항목으로 따로 분리하여 기록하고 있지만, 여러 가지 특징으로 보아 복어의 일종임이 분명하다.

[사방어四方魚 속명이 없다]

크기는 4~5치 정도이다. 몸은 네모꼴이다. 길이 · 넓이 · 높이가 거의 같은데, 길이가 넓이보다 약간 길다. 입은 손톱 자국과 같고 눈은 녹두 같다. 두 지느러미와 꼬리는 파리 날개와 같고, 항문은 녹두가 들어갈 만하다. 온몸에 산사鯪鯊(전자리상어)와 같이 예리한 송곳가시가 나 있다. 몸은 철석같이 단단하다. 창대는 예전에 풍파가 몰아친 적이 있는데, 그때 표류하여 물가에 떠밀려온 것을 한 번 본 일이 있다고 했다.

정석조는 『상해 자산어보』에서 사방어를 철갑둥이나 가시복으로 추측하고 있다.

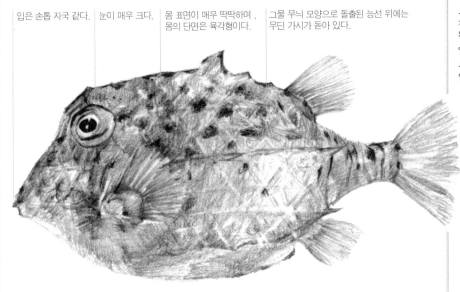

입은 손톱 자국 같다. | 눈이 매우 크다. | 몸 표면이 매우 딱딱하며, 몸의 단면은 육각형이다. | 그물 무늬 모양으로 돌출된 능선 위에는 무딘 가시가 돋아 있다.

　외모가 사각형이란 점에서 철갑둥이와 매우 닮았으나 온몸에 송곳가시가 있다는 점에서는 가시복이 아닌가 추측된다.

　창대도 이 물고기를 한 번밖에 본 적이 없다고 하니 흔한 종은 아닌 것 같다. 그런데 우연찮게도 충남 천리포에서 창대와 비슷한 경험을 한 적이 있다. 심한 파도가 몰아친 후 물가에는 해초나 물고기 사체 등 온갖 것들이 떠밀려 올라온다. 이때 평소 보지 못하던 물속 깊은 곳에 사는 생물들을 만나게 되는 경우가 있는데, 창대가 사방어를 본 것도 이런 상황이었을 것이다.

● 육각복 *Kentrocapros aculeatus* (Houttuyn)

파도가 심하게 몰아치고 난 다음날이었다. 해변을 거닐다가 해초 더미 사이에서 이상한 물고기 한 마리를 발견했다. 그런데 이 물고기는 본문의 묘사와 신기할 정도로 똑같은 생김새를 하고 있었다. 입과 항문이 작고 가슴지느러미도 삭날막해서 파리 날개에 비유할 만했다. 몸은 주사위를 길이 방향으로 약간 늘여놓은 듯한 모양이었고, 표면이 매우 딱딱해서 처음에는 플라스틱으로 만든 장난감이라고 착각할 정도였다. 도감을 찾아보고 이 물고기의 이름이 육각복이라는 사실을 알아낼 수 있었다.

육각복은 몸길이 약 15센티미터 정도의 작은 물고기다. 몸이 육각형이라고 해서 육각복이란 이름을 얻었지만, 엄밀히 말해 몸의 단면은 육각형보다 사각형에 가깝다. 몸높이는 길이의 반 정도이다. 몸빛깔은 청색을 띤 갈색이며, 지느러미는 전부가 담색이다. 각 비늘판에는 적갈색의 커다란 반점이 하나씩 있다. 몸 곳곳에 크고 작은 가시가 돋아 있다는 점도 본문의 설명과 잘 일치한다. 창대가 본 것도 육각복이었음이 분명해 보인다.

파도는 여전히 거세었고, 하늘은 잔뜩 찌푸려 있었다. 태풍의 영향이 가시권에 접어든 모양이다. 집으로 들어와 박도순 씨에게 이메일 쓰는 법을 설명한 다음, 몇 마디 더 나누다 방으로 돌아왔다. 녹음기를 틀어놓고 인터뷰한 내용을 정리하다 보니 어느새 자정을 훌쩍 넘긴 시간이다. 유난히 긴 하루였다.

부
록

정약전에 대하여

정약전은 1758년 3월 1일, 경기도 광주 마현*에서 진주목사를 지낸 정재원과 공재 윤두서의 손녀 해남윤씨 사이의 둘째 아들로 태어났다. 정약전의 집안은 9대에 걸쳐 연달아 문과에 급제하여 홍문관에 들어간 명문가였다. 형제들 중에서도 한국 최초의 가톨릭 명도회장을 지낸 선암 정약종과 실학의 집대성자라고 불리는 다산 정약용이 배출되었으니 집안 분위기를 짐작할 만하다. 정약전은 이러한 환경 속에서 일찍부터 학문과 접하며 성장기를 보냈다.

정약용은 정약전에 대해 "어려서부터 얽매이지 않으려는 성격이었고 커서도 사나운 말이 아직 길들여지지 않은 듯했지만, 서울에서 젊은 선비들과 교유하며 견문을 넓히고 뜻을 고상하게 하였다"라고 묘사한 바 있다. 이러한 성격 때문인지 배움의 과정도 자유분방했다. 정약전은 친구들과 더불어 성호 이익**이 남긴 저서를 탐독하며 이제까지 잘 알려지지 않았던 새롭고 다양한 학문에 깊은 관심을 기울이게 된다. 천재적인 지력을 가진 정약용이

* 현재의 남양주시 조안면 능내리.
** 이익은 박학다식하여 정통 경학부터 천문학, 기하학 등 최신의 서양 학문에 이르기까지 무불통지한 대학자였다. 정약전이 박물학자적인 성향을 가지게 된 것도 그의 영향을 받아서였을 가능성이 높다.

직접 "나의 형님 정약전은 재질로 말하자면 나보다 훨씬 낫다. 머리가 좋아서 수학책을 보면 금방 이해하곤 했다"라며 높이 평가할 정도였으니 배움의 속도나 수준도 상당했을 것이다. 이후 정약전은 이익의 수제자격인 권철신의 문하에 들어가 더욱 깊이 있는 학문을 쌓게 된다.

새로운 학문에 지나치게 끌렸기 때문인지 정약전은 젊어서 과거를 볼 생각을 하지 않았다. 1783년 가을 경의經義로 진사가 되었지만 "대과는 나의 뜻이 아니다"라며 여전히 벼슬에는 관심을 기울이지 않았다. 그리고 이듬해, 정약전은 자신의 운명을 바꿔놓을 중대한 인생의 전환점을 맞게 된다. 1784년 광암 이벽을 통해 천주교의 교리를 접하게 된 것이다. 정약전은 1791년 진산사건이 일어나 제사를 폐하자는 천주교의 관습이 문제가 될 때까지 한동안 종교 활동에 열중했던 것으로 보인다.

정약전이 과거에 대한 생각을 바꾼 것은 1790년경의 일이었다. "과거에 합격하지 않으면 임금을 섬길 수가 없다"라며 자신의 결심을 밝힌 후 공부에 힘써 순조의 탄생 기념으로 열린 증광별시增廣別試를 통해 마침내 벼슬길에 오르게 된다. 이후 정약전은 정조의 총애를 받으며 부정자副正字, 초계문신抄啓文臣을 역임했고, 1797년에는 병조좌랑兵曹佐郎에까지 올랐으며, 다음 해에는 왕명으로 『영남인물고嶺南人物考』를 편찬하게 된다.

그러나 정약전의 벼슬길은 결코 순탄치 않았다. 한때 천주교에 몸을 담았고, 과거 답안에서 서양학설을 주장했다는 이유로 반대파들의 지속적인 탄압을 받아오다가 결국 1798년에는 벼슬을 잃고 낙향하게 된다. 시간이 갈수록 상황은 더욱 나빠졌다. 정약전 형제를 비호해주던 채제공과 정조가 차례로 죽고, 1801년 정월 나이 어린 순조가 왕위에 오르자 섭정을 하게 된 정순대비貞純大妃는 사교邪敎·서교西敎를 엄금·근절하라는 천주교 금압령을 내렸다. 이른바 신유박해 사건이다. 이로 인해 천주교와 관련된 수많은 학자와 교인들이 형벌을 받고 죽음을 당하게 된다. 이때 정약종은 목숨을 잃고 정약용은 장기로, 정약전은 신지도로 유배길을 떠나게 된다.

이듬해 정약전의 조카사위 황사영이 조선의 천주교박해 사실을 알리고, 군사 개입을 요청하는 글을 청나라에 보내려다 발각되는 사건이 일어났다. 정약전 형제도 이에 연루되어 조사를 받았고, 다행히 혐의는 벗을 수 있었지만 정약용은 강진으로, 정약전은 우이도라는 더욱 멀고 험한 섬으로 유배지를 옮기게 된다.

정약전은 외딴 섬에서 외로움과 배고픔에 시달리면서도 학문에 대한 열정을 포기하지 않았다. 같은 동네에 살고 있던 문순득이란 사람이 홍어를 사러나갔다가 폭풍을 만나 오키나와, 필리핀, 중국 등지를 떠돌다 돌아온 경험담을 정리하여 『표해시말』이란 책을 엮어냈고, 나라의 어수룩한 소나무정책을 비판하고 개선책을 제시한 『송정사의』를 저술했다. 우이도에서 아이들을 모아 서당을 차렸다는 이야기도 전해온다.

1807년 봄, 우이도의 상황이 더욱 나빠지자 정약전은 흑산도 사리 마을로 거처를 옮긴다. 이곳에서 복성재復性齋를 지어 섬마을 아이들을 가르쳤고, 섬사람 장창대의 도움을 받아 흑산도 근해의 해양생물을 정리한 우리 나라 최초의 해양생물학 서적 『현산어보』를 완성했다. 이 밖에도 『논어난論語難』 2권, 『역간易柬』 1권 등을 저술했지만 전하지는 않는다.

정약전은 유배 생활 중에도 끊임없이 정약용과 편지를 주고받으며 동생의 저술 활동을 도왔다. 정약용은 자신이 지은 저서들의 서문과 정약전의 묘지명에서 형의 도움에 감사하는 마음을 밝힌 바 있다. 또한 이들이 주고받은 편지들을 통해 정약전이 경학, 지리, 음악, 천문학, 조석론에 이르기까지 해박한 지식을 쌓고 있었음을 확인할 수 있다.

정약전은 1814년 정약용이 해배되어 자신을 찾아올 것이라는 소문을 듣고 동생을 멀고 험한 곳까지 오게 할 수 없다며 우이도로 마중나갔다가 끝내 꿈에 그리던 동생을 만나지도 못하고 1816년 여름 59세의 나이로 눈을 감았다.

정약전의 가계도

시조始祖 정덕성丁德盛(대양군大陽君)―응도應道(금성군錦城君)――――――― 윤종允宗(검교대장 군檢校大將軍)―혁재奕材(중랑장中郞將)―량良(별장別將)―신信(별장別將)―준俊(별장別將)―공일 公逸(산원散員)―원보元甫(검교호군檢校護軍)―세世(영동정令同正)―안경安景(보승랑장保勝郞 將)―연연衍―자급子伋(소격서령昭格署令)―수강壽崗(병조참판兵曹參判)―옥형玉亨(금천군錦川君)― 응두應斗(금계군錦溪君)―윤복胤福(대사헌大司憲)―호선好善(강원감사江原監司)―언벽彦璧(교리校 理)―시윤時潤(병조참의兵曹參議)―도태道泰(통덕랑通德郞)―항신恒愼(진사進士)―지해志諧(통덕 랑通德郞)―재원載遠(진주목사晉州牧使)

나주정씨 월헌공파 정재원丁載遠(1730~1792)

의령남씨宜寧南氏(1729~1752)―자子―약현若鉉(1751~1821)┬서壻―황사영黃嗣永(1775~1801)
├서壻―홍영관洪永觀
├서壻―정 협鄭 浹
├서壻―권 진權 袗
├서壻―김성귀金性龜
├자子―학 수學 樹
├서壻―목인표睦仁表
└자子―학 순學 淳

해남윤씨海南尹氏(1728~1770)┬서壻―이승훈李承薰
├자子―약전若銓(1758~1816)┬자子―학 초學 樵(? ~1807)
│├서壻―홍봉주洪鳳周
│└자子―하 무學 武
├자子―약종若鍾(1760~1801)┬자子―철 상哲 祥(? ~1801)
│└자子―하 상夏 祥(1795~1839)
└자子―약용若鏞(1762~1836)┬자子―학 연學 淵(1783~1859)
└자子―학 유學 遊(1786~1855)

『현산어보』에
대하여

『현산어보』는 정약전이 흑산도에서 유배 생활을 하는 동안 다양한 해양생물들을 관찰하고 그 생김새와 습성, 분포, 나는 시기와 쓰임새 등을 연구하여 완성한 우리 나라 최초의 해양생물학 서적이다.

이전에도 『경상도지리지慶尙道地理志』, 『동국여지승람東國輿地勝覽』, 『우해이어보牛海異魚譜』 등 해양생물을 다룬 책이 없었던 것은 아니지만, 『현산어보』는 항목 수나 내용의 방대함에서 이들을 압도한다. 물고기뿐만 아니라 갯지렁이, 해삼, 말미잘, 갈매기, 물개, 고래, 미역에 이르기까지 총 226개의 표제 항목을 다루고 있으며, 각 항목마다 등장하는 근연종들까지 더한다면 그 수는 훨씬 많아진다.

항목 하나하나의 내용도 대단히 훌륭하다. 이제까지의 책들이 단순히 생물의 이름만을 나열하거나 기껏해야 중국 문헌에 나온 기록들을 그대로 옮기는 데 불과했던 것과는 달리 정약전은 직접 생물을 채집·관찰하고 해부까지 해가며 얻은 사실적이고 정확한 지식들을 아낌없이 책에 쏟아붓고 있

● 『현산어보』 필사본 『현산어보』는 정약전이 흑산도에서 유배 생활을 하는 동안 다양한 해양생물들을 관찰하고 그 생김새와 습성, 분포, 나는 시기와 쓰임새 등을 연구하여 완성한 우리 나라 최초의 해양생물학 서적이다.

다. 상어와 가오리의 발생 연구, 척추뼈 수를 세어 청어의 계군을 나눈 것에 이르면 오늘날의 생물학자들도 혀를 내두르게 된다.

정약전은 각 생물들의 식용 여부, 요리법, 양식법, 약성, 그 밖의 쓰임새에 대해서도 일일이 언급해놓고 있다. 이를 통해 선조들이 주변 생물을 실생활에 어떻게 활용했는지를 알 수 있을 뿐만 아니라 학문의 실용성을 강조하여 민중의 삶을 개선시키려 한 당시 실학자들의 이용후생 정신을 느껴볼 수 있다.

『현산어보』에 실려 있는 각종 해양동식물의 이름들 자체도 큰 의미가 있다. 당시 흑산도에서 사용되던 생물들의 방언을 발음 그대로 옮겨놓았으므로 동식물의 옛 이름과 어원, 그 변천 과정까지 추측해볼 수 있게 하는 중요한 자료가 되기 때문이다. 그리고 본문 곳곳에서 나타나는 생물에 대한 속담, 자신과 마을 사람들의 의견, 국내외를 망라한 인용문들을 통해 우리 선조들이 주변의 생물들에 대해 어떤 생각과 느낌을 가지고 있었는지 짐작해보는 것도 의미 있는 일이 될 것이다.

찾아보기

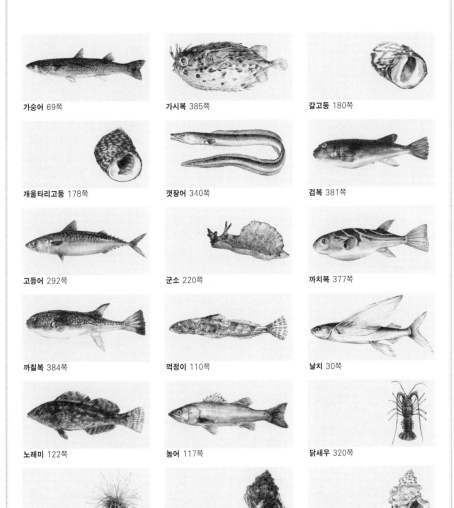

두드럭배말 256쪽

두토막눈썹참갯지렁이 99쪽

두툽상어 244쪽

매리복 357쪽

매퉁이 240쪽

맵사리 194쪽

명주고둥 189쪽

미끈망둑 344쪽

미역 231쪽

밤고둥 188쪽

방어 306쪽

배무래기 257쪽

뱀장어 326쪽

보말고둥 186쪽

복상어 249쪽

복섬 355쪽

부시리 310쪽

붕장어 337쪽

비단가리비 280쪽

비단고둥 181쪽

빨갱이 345쪽

삼치 314쪽

성대 132쪽

숭어 68쪽

양태 135쪽

어깨뿔고둥 196쪽

육각복 387쪽

은밀복 357쪽

자주복 381쪽

장수삿갓조개 259쪽

잿방어 309쪽

전갱이 302쪽

졸복 357쪽

준치 288쪽

쥐노래미 122쪽

진주담치 272쪽

진주배말 254쪽

짱뚱어 343쪽

참게 346쪽

총알고둥 179쪽

키조개 279쪽

학공치 59쪽

홍합 272쪽

황복 360쪽

흰삿갓조개 254쪽